La maison d'à côté

Lisa Gardner

La maison
d'à côté

ROMAN

Traduit de l'anglais (États-Unis)
par Cécile Deniard

Albin Michel

COLLECTION « *SPÉCIAL SUSPENSE* »

1

J E ME SUIS TOUJOURS DEMANDÉ *ce que ressentaient les gens pendant les toutes dernières heures de leur existence. Savent-ils qu'un drame est sur le point de se produire ? Pressentent-ils la tragédie imminente, étreignent-ils leurs proches ? Ou bien est-ce que ce sont juste des choses qui arrivent ? La mère de famille qui couche ses quatre enfants en s'inquiétant des covoiturages du matin, du linge dont elle ne s'est pas encore occupée et du bruit bizarre que fait à nouveau la chaudière, quand elle entend soudain un craquement sinistre au bout du couloir. Ou l'adolescente qui rêve de son shopping du samedi avec sa Meilleure Amie pour la Vie et qui découvre en ouvrant les yeux qu'elle n'est plus seule dans sa chambre. Ou le père qui se réveille en sursaut et se demande Mais qu'est-ce que ? juste avant de recevoir un coup de marteau entre les deux yeux.*

Pendant les six dernières heures du monde tel que je le connais, je donne son dîner à Ree. Des macaronis au fromage de chez Kraft avec des morceaux de saucisse de dinde. Je coupe une pomme en tranches. Ree mange la chair blanche croquante et laisse des demi-sourires de pelure rouge. Toutes les vitamines sont dans la peau, lui dis-je. Elle lève les yeux au ciel – elle a quatre ans, mais là on dirait quatorze. C'est déjà la bagarre pour les vêtements : elle aime les jupes courtes, son père et moi préférons les robes longues ; elle veut un bikini, nous tenons à ce qu'elle porte un maillot de bain une pièce. J'imagine que c'est l'affaire de quelques semaines avant qu'elle ne demande les clés de la voiture.

Ensuite elle veut partir à la « chasse au trésor » dans le grenier. Je lui réponds que c'est l'heure du bain. De la douche, en fait.

Depuis qu'elle est bébé, nous nous lavons ensemble dans la vieille baignoire à pattes de lion dans la salle de bains de l'étage. Ree savonne deux Barbie et un canard princesse en caoutchouc. Je la savonne, elle. Lorsque nous avons fini, nous sentons toutes les deux la lavande et la salle de bains carrelée de noir et blanc est une étuve.

J'aime le rituel qui suit la douche. Nous nous enveloppons dans d'immenses serviettes, puis nous filons tout droit par le couloir froid jusqu'au Grand Lit de la chambre que je partage avec Jason ; nous nous y allongeons, côte à côte, les bras emmaillotés, mais les doigts de pied qui dépassent et se frôlent. Notre chat tigré orange, M. Smith, saute sur le lit et nous dévisage de ses grands yeux dorés en remuant sa longue queue.

« Quel moment tu as préféré aujourd'hui ? » demandé-je à ma fille.

Ree plisse le nez. « Je ne me souviens plus. »

M. Smith s'éloigne de nous, se trouve un coin bien douillet près de la tête de lit et commence sa toilette. Il sait ce qui vient ensuite.

« Mon moment préféré, c'est quand j'ai eu droit à un gros câlin en rentrant du collège. » Je suis enseignante. Nous sommes mercredi. Le mercredi, je rentre vers quatre heures. Jason part à cinq. Ree a l'habitude de cette organisation à présent. Papa s'occupe d'elle la journée, maman le soir. Nous ne voulions pas que notre enfant soit élevée par d'autres et nous avons ce que nous voulions.

« Je peux regarder un film ? » demande Ree. Sempiternelle question. Elle passerait sa vie enchaînée au lecteur de DVD si on la laissait faire.

« Pas de film, réponds-je avec légèreté. Raconte-moi l'école. »

Elle revient à la charge :

« Un petit film, dit-elle avant de proposer d'un air triomphant : Nos amis les légumes *!*

– Pas de film », répété-je en dégageant un peu mon bras pour la chatouiller sous le menton. Il est près de huit heures du soir et je sais qu'elle est fatiguée et têtue. J'aimerais éviter un beau caprice aussi près de l'heure du coucher. « Alors, raconte-moi l'école. Qu'est-ce que vous avez eu comme collation ? »

Elle libère ses bras et me chatouille sous le menton. « Des carottes !

– Ah oui ? » Encore des chatouilles, derrière son oreille. « Qui les a apportées ?

– Heidi ! »

Elle essaie d'atteindre mes aisselles. Je bloque adroitement sa manœuvre. « Arts plastiques ou musique ?

– Musique !

– Chant ou instrument ?

– Guitare ! »

Elle enlève sa serviette et me saute dessus pour me chatouiller partout où elle le peut de ses petits doigts vifs, dernier débordement d'énergie avant l'effondrement de la fin de journée. J'arrive à la repousser, mais roule en riant jusqu'à tomber du lit. J'atterris lourdement sur le parquet, ce qui ne fait que redoubler l'hilarité de Ree tandis que M. Smith émet un miaulement de protestation. Il sort de la chambre en trottinant, impatient désormais que notre rituel du soir s'achève.

Je sors un long tee-shirt pour moi et une chemise de nuit Petite Sirène pour elle. Nous nous brossons les dents ensemble, côte à côte devant le miroir ovale. Ree aime que nous crachions en même temps. Deux histoires, une chanson et une demi-comédie musicale plus tard, elle est enfin couchée, Doudou Lapine entre les bras et M. Smith roulé en boule à ses pieds.

Vingt heures trente. Notre petite maison est officiellement à moi. Je m'installe au bar de la cuisine. Je prends un thé en corrigeant des copies, le dos tourné à l'ordinateur pour ne pas être tentée. L'horloge en forme de chat que Jason a offerte à Ree pour Noël miaule pour sonner l'heure. Le bruit résonne dans les deux étages de notre pavillon des années 1950, qui paraît ainsi plus vide qu'il ne l'est réellement.

J'ai froid aux pieds. C'est le mois de mars en Nouvelle-Angleterre, les journées sont encore fraîches. Je devrais mettre des chaussettes, mais j'ai la flemme de me lever.

Vingt et une heures quinze, je fais ma ronde. Je pousse le verrou de la porte de derrière, vérifie les coins en bois enfoncés dans tous les châssis de fenêtre. Pour finir, je ferme le double verrou de la porte d'entrée métallique. Nous vivons à South Boston, dans un quartier résidentiel sans prétention, avec des rues bordées d'arbres et des parcs pour les enfants. Beaucoup de familles, beaucoup de clôtures de piquets blancs.

Je vérifie quand même les verrous et je renforce les fenêtres. Jason et moi avons chacun nos raisons.

Puis je me retrouve de nouveau devant l'ordinateur, avec les doigts qui me démangent. Je me dis qu'il est l'heure d'aller au lit. Que je ferais mieux de ne pas m'asseoir. Tout en sachant que je vais sans doute le faire quand même. Rien qu'une minute. Pour vérifier quelques messages. Où est le mal ?

Au dernier moment, je me découvre une force de volonté que je ne me connaissais pas. Je choisis d'éteindre le PC. C'est une autre règle de la maison : éteindre l'ordinateur avant d'aller se coucher.

Un ordinateur est un portail, vous savez, un point d'entrée chez vous. Mais peut-être ne le savez-vous pas.

Vous comprendrez bien assez tôt.

Vingt-deux heures, je laisse la lumière de la cuisine pour Jason. Il n'a pas appelé, donc il doit avoir beaucoup de boulot ce soir. Pas grave, me dis-je. Le boulot, c'est le boulot. J'ai l'impression qu'on se parle de moins en moins. Ça arrive. Surtout avec un enfant en bas âge.

Je repense aux vacances de février. À cette escapade familiale qui a été la pire ou la meilleure chose qui nous soit jamais arrivée, selon le point de vue duquel on se place. J'aimerais m'expliquer ce qui s'est passé. Comprendre mon mari, me comprendre moi-même. Il y a des actes sur lesquels on ne peut plus jamais revenir, des mots qu'on ne peut plus jamais retirer.

Je ne peux rien y faire ce soir. Il y a des semaines que je ne peux rien y faire en réalité et ça me remplit d'une angoisse grandissante. À une époque, je croyais sincèrement que l'amour pouvait à lui seul panser toutes les blessures. Je ne suis plus si bête.

En haut des escaliers, je m'arrête devant la porte de Ree pour mon dernier coup d'œil du soir. J'entrouvre la porte avec précaution et jette un regard. Les yeux dorés de M. Smith me dévisagent en retour. Il ne se lève pas et je ne peux pas l'en blâmer : ils sont bien, avec Ree pelotonnée sous le duvet à fleurs rose et vert, le pouce dans le bec, une touffe de boucles brunes qui dépasse des draps. Elle a de nouveau l'air petite, comme le bébé que j'avais hier encore, je le jure, et pourtant quatre ans ont passé, elle s'habille toute seule, mange toute seule et nous fait part de toutes ses idées sur la vie.

Je crois que je l'aime.

Je crois que le mot aimer ne suffit pas à exprimer l'émotion qui m'étreint le cœur.

Je referme tout doucement la porte et me faufile dans ma chambre, je me glisse sous l'édredon vert et bleu.

La porte est entrouverte pour Ree. La lampe du couloir allumée pour Jason.

Le rituel du soir est accompli. Tout est comme il se doit.

Je suis couchée sur le côté, un coussin entre les genoux, une main posée sur la hanche. Je regarde tout et rien. Je me dis que je suis fatiguée, que j'ai fait une connerie, que je voudrais que Jason soit rentré et que pourtant je suis contente qu'il ne soit pas là ; qu'il faut que je trouve une solution mais que je ne vois pas du tout laquelle.

J'aime mon enfant. J'aime mon mari.

Je suis une abrutie.

Et je me souviens d'une chose, une chose à laquelle je n'ai plus pensé depuis des mois maintenant. Un fragment qui n'est pas tant un souvenir qu'une odeur : des pétales de rose, fripés, fanés, frémissants devant la fenêtre de ma chambre dans la chaleur de la Géorgie. Et la voix de maman qui monte du couloir sombre : « Je sais quelque chose que tu ne sais pas... »

« Chut, chut », murmuré-je à présent. Ma main se pose sur la courbe de mon ventre et je repense à trop de choses que j'ai passé la plus grande partie de ma vie à essayer d'oublier.

« Chut, chut », répété-je.

Et là, un bruit au pied des escaliers...

Dans les derniers instants du monde tel que je le connaissais, j'aimerais pouvoir vous dire que j'ai entendu une chouette hululer dans les ténèbres. Ou que j'ai vu un chat noir franchir notre clôture. Ou que j'ai senti les poils de ma nuque se dresser.

J'aimerais pouvoir vous dire que j'ai vu le danger, que je me suis battue comme une lionne. Après tout, j'étais bien placée pour savoir avec quelle facilité l'amour peut se transformer en haine, le désir en obsession. J'étais bien placée pour le voir venir.

Mais ça n'a pas été le cas. Vraiment pas.

Et, imbécile que je suis, quand son visage est apparu dans l'ombre de ma porte, ma première pensée a été qu'il était aussi beau que le jour de notre rencontre et que j'avais encore envie de caresser les contours de sa mâchoire, de passer mes doigts dans ses cheveux ondulés...

11

Et ensuite je me suis dit, en voyant ce qu'il avait à la main, qu'il ne fallait pas que je crie. Il fallait que je protège ma fille, ma précieuse petite fille toujours endormie à l'autre bout du couloir.

Il est entré dans la chambre. A levé les deux bras.

Je vous jure que je n'ai pas fait un bruit.

2

L E COMMANDANT D.D. Warren adorait les buffets à volonté. L'idée n'était jamais d'y manger des pâtes – un aliment bourratif, et tout bonnement une erreur de stratégie s'il y avait moyen d'avoir du rôti. Non, elle avait peaufiné au fil des ans une technique très au point : première escale, le buffet de crudités. Non pas qu'elle aurait tué pour de la laitue iceberg, mais, en bonne trentenaire célibataire et obsédée du travail qu'elle était, elle ne s'encombrait pas de denrées périssables dans son frigo. Alors oui, le premier passage comprenait généralement des légumes, sinon, avec son régime alimentaire, elle risquait le scorbut.

Deuxième escale : de fines tranches de viande. De la dinde, passable. Du jambon rôti au miel, un cran au-dessus. Du rôti de bœuf saignant, le *nec plus ultra*. Elle l'aimait rouge cerise au centre et bien sanguinolent. Si sa viande ne sursautait pas légèrement quand elle la piquait avec sa fourchette, quelqu'un avait commis un crime de lèse-bœuf en cuisine.

Mais elle mangerait quand même, évidemment. Dans un buffet à volonté, on ne peut pas se montrer difficile.

Donc, un peu de salade, puis du rôti de bœuf saignant en fines tranches. Là, la première écervelée venue ne manquait jamais de prendre des pommes de terre pour accompagner sa viande. Malheureuse ! Mieux valait faire descendre avec de l'églefin grillé en croûte de crackers, pourquoi pas trois ou quatre palourdes farcies et, bien sûr,

13

des grosses crevettes fraîches. Sans oublier la poêlée de légumes ou encore ces haricots verts en cocotte parsemés de leurs oignons frits croustillants. Voilà ce qu'elle appelait un repas.

Le dessert constituait évidemment une étape cruciale dans un dîner au buffet. Le cheesecake relevait de la même catégorie que les pommes de terre et les pâtes : erreur de débutant, abstenez-vous ! Il était préférable de commencer par des crèmes ou des chips de fruit. Et puis, comme on dit, on a toujours une petite place pour de la gelée. Voire de la mousse au chocolat. Et de la crème brûlée. Avec des framboises, l'extase.

Ouais, elle se serait bien tapé une crème brûlée.

De sorte qu'il était un peu regrettable qu'il ne soit que sept heures du matin et que ce qui ressemblait le plus à de la nourriture dans son loft du North End soit un paquet de farine.

D.D. se retourna dans son lit, sentit son estomac gargouiller et essaya de faire comme si c'était la seule partie d'elle-même qui avait faim.

De l'autre côté de la rangée de fenêtres, le matin semblait gris. Encore une matinée de mars froide et givrée. En temps normal, elle aurait déjà été debout et en route pour le central de police, mais elle avait bouclé la veille deux mois d'enquête intensive sur une fusillade en voiture qui avait fauché un dealer plein d'avenir et une mère de famille qui promenait ses deux enfants en bas âge. La fusillade, humiliation supplémentaire, avait eu lieu à trois encablures du commissariat central de Boston à Roxbury.

La presse en avait fait des gorges chaudes. Les habitants du quartier avaient organisé des manifestations quotidiennes pour réclamer des rues plus sûres.

Et le commissaire divisionnaire avait aussitôt formé une grosse cellule d'enquête, dirigée, comme de bien entendu, par D.D. parce que, curieusement, une jolie fliquette blonde se ferait moins éreinter que le premier pantin venu.

Cela n'avait pas dérangé D.D. D'ailleurs, elle ne vivait que pour ça. Le crépitement des appareils photo, la foule hystérique, les politiciens rougeauds. Qu'ils y viennent. Elle affrontait la vindicte populaire, puis se retirait der-

14

rière des portes closes pour fouetter les ardeurs policières de son équipe. Un connard croyait pouvoir massacrer toute une famille pendant ses heures de service ? Il ferait beau voir.

Ils avaient dressé une liste des suspects potentiels et mis la pression. Et ça n'avait pas raté : six semaines plus tard, ils faisaient une descente dans un entrepôt désaffecté près des quais et tiraient leur homme de ses recoins sombres pour le traîner sous l'œil des caméras à la lumière crue du soleil.

Sa brigade et elle seraient des héros pendant vingt-quatre heures, après quoi le prochain abruti se pointerait et tout recommencerait. Ainsi va le monde. Ça merde, on essuie, on tire la chasse. Et ça remerde.

Elle soupira, se retourna d'un côté, de l'autre, passa la main sur son drap soyeux et soupira à nouveau. Elle devrait sortir du lit. Se doucher. S'amuser comme une petite folle à s'occuper de son linge et nettoyer le capharnaüm qui lui tenait lieu de chez-elle.

Elle repensa au buffet. Et au sexe. Une étreinte torride, violente, où elle en prendrait pour son grade. Elle avait envie de pétrir un cul dur comme de la pierre. Envie de bras comme des sangles d'acier autour ses hanches. De la brûlure d'un visage d'homme mal rasé entre ses cuisses tandis qu'elle lacérerait de ses ongles ces mêmes draps blancs frais.

Putain de merde. Elle rejeta les couvertures et sortit avec exaspération de la chambre, vêtue d'un seul tee-shirt, d'une culotte et d'un fin vernis de frustration sexuelle.

Elle allait faire le ménage. Un jogging. Manger une douzaine de beignets.

Elle entra dans la cuisine, sortit la boîte de café en grains du congélateur, trouva le moulin et s'attela à la tâche.

Elle avait trente-huit ans, nom d'un chien. Enquêtrice acharnée et incorrigible bourreau de travail. Elle se sentait un peu seule, sans mari sexy ni deux virgules deux mioches qui couraient dans tous les sens ? Trop tard pour changer la donne, maintenant.

Elle versa le café fraîchement moulu dans le petit filtre et appuya sur l'interrupteur. La machine italienne se mit en marche avec un ronflement, une odeur d'espresso se répandit et la calma un peu. Elle sortit le lait et se prépara à faire la mousse.

Elle avait acheté ce loft dans le North End trois mois plus tôt. Beaucoup trop bien pour une policière, mais c'étaient les joies d'un secteur immobilier en pleine crise à Boston. Les promoteurs construisaient, le marché ne suivait pas. De sorte que de modestes travailleurs comme D.D. se voyaient soudain offrir un ticket pour la belle vie. Elle aimait cet appartement. Ouvert, aéré, minimaliste. Quand elle était chez elle, ça suffisait à lui faire penser qu'elle devrait y être plus souvent. Elle ne le faisait pas, mais elle y pensait.

Elle finit la préparation de son *latte* et s'approcha de la rangée de fenêtres qui donnaient sur une petite rue passante. Toujours agitée, toujours les nerfs en pelote. Elle aimait la vue qui s'offrait à elle. Une rue animée, pleine de gens très occupés qui se hâtaient. Toutes ces petites vies avec leurs petites urgences, et personne pour la voir, s'inquiéter d'elle, attendre d'elle quoi que ce soit. Voilà, elle n'était pas de service et pourtant la vie continuait. Pas une mauvaise leçon pour une femme comme elle.

Elle souffla sur un petit amas de mousse, but quelques gorgées et sentit sa tension se relâcher un peu plus.

Elle n'aurait jamais dû aller à ce mariage. C'était ça, le problème. Les femmes de son âge devraient boycotter tous les mariages et les baptêmes.

Foutu Bobby Dodge. Il s'était étranglé en prononçant ses vœux. Et Annabelle avait pleuré, jolie comme c'était pas permis dans sa robe bustier blanche. Puis la chienne, Bella, avait remonté la nef avec deux alliances en or attachées à son collier avec un énorme nœud.

Comment ne pas s'attendrir un peu devant un truc pareil ? Surtout quand la musique avait commencé et que tout le monde s'était mis à danser sur « At Last » d'Etta James, sauf elle, bien sûr, parce qu'elle était tellement prise par son boulot qu'elle n'avait jamais le temps de se trouver un petit ami.

16

D.D. but encore du *latte,* observa les petites vies animées en bas d'un air renfrogné.

Bobby Dodge s'était marié. C'était ça, le problème. Il avait trouvé quelqu'un de mieux qu'elle et maintenant il était marié, alors qu'elle...

Bordel, elle avait besoin de sexe.

Elle venait de lacer ses chaussures de jogging quand son portable sonna. Elle regarda le numéro, s'étonna, porta le téléphone à son oreille.

« Commandant Warren, annonça-t-elle sèchement.

– Bonjour, mon commandant. Capitaine Brian Miller, district C-6. Désolé de vous déranger. »

D.D. haussa les épaules, attendit. Puis, comme le capitaine n'enchaînait pas tout de suite : « En quoi puis-je vous être utile ce matin, capitaine Miller ?

– C'est que, j'ai une affaire... »

Une fois encore, la voix de Miller resta en suspens et, une fois encore, D.D. attendit.

Le district C-6 était le commissariat de secteur qui couvrait le quartier de South Boston. En tant que commandant à la brigade criminelle, D.D. travaillait peu avec les enquêteurs de cette zone. South Boston n'était pas vraiment connu pour ses meurtres. Vols, cambriolages, braquages, oui. Homicides, pas tellement.

« Le central a reçu un appel à cinq heures du matin, finit par expliquer Miller. Un homme qui a découvert en rentrant chez lui que sa femme avait disparu. »

D.D. eut l'air étonné, se rassit dans son fauteuil. « Il *rentrait* chez lui à cinq heures du matin ?

– Il a signalé la disparition à cette heure-là. Il s'appelle Jason Jones. Ça vous dit quelque chose ?

– Ça devrait ?

– Il est journaliste au *Boston Daily.* Il couvre l'actualité de South Boston, publie des articles sur la communauté urbaine. Apparemment, il travaille presque tous les soirs pour suivre les réunions du conseil municipal, les conseils d'administration, que sais-je. Mercredi, c'était le syndicat des eaux et ensuite on l'a envoyé sur un incendie domestique. L'un dans l'autre, il a bouclé vers deux heures du matin et quand il est rentré chez lui, sa fille de quatre ans dormait dans son lit, mais sa femme était aux abonnés absents.

– D'accord.

– Les premiers intervenants ont suivi la procédure habituelle, continua Miller. Ils ont fait le tour de la maison. La voiture est dans la rue, le sac à main et les clés de la femme sur le bar de la cuisine. Aucun signe d'effraction, mais dans la chambre du premier, une lampe de chevet cassée et un édredon vert et bleu disparu.

– D'accord.

– Vu les circonstances, une mère qui aurait laissé un enfant seul et j'en passe, les premiers intervenants ont appelé leur responsable, lequel a contacté mon supérieur au commissariat de secteur. Inutile de dire que nous avons passé les dernières heures à ratisser le quartier, interroger les commerçants, rechercher la famille et les amis, etc. Pour faire court, je suis dans le bleu total.

– Vous avez un corps ?

– Non, madame.

– Des taches de sang ? Empreintes de chaussure, traces de lutte ?

– Juste une lampe fracassée.

– Les premiers intervenants ont bien vérifié dans *toute* la maison ? Grenier, sous-sol, vide sanitaire ?

– On essaie.

– On essaie ?

– Le mari… ce n'est pas qu'il refuse, mais enfin il n'est pas franchement coopérant.

– Oh, fait chier. » Et d'un seul coup, D.D. comprit. Pourquoi un enquêteur de district appelait un commandant de la brigade criminelle pour une disparition. Et pourquoi le commandant de la brigade criminelle n'irait pas faire son jogging. « Mme Jones… elle est jeune, blanche et jolie, c'est ça ?

– Enseignante, blonde, vingt-trois ans. Le genre de sourire à vous illuminer un écran de télé.

– Pitié, dites-moi que vous n'en avez pas parlé sur nos fréquences.

« – Pourquoi croyez-vous que je vous ai appelée sur votre portable ?

– C'est quoi, l'adresse ? Donnez-moi dix minutes. J'arrive. »

D.D. abandonna ses chaussures de sport dans le séjour, son short dans le couloir et son tee-shirt dans la chambre. Un jean, une chemise blanche col boutonné, une paire de bottes qui tue et elle était prête. Elle fixa son bip à sa ceinture, suspendit sa plaque à son cou, glissa son portable dans sa poche arrière.

Dernière halte pour son blouson en cuir caramel préféré, accroché à une patère près de la porte.

Puis le commandant Warren se mit en route, ravie d'avoir du boulot.

South Boston avait une histoire longue et mouvementée, même à l'aune de Boston. Coincé entre un quartier d'affaires trépidant et l'océan bleu vif, c'était une pittoresque cité portuaire qui offrait tous les avantages de la grande ville. À l'origine, cette zone avait été peuplée par des populations déshéritées. Des immigrants, irlandais pour la plupart, qui tiraient le diable par la queue et s'entassaient à trente par pièce dans des immeubles pouilleux où des seaux tenaient lieu de latrines et où un tas de paille devenait un matelas infesté de puces. La vie était dure et la maladie, la vermine et la pauvreté le lot commun.

Cent cinquante ans plus tard, « Southie » était autant un état d'esprit rebelle qu'un quartier. Il donna le jour à Whitey Bulger, un des plus célèbres barons de la pègre de Boston, qui, dans les années 1970, fit des projets immobiliers de la ville son terrain de jeux personnel et rendit dépendants la moitié des habitants tout en employant l'autre. Et malgré tout, le quartier avait résisté ; chacun prenait soin de son voisin, chaque génération de petits durs futés engendrait une nouvelle génération de petits durs futés.

Les étrangers ne comprenaient pas et, pour les habitants de Southie, c'était aussi bien comme ça.

Malheureusement, rebelle ou pas, il faut à un moment donné rentrer dans le rang. Un jour, une grande manifestation portuaire attira des hordes de citadins dans le quartier. Ils débarquèrent en s'attendant à des quartiers sordides et des rues délabrées et découvrirent des vues sur mer, une abondance d'espaces verts et des écoles catholiques de premier ordre. Voilà un quartier, à dix minutes du centre de Boston, où le plus dur le samedi matin était de décider si on allait prendre à droite vers le parc ou à gauche pour aller flâner sur la plage.

Inutile de dire que les jeunes cadres dynamiques trouvèrent des agents immobiliers et qu'en moins de temps qu'il n'en faut pour le dire, les vieux immeubles devinrent de luxueuses résidences en front de mer et les maisons de quatre étages qui se trouvaient dans les familles depuis des générations furent vendues à des promoteurs pour cinq fois la valeur qu'on leur aurait jamais donnée.

Le quartier y perdit et y gagna à la fois. Accueillit d'autres classes sociales et origines ethniques. Garda ses parcs magnifiques et ses rues arborées. Se dota de nouveaux cafés. Conserva ses pubs irlandais. Davantage de jeunes cadres aux dents longues. Encore beaucoup de familles avec enfants. Un coin sympa si vous aviez acheté avant que les prix ne deviennent délirants.

D.D. suivit son GPS jusqu'à l'adresse indiquée par le capitaine Miller. Elle se retrouva non loin de la mer devant un petit bungalow désuet, marron et crème, avec une pelouse grande comme un mouchoir de poche et un érable dénudé. Deux idées lui vinrent en même temps : Quelqu'un avait construit un *bungalow* à Boston ? Et deux : le capitaine Miller était bon. Cinq heures et demie après une demande d'intervention, toujours pas de ruban de scène de crime, pas d'escadron de véhicules de patrouille et, mieux encore, pas de longue file de camionnettes de médias. La maison semblait paisible, la rue semblait paisible. Le calme qui précède la tempête, comme on dit.

20

D.D. fit trois fois le tour du pâté de maisons avant de se garer finalement à plusieurs rues de là. Si Miller avait réussi à tenir aussi longtemps sans publicité, elle n'allait pas vendre la mèche.

En arrivant à pied, les poings serrés dans les poches, les épaules voûtées contre le froid, elle découvrit Miller dans le jardin de devant qui la guettait. Il était plus petit qu'elle ne s'y attendait, avec des cheveux bruns clairsemés et une moustache des années 1970. Il avait le physique d'un excellent agent infiltré : tellement quelconque que personne ne le remarquerait, alors de là à s'apercevoir qu'il écoutait des conversations importantes... Il avait aussi le teint blafard d'un homme qui passait le plus clair de son temps sous les néons. Gratte-papier, songea D.D., qui réserva immédiatement son jugement.

Miller traversa la pelouse et lui emboîta le pas. Il ne s'arrêta pas, alors elle non plus. Il faut parfois être un peu comédien quand on mène une enquête. Aujourd'hui, ils jouaient, semblait-il, le rôle d'un couple en route pour une petite promenade matinale. Le costume marron froissé de Miller était un peu guindé pour le personnage, mais D.D., en jean moulant et blouson cuir, était d'enfer.

« Sandra Jones travaille au collège, expliqua rapidement Miller à voix basse pendant qu'ils longeaient le premier pâté de maisons et se dirigeaient vers la mer. Elle est prof et enseigne plusieurs matières en sixième. Deux de nos agents y sont, mais personne n'a eu de ses nouvelles depuis qu'elle a quitté l'établissement hier à quinze heures trente. Nous avons mené l'enquête de voisinage auprès des petits commerces, débits de boisson, épiceries : rien. La vaisselle du dîner est dans l'évier. Une pile de copies corrigées à côté de son sac à main sur le bar de la cuisine. D'après le mari, Sandra ne se mettait généralement pas au travail avant d'avoir couché leur fille à huit heures. Donc, on part de l'hypothèse qu'elle était à la maison avec sa fille au moins jusqu'à environ huit heures et demie, neuf heures. Le téléphone portable ne montre aucun appel après six heures ; nous avons demandé un relevé de leur ligne fixe.

21

« – Et la famille ? Des grands-parents, des oncles, des tantes, des cousins ? » demanda D.D.

Le soleil avait enfin troué la couverture nuageuse grise, mais l'air restait vif, le vent soulevait des embruns et transperçait sans pitié son blouson de cuir.

« Pas de famille dans la région. Juste un père en Géorgie, avec qui elle est brouillée. Le mari n'a pas voulu préciser, il s'est contenté de dire que c'était de l'histoire ancienne et que ça n'avait rien à voir.

– C'est bien gentil de sa part de réfléchir à notre place. Vous avez appelé le père ?

– Je le ferais si j'avais un nom.

– Le mari refuse de vous le donner ? » demanda D.D., incrédule.

Secouant la tête, Miller enfonça les poings dans les poches de son pantalon ; son haleine formait de petits nuages de vapeur. « Oh, attendez d'avoir rencontré le lascar. Ça vous arrive de regarder cette série ? Celle qui se passe dans un hôpital ?

– *Urgences* ?

– Non, celle avec plus de sexe.

– *Grey's Anatomy* ?

– Ouais, celle-là. Comment il s'appelle le médecin ? Latour, Balourd… ?

– *Mamour* ?

– Celui-là même. M. Jones pourrait être son jumeau. Les cheveux vaguement ébouriffés, le début de barbe… Sûr qu'à la minute où l'info sera diffusée, ce type recevra plus de courrier d'admiratrices que l'autre qui a tué sa femme, là… Scott Peterson. Je dirais qu'on a une vingtaine d'heures devant nous et ensuite, soit on retrouve Sandy Jones, soit on sera dans la merde jusqu'au cou. »

D.D. poussa un gros soupir. Ils arrivèrent en bord de mer, tournèrent à droite, continuèrent. « Les hommes sont trop cons, marmonna-t-elle avec impatience. Enfin, je ne comprends pas. On dirait qu'il ne se passe plus une semaine sans qu'un beau mec qui a tout pour lui essaie de résoudre ses problèmes conjugaux en tuant sa femme pour ensuite prétendre qu'elle a disparu. Et pas une semaine sans que les médias se précipitent…

– Les paris sont ouverts. Cinq contre un que la première interview sera pour Nancy Grace. Quatre contre un pour Greta Van Susteren. »

D.D. lui lança un regard noir. « Et pas une semaine sans que la police forme une cellule d'enquête, que des volontaires ratissent la forêt, que la gendarmerie maritime drague le port, et vous savez quoi ? »

Miller semblait plein d'espoir.

« On découvre le corps de la femme et le mari se retrouve à tirer de vingt ans à perpète dans un quartier de haute sécurité. On pourrait croire qu'au moins un de ces types se résoudrait à un bon vieux divorce maintenant, non ? »

Miller ne voyait rien à répondre.

D.D. soupira, se passa la main dans les cheveux, soupira encore. « Okay, simple réaction viscérale. Vous pensez qu'elle est morte ?

– Oui », répondit simplement Miller. Comme elle attendait, il expliqua : « La lampe cassée, l'édredon disparu. Je dirais que quelqu'un a enveloppé le corps et l'a embarqué. L'édredon a dû contenir le sang, d'où l'absence de preuves matérielles.

– D'accord. Vous pensez que c'est le mari ? »

Miller sortit une feuille de calepin jaune pliée de sa veste sport marron et la lui donna. « Ça va vous plaire. Si le mari s'est montré, disons, réticent à répondre à nos questions, il nous a, en revanche, fourni son emploi du temps de la soirée, y compris les noms et numéros de téléphone de gens qui pourraient confirmer sa présence.

– Il a fourni une liste d'*alibis* ? » s'étonna D.D. en dépliant la feuille.

Elle lut le premier nom de la liste, *Larry Wade, capitaine des pompiers*, puis *James McConnagal, police d'État du Massachusetts*, suivis de trois autres noms appartenant cette fois-ci à la police municipale de Boston. Elle continua de lire, les yeux de plus en plus ronds, puis ses mains se mirent à trembler de rage à peine contenue. « Redites-moi qui est ce type, déjà ?

– Journaliste, *Boston Daily*. Une maison a brûlé hier soir. Il prétend qu'il y était pour faire un papier, et la moitié de la police de Boston avec lui.

– Sans blague. Vous avez appelé un de ces types ?

– Non, je sais déjà ce que je vais obtenir comme réponse.

– Ils l'auront vu, mais pas vraiment, traduisit D.D. C'était un incendie, tout le monde travaillait. Peut-être qu'il a demandé un commentaire à chacun d'eux, donc ils l'auront remarqué à ce moment-là, mais ensuite quand il a filé…

– Ouais. Question alibi, il frappe fort d'emblée. Il a une demi-douzaine de gars de chez nous pour dire où il se trouvait hier soir, même s'il n'y était pas en permanence. Conclusion, termina Miller en agitant un doigt vers elle, ne vous laissez pas embobiner par les beaux yeux de M. Jones. Le docteur Mamour en a aussi dans le ciboulot. Il n'y a pas de justice. »

D.D. lui rendit le papier. « Il a demandé l'assistance d'un avocat ? » Ils arrivèrent à un coin de rue et, d'un commun accord, firent demi-tour et prirent le chemin du retour. Ils marchaient face au vent à présent ; la forte brise plaquait leurs blousons sur leurs poitrines et les embruns leur fouettaient le visage.

« Pas encore. Il refuse seulement de répondre à nos questions.

– Vous l'avez invité à vous accompagner au commissariat ?

– Il a demandé à voir notre mandat d'amener. »

Étonnée, D.D. prit acte de cette information. Le docteur Mamour en avait vraiment dans le ciboulot. En tout cas, il connaissait mieux ses droits que le plantigrade moyen. Intéressant. Elle rentra le menton, détourna son visage du vent. « Aucune trace d'effraction ?

– Aucune, et tenez-vous bien : la porte d'entrée et la porte de derrière sont toutes les deux métalliques.

– Sérieux ?

– Oui. Avec des verrous à double entrée. Oh, et on a trouvé des chevilles en bois enfoncées dans la plupart des cadres de fenêtres.

– Sans rire. Qu'en dit le mari ?

– C'est une des questions auxquelles il n'a pas souhaité répondre.

– Est-ce qu'il y a une alarme ? De la vidéo-surveillance peut-être ?

– Non et non. Même pas une caméra pour la nounou. J'ai demandé. »

Ils approchaient de la maison à présent, le charmant bungalow des années 1950 apparemment mieux protégé que Fort Knox.

« Des verrous à double entrée, murmura D.D. Pas de caméra. Je me demande si ce dispositif vise à empêcher quelqu'un d'entrer ou de sortir.

– Vous pensez qu'elle était maltraitée ?

– Ce ne serait pas la première. Il y a un enfant, vous dites ?

– Une fille de quatre ans. Clarissa Jane Jones. Ils l'appellent Ree.

– Vous avez parlé avec elle ? »

Miller hésita. « La gamine a passé la matinée recroquevillée sur les genoux de son père, l'air assez traumatisée. Comme je n'avais aucun espoir que ce type nous laisse lui parler seul à seul, je n'ai pas insisté. Je me suis dit que je reviendrais vers ces deux-là quand on aurait un peu plus de billes. »

D.D. hocha la tête. Interroger les enfants est un art difficile. Certains enquêteurs savent s'y prendre, d'autres non. Elle devinait à sa réticence que Miller n'était pas trop à l'aise avec ça. Ce qui expliquait pourquoi c'était D.D. qui touchait un gros chèque en fin de mois.

« Le mari est confiné ? » demanda-t-elle. Ils gravirent le perron du bungalow et s'approchèrent d'un paillasson vert vif parsemé de fleurs jaunes et sur lequel on lisait *Bienvenue* en lettres manuscrites bleues. Le genre de paillasson qu'une mère et sa fille pourraient choisir, songea D.D.

« Le père et la fille sont dans le séjour. J'ai laissé un planton. C'est ce que je peux faire de mieux pour l'instant.

– Pour l'instant, accorda-t-elle en s'arrêtant devant le paillasson. Vous avez fouillé la maison ?

– À quatre-vingt-dix pour cent.

– Les voitures ?

– Oui.

– Les dépendances ?

– Oui.

– Interrogé les petits commerçants, les voisins, les amis, la famille et les collègues ?

– C'est en cours.

– Et toujours aucune trace de Sandra Jones. »

Miller consulta sa montre. « Environ six heures après l'appel du mari, toujours aucune trace de Sandra Jones, jeune femme blanche de vingt-trois ans.

– Mais vous avez quand même une scène de crime potentielle dans la grande chambre, un témoin potentiel en la personne de la fillette de quatre ans et un suspect potentiel en celle du mari journaliste. Ça résume bien ?

– Ça résume bien, confirma Miller avec un geste vers la porte d'entrée qui trahissait pour la première fois une pointe d'impatience. Par où vous voulez attaquer : la maison, le mari ou la gamine ? »

D.D. posa une main sur la poignée. Une première réponse instinctive lui vint, mais elle prit le temps de raisonner. Les toutes premières heures d'une enquête, lorsque l'alerte a été donnée mais qu'il n'y a pas encore crime, sont toujours cruciales. Ils avaient des soupçons, mais pas encore de mobile ; un individu à auditionner, mais pas encore de principal suspect. Juridiquement, tout ce qu'ils pouvaient faire risquait de les mettre dedans.

D.D. soupira, comprit qu'elle n'était pas près de rentrer chez elle et fit son choix.

3

J'AI TOUJOURS EU LE DON de repérer les flics. Il y en a qui savent bluffer au poker avec une paire de deux. Moi, je n'ai pas cette chance. Mais je sais repérer les flics.

J'ai remarqué les premiers agents en civil pendant mon petit déjeuner. Je venais de me verser un bol de Rice Crispies et j'étais accoudé au bar en Formica tristounet, sur le point d'en prendre une bouchée. J'ai jeté un œil par la petite fenêtre au-dessus de l'évier et il était là, dans un joli cadre de dentelle Renaissance : individu de sexe masculin, blanc, environ un mètre soixante-quinze, un mètre quatre-vingts, cheveux bruns, yeux marron, qui marchait à grandes enjambées sur le trottoir d'en face en direction du sud. Il portait un pantalon de coutil sans pli, une veste sport dans le genre tweed et une chemise bleue à col boutonné. Des chaussures de cuir brun cirées avec d'épaisses semelles en caoutchouc noir. Dans sa main droite, un petit carnet à spirale.

Un flic.

J'ai pris une bouchée de céréales, mâché, avalé et recommencé.

Le deuxième est apparu environ une minute et demie après le premier. Plus grand (dans les un mètre quatre-vingt-cinq), des cheveux blonds coupés en brosse et le genre de mâchoire charnue que les maigrichons comme moi ont instinctivement envie de démolir. Il portait le même pantalon beige, une veste sport différente et une chemise à col blanc. L'agent numéro deux s'occupait du côté droit de la rue, le mien.

Trente secondes plus tard, il a violemment frappé à ma porte.

J'ai pris une bouchée de céréales, mâché, avalé et recommencé.

Mon réveil sonne à 06:05 tous les matins, du lundi au vendredi. Je me lève, je me douche, je me rase, je passe un vieux jean et un vieux tee-shirt. Je suis le genre qui porte des boxers blancs. J'ai aussi une préférence pour les chaussettes de sport blanches qui montent jusqu'aux genoux, avec trois bandes bleu marine en haut. Ça a toujours été comme ça et ce sera toujours comme ça.

Six heures trente-cinq, je mange un bol de Rice Crispies, puis je rince le bol et la cuillère, que je laisse à sécher sur le torchon vert décoloré étalé à côté de l'évier en Inox. Six heures cinquante, je pars à pied bosser au garage où j'enfilerai une salopette bleue tachée d'huile avant de prendre ma place sous le capot d'une voiture. Je suis doué de mes mains, ce qui signifie que j'aurai toujours du travail. Mais je serai toujours le type sous le capot, pas celui qui accueille les clients. Jamais je n'aurai ce genre de boulot.

Je travaille jusqu'à six heures du soir, avec une heure de pause-déjeuner. Ça fait de longues journées, mais je ne gagnerai jamais plus d'argent qu'avec ces heures sup' et, là aussi, comme je suis doué de mes mains et pas bavard, ça ne dérange pas les patrons que je traîne dans les parages. Après le boulot, je rentre à la maison. Je me réchauffe quelque chose comme des raviolis pour le dîner. Je regarde *Seinfeld* à la télé. Je me couche vers dix heures.

Je ne sors pas. Je ne vais pas dans les bars, je ne me fais jamais de toile avec des copains. Je dors, je mange, je travaille. Chaque journée est plus ou moins semblable à la précédente. Je ne vis pas vraiment. J'existe, plutôt.

Les psys ont une expression pour ça : *faire comme si tout était normal.*

Je ne sais vivre que comme ça.

Je prends une autre bouchée de céréales, je mâche, j'avale et je recommence.

On frappe de nouveau à la porte.

Les lumières sont éteintes. Ma propriétaire, Mme H., est partie en Floride voir ses petits-enfants et ça n'aurait pas de sens de gaspiller de l'électricité pour moi tout seul.

Je repose le bol de céréales ramollies et le flic choisit ce moment-là pour tourner les talons et redescendre les marches du perron. Je passe de l'autre côté de la cuisine, d'où je peux surveiller sa progression, le voir aller chez les voisins et frapper à la porte.

Enquête de voisinage. Les flics font une enquête de voisinage dans la rue. Et ils viennent du nord. Donc il s'est passé quelque chose, probablement dans cette rue, un peu plus au nord.

Une idée me traverse l'esprit, celle à laquelle je n'avais pas vraiment envie de réfléchir, mais qui me trotte dans la tête depuis que le réveil a sonné, depuis que je suis allé dans la salle de bains et que j'ai contemplé mon reflet au-dessus du lavabo. Le bruit que j'ai entendu juste après avoir éteint la télé hier soir. Ce que je sais certainement que je n'ai pas envie de savoir, mais que je ne peux plus me sortir du crâne.

Je renonce au petit déjeuner et je me laisse tomber lourdement sur la chaise de cuisine.

Six heures quarante-deux. Aujourd'hui, on ne va pas faire comme si tout était normal, en fin de compte.

Aujourd'hui, on va être dans le vrai.

J'ai du mal à respirer. Mon cœur s'emballe, je sens mes paumes devenir moites. Et je pense à tant de choses en même temps que ça me donne mal à la tête, j'entends quelqu'un gémir et je reste perplexe jusqu'à comprendre que c'est moi.

Son sourire, si doux, si doux. Sa façon de me regarder, comme si je mesurais trois mètres, comme si je pouvais tenir le monde au creux de ma main.

Et ensuite les larmes qui dégoulinent sur ses joues. « Non, non, non. S'il te plaît, Aidan, arrête. Non... »

Les flics vont venir me chercher. Tôt ou tard. À deux, à trois, avec toute une équipe d'intervention, ils convergeront vers ma porte. C'est pour ça que les gens comme moi existent. Parce que chaque quartier doit avoir son mouton noir et on peut faire autant qu'on veut comme si tout était normal, ça n'y changera jamais rien.

Il faut que je réfléchisse. Que je prépare un plan. Que je me tire d'ici.

Pour aller où ? Combien de temps ? Je n'ai pas assez de fric…

J'essaie de maîtriser ma respiration. De me tranquilliser un peu. De me dire que ça va aller. Je suis ma thérapie. Pas d'alcool, pas de cigarettes, pas d'Internet. Je vais à mes séances, je me tiens à carreau.

Quand on mène une vie normale, c'est qu'on est normal, non ?

Rien de tout ça ne me réconforte. Je me rabats sur mes vieilles habitudes, sur la seule découverte dont je sois certain.

Je suis un menteur de première, surtout avec la police.

D.D. commença son inspection par la cuisine. En tournant la tête à gauche et en regardant par l'embrasure de la porte, elle devinait la silhouette d'un homme assis dans un canapé deux places vert foncé, le dossier recouvert d'un plaid arc-en-ciel. Jason Jones se tenait très immobile et, blottie sous son menton, se trouvait une autre tête toute bouclée qui ne bougeait pas non plus : sa fille, Ree, apparemment endormie.

D.D. prit soin de ne pas les fixer trop longtemps. À ce stade de la partie, elle ne voulait pas attirer l'attention sur elle. Le pressentiment de Miller était exact : ils avaient affaire à un suspect intelligent qui semblait savoir naviguer dans la procédure. Ce qui signifiait qu'ils allaient devoir prendre la situation en main, et vite, s'ils voulaient conduire un interrogatoire un tant soit peu sérieux du mari ou du témoin potentiel de quatre ans.

Elle se concentra donc sur la cuisine.

Celle-ci, comme le reste de la maison, conservait un semblant de charme suranné, mais montrait d'indéniables signes de vétusté. Un lino à carreaux noirs et blancs qui se décollait. Des appareils électroménagers que certains auraient qualifiés de rétro, mais que D.D. jugeait antédiluviens. La pièce était très exiguë. Un comptoir arrondi offrait assez de place pour deux personnes juchées sur des tabourets de bar en vinyle rouge. Il y avait une petite table devant les fenêtres, mais elle supportait un ordinateur au lieu d'offrir une place assise supplémentaire.

D.D. y vit matière à réflexion. Une famille de trois personnes qui n'avait de sièges que pour deux. Pouvait-on en tirer des conclusions sur la dynamique familiale ?

La cuisine était propre (plans de travail essuyés, désordre limité aux appareils alignés devant la crédence carrelée), mais pas trop : de la vaisselle sale s'empilait dans l'évier et, dans l'égouttoir, se trouvait de la vaisselle propre qui attendait encore qu'on la range dans le placard adéquat. Une vieille horloge de restaurant avec une fourchette et une cuillère en guise d'aiguilles ajoutait une note de gaieté au-dessus de la cuisinière et des rideaux jaune pâle à motif d'œufs sur le plat jaune vif ornaient le haut des fenêtres. Vieillot, mais chaleureux. Clairement, quelqu'un avait fait un effort.

D.D. aperçut un torchon à carreaux rouges suspendu à un crochet et se pencha pour le renifler avec curiosité. Miller la regarda d'un drôle d'air, mais elle se contenta de hausser les épaules.

Au début de sa carrière, elle avait travaillé sur une affaire de violence conjugale (les Daley, ils s'appelaient) dans laquelle Pat, le mari dominateur, obligeait sa femme, Joyce, à récurer la maison avec un soin militaire chaque jour que Dieu faisait. D.D. se souvenait encore de l'odeur prenante de l'ammoniaque qui l'avait fait larmoyer tandis qu'elle passait de pièce en pièce, jusqu'au moment, bien sûr, où elle était arrivée dans la chambre du fond où les effluves d'ammoniaque laissaient place à l'odeur écœurante du sang séché. Apparemment, cette bonne vieille Joyce n'avait pas fait le lit correctement ce matin-là. Moyennant quoi, Pat lui avait donné un coup de poing dans les reins. Joyce s'était mise à uriner du sang et, estimant sa dernière heure arrivée, était allée chercher le fusil de chasse à l'arrière de la voiture de son mari pour s'assurer qu'il la rejoindrait dans l'au-delà.

31

Joyce avait survécu à ses lésions rénales. Mais pas le mari, Pat, dont le coup de fusil avait emporté la majeure partie du visage.

Jusqu'ici, la cuisine faisait à D.D. l'effet d'une cuisine banale. Pas de pulsions maniaques (ni d'ordres) poussant quiconque à nettoyer et stériliser. Juste un endroit où une mère de famille avait servi le dîner et où des assiettes incrustées de macaronis attendaient encore dans l'évier qu'on s'occupe d'elles.

D.D. reporta son attention vers le sac à main en cuir noir posé sur le bar. Miller lui tendit sans mot dire une paire de gants en latex. Elle le remercia d'un signe de tête et entreprit de passer le contenu du sac au crible.

Elle commença par le téléphone portable de Sandra Jones. Le mari ne jouissait d'aucun droit à la protection de sa vie privée concernant le portable de sa femme et ils pouvaient donc l'examiner tout à loisir. D.D. passa en revue les textos et le journal des appels. Un seul numéro lui sauta aux yeux et il était étiqueté MAISON. Une mère qui prenait des nouvelles de sa fille, certainement. Deuxième numéro le plus fréquemment appelé : PORTABLE JASON – une épouse qui prenait des nouvelles de son mari, supposa D.D.

D.D. ne pouvait pas consulter la messagerie vocale sans le mot de passe, mais ne s'en fit pas pour autant. Miller contacterait l'entreprise de téléphonie mobile et lui demanderait de geler les messages et d'éditer leur journal. Les opérateurs conservent une copie des messages, même effacés, dans leurs bases de données, qui constituent donc une source d'informations fort commode pour les esprits curieux. Miller demanderait également à l'opérateur de déterminer par quelles antennes-relais les derniers appels de Sandra étaient passés afin de reconstituer ses derniers déplacements.

Dans le sac se trouvaient aussi trois tubes de rouge à lèvres (des nuances rose pastel), deux stylos, une lime à ongles, une barre de céréales, un chouchou noir, une paire de lunettes de vue, ainsi qu'un portefeuille contenant quarante-deux dollars en liquide, un permis de conduire délivré dans le Massachusetts en cours de validité, deux cartes de crédit et des cartes de fidélité, trois d'enseignes alimentaires et une d'une librairie. Enfin D.D. sortit un petit carnet à spirale rempli de diverses listes : courses à faire, démarches à accomplir, horaires de rendez-vous. D.D. laissa le carnet dehors comme devant être examiné en priorité et Miller approuva d'un signe de tête.

À côté du sac était posé un gros trousseau de clés. D.D. le souleva d'un air interrogateur.

« La télécommande appartient au break Volvo gris garé dans l'allée. Deux des clés concernent la maison. Pour quatre autres, nous ne savons pas, mais nous supposons qu'au moins une ouvre sa salle de classe. Je vais mettre un agent là-dessus.

– Vous avez regardé l'arrière du break ? » demanda-t-elle brusquement.

Miller la regarda d'un air de dire : Faites-moi un peu confiance. « Oui. Pas de surprise de ce côté-là. »

D.D. ne s'embarrassa pas d'excuses. Elle se contenta de reposer les clés et prit une pile de devoirs de classe, soigneusement notés à l'encre rouge. Sandra Jones avait donné à ses élèves la consigne d'écrire un paragraphe répondant à la question : « Si je devais fonder un village, quelle serait la première règle que tous les habitants devraient respecter et pourquoi ? »

Certains n'avaient pas réussi à écrire plus de quelques phrases. D'autres avaient pratiquement noirci la page. Chaque rédaction avait fait l'objet d'au moins un ou deux commentaires, puis d'une note entourée en haut de la page. L'écriture était féminine et certains élèves récoltaient des *smileys*. D.D. jugea que c'était le genre de détails auquel un faussaire ne penserait pas. En attendant, ces éléments la convainquaient que Sandra Jones s'était installée sur ce bar pour corriger ces copies, ce qui, à croire son mari, ne se produisait pas avant le coucher de la petite Ree.

Donc, vers neuf heures du soir, Sandra Jones était en pleine forme dans sa cuisine. Et ensuite...

Le regard de D.D. se dirigea vers l'ordinateur, un Dell qui semblait relativement neuf, posé sur la petite table rouge. Elle soupira.

« Allumé ? demanda-t-elle avec une envie à peine dissimulée.

– Je n'ai pas voulu me laisser tenter », répondit Miller.

L'ordinateur, épineuse question. Autant ils en avaient envie, autant il leur fallait l'autorisation du mari, qui avait le droit à la protection de sa vie privée. Un point qu'il faudrait négocier, à supposer qu'ils trouvent quelque chose à donner en échange.

D.D. se tourna vers l'étroit escalier qui montait du fond de la cuisine.

« Les techniciens sont déjà là-haut ? demanda-t-elle.

– Oui.

– Où est-ce qu'ils ont garé leur fourgon ?

– À quelques rues d'ici, près d'un pub. Plutôt envie de faire profil bas.

– Ça me plaît. Ils ont traité les escaliers ?

– C'est la première chose que je leur ai demandée, lui assura Miller avant d'ajouter : Écoutez, commandant, nous sommes là depuis six heures du matin. À un moment donné, j'ai eu un bataillon de dix agents dans la maison pour fouiller le sous-sol, les chambres, les placards et les buissons. Et tout ce qu'on a trouvé, c'est une lampe cassée et un édredon disparu dans la grande chambre. Alors, j'ai envoyé les techniciens à l'étage pour faire ce qu'ils avaient à faire et les autres aux quatre coins de la terre pour qu'ils me ramènent Sandra Jones ou un indice sur ce qui a bien pu lui arriver. On connaît nos fondamentaux. Seulement, ils n'ont rien donné. »

D.D. soupira à nouveau, attrapa la rampe et gravit l'escalier couleur chocolat.

L'étage était aussi douillet que le rez-de-chaussée. D.D. dut réprimer l'envie de se baisser lorsque deux vieux plafonniers lui effleurèrent le sommet des cheveux. Le couloir était en parquet, du même marron chocolat que les escaliers. Avec le temps, de la poussière s'était coincée dans les interstices du plancher et ses pas soulevaient quelques pelotes de poils fins et de squames. Un animal de compagnie, devina D.D., même si personne n'avait encore évoqué son existence.

Elle s'arrêta et se retourna pour regarder derrière elle la piste laissée par les empreintes de pas qui se mêlaient et se confondaient en une masse indistincte sur le plancher poussiéreux. Bonne chose qu'on se soit déjà occupé du sol, se dit-elle. Puis elle tiqua car elle venait d'avoir une idée qui l'inquiéta vivement.

Elle faillit ouvrir la bouche pour faire une remarque, mais se ravisa *in extremis*. Mieux valait attendre. Prendre la situation en main. Vite.

Ils passèrent devant une salle de bains exiguë décorée avec le même motif années 1950 que la cuisine. En face, s'ouvrait une chambrette avec un lit simple recouvert d'une couette rose et vert niché sous le toit fortement mansardé. Le plafond avait été peint en bleu vif et parsemé de nuages, oiseaux et autres papillons. Clairement une chambre de petite fille, coquette juste ce qu'il fallait pour que D.D. ait un pincement au cœur en pensant à la petite Clarissa Jane Jones qui s'était endormie pelotonnée dans un si charmant écrin et qui avait été réveillée par un défilé cauchemardesque d'agents en costumes sombres qui vadrouillaient dans sa maison.

D.D. ne s'attarda pas dans cette pièce et parcourut le couloir jusqu'à la grande chambre.

Deux techniciens de scène de crime se trouvaient devant les fenêtres. Ils venaient de baisser les stores et inspectaient la pièce à la lumière bleue. D.D. et Miller restèrent respectueusement dans le couloir pendant que la première silhouette en tenue blanche cherchait sur les murs, le plafond et le plancher des traces de fluides corporels. Lorsque des taches apparaissaient, le second y plaçait un plot en vue de futurs examens. L'opération prit une dizaine de minutes. Ils n'examinèrent pas le lit. Les draps et les couvertures avaient certainement déjà été embarqués pour être analysés au labo.

La première silhouette remonta les stores d'un coup sec, alluma la lampe de chevet rescapée et salua D.D. d'un joyeux : « Salut, mon commandant.

– Quelles nouvelles du front, Marge ?

– On gagne, comme d'hab'. »

35

D.D. s'avança pour serrer la main de Marge, puis celle du second technicien de scène de crime, Nick Crawford. Ils se connaissaient tous de longue date pour passer trop de temps sur ce genre de scène.

« Qu'est-ce que vous en dites ? leur demanda D.D.

– Il y a quelques touches, répondit Marge d'un air désabusé. On va les analyser, bien sûr, mais il n'y a rien de criant. Faut dire qu'on trouve des fluides corporels dans toutes les chambres du pays. »

D.D. acquiesça. Quand on fait une recherche de fluides corporels dans une chambre, deux choses doivent attirer l'attention : un, une trace qui saute aux yeux comme une éclaboussure qui luit sur un mur ou une énorme flaque qui s'illumine au sol ; et deux, l'absence totale de fluides corporels, qui indiquerait qu'on a eu recours à des détergents pour nettoyer la pièce de fond en comble. Comme disait Marge, on trouve quelque chose dans toutes les chambres.

« Et la lampe cassée ? demanda D.D.

– Nous l'avons ramassée par terre, intervint Nick, avec tous les débris à proximité immédiate. À première vue, la lampe s'est renversée et s'est brisée au sol plutôt qu'elle n'a servi d'arme. En tout cas, l'examen visuel n'a pas permis de découvrir de trace de sang sur son pied. »

D.D. hocha la tête. « La literie ?

– Le dessus-de-lit vert et bleu a disparu, mais le reste de la literie semble intact.

– Vous avez fait la salle de bains ? demanda D.D.

– Oui.

– Les brosses à dents ?

– Deux étaient encore humides à notre arrivée. Une brosse à dents électrique Barbie rose pour la petite fille. Et une brosse à dents électrique Oral-B Braun dont le mari dit qu'elle appartenait à sa femme.

– Le pyjama ?

– D'après le mari, la femme portait un long tee-shirt violet décoré d'un poussin avec une couronne sur le devant. Jusqu'ici introuvable.

– D'autres vêtements ? La valise ?

– Le premier inventaire du mari n'a rien révélé de manquant.

– Les bijoux ?

– Les plus précieux sont sa montre et son alliance, qui ont toutes les deux disparu. De même que ses créoles en or préférées, dont le mari dit qu'elle les portait souvent. Nous n'avons trouvé dans la boîte à bijoux que des colliers et quelques bracelets artisanaux apparemment offerts par la fillette. C'était à peu près tout, d'après le mari. »

D.D. se tourna vers Miller. « Aucune opération sur sa carte de crédit, j'imagine ? »

Miller reprit son air « arrêtez de me prendre pour un con ». Elle se contenta de cette réponse.

« Donc, raisonna-t-elle à voix haute, d'après tout ce qu'on sait, Sandra Jones est rentrée du travail hier après-midi, elle a préparé le dîner pour sa fille, l'a mise au lit, puis a corrigé des copies comme tous les soirs. À un moment ou un autre, elle s'est brossé les dents, elle s'est mise en chemise de nuit et est arrivée au moins jusque dans la chambre, et là…

– La lampe a été cassée au cours d'une lutte ? suggéra Marge. Peut-être que quelqu'un se trouvait déjà là, embusqué. Ça expliquerait l'absence de traces de sang.

– L'individu l'aurait maîtrisée à mains nues, compléta Miller. Par asphyxie.

– Analysez les oreillers, dit D.D. Il a pu l'étouffer dans son sommeil.

– Étouffer, étrangler. Quelque chose qui ne fasse ni trop de bruit ni trop de saleté, convint Nick.

– Ensuite, il aurait roulé le corps dans la couette et l'aurait traîné dehors », conclut Miller.

Mais D.D. n'était pas d'accord. « Non, non, pas traîné. C'est là que ça se complique.

– Comment ça, pas traîné ? s'étonna Miller.

– Regardez ce couloir poussiéreux. Nos empreintes de pas sont visibles, ce qui est un problème, parce que si quelqu'un avait traîné un cadavre enveloppé dans un grand édredon, ce qu'on devrait voir, c'est une longue piste sans poussière depuis cette chambre jusqu'au sommet des escaliers. Pas de bande propre. Ce qui signifie que le corps n'a pas été traîné. »

Miller réfléchit. « D'accord, donc il l'a portée.

– Un homme seul a porté le corps d'une femme emmailloté façon burrito dans ce couloir étroit ? répondit D.D. d'un air sceptique. Primo, il faudrait qu'il soit costaud. Deuzio, jamais il n'aurait réussi à passer le virage de l'escalier. On verrait des traces partout.

« Deux hommes ? hasarda Marge.

– Deux fois plus de bruit, deux fois plus de chances de se faire prendre.

– Alors qu'est devenu ce foutu édredon ? demanda Miller.

– Je ne sais pas, répondit D.D. À moins que... à moins qu'elle n'ait pas été tuée dans cette chambre. Peut-être qu'elle a réussi à descendre au rez-de-chaussée. Peut-être qu'elle regardait la télé dans le canapé quand on a sonné à la porte. Ou que le mari est rentré... » Elle étudia la question, testa divers scénarios dans sa tête. « Il l'a tuée ailleurs et ensuite il est monté ici chercher l'édredon ; c'est là qu'il a renversé la lampe en le retirant du lit. Ça fait moins de bruit comme ça. Moins de chance de réveiller la gamine.

– Ce qui signifie que nous n'avons toujours pas trouvé la principale scène de crime », marmonna Miller, l'air contrarié – parce que, d'après lui, ils avaient respecté les fondamentaux et que ceux-ci auraient dû révéler des traces de sang.

Ils se dévisageaient les uns les autres.

« Je vote pour le sous-sol, dit D.D. On dirait que c'est toujours au sous-sol que les drames se produisent. C'est parti ? »

Ils descendirent tous les quatre au rez-de-chaussée et passèrent devant le séjour où un agent, debout sur le pas de la porte, surveillait toujours Jason Jones et son enfant endormie. Jones leva les yeux lorsqu'ils traversèrent l'entrée. D.D. aperçut brièvement des yeux marron mi-clos, puis Miller ouvrit la porte sur un périlleux escalier en bois qui menait à une cave moisie mal éclairée par quatre ampoules nues. Ils descendirent lentement et avec précaution. Sérieusement, les policiers se faisaient mal au dos en tombant dans les escaliers plus souvent qu'à leur tour. Ce qui était embarrassant pour tous les intéressés. Quitte à être blessé en mission, autant avoir au moins une bonne histoire à raconter.

Au pied de l'escalier, D.D. découvrit une cave qui ressemblait fichtrement à une cave. Des fondations en pierre. Un sol en ciment fissuré. Devant eux, une machine à laver et un sèche-linge couleur ivoire, une vieille table basse sur laquelle était posé un panier à linge en plastique et un flacon de lessive. Venait ensuite l'éternel assortiment de chaises de jardin endommagées, de vieux cartons de déménagement et de matériel de puériculture devenu trop petit. Juste à côté de l'escalier, des étagères en plastique semblaient accueillir tout le surplus du garde-manger de la cuisine. D.D. remarqua des boîtes de céréales, des macaronis au fromage, des biscuits apéritif, des pâtes, des boîtes de soupe, tout le fourbi habituel.

La cave était poussiéreuse, mais pas désordonnée. Les objets étaient soigneusement rangés contre le mur, le centre de la pièce dégagé pour s'occuper du linge, voire faire du vélo à l'intérieur à en juger par le tricycle violet garé près de l'escalier donnant sur le jardin par une trappe.

D.D. s'approcha de celle-ci en prenant note de l'accumulation de toiles d'araignées dans le coin droit, de l'épaisse couche de poussière sur la poignée sombre. Ces portes n'avaient manifestement pas été ouvertes depuis un moment et, à présent qu'elle était en bas, D.D. commençait déjà à changer d'avis. Si vous commettiez un meurtre à la cave, est-ce que vous traîneriez vraiment le corps à l'étage ? Pourquoi ne pas le planquer sous la pile de cartons ou attraper un vieux drap pour le faire passer par la trappe au milieu de la nuit ?

Elle farfouilla dans la collection d'éléments de berceau, de poussettes et de transats mis au rebut. Passa à la pile de cartons le long du mur, au mobilier de jardin décrépit.

Derrière elle, Nick et Marge examinaient le sol avec des spots pendant que Miller restait à l'écart, mains dans les poches. Ayant déjà exploré le sous-sol, il se contentait d'attendre que le groupe arrive à la même conclusion que lui des heures plus tôt.

Au bout de quelques minutes à peine, D.D. y arrivait déjà. La cave lui rappelait la cuisine, ni trop sale, ni trop propre. Juste ce qui collait avec une famille de trois personnes.

Pour rigoler, elle regarda tout de même dans la machine à laver et le sèche-linge. Et eut le souffle coupé.

« Merde », dit-elle, le couvercle de la machine à laver encore relevé : elle avait un édredon vert et bleu sous les yeux.

Miller se précipita, les techniciens sur les talons. « Est-ce que… ? C'est une blague. Attendez un peu que je mette la main sur les deux abrutis qui ont fouillé cette pièce…

– Hé, ce ne serait pas l'édredon ? » demanda un peu bêtement Nick.

Marge, déjà penchée sur la machine à chargement par le haut, tirait sur l'édredon pour le sortir tout en prenant soin de ne pas le traîner par terre.

« Il l'a lavé ? réfléchissait D.D. à voix haute. Le mari a lavé l'édredon, mais il n'a pas eu le temps de le faire sécher avant d'appeler la police ? Ou bien la femme l'avait mis à laver depuis le début et ça fait des heures qu'on s'agite pour rien ? »

Marge déplia soigneusement l'édredon et en tendit une extrémité à Nick tout en tenant l'autre. Il portait les plis marqués d'un linge mouillé laissé un moment dans la machine. Il sentait vaguement la lessive – le frais, le propre. Ils le secouèrent une fois et une boule mouillée violette tomba par terre avec un claquement humide.

D.D. portait encore des gants en latex et elle prit donc les devants. « La chemise de nuit de Sandra Jones, j'imagine », dit-elle en déroulant le tee-shirt violet détrempé, qui avait bel et bien un poussin avec une couronne sur le devant.

Ils examinèrent les deux objets un instant, à la recherche de taches roses délavées comme celles que laisserait du sang ou bien encore de déchirures irrégulières qui pourraient être un signe de lutte. Une trace de quelque chose.

D.D. eut à nouveau cette sensation de malaise. Comme si elle avait sous les yeux quelque chose d'évident, mais qu'elle ne comprenait pas tout à fait.

Qui prend le temps de laver un édredon et une chemise de nuit, mais laisse une lampe cassée à la vue de tout le monde ? Quel genre de femme disparaît en laissant derrière elle son enfant, son portefeuille, sa voiture ?

Et quel genre de mari rentre à la maison et, découvrant que sa femme a disparu, attend trois heures avant d'appeler la police ?

« Grenier, vide sanitaire ? » demanda D.D. à Miller. Nick et Margie pliaient l'édredon pour l'emporter au labo. Si l'individu n'avait pas utilisé d'eau de Javel, il pourrait encore fournir des indices. Ils prirent le tee-shirt violet à D.D., le mirent dans un autre sac en vue d'analyses.

« Pas de vide sanitaire. Le petit grenier est essentiellement rempli de décorations de Noël, répondit Miller.

– Placards, réfrigérateurs, congélateurs, dépendances, barbecue ?

– Rien, rien, rien, rien et rien.

– Évidemment, il y a cet immense port bleu.

– Certes. »

D.D. poussa un profond soupir. Avança une dernière hypothèse : « La voiture du mari ?

– Un pick-up. Il est sorti avec nous pour regarder à l'arrière. Mais il a refusé d'ouvrir l'habitacle.

– Il est prudent, le salopard.

– Il a du sang-froid, corrigea Miller. Sa femme a disparu depuis des heures maintenant et il n'a même pas pris son téléphone pour appeler de la famille ou des amis. »

Cela décida D.D. « Bien, dit-elle. Allons rencontrer M. Jones. »

4

QUAND J'ÉTAIS PETITE FILLE, je croyais en Dieu. Mon père m'emmenait à la messe tous les dimanches. Je suivais le catéchisme où l'on me parlait de Son œuvre. Après cela, nous nous rassemblions dans le jardin de l'église pour déjeuner à la bonne franquette de poulet rôti, de gratin de brocolis et de tourte aux pêches.

Ensuite, nous rentrions à la maison, où ma mère poursuivait mon père de pièce en pièce avec un hachoir en hurlant : « Je connais ton petit manège, mon bonhomme ! Comme si ces paroissiennes dévergondées s'asseyaient à côté de toi juste pour partager un livre de chant ! »

Ils ne s'arrêtaient jamais, se coursaient dans toute la maison, et moi je me faisais toute petite dans la penderie de l'entrée, d'où je pouvais entendre tout ce qu'ils disaient sans être obligée de voir ce qui se passerait si jamais mon père perdait l'équilibre, ratait un virage, trébuchait dans l'escalier.

Quand j'étais petite fille, je croyais en Dieu. Tous les matins, quand je me réveillais et que mon père était toujours en vie, je considérais ça comme un signe de Son œuvre. C'est seulement en grandissant que j'ai commencé à comprendre réellement ce qui se passait le dimanche matin chez mes parents. La survie de mon père n'avait rien à voir avec la volonté de Dieu, compris-je. C'était un signe de la volonté de ma mère. Elle n'a jamais tué mon père parce qu'elle ne voulait pas qu'il meure.

Non, le but de ma mère était de torturer mon père. De faire de chaque instant de sa vie un enfer.

Mon père vivait parce que, dans l'esprit de ma mère, la mort aurait été trop douce pour lui.

42

« Vous avez retrouvé M. Smith ?

– Pardon ?

– Vous avez retrouvé M. Smith ? Mon chat. Maman est partie le chercher ce matin, mais elle n'est pas encore revenue. »

D.D. cligna plusieurs fois des yeux. Elle venait d'ouvrir la porte en haut de l'escalier de la cave et s'était retrouvée nez à nez avec une enfant de quatre ans toute bouclée et pleine de gravité. Manifestement, Clarissa Jones était réveillée et menait l'enquête.

« Je vois.

– Ree ? »

Une voix grave s'éleva. Ree se retourna docilement et D.D., levant les yeux, vit Jason Jones debout dans le vestibule, qui les regardait toutes les deux.

« Je veux M. Smith », dit Ree d'une voix plaintive.

Jason tendit la main et sa fille le rejoignit. Il n'adressa pas un mot à D.D. et redisparut dans le séjour, sa fille à ses côtés.

D.D. et Miller lui emboîtèrent le pas et Miller congédia d'un bref signe de tête l'agent en tenue qui montait la garde.

Le séjour était exigu. Un petit canapé, deux chaises en bois, une malle couverte de napperons en dentelle et qui faisait aussi office de table basse. Dans le coin, une modeste télé posée sur un support à micro-ondes en imitation chêne. Le reste de la pièce était occupé par une table à dessin pour enfant et une rangée de bacs contenant tout et n'importe quoi, depuis une centaine de crayons de couleur jusqu'à une vingtaine de Barbie. À en juger par ses jouets, la petite Ree aimait le rose.

D.D. prit son temps. Elle inspecta la pièce, s'arrêta sur les photos à gros grains encadrées sur la cheminée – la photo d'une nouveau-née, puis la même petite fille année après année, premier repas, premiers pas, premier tricycle. Aucun autre membre de la famille sur les photos. Aucun signe évident de l'existence de grands-mères, grands-pères, oncles, tantes. Rien que Jason, Sandra et Ree.

Elle remarqua la petite photo d'une bambine qui tenait un chat orange très complaisant par la queue et supposa qu'il s'agissait du fameux M. Smith.

Elle s'approcha des caissons de jouets, jeta un œil sur le plateau de la table et remarqua un coloriage à moitié fini, Cendrillon avec deux souris. Tout était normal, songea D.D. Des jouets normaux, des objets normaux, des meubles normaux pour une famille normale dans une maison normale de South Boston.

Sauf que cette famille n'était pas normale, sinon elle-même ne serait pas là.

Elle passa une nouvelle fois devant les caissons pour essayer de se faire une idée du père sans se retourner pour le regarder. La plupart des hommes seraient dans tous leurs états à l'heure qu'il était. Une épouse introuvable. Des policiers qui s'introduisaient chez lui, envahissaient le nid familial, prenaient et manipulaient les photos de famille devant sa fillette de quatre ans.

Elle ne sentait chez lui aucune émotion. Rien du tout.

C'était presque comme s'il n'était pas dans la pièce.

Elle se retourna enfin. Jason Jones était assis dans le canapé, un bras passé autour de sa fille conciliante, les yeux rivés sur l'écran de télé vide. De près, il correspondait trait pour trait à la description flatteuse qu'en avait faite Miller. Une épaisse chevelure ondulée, un début de barbe virile, des pectoraux joliment sculptés et soulignés par un simple tee-shirt de coton bleu marine. À la fois sexy, paternel et mystérieux. C'était le fantasme de toute présentatrice télé et Miller avait raison : s'ils ne trouvaient pas Sandra Jones avant que la première camionnette de télévision ne les trouve, eux, ils étaient dans la merde.

D.D. prit une des chaises, l'installa en face du canapé et s'assit. Miller, de son côté, se fondait dans le décor. C'était mieux pour discuter avec la petite. Deux flics peuvent bousculer un mari qui traîne des pieds. Mais pour une enfant inquiète, ce serait trop.

Le regard de Jason Jones se reporta enfin vers D.D., s'arrêta sur son visage et, malgré elle, elle eut presque un frisson.

Ses yeux étaient vides, comme des mares de nuit sans étoiles. Deux fois seulement elle avait vu un tel regard. La première quand elle avait interrogé un psychopathe qui avait réglé un conflit professionnel en exécutant son associé et toute sa famille à l'arbalète. Et la deuxième quand elle avait auditionné une Portugaise de vingt-sept ans qui avait été détenue comme esclave sexuelle pendant quinze ans par un couple de Bostoniens fortunés dans leur somptueux immeuble de grès rouge. Cette femme était morte deux ans plus tard. Elle s'était jetée sous les roues des voitures sur Storrow Drive. Elle n'avait pas hésité une seconde, avaient affirmé les témoins. Elle était descendue du trottoir juste devant une Toyota Highlander.

« Je veux mon chat », dit Ree.

Elle s'était redressée sur le canapé et légèrement écartée de son père. Il n'essaya pas de l'attirer vers lui.

« Quand as-tu vu M. Smith pour la dernière fois ? lui demanda D.D.

– Hier soir. Quand je suis allée me coucher. M. Smith dort toujours avec moi. C'est ma chambre qu'il préfère. »

D.D. sourit. « Moi aussi, j'aime bien ta chambre. Avec toutes ces fleurs et ces jolis papillons. Tu as aidé à la décorer ?

– Non. Je ne sais pas dessiner. C'est mon papa et ma maman qui l'ont fait. J'ai quatre ans trois quarts, tu sais, dit Ree en bombant le torse. Je suis grande maintenant, alors j'ai eu une chambre de grande pour mes quatre ans.

– Tu as quatre ans ? Pas possible, j'aurais cru que tu avais cinq ans, six ans, facile. Qu'est-ce qu'on te donne à manger, parce que tu es immense pour tes quatre ans ? »

La fillette pouffa. Son père ne dit rien.

« J'aime les macaronis au fromage. C'est mon plat préféré du monde. Maman veut bien que j'en mange si je prends aussi des saucisses de dinde. Il faut des protéines, elle dit. Si je prends assez de protéines, je peux avoir des Oreo pour le dessert.

– C'est ce que tu as mangé hier soir ?

– Oui, avec une pomme. Pas d'Oreo. Papa n'avait pas eu le temps de passer au magasin. »

45

Elle lança un regard à son père et, pour la première fois, Jason Jones s'anima. Il passa une main dans les cheveux de sa fille, avec un regard à la fois aimant et protecteur. Puis il se détourna et, comme si un interrupteur avait été actionné, reprit son regard de poisson mort.

« Qui t'a donné à manger hier soir, Ree ?

– Maman me donne le dîner, papa me donne le déjeuner. J'ai des sandwichs au beurre de cacahuètes et à la confiture pour le déjeuner, mais pas de gâteaux. On ne peut pas avoir des gâteaux tout le temps, conclut-elle avec un certain regret.

– M. Smith aime les Oreo ?

– M. Smith aime *tout* ! répondit Ree en levant les yeux au ciel. C'est pour ça qu'il est tellement gros. Il mange tout le temps. Papa et maman ne veulent pas qu'on lui donne de la nourriture pour les humains, mais ça ne lui plaît pas.

– Est-ce que M. Smith t'a aidée à manger ton dîner hier soir ?

– Il a essayé de grimper sur le bar. Maman lui a dit ouste.

– Je vois. Et après le dîner ?

– C'était l'heure du bain.

– M. Smith prend des bains ? » demanda D.D., feignant l'incrédulité.

Ree pouffa à nouveau. « Non, M. Smith est un chat. Les chats ne prennent pas de bain. Ils font leur *toilette*.

– Oh. Je comprends mieux. Alors qui a pris un bain ?

– Maman et moi.

– Est-ce que ta maman garde toute l'eau chaude pour elle ? Est-ce qu'elle finit le savon ?

– Non. Mais elle ne veut pas que je prenne le savon. Une fois, j'ai renversé toute la bouteille dans la baignoire. Tu aurais vu la mousse !

– Ça devait être quelque chose.

– J'aime bien la mousse.

– Moi aussi. Et après le bain ?

– En fait, on a pris une douche.

– Toutes mes excuses. Après votre douche…

– Je suis allée au lit. J'ai le droit de choisir deux histoires. J'aime bien les livres de Lilou Trop Chou et Pinkalicious. J'ai aussi le droit de choisir une chanson. Maman aime bien chanter "Twinkle, Twinkle, Little Star", mais je suis trop vieille pour une berceuse, alors je lui demande de chanter "Puff, the Magic Dragon".

– Ta maman a chanté "Puff, the Magic Dragon" ? »

D.D. n'eut pas besoin de feindre la surprise, cette fois-ci.

« J'aime bien les dragons, dit Ree.

– Oui, je vois. Et M. Smith, qu'est-ce qu'il en a pensé ?

– M. Smith ne chante pas.

– Mais est-ce qu'il aime les chansons ? »

Ree haussa les épaules. « Il aime les histoires. Il se couche toujours contre moi pendant les histoires.

– Ensuite ta maman éteint les lumières ?

– J'ai une veilleuse. Je sais que j'ai quatre ans trois quarts, mais j'aime bien avoir une veilleuse. Peut-être... je ne sais pas. Peut-être que quand j'aurai cinq ans... ou peut-être trente, je n'aurai plus de veilleuse.

– Bon, donc tu es couchée. M. Smith est avec toi...

– Il dort à mes pieds.

– Bon, il est à tes pieds. La veilleuse brille. Ta maman éteint la lampe, ferme la porte et ensuite... »

Ree regardait D.D. sans mot dire.

Jason Jones la regardait aussi, à présent, avec une légère hostilité.

« Il s'est passé quelque chose pendant la nuit, Ree ? » demanda doucement D.D.

Ree la regardait.

« D'autres bruits. Des gens qui parlaient. Ta porte s'est ouverte ? Quand M. Smith est-il parti ? »

Ree secoua la tête. Elle ne regardait plus D.D. Un instant plus tard, elle se blottit à nouveau contre son père, enserrant fermement sa taille de ses bras maigres. Jason l'enlaça et regarda D.D. d'un air impassible.

« Ça suffit, dit-il.

– Monsieur Jones...

– Ça suffit », répéta-t-il.

D.D. prit une profonde inspiration, compta jusqu'à dix et se demanda quel parti prendre. « Peut-être y a-t-il un membre de la famille ou un voisin qui pourrait garder Clarissa un moment, M. Jones.

– Non.

– Non, il n'y a personne ou non, vous ne voulez pas ?

– Nous nous occupons nous-mêmes de notre fille, capitaine...

– Commandant. Commandant D.D. Warren. »

Il ne sourcilla pas en apprenant son grade. « Nous nous occupons nous-mêmes de notre fille, commandant Warren. Aucun intérêt d'avoir un enfant si c'est pour en laisser l'éducation à d'autres.

– Monsieur Jones, vous comprenez certainement que pour vous aider à retrouver... M. Smith... nous allons avoir besoin de plus d'informations et de plus de coopération de votre part. »

Il ne dit rien, tint sa fille contre de lui.

« Il va nous falloir les clés de votre voiture. »

Il ne répondit rien.

« Monsieur Jones, insista D.D. qui perdait patience. Plus tôt nous serons sûrs des endroits où M. Smith *n'est pas*, plus tôt nous pourrons la retrouver. »

– *Le* retrouver, dit Ree d'une voix étouffée contre le torse de son père. M. Smith est un *garçon*. »

D.D. ne répondit rien, continua à observer Jason Jones.

« M. Smith n'est pas dans mon pick-up, dit tranquillement celui-ci.

– Comment le savez-vous ?

– Parce qu'il avait déjà disparu quand je suis rentré. Et que j'ai moi-même vérifié par précaution.

– Avec tout le respect que je vous dois, c'est à nous de le faire, monsieur.

– M. Smith n'est pas dans ma voiture, répéta posément Jason. Et tant que vous n'aurez pas de mandat de perquisition, il faudra me croire sur parole.

– Certains juges nous accorderaient ce mandat au seul motif de votre refus de coopérer.

– Alors j'imagine que vous serez bientôt de retour, je me trompe ?

– Je veux jeter un œil à votre ordinateur, dit D.D.

– Parlez-en au même juge.

– Monsieur Jones. Votre... *chat* a disparu depuis sept heures maintenant. Aucun signe d'elle...

– De lui, dit la voix étouffée de Ree.

– *De lui,* dans le quartier ou dans les endroits… habituellement fréquentés par les chats. La situation devient préoccupante. J'aurais pensé que vous voudriez nous aider.

– J'aime mon chat, affirma Jones.

– Alors laissez-nous jeter un œil à votre ordinateur. Coopérez pour que nous puissions venir à bout de cette affaire vite et bien.

– Je ne peux pas.

– Vous ne *pouvez* pas ? bondit D.D. Ou vous ne *voulez* pas ?

– Je ne peux pas.

– Et pourquoi cela, monsieur Jones ? »

Il la regarda. « Parce que j'aime plus ma fille. »

Une demi-heure plus tard, D.D. regagnait sa voiture avec le capitaine Miller. Ils avaient relevé les empreintes de Jason et Clarissa Jones pour la bonne marche de l'enquête : afin d'établir la présence d'empreintes étrangères dans la maison, encore fallait-il identifier les empreintes des occupants connus. Jones avait volontiers donné ses mains, puis aidé pour celles de Ree, laquelle considérait tout cela comme une grande aventure. Jason s'était très probablement rendu compte que ce geste de bonne volonté lui coûtait très peu : après tout, il n'y avait rien de suspect à ce qu'on retrouve ses empreintes chez lui.

Jason Jones s'était lavé les mains. Avait lavé celles de Ree. Puis il avait purement et simplement mis les policiers dehors. Sa fille avait besoin de repos, avait-il expliqué, et voilà tout. Il les avait raccompagnés l'un après l'autre jusqu'à la porte. Pas de : *Que faites-vous pour retrouver ma femme ?* Pas de : *Je vous en supplie, je ferai tout ce que je pourrai pour vous aider.* Pas de : *Organisons une battue et interrogeons tout le quartier jusqu'à retrouver ma belle épouse adorée.*

Pas M. Jones. Sa fille avait besoin d'une sieste. Voilà.

« Du sang-froid ? marmonna D.D. Il est glacial, vous voulez dire. Ce monsieur n'a jamais dû entendre parler du réchauffement climatique. »

Miller la laissa fulminer.

49

« La fille sait quelque chose. Vous avez remarqué comme elle s'est renfermée quand on en est arrivés après l'heure du coucher ? Elle a entendu quelque chose, vu quelque chose, je ne sais pas. Mais il nous faut un officier spécialisé dans l'audition de mineurs. Et vite. Plus cette gamine passera de temps avec son cher papa, plus il lui sera difficile de se souvenir de vérités dérangeantes. »

Miller hocha la tête.

« Naturellement, il va aussi nous falloir le consentement du papa poule pour auditionner sa fille et j'ai comme l'impression qu'il ne va pas nous le donner. Fascinant, non ? Quoi, sa femme se volatilise au milieu de la nuit en laissant sa fille seule à la maison et, loin de coopérer ou de nous poser la moindre question logique sur nos démarches pour retrouver sa femme, Jason Jones reste assis dans son canapé aussi muet qu'une carpe. Où sont la stupeur, l'incrédulité, le besoin panique d'informations ? Il devrait être en train d'appeler ses amis et sa famille. De nous ressortir des photos récentes de sa femme pour notre enquête de proximité. Il devrait au minimum être en train de prendre ses dispositions pour faire garder sa fille et pouvoir nous aider personnellement. Mais ce type... on dirait qu'on a éteint la lumière. Il n'est même pas là.

– Déni, suggéra Miller en la suivant tant bien que mal.

– Il va falloir employer la manière forte, conclut D.D. Obtenir un mandat de perquisition pour la voiture de Jason Jones, une commission rogatoire nous permettant de saisir l'ordinateur et de demander les relevés détaillés du portable de sa femme. Merde, on devrait probablement geler toute la maison en la considérant comme scène de crime. Ça le ferait réfléchir.

– Cruel pour la petite.

– Oui, c'est là que le bât blesse. »

Si la maison était déclarée scène de crime, Jason et sa fille seraient contraints de vider les lieux. Le plan « on fait sa valise et on s'installe dans un motel sous escorte policière ». D.D. se demanda ce que penserait la petite Ree en quittant son jardin d'Éden pour une chambre d'hôtel minable avec de la moquette marron et l'odeur fétide d'une décennie de cigarettes. L'idée ne lui donna pas trop bonne conscience, mais elle en eut une autre.

Elle s'arrêta sur ses pas et se retourna si brusquement vers Miller qu'il faillit lui rentrer dedans.

« Si nous chassons Jason et Ree de la maison, il faudra les faire surveiller en permanence par des agents. Donc nous aurons moins de troupes pour rechercher Sandra Jones, donc notre enquête prendra du retard à un moment où il serait crucial qu'elle monte en puissance. Vous le savez. Moi aussi. Mais Jason, non. »

Miller la regarda sans comprendre, se caressa la moustache.

« La juge Banyan, dit D.D. en reprenant sa marche à bien plus vive allure. Nous pouvons préparer les commissions rogatoires maintenant et les transmettre à sa chambre juste après le déjeuner. On obtiendra des mandats pour l'ordinateur, la voiture et, bon sang de bois, on fera déclarer la maison scène de crime. On va lui en faire voir, à M. le Glaçon.

– Attendez, je croyais que vous veniez de dire...

– En espérant, l'interrompit D.D. avec autorité, que quand il aura le choix entre quitter sa maison et laisser un expert habilité parler avec sa gamine, Jason Jones optera pour l'audition. »

D.D. consulta sa montre. Il était tout juste midi passé et, à point nommé, son estomac réclama le déjeuner. Elle se remémora son fantasme du début de matinée, un buffet à volonté, et cela la mit de fort méchante humeur.

« Il va nous falloir des renforts pour exécuter les mandats, ajouta-t-elle.

– Bien.

– Et il va falloir réfléchir au moyen d'élargir l'enquête sans encore alerter les médias.

– Bien. »

Ils étaient arrivés à la voiture de D.D. Elle regarda Miller droit dans les yeux et poussa un profond soupir.

« Ça sent mauvais, cette histoire, dit-elle.

– Je sais, répondit plaisamment Miller. Hein, que vous êtes contente que je vous aie appelée ? »

5

À 11 HEURES 59, Jason mit enfin le dernier policier dehors. Le commandant s'en alla, puis le chargé d'enquête, les techniciens de scène de crime et les agents en tenue. Seul un enquêteur en civil resta, ostensiblement garé devant la maison dans une Ford Taurus marron. Par la fenêtre de la cuisine, Jason pouvait observer l'agent, le regard fixé droit devant lui, qui tour à tour bâillait et buvait à petites gorgées un café Dunkin Donuts.

Au bout d'une minute, Jason s'écarta de la fenêtre, prit conscience que la maison était de nouveau tout à lui et chancela pratiquement en se demandant ce qu'il allait faire.

Ree le regardait, avec ses grands yeux marron si semblables à ceux de sa mère.

« Déjeuner, dit Jason, légèrement surpris par le son rauque de sa propre voix. On va déjeuner.

– Papa, tu as acheté des Oreo ?

– Non. »

Elle poussa un grand soupir, mais se tourna tout de même vers la cuisine. « On devrait peut-être appeler maman. Peut-être que si elle est près d'un magasin pour chercher M. Smith, elle pourrait rapporter des gâteaux.

— Peut-être », dit Jason, qui parvint à ouvrir la porte du réfrigérateur malgré le violent tremblement qui agitait sa main.

Il fit tout le déjeuner en mode automatique. Trouva le pain, sortit des tranches au blé complet. Mélangea le beurre de cacahuètes naturel, étala la confiture. Compta quatre carottes, prit un peu de raisin blanc. Disposa le tout sur une assiette ornée d'une marguerite avec le sandwich coupé comme il se doit en diagonale.

Ree commentait à n'en plus finir la grande évasion de M. Smith, la rencontre qu'il ne manquerait pas de faire avec Pierre Lapin et le fait qu'il rentrerait peut-être tous deux à la maison avec Alice au pays des merveilles. Ree était à l'âge où elle confondait facilement fiction et réalité. Le père Noël existait, la fée Clochette était copine comme tout avec la Petite Souris et il n'y avait aucune raison pour que Clifford, le gros chien rouge, n'ait pas rendez-vous pour jouer avec M. Smith.

C'était une enfant précoce. Pleine d'énergie, de grandes espérances et de folles exigences. Elle pouvait faire une colère de trois quarts d'heure parce qu'elle n'avait pas la bonne nuance de chaussettes roses. Et elle avait un jour refusé tout un samedi matin de sortir de sa chambre, furieuse que Sandra ait acheté de nouveaux rideaux pour la cuisine sans la consulter.

Et pourtant, ni Sandra ni Jason n'auraient voulu changer quoi que ce soit.

Il la regardait, Sandra la regardait et ils voyaient l'enfance que ni l'un ni l'autre n'avaient jamais eue. Ils voyaient l'innocence, la foi et la confiance. Ils se délectaient de ses câlins faciles. Ne vivaient que pour son rire communicatif. Et tous deux s'étaient très tôt entendus sur le fait que Ree passerait toujours en priorité. Ils auraient fait n'importe quoi pour elle.

N'importe quoi.

Jason jeta un regard vers le véhicule banalisé garé devant chez lui, sentit son poing se serrer par automatisme et réprima ce réflexe.

« Elle est mignonne.

– M. Smith est un garçon, répondit-il machinalement.

– Pas M. Smith. La dame de la police. J'aime bien ses cheveux. »

Jason se retourna vers sa fille. Le visage de Ree était barbouillé de beurre de cacahuètes d'un côté, de confiture de l'autre. Et elle le regardait à nouveau avec ses grands yeux marron.

« Tu sais que tu peux tout me dire », souffla-t-il.

Ree reposa son sandwich. « Je sais, papa », répondit-elle, mais sans plus le regarder. Elle mangea deux grains de raisin blanc sans entrain, puis disposa les autres sur son assiette, autour des pétales blancs de la marguerite. « Tu crois que M. Smith va bien ?

– Les chats ont neuf vies.

– Mais pas les mamans. »

Il ne voyait pas quoi répondre. Il essaya d'ouvrir la bouche, de trouver une parole vaguement rassurante, mais rien ne venait. Il avait surtout conscience que ses mains étaient à nouveau agitées de secousses convulsives et qu'au fond de lui-même quelque chose s'était glacé, un endroit où il n'aurait sans doute plus jamais chaud.

« Papa, je suis fatiguée, dit Ree. Je veux faire la sieste.

– D'accord », répondit-il.

Ils montèrent à l'étage.

Jason regarda Ree se brosser les dents. Se demanda si Sandy avait fait la même chose.

Il lut deux histoires à Ree, assis au bord de son lit. Se demanda si Sandy avait fait la même chose.

Il chanta une chanson, borda la couette autour des épaules de sa fille et l'embrassa sur la joue. Se demanda si Sandy avait fait la même chose.

Il était arrivé jusqu'à la porte lorsque Ree se mit à parler, l'obligeant à se retourner. Il avait croisé les bras sur la poitrine, les poings coincés sous ses coudes pour que Ree ne puisse pas voir ses mains trembler.

« Tu veux bien rester, papa ? Jusqu'à ce que je m'endorme ?

– D'accord.

– Maman m'a chanté "Puff, the magic dragon". Je me souviens qu'elle a chanté "Puff, the magic dragon".

– Bon. »

Ree s'agita nerveusement sous les couvertures. « Tu crois qu'elle a retrouvé M. Smith maintenant ? Tu crois qu'elle va rentrer ?

– J'espère. »

Elle finit par s'immobiliser. « Papa, murmura-t-elle. Papa, j'ai un secret. »

Il prit une grande inspiration, se força à adopter une voix enjouée. « Vraiment ? Parce que tu te souviens de la règle du papa.

– La règle du papa ?

– Oui, la règle du papa. Quel que soit le secret, tu as le droit de le dire à un papa. Et ensuite, il t'aidera à garder le secret.

– Tu es mon papa.

– Oui, et je suis très fort pour garder les secrets, tu peux me croire. »

Elle lui sourit. Puis, en digne fille de sa mère, elle se tourna sur le côté et s'endormit sans un mot de plus.

Il attendit encore cinq minutes, puis sortit doucement de la chambre et parvint à grand-peine à descendre les escaliers.

Il conservait la photo dans le tiroir fourre-tout de la cuisine, à côté de la lampe torche, du tournevis vert, de restants de bougies d'anniversaire et d'une demi-douzaine de marque-verre dont ils ne se servaient jamais. Sandra le taquinait à propos de cette petite photo dans son pauvre cadre doré.

« Je t'en prie, on croirait que tu planques la photo de ton amour de lycée. Pose-la sur la cheminée, Jason. C'est comme de la famille pour toi. Ça ne me dérange pas. »

Mais la femme de la photo n'était pas de la famille. Elle était vieille – quatre-vingts, quatre-vingt-dix ans, il ne savait plus. Elle était assise dans un fauteuil à bascule, sa frêle silhouette comme perdue sous un monceau de vêtements hérités d'autrui : une chemise d'homme à carreaux bleu marine ceinturée sur un pantalon en velours marron et qui disparaissait presque sous un ancien blouson militaire. Elle souriait avec ce grand sourire plein de jubilation qu'ont les vieillards, comme si elle aussi avait un secret, mais que le sien était meilleur que celui des autres.

Il adorait son sourire. Il adorait son rire.

Elle n'était pas de la famille, mais elle était la seule personne qui, pendant très longtemps, lui avait donné un sentiment de sécurité.

Il se cramponna à sa photo. Il la serra contre lui comme un talisman, puis ses jambes le lâchèrent et il s'affaissa sur le sol de la cuisine. Il se remit à trembler. D'abord ses mains, puis ses bras, son torse, des secousses profondes qui descendaient le long de ses cuisses, de ses genoux, de ses chevilles, jusqu'au moindre doigt de pied.

Il ne pleura pas. N'émit pas la moindre protestation.

Mais il tremblait si violemment qu'il lui semblait que son corps allait se disloquer, sa chair se détacher de ses os, ses os se briser en un millier de fragments.

« Putain, Sandy », dit-il en posant sa tête tremblante sur ses genoux tremblants.

Puis il s'avisa, un peu tard, qu'il ferait mieux de faire quelque chose pour cet ordinateur.

Le téléphone sonna dix minutes après. Jason n'avait envie de parler à personne, mais il se dit, un peu sottement, que c'était peut-être Sandy, qui appelait de… quelque part… alors il décrocha.

Ce n'était pas sa femme. C'était une voix masculine et l'homme dit : « Vous êtes seul chez vous ?

– Qui est à l'appareil ?

– Votre fille est là ? »

Jason raccrocha.

Le téléphone sonna à nouveau. Le même numéro s'afficha. Cette fois-ci, Jason laissa le répondeur décrocher. La même voix masculine retentit : « Je vais considérer ça comme un oui. Le jardin de derrière, dans cinq minutes. Ça va vous intéresser. » Puis l'homme raccrocha.

« Je t'emmerde », dit Jason à la cuisine déserte. Ce n'était pas une chose intelligente à dire, mais cela le soulagea.

Il monta au premier, jeta un œil sur Ree. Presque ense-velie sous les couvertures, elle dormait à poings fermés. Sans y songer, il chercha du regard la boule de poils cui-vrés qui se trouvait habituellement aux pieds de sa fille. L'endroit était vide et Jason ressentit à nouveau ce coup au cœur.

« Putain, Sandy », marmonna-t-il avec lassitude avant de prendre son manteau pour sortir dans le jardin.

Son interlocuteur était plus jeune qu'il ne s'y attendait. Vingt-deux, vingt-trois ans. La silhouette longiligne d'un jeune homme qui ne s'était pas encore étoffé et ne s'étof-ferait sans doute pas avant le début de la trentaine. Le gamin avait escaladé la clôture en bois qui fermait le jardin de Jason.

Il sauta à terre et avança en quelques pas bondissants ; il se déplaçait comme un chiot golden retriever, avec ses che-veux blonds flottants et ses longs membres élancés. Il s'immobilisa dès qu'il aperçut Jason, puis s'essuya les mains sur son jean. Il faisait frisquet dehors et il ne portait qu'un tee-shirt blanc avec un imprimé de lettres noires décolorées, pas de manteau. Si la froidure de ce mois de mars le dérangeait, il n'en montrait rien.

« Eh, le flic devant. Sûr que vous savez. Je voulais pas qu'on me voie », dit-il, comme si ça expliquait tout. Jason remarqua qu'il portait un élastique vert autour du poignet gauche et qu'il le faisait claquer distraitement, comme un tic.

« Qui êtes-vous ?

– Un voisin, dit le gamin. Je vis à cinq maisons d'ici. Je m'appelle Aidan Brewster. On s'est jamais rencontrés. » *Clac, clac, clac.*

Jason ne répondit rien.

« Je, euh, je suis du genre solitaire », indiqua-t-il, comme si, là encore, ça expliquait tout.

Jason ne répondit rien.

« Votre femme a disparu », dit le gamin. *Clac, clac.*

« Qui vous l'a dit ? »

57

Il haussa les épaules. « Pas besoin de me dire. Les flics font une enquête de voisinage, ils cherchent une disparue. Un enquêteur campe devant chez vous, donc c'est forcément d'ici que ça part. Vous êtes là. Votre gosse est là. Conclusion : c'est votre femme qui a disparu. » Il recommença à faire claquer l'élastique, s'en aperçut cette fois et resta les deux bras ballants.

« Que voulez-vous ? demanda Jason.

– Vous l'avez tuée ? »

Jason dévisagea le garçon. « Qu'est-ce qui vous fait croire qu'elle est morte ?

– Oh, c'est comme ça que ça se passe. On commence par signaler la disparition d'une femme blanche, qui a un, deux, trois enfants. Les médias s'en mêlent, on forme des équipes de recherche, on retourne le quartier. Et puis, entre une semaine et trois mois plus tard, on retrouve le cadavre dans un lac, dans la forêt, dans le gros congélo du garage. Vous n'auriez pas de grands barils en plastique bleu, par hasard ? »

Jason fit signe que non.

« Une tronçonneuse ? Un barbecue ?

– J'ai une fille. Même si je possédais de tels objets, la présence d'un jeune enfant limiterait mes activités. »

Le gamin haussa les épaules. « Apparemment, il y en a que ça n'a pas empêché de faire le boulot.

– Sortez de mon jardin.

– Pas encore. Faut que je sache : avez-vous tué votre femme ?

– Qu'est-ce qui vous fait penser que je vous le dirais ?

– Je ne sais pas. On ne se connaît pas, mais je me suis dit autant poser la question. C'est important pour moi. »

Jason le considéra une minute. Et s'entendit répondre : « Je ne l'ai pas tuée.

– Bon. Moi non plus.

– Vous connaissez ma femme ?

– Blonde, grands yeux marron, un sourire un peu intrigant ? »

Jason le considéra à nouveau. « Oui.

– Non, je ne l'ai jamais rencontrée, mais je l'ai aperçue dans votre jardin. »

Il recommença à faire claquer l'élastique vert.

« Qu'est-ce que vous foutez là ? demanda Jason.

– Je n'ai pas tué votre femme, répéta le garçon, mais d'ici maximum quatre heures, continua-t-il en regardant sa montre, la police sera persuadée du contraire.

– Pourquoi ça ?

– J'ai des antécédents.

– Vous avez tué quelqu'un ?

– Non, mais ça n'aura aucune importance. J'ai des antécédents et, comme je disais, c'est comme ça que ça se passe. Une femme a disparu. Les enquêteurs commencent par ses proches, ce qui fait de vous le premier "suspect potentiel". Mais ensuite, ils se renseignent sur tous les voisins. Et c'est là que j'entre en scène, le deuxième "suspect potentiel". Mais est-ce que je suis plus suspect que vous ? Je ne connais pas la réponse à cette question, alors je me suis dit que je pourrais aussi bien faire un saut.

– Vous voulez savoir si j'ai fait du mal à ma femme parce qu'alors vous seriez tiré d'affaire ? s'étonna Jason.

– C'est une question logique, répondit le jeune homme, impassible. Bon, vous prétendez que vous ne l'avez pas tuée. Et je sais que je ne l'ai pas tuée, ce qui nous amène au problème suivant.

– À savoir ?

– Personne ne nous croira, ni l'un ni l'autre. Et plus nous clamerons notre innocence, plus ils nous tomberont sur le râble. Ils vont gaspiller un temps et une énergie précieux à essayer de nous faire avouer au lieu de chercher ce qui est réellement arrivé à votre femme. »

Jason ne pouvait pas le contredire. C'était pour cette raison qu'il s'était tu toute la matinée. Parce qu'il était le mari et que le mari est toujours suspect d'emblée. Si bien qu'à chaque fois qu'il ouvrirait la bouche, la police ne guetterait pas des preuves de son innocence, mais plutôt n'importe quel faux pas démontrant sa culpabilité. « Vous semblez bien connaître le système, dit-il au gamin.

– Je me trompe ?

– Sans doute pas.

– Bon, alors à en croire le vieux proverbe qui dit que les ennemis de nos ennemis sont nos amis, les flics sont nos ennemis communs et nous sommes désormais amis.

– Je ne sais même pas qui vous êtes.

– Aidan Brewster. Voisin, mécanicien, innocent. Qu'avez-vous besoin de savoir d'autre ? »

Jason fronça les sourcils. Il aurait dû être plus vif, voir le défaut évident d'une telle affirmation. Mais il sentait le stress et l'épuisement le rattraper. Il n'avait pas dormi depuis près de trente heures : il s'était d'abord occupé de Ree, puis s'était rendu à son travail avant de revenir sur les lieux de la catastrophe. Son cœur s'était littéralement arrêté entre le moment où il avait découvert la grande chambre vide et celui où, ayant parcouru les quatre mètres du couloir, il avait posé la main sur la poignée de la porte de Ree, tourné, poussé, sans aucune idée de ce qu'il allait trouver dans la chambre. Puis, lorsqu'il avait aperçu la silhouette allongée de sa fille qui dormait à poings fermés sous l'édredon, il avait reculé en chancelant et réalisé l'instant suivant que la présence de Ree soulevait plus de questions qu'elle n'en résolvait. Brusquement, après cinq années à mener une existence presque normale, à avoir presque l'impression d'être une vraie personne, c'était fini, foutu, terminé, en un clin d'œil.

Il était retombé dans l'abîme, un lieu qu'il connaissait mieux que quiconque, mieux même que ce criminel d'Aidan Brewster.

« Bon, reprit celui-ci avec brusquerie, ça vous arrivait de battre votre femme ? »

Jason le dévisagea.

« Autant répondre, lui dit son voisin. Si la police ne vous a pas cuisiné ce matin, ça ne va pas tarder.

– Je ne battais pas ma femme », répondit Jason à mi-voix, essentiellement parce qu'il avait besoin de s'entendre dire ces mots, de se rappeler que ça, au moins, c'était vrai. D'oublier les vacances de février. D'oublier ce qui s'était passé.

« Des problèmes conjugaux ?

– Nous ne travaillions pas aux mêmes horaires. Nous ne nous voyions jamais assez pour nous disputer.

« – Oh, relation extraconjugale, alors. Vous, elle, les deux ?

– Pas moi, dit Jason.

– Mais elle avait un petit à-côté, une liaison en cours ?

– Le mari est toujours le dernier au courant, non ? répondit Jason, philosophe.

– Vous croyez qu'elle est partie avec lui ?

– Elle n'aurait jamais abandonné Ree.

– Donc, elle avait un amant et elle savait que vous ne la laisseriez jamais emmener votre fille. »

Jason cligna des yeux, à nouveau envahi par l'épuisement. « Attendez une minute… »

Le gamin s'impatienta :

« Allez, mon vieux, reprenez-vous ou vous irez croupir en taule avant la fin de la journée.

– Je ne ferais aucun mal à ma fille et j'aurais accordé le divorce à ma femme.

– Vraiment ? Vous auriez renoncé à cette maison, un placement immobilier de premier choix à Southie ?

– L'argent n'est pas un problème pour nous.

– Vous êtes friqués, alors ? Encore plus de pognon qu'il faudrait lâcher.

– L'argent n'est pas un problème pour nous.

– C'est des conneries. L'argent est un problème pour tout le monde. Là, vous parlez comme un coupable.

– Ma femme est la mère de ma fille, se surprit à dire Jason, irrité. Si nous nous séparions, je voudrais qu'elle ait les moyens d'élever mon enfant.

– Femme, enfant, femme, enfant. Vous les dépersonnalisez. Vous prétendez les aimer tellement que vous ne leur feriez jamais de mal et, pourtant, vous ne pouvez même pas vous résoudre à les appeler par leurs noms.

– Ça suffit. Je refuse de discuter davantage.

– Vous avez tué votre femme ?

– Allez-vous-en. Laissez-moi tranquille.

– Vous avez raison. Je me casse. Je vous ai parlé dix minutes et déjà je crois que vous êtes carrément coupable. Hé, tant mieux, ça veut dire que je n'ai pas de souci à me faire. Allez, à plus. »

Le gamin se dirigea vers la clôture. Il avait déjà empoigné les lattes et s'apprêtait à se hisser lorsque Jason vit l'élément qui lui manquait depuis le début.

« Vous m'avez demandé si ma fille était à la maison, cria-t-il à travers le jardin. Vous m'avez parlé de ma fille. »

Le gamin était en haut à présent, à califourchon sur la clôture. Jason courut vers lui.

« *Salopard !* Vos antécédents. Dites-moi ce que vous avez fait, dites-moi exactement ce que vous avez fait ! »

Le gamin s'arrêta en haut de la clôture. Il n'avait plus l'air d'un chiot golden retriever. Quelque chose dans son regard avait changé, son visage avait pris une expression impénétrable, dure. « Inutile : vous avez déjà deviné.

– Se renseigner sur votre passé, mon cul ! Vous avez été condamné pour crime sexuel, hein ? Vous êtes dans le fameux fichier des délinquants sexuels. Ils seront devant chez vous dans une heure.

– Ouais. Mais ils vous arrêteront quand même dans deux. Je n'ai pas tué votre femme. Elle est trop vieille pour moi…

– *Fils de pute !*

– Et je sais quelque chose que vous ignorez. J'ai entendu une voiture hier soir. À tous les coups, j'ai vu la voiture qui a embarqué votre femme. »

6

J E SUIS TOMBÉE AMOUREUSE *pour la première fois quand j'avais huit ans. L'homme n'existait pas vraiment, c'était un personnage de télévision : Sonny Crockett, le policier que jouait Don Johnson dans* Deux flics à Miami. *Ma mère n'approuvait pas ces bêtises, donc j'attendais juste qu'elle tombe dans les vapes après son « thé glacé » de l'après-midi et ensuite je m'ouvrais une cannette de Dr Pepper et je regardais les rediffusions à satiété.*

Sonny Crockett était fort, blasé. Le genre de dur à cuire qui avait tout vu, mais qui se décarcassait quand même pour sauver la fille. Je voulais un Sonny Crockett. Je voulais un sauveur.

Quand j'ai eu treize ans, mes seins ont poussé. D'un seul coup, beaucoup de garçons avaient envie de me sauver. Et pendant un moment, j'ai cru que ça pourrait marcher. Je sortais avec n'importe qui, en montrant une légère préférence pour les mauvais garçons plus âgés qui avaient des piercings. Ils voulaient coucher. Je voulais quelqu'un qui m'embarquerait dans sa Mustang et roulerait à cent cinquante tous phares éteints au milieu de la nuit. Je voulais hurler mon nom dans le vent qui me tatouerait le visage et fouetterait mes cheveux. Je voulais me sentir rebelle. Me sentir comme n'importe qui sauf moi.

Je me suis fait une réputation de super-suceuse et de tarée encore pire que sa mère folle à lier. Toutes les petites villes ont une mère comme la mienne, vous savez. Et toutes ont une fille comme moi.

Je suis tombée enceinte pour la première fois à l'âge de quatorze ans. Je n'en ai parlé à personne. J'ai bu des litres de rhum-Coca en priant de toutes mes forces pour que Dieu fasse partir le bébé. Quand ça n'a pas marché, j'ai volé de l'argent dans le porte-mon-

naie de mon père et je me suis rendue dans une clinique où on fait ces choses-là pour vous.

Je n'ai pas pleuré. Je considérais mon avortement comme un geste citoyen. Une vie que ma mère ne briserait pas.

Je vous l'ai dit, toutes les petites villes ont une fille comme moi.

Ensuite, j'ai eu quinze ans, ma mère est morte, mon père et moi étions finalement libres et j'ai...

J'avais si longtemps rêvé de quelqu'un qui me sauverait. Je voulais Sonny Crockett, l'âme blasée encore capable de deviner la vérité du cœur derrière une façade abîmée. Je voulais un homme qui me prendrait dans ses bras, me donnerait un sentiment de sécurité et ne me lâcherait plus jamais.

Je n'ai jamais trouvé Sonny Crockett. Au lieu de ça, la veille de mes dix-huit ans, dans un bar de la ville, j'ai rencontré mon mari. Je me suis assise sur le tabouret de Jason, j'ai sifflé son Coca et quand il a protesté, j'ai caressé les contours durs de ses cuisses sous son jean. Il m'a dit de dégager. Et j'ai su dès cet instant que je ne le lâcherais plus jamais.

Bien sûr, personne ne peut vous sauver.

Mais sachant aujourd'hui tout ce que je sais sur Jason, je comprends qu'il ait cru devoir essayer.

À 14 heures 02, D.D. estimait l'enquête sur les bons rails. Ils avaient une stratégie et la mettaient correctement en œuvre si l'on considérait qu'ils cherchaient une adulte qui ne pouvait pas encore être officiellement portée disparue mais qu'il fallait retrouver dans les meilleurs délais.

À 14 heures 06, elle reçut la première mauvaise nouvelle. La juge Banyan avait rejeté leur demande de saisie de l'ordinateur familial et refusé de déclarer la maison scène de crime. Elle invoquait comme facteurs prépondérants de sa décision l'absence de preuve tangible qu'ils se trouvaient en présence d'un crime, à quoi il fallait ajouter le fait que trop peu de temps s'était écoulé. Disparaître dix heures n'était rien pour une adulte. Peut-être Sandra Jones avait-elle échoué chez une amie. Peut-être avait-elle été victime d'un quelconque accident et se trouvait-elle dans un hôpital de la région, incapable de décliner son identité. Peut-être était-elle somnambule et errait-elle encore dans les petites rues de la ville dans un état second. Autrement dit, les hypothèses ne manquaient pas.

Si néanmoins, poursuivait le juge, Sandra Jones restait introuvable au bout de vingt-quatre heures, elle serait prête à reconsidérer sa position. En attendant, elle les autorisait à fouiller la voiture de Jason Jones.

Un sur trois, se résigna D.D. Retrouver l'édredon et la chemise de nuit dans la machine à laver avait compliqué la situation. Un édredon disparu et une lampe cassée avaient paru de mauvais augure. Tandis qu'un édredon et une chemise de nuit dans la machine à laver…

D.D. ne savait toujours pas très bien quoi en déduire. Que le mari avait essayé de supprimer des preuves ou que la femme aimait faire la lessive ? Échafauder des hypothèses était risqué.

À 14 heures 15, le capitaine Miller vint au rapport. D.D. lui annonça les mauvaises nouvelles du côté de la juge Banyan. Miller donna les dernières informations en provenance du collège de Sandra Jones. D'après le principal, elle y enseignait depuis deux ans – d'abord comme enseignante-stagiaire pour la classe cinquième, puis comme professeur des sixièmes depuis septembre. Jusqu'à présent, les enfants paraissaient l'apprécier, de même que les parents et les autres professeurs. Sandra ne fréquentait guère ses collègues, mais avec un enfant en bas âge à la maison et un mari qui travaillait la nuit, c'était prévisible. Le principal avait croisé le mari une fois et l'avait trouvé assez sympa. Il avait souvent rencontré la fille, Ree, et la trouvait adorable.

Il ne voyait absolument pas pourquoi Sandra ne se serait pas présentée pour ses cours et, oui, cela ne lui ressemblait pas de ne pas passer au moins un coup de fil. Il était inquiet et désireux de faire tout ce qui serait en son pouvoir pour faire avancer l'enquête.

P-S : le principal était un cinquantenaire heureux en ménage qui, à en croire la secrétaire, entretenait déjà une liaison torride avec la professeur d'art dramatique. Tout le monde était au courant, personne ne s'en souciait vraiment et il n'y avait pas assez de Viagra sur cette terre pour qu'un cinquantenaire jongle entre la rouquine prof de théâtre et une nouvelle conquête de vingt-trois ans. Il était pratiquement certain que les rapports du principal avec Sandra Jones étaient d'ordre strictement professionnel.

Miller avait aussi pris les premiers renseignements sur la situation financière des Jones. Ils possédaient la somme faramineuse de cent cinquante mille dollars d'économies, ainsi que deux millions mis de côté dans divers fonds communs de placement auprès d'une banque d'affaires. Leur revenu mensuel était modeste, de même que leurs dépenses. Miller avait le sentiment qu'ils avaient payé leur maison comptant et qu'ils faisaient de leur mieux pour vivre de leurs salaires.

Miller pensait que le solde élevé résultait d'un unique dépôt effectué à la suite d'un héritage ou d'un règlement d'assurance par exemple. Des enquêteurs cherchaient en ce moment même l'origine de l'argent.

Autres informations : les Jones s'étaient mariés civilement en 2004 dans le Massachusetts. Leur fille, Clarissa, était née deux mois plus tard. Il n'y avait ni amendes non réglées ni mandats en cours au nom de Sandra ou Jason Jones. Aucune trace non plus de violences conjugales ni d'atteinte à l'ordre public.

D'après les voisins, les Jones étaient un couple tranquille et pas très sociable. Ils ne faisaient pas la fête, ne recevaient pas. Si vous les croisiez dans la rue, ils vous saluaient en souriant, mais n'étaient pas le genre à s'arrêter pour papoter poliment. Sauf Ree. Tout le monde s'accordait à dire que Clarissa Jones était précoce et bavarde comme une pie. Apparemment, c'était aussi une vraie chauffarde au guidon d'un tricycle. Si vous la voyiez arriver, c'était à vous de descendre du trottoir.

« Les parents la grondent beaucoup ? demanda D.D.

– Les parents en sont gagas. Et je répète là mot pour mot ce qu'ont dit trois voisins différents au cours de trois conversations différentes : les parents sont "gagas" de leur fille.

– Ouais. Sauf que les parents sont aussi décrits comme tranquilles et réservés, alors jusqu'à quel point les voisins les connaissaient-ils ?

– Exact.

– Des contrats d'assurance-vie ? »

66

– On cherche encore.

– Deux millions à la banque, dit D.D., songeuse. Plus du liquide, plus une maison dans un beau quartier de Boston... ça fait quoi, près de trois millions et demi d'actifs ? On tue pour moins que ça.

– J'imagine qu'un divorce classique coûterait près de deux millions au mari. Ça fait cher pour un premier mariage.

– À ce propos, ils se sont mariés en quelle année déjà ?

– 2004.

– Donc Sandra Jones avait, quoi, dix-huit ans ? Et elle était déjà enceinte ?

– Plutôt, étant donné que Clarissa est née deux mois après.

– Et Jason Jones a dans les trente, trente et un ans ?

– C'est ce que je dirais. Je cherche encore à dénicher son acte de naissance.

– Réfléchissons-y deux secondes. Nous avons une jeune et jolie demoiselle enceinte, un homme plus âgé (et riche ?)...

– On ne sait pas encore qui avait l'argent. Ça pouvait être l'un ou l'autre.

– Je ne sais pas pourquoi, mais je parierais sur lui.

– Je ne sais pas pourquoi, mais je pense que vous avez raison.

– Donc Jason se trouve une adolescente enceinte. Il a une "adorable" petite fille et quatre-cinq ans plus tard...

– Il mène une existence tranquille à South Boston, dans une maison plus barricadée que Fort Knox, dans un quartier où personne ne le connaît vraiment. »

D.D. et Miller gardèrent tous deux le silence un instant.

« Vous savez ce qui m'a le plus frappée quand nous avons visité la maison ? reprit soudain D.D. C'est cette façon dont tout semblait... "juste bien". Ni trop sale ni trop propre. Ni trop encombré ni trop rangé. Tout était parfaitement *équilibré*. Comme l'a dit le principal, Sandra Jones était assez sociable pour que les gens l'apprécient, mais sans fréquenter ses collègues au point qu'ils puissent réellement la connaître. Jason et Sandra sourient à leurs voisins, mais ne les reçoivent jamais. Ils font un signe de main, mais ne parlent pas. Ils sortent, mais n'invitent jamais personne à entrer. Tout est soigneusement dosé. C'est un numéro d'équilibriste. Sauf que la nature n'est pas équilibrée.

– Vous croyez qu'ils mènent une existence factice ? »

Elle haussa les épaules. « Je crois que la vraie vie est bordélique et que ces gens ne sont pas assez bordéliques. »

Miller hésita. « Nous n'avons pas encore pris de renseignements auprès de l'employeur de Jason… »

D.D. fit la grimace. Le *Boston Daily*, un grand média. « Ouais, je comprends.

– Je songe à faire appeler une fille de chez moi. Elle prétendra qu'elle se renseigne sur lui avant de lui accorder un laissez-passer, quelque chose du genre. Bizarrement, ça éveillera moins les soupçons si je demande à une femme de passer le coup de fil.

– Bien vu.

– Et nous allons contacter la maternelle de la gamine. Histoire de voir ce que les enseignants et le personnel ont à dire. Les petites filles se déplacent en troupeaux, elles ont des copines, dorment les unes chez les autres, non ? Il me semble qu'il doit y avoir quelque part des parents qui en savent davantage sur la famille.

– Ça me va.

– Et pour finir, je me suis fait faxer une copie de l'acte de mariage. Maintenant que j'ai le nom de jeune fille de Sandra, je vais m'atteler à localiser le père, à trouver plus d'infos du côté de la Géorgie.

– D'accord. Toujours aucun signe de Sandra ni d'opérations sur sa carte de crédit, j'imagine ?

– Rien. Les commerçants du quartier ne l'ont pas vue. Les hôpitaux de la région et les services de psychiatrie d'urgence n'ont aucune femme non identifiée. La morgue non plus. La carte de crédit a été utilisée pour la dernière fois il y a deux jours dans une épicerie. Rien sur sa carte de retrait. Ce qu'on a de plus proche d'une activité, c'est une demi-douzaine d'appels vers son portable. Un de son mari à deux heures seize du matin – sans doute le moment où il s'est aperçu que le téléphone de sa femme sonnait juste derrière lui sur le bar de la cuisine. Puis ce matin deux-trois appels du principal du collège qui voulait savoir où elle était et trois appels d'élèves. C'est tout.

– Elle a reçu des appels de ses élèves de sixième ?

– Passés depuis leurs propres mobiles, évidemment. Bienvenue dans un monde meilleur où les enfants sont adultes à douze ans.

– Qu'est-ce que je suis contente de ne même pas avoir de plante verte.

– J'ai trois garçons, grommela Miller. Sept, neuf et onze ans. Je prévois de faire des heures sup' pendant les dix ans qui viennent. »

Elle ne pouvait pas lui jeter la pierre. « Bon, vous cherchez les données financières, les téléphones portables et les adultes de douze ans. Moi, je fouille la voiture et je mets un spécialiste des auditions de mineurs sur les rangs.

– Vous croyez qu'il va nous laisser parler à sa fille ? Nous n'avons plus de quoi le menacer.

– Je crois que si Sandra Jones n'a pas été retrouvée demain matin comme par enchantement, il n'aura pas le choix. »

D.D. venait de se lever de sa chaise lorsque le téléphone sonna sur son bureau. Elle décrocha.

« Jason Jones sur la ligne 1 », indiqua la standardiste.

D.D. se rassit. « Commandant D.D. Warren, dit-elle dans le combiné.

– Je suis prêt à parler, dit Jason.

– Je vous demande pardon ?

– Ma fille fait la sieste. Je peux parler maintenant.

– Vous voulez dire que vous aimeriez nous rencontrer ? Je me ferais un plaisir d'envoyer deux agents pour venir vous chercher.

– Le temps qu'ils arrivent, ma fille sera réveillée et je ne serai plus disponible. Si vous voulez me poser des questions, il faut que ce soit maintenant, par téléphone. C'est ce que je peux faire de mieux. »

D.D. en doutait fortement. Ce n'était pas le mieux, c'était le plus commode. Encore une fois, sa femme avait disparu depuis douze heures et c'était ça qu'il appelait coopérer ?

« Nous avons organisé l'audition de Ree par une spécialiste, dit-elle.

– Non.

– Cette femme est une professionnelle chevronnée, spécialisée dans les auditions de mineurs. Elle mènera l'entretien avec tact et le moins de stress possible pour votre fille.

– Ma fille ne sait rien.

– Alors l'entretien sera bref. »

Il ne répondit pas immédiatement. D.D. perçut son désarroi pendant cette longue pause.

« Est-ce que votre femme vous a quitté ? lui demanda-t-elle brusquement pour continuer à le bousculer. Elle a rencontré quelqu'un d'autre, elle est partie vers la frontière ?

– Jamais elle n'aurait laissé Ree.

– Ce qui veut dire qu'elle aurait pu rencontrer quelqu'un d'autre.

– Je ne sais pas, commandant. Je travaille pratiquement tous les soirs. Je ne sais pas vraiment ce que fait ma femme.

– Vous n'avez pas l'air d'un couple heureux.

– Ça dépend du point de vue. Vous êtes mariée, commandant ?

– Pourquoi ?

– Parce que si vous l'étiez, vous comprendriez qu'un couple traverse différentes phases. Ma femme et moi élevons une petite fille tout en jonglant avec deux carrières. Ce n'est pas la lune de miel. C'est du travail. »

D.D. grommela, laissa le silence se prolonger à nouveau. Elle trouvait intéressant qu'il parle au présent (« nous élevons une petite fille »), mais n'arrivait pas à savoir si c'était calculé ou non. Il employait le présent, mais pas le nom de sa femme ou de son enfant. Curieux personnage, ce Jason Jones.

« Avez-vous une maîtresse, monsieur Jones ? Parce que nous posons tellement de questions en ce moment que ça va se savoir.

– Je n'ai pas trompé ma femme.

– Mais elle vous a trompé.

– Je n'en ai aucune preuve.

– Mais vous le soupçonniez.

– Commandant, même si je l'avais surprise au lit avec un autre, je ne l'aurais pas tuée.

– Pas ce genre d'homme ?

– Pas ce genre de couple. »

Au tour de D.D. d'être décontenancée. Elle retourna la phrase dans sa tête, sans arriver à débrouiller la chose. « De quel genre est ce couple ?

– Le genre respectueux. Sandra était très jeune quand nous nous sommes mariés. Si elle avait besoin de faire encore quelques expériences, je pourrais lui en laisser la liberté.

– Très compréhensif de votre part. »

Il ne répondit pas.

Alors D.D. comprit : « Vous lui avez fait signer un contrat de mariage ? Une clause stipulant que, si elle vous trompait, vous ne lui devriez rien en cas de divorce ?

– Il n'y a pas de contrat.

– Vraiment ? Pas de contrat ? Avec tout cet argent sur vos comptes ?

– C'est l'argent d'un héritage. Je ne m'attendais pas du tout à le recevoir, donc ça ne pourrait pas me faire grand-chose de le perdre.

– Oh, je vous en prie, deux millions de dollars…

– Quatre. Vous n'êtes pas bien renseignée.

– Quatre millions de dollars…

– Et pourtant nous vivons avec deux mille cinq cents dollars par mois. Commandant, vous ne m'avez toujours pas posé la bonne question.

– À savoir ?

– Même si j'avais une raison de faire du mal à ma femme, pourquoi m'en serais-je pris à M. Smith ?

– Pardon ?

– Vous avez déjà entendu parler de Ted Bundy ? Il a assassiné et mutilé plus de trente femmes et pourtant il refusait de voler une voiture qui ne serait pas assurée parce qu'il trouvait ça cruel. Bon, un mari qui tue sa femme plutôt que d'accepter le divorce est clairement un psychopathe. Ses besoins passent en premier. Sa femme n'est guère plus qu'un objet animé. Elle est un obstacle à la satisfaction de ses besoins. Il s'estime en droit de se débarrasser d'elle. »

D.D. ne dit rien. Elle s'efforçait de déterminer si elle venait d'entendre un aveu.

« Mais le chat, commandant. M. Smith. Même si j'avais chosifié ma femme au point de décider que je serais mieux sans elle, que m'avait fait le chat ? Je pourrais peut-être justifier le fait d'enlever sa mère à ma fille. Mais m'en prendre à son animal, ce serait de la cruauté pure et simple.

– Alors qu'est devenue votre femme, monsieur Jones ?

– Je n'en ai aucune idée.

– Lui est-il déjà arrivé de disparaître ?

– Jamais.

– Lui est-il déjà arrivé de ne pas se présenter quelque part sans se donner la peine de prévenir ?

– Sandra est très consciencieuse. Demandez à son collège. Elle dit ce qu'elle fait, elle fait ce qu'elle dit.

– Lui est-il arrivé par le passé d'aller dans des bars, de boire beaucoup, de prendre de la drogue ? Comme vous l'avez dit vous-même, elle est encore très jeune.

– Non. Nous ne buvons pas. Nous ne nous droguons pas.

– Est-ce qu'elle est somnambule, est-ce qu'elle prend des médicaments ?

– Non.

– Est-ce qu'elle fréquente des gens à l'extérieur ?

– Nous menons une vie très tranquille, commandant. Notre priorité est notre fille.

– En d'autres termes, vous êtes des gens comme tout le monde, très réglés.

– Réglés comme une horloge.

– Qui vivez comme par hasard dans une maison avec des fenêtres blindées et des portes métalliques ?

– Nous habitons en ville. On ne plaisante pas avec la sécurité.

– J'ignorais que South Boston était un quartier aussi difficile.

– J'ignorais que la police regardait d'un mauvais œil ceux qui ferment leur maison. »

D.D. décida de déclarer le match nul. Elle fit une nouvelle pause pour essayer de prendre ses marques dans une conversation qui aurait dû se tenir en présence l'un de l'autre et non par téléphone.

« Quand vous êtes rentré chez vous, monsieur Jones, est-ce que les portes étaient fermées à clé ?

– Oui.

– Est-ce que quoi que ce soit d'inhabituel vous a frappé ? Dans la cuisine, le couloir, l'entrée, quoi que ce soit quand vous êtes entré dans la maison ?

– Je n'ai rien remarqué du tout.

– Quand vous vous êtes aperçu que votre femme n'était pas chez vous, monsieur Jones, qu'avez-vous fait ?

– J'ai appelé son portable. Qui s'est révélé être dans son sac sur le bar de la cuisine.

– Et ensuite, qu'avez-vous fait ?

– Je suis sorti, histoire de voir si elle était dans le jardin pour une raison quelconque, peut-être pour regarder les étoiles. Je ne sais pas. Elle n'était pas à l'intérieur, alors j'ai vérifié dehors.

– Et ensuite ?

– Ensuite, j'ai vérifié dans sa voiture.

– Et ensuite ?

– Ensuite... quoi ?

– Ce que vous décrivez prend environ trois minutes. D'après les premiers intervenants, vous n'avez appelé les secours que trois heures plus tard. Qui avez-vous appelé, monsieur Jones ? Qu'avez-vous fait ?

– Je n'ai appelé personne. Je n'ai rien fait.

– Pendant trois heures ?

– J'ai attendu, commandant. Je me suis assis dans le canapé et j'ai attendu que ma vie reprenne son cours normal. Et ensuite, comme ça ne se produisait pas miraculeusement, j'ai appelé la police.

– Je ne vous crois pas, dit D.D. tout net.

– Je sais. Mais c'est peut-être aussi la preuve de mon innocence. Est-ce qu'un coupable ne s'inventerait pas un meilleur alibi ? »

Elle poussa un profond soupir. « Alors que croyez-vous qu'il est arrivé à votre femme, monsieur Jones ? »

73

Elle l'entendit alors prendre un instant pour réfléchir lui aussi.

Pour répondre finalement : « Eh bien, il y a un délinquant sexuel fiché dans notre rue. »

7

LE 22 OCTOBRE 1989, le petit Jacob Wetterling fut enlevé
sous la menace d'une arme par un homme masqué et
plus jamais retrouvé. Bon, en 1989, je n'avais que trois ans,
donc vous pouvez me croire si je vous dis que ce n'était pas
moi. Mais l'enlèvement de Jacob Wetterling il y a près de
vingt ans a changé à tout jamais ma vie d'adulte. Parce que
les parents de Jacob ont créé la fondation Jacob Wetterling,
laquelle a obtenu en 1994 le vote d'une loi sur les crimes
contre les enfants et l'enregistrement des délinquants
sexuels violents ; en pratique, les parents de Jacob ont
contribué à l'instauration du tout premier fichier de délinquants sexuels.

Je sais ce que vous vous dites. Je ne suis qu'un animal,
hein ? C'est ce que tout le monde pense aujourd'hui. Les
délinquants sexuels sont des monstres. Il faudrait non
seulement nous interdire tout contact avec des enfants,
mais aussi nous proscrire, nous exclure et de toutes les
manières nous contraindre à une existence sordide sous
les ponts en Floride. Regardez ce qui est arrivé à Megan
Kanka, kidnappée dans sa propre chambre par leur vio-
leur de voisin. Ou à Jessica Lunsford, enlevée dans sa maison qui n'était pas fermée à clé par le délinquant sexuel
qui habitait avec sa sœur dans un mobil-home de l'autre
côté de la rue.

Que vous dire ? D'après ma conseillère d'insertion et de
probation, il y a près de six cent mille délinquants sexuels
fichés aux États-Unis. Obligé que quelques-uns se compor-

tent mal. Et quand ça arrive, nous sommes tous punis, même les types comme moi.

Je me lève, je vais au travail, j'assiste à mes réunions, je me tiens à carreaux. Une vraie réussite. Et pourtant voilà, il est cinq heures du soir, j'ai presque fini mon travail, mais surtout je m'attends à être arrêté par la police.

À cinq heures et quart, comme la demi-douzaine de voitures de police n'a toujours pas déboulé tous gyrophares allumés, je laisse tomber et je prends le chemin de la maison. Je me repasse le film de la journée en m'efforçant de dominer mon anxiété grandissante. Après avoir repéré les policiers qui enquêtaient dans le quartier ce matin, j'ai fait ce qu'il y avait de plus sage et je suis allé au travail. Il faut voir que la police ne tardera pas à me retrouver et qu'à partir de ce moment-là mon emploi du temps depuis la disparition de Mme Jones deviendra un des principaux sujets de conversation. Il se trouve que je suis revenu du déjeuner avec une demi-heure de retard à cause de ma discussion avec M. Jones. Cette anomalie leur sautera aux yeux, mais je n'y peux rien. Il fallait que je parle à ce type. Après tout, mon seul espoir est qu'ils l'arrêtent plutôt que moi.

Alors que j'approche de ma porte et que je ne vois toujours aucune trace d'hommes en bleu (ou, plus probablement, d'équipes d'intervention en gilets pare-balles), je me rappelle que nous sommes jeudi soir et que, si je ne me grouille pas, je vais être en retard à ma séance. Je ne peux pas me permettre un nouvel écart dans mon emploi du temps, donc je me grouille, je m'engouffre dans ma chambre pour me doucher/changer en cinq minutes, puis je ressors et hèle un taxi pour l'hôpital psychiatrique de la ville ; huit délinquants sexuels fichés ne peuvent pas franchement tenir leur séance hebdomadaire de thérapie collective à la bibliothèque de quartier.

J'arrive à l'hôpital à 17 heures 59. C'est important. Le contrat que j'ai signé stipule qu'il est interdit d'être en retard ne serait-ce que d'une minute à nos séances et notre animatrice est très stricte sur ce point. Mme Brenda Jane, assistante sociale agréée, a des allures de mannequin blond d'un mètre quatre-vingts et une personnalité de matonne. Elle ne se contente pas de diriger nos séances, elle contrôle la moindre facette de nos vies, depuis ce que nous buvons ou ne buvons pas jusqu'à qui nous fréquentons ou ne fréquentons pas. La moitié d'entre nous la détestent. L'autre moitié lui est extrêmement reconnaissante.

Les séances durent environ deux heures, une fois par semaine. Une des premières choses qu'on apprend en tant que délinquant sexuel fiché, c'est à remplir un maximum de paperasse. J'ai tout un grand classeur rempli de documents tels que le « contrat d'adhésion au programme de soins pour délinquant sexuel », que j'ai signé, les « règles à suivre en vue d'un épanouissement personnel », de même qu'une demi-douzaine de « charte des séances collectives », « charte des relations amoureuses et sociales » ou « charte des délits commis dans le cadre de la cellule familiale ». Aujourd'hui, comme chaque fois, chacun de nous commence par remplir la fiche d'évaluation hebdomadaire.

Première question : *Quels sentiments avez-vous éprouvés cette semaine ?*

Ma première idée est « un sentiment de culpabilité ». La seconde, que je ne peux pas écrire ça. Les déclarations faites dans les groupes de soutien n'ont aucun caractère confidentiel. Encore un bout de papier que nous avons tous dû lire et signer. Tout ce que je dis ce soir ou n'importe quel soir pourra être utilisé contre moi au cours d'un procès. Ce qui ne fait qu'ajouter au paradoxe quotidien qu'est la vie de tout délinquant sexuel : d'un côté, je dois m'efforcer d'être plus franc ; et de l'autre, je peux à chaque instant être sanctionné pour l'avoir été.

J'écris la deuxième réponse qui me vient : *de la peur*. La police ne peut pas me contester ça, hein ? Une femme a disparu. Je suis le délinquant sexuel fiché du quartier. Un peu que j'ai les jetons.

Deuxième question : *Citez cinq procédés auxquels vous avez eu recours cette semaine pour éviter les situations à risque ?*

Facile. Le jour où on intègre le groupe, on reçoit une liste d'environ cent quarante « procédés » ou idées pour rompre le cycle de la maltraitance. La plupart d'entre nous rigolent la première fois qu'ils lisent la liste. Cent quarante moyens de ne pas récidiver ? Y compris des trucs aussi tops que « appeler la police », « prendre une douche froide » ou, mon préféré, « se jeter dans la mer en plein hiver ».

Je donne les réponses habituelles : je ne suis pas resté seul avec des enfants, je ne suis pas entré dans des bars, je n'ai pas pris la voiture pour me promener sans but, je n'ai pas eu trop d'attentes envers moi-même et j'ai fait claquer un élastique.

Je cite parfois « je ne me suis pas apitoyé sur mon sort » dans les cinq procédés, mais même moi je sais que je n'ai pas réussi cette semaine. Le « je n'ai pas eu trop d'attentes envers moi-même » le remplace avantageusement. Ça fait des années que je n'ai plus d'attentes.

Troisième question : *Citez cinq procédés auxquels vous avez eu recours cette semaine pour mener une vie saine.*

Nouvelle réponse par cœur : j'ai travaillé à plein temps, j'ai fait du sport, je n'ai consommé ni drogue ni alcool, je me suis beaucoup reposé et j'ai mené une vie tranquille. Enfin, peut-être pas aujourd'hui à proprement parler, mais c'est seulement un jour sur sept et la fiche est censée être une évaluation hebdomadaire.

Quatrième question : *Décrivez tous les désirs illicites ou égoïstes, tous les fantasmes ou pensées sexuelles que vous avez eus cette semaine.*

J'écris : *J'ai fantasmé que je faisais l'amour avec une femme ligotée et bâillonnée.*

Cinquième question : *Expliquez pourquoi, d'après vous, vous avez eu chacun de ces fantasmes.*

J'écris : *Parce que je suis un célibataire de vingt-trois ans et que j'ai sacrément la trique.*

Je réfléchis, puis j'efface « et que j'ai sacrément la trique » pour écrire « et que je suis en pleine maturité sexuelle ». Mme Brenda Jane, l'animatrice, veille à la correction du langage pendant les séances. Dans notre groupe, personne n'a de bite, de zob ou de queue. Nous avons des pénis. Point à la ligne.

En réponse à la question six, je décris mon état émotionnel avant, pendant et après la masturbation. La plupart des gars répondent qu'ils sont en colère ou anxieux. Il y a cette pression qui monte, qui monte, qui monte, jusqu'à ce qu'ils soient obligés de faire quelque chose. Certains racontent qu'ils pleurent après coup. Qu'ils se sentent coupables, honteux, affreusement seuls, tout ça pour avoir paluché popol.

Je n'ai rien de ce genre à décrire. Je suis mécano et ces derniers temps ma masturbation a le même côté un peu technique. Je ne relâche pas la vapeur ; je m'assure simplement que toutes les pièces sont encore en bon état de marche.

Septième question : *Quelles relations sexuelles avez-vous eu cette semaine avec quelqu'un d'autre ?*

Rien à signaler.

Huitième question : *Quelles relations (autres que sexuelles) avez-vous eu ou tenté d'établir avec des personnes d'un âge approprié cette semaine ?*

Rien à signaler.

Neuvième question : *Pour tout contact avec un enfant, merci de donner le nom et l'âge de l'enfant, son lien avec vous, la nature du contact et le nom du tiers présent.*

Je n'ai rien à signaler.

Et ainsi de suite. Encore une évaluation hebdomadaire, encore une séance de thérapie de groupe.

Vous savez ce que nous faisons en réalité pendant ces séances ? Nous nous trouvons des excuses. Le père qui a couché avec une seule de ses filles se dit meilleur que le prêtre qui a couché avec quinze enfants de chœur. Celui qui a peloté se dit meilleur que celui a pénétré. Les prédateurs qui séduisent leurs victimes en leur promettant des bonbons, de la tendresse ou des faveurs prétendent qu'ils valent mieux que les monstres qui recourent à la violence et ces derniers prétendent qu'ils font moins de dégâts que les séducteurs qui donnent à leurs victimes le sentiment de partager la responsabilité du crime. L'État nous a mis dans le même panier, alors, comme dans tout groupe organisé, nous cherchons à tout prix à nous démarquer les uns des autres.

Vous savez pourquoi ces séances fonctionnent ? Parce que personne ne repère aussi facilement un menteur qu'un autre menteur. Et il faut reconnaître que, dans cette pièce, nous sommes tous des pros.

Nous consacrons la première demi-heure à l'examen des évaluations hebdomadaires et ensuite, pour la première fois depuis des mois, j'ai quelque chose à dire.

« Je crois que je vais me faire arrêter. »

Une pause dans la conversation. Mme Brenda Jane s'éclaircit la voix, replace son écritoire à pince sur ses genoux. « Aidan, il semblerait que vous ayez quelque chose à nous dire.

– Oui. Une femme a disparu dans ma rue. Si on ne la retrouve pas rapidement, j'imagine qu'on va me coller ça sur le dos. »

Je dis ça avec colère. Cela me surprend un peu. Jusqu'à présent, je me croyais résigné à mon sort. Mais peut-être que j'ai quand même quelques attentes en fin de compte. Je me surprends à faire claquer l'élastique à mon poignet, signe indéniable de ma nervosité. Je m'oblige à arrêter.

« Tu l'as tuée ? » demande Wendell. Wendell est un gros type blanc, carrément obèse, avec une barbe noire soigneusement taillée. Il est instruit, assez aisé et doté d'une voix qu'on croirait tout droit sortie d'un ballon d'hélium. C'est aussi le meilleur quand il s'agit de se trouver des excuses. Lui n'est qu'un malheureux exhibitionniste persécuté, il ne fait que montrer sans toucher. Qu'il soit mis dans le même sac que des gens comme nous prouve simplement l'inhumanité du système judiciaire.

J'ignore si Wendell ne fait que montrer sans toucher. En théorie, lorsqu'il a intégré le programme de soins pour les délinquants sexuels, il a fourni un historique exhaustif de ses délits, historique qui a ensuite été passé au détecteur de mensonges pour la modique somme de cent cinquante dollars. (Somme que nous payons de notre poche, pourrais-je préciser, et que nous payons à nouveau tant que nous n'avons pas réussi le test.)

Personnellement, je pense que Wendell est un psychopathe de première. Malheureux exhibitionniste persécuté, mon œil. Wendell s'en est toujours pris à des victimes d'un genre bien précis. Par exemple, il aimait bien aller dans les maisons de retraite pour exhiber cent cinquante kilos de chair blanche devant les patientes alitées qui avaient à peine la force de se voiler les yeux. Ensuite, il se rendait à la clinique pour adolescents où il pouvait agiter son trois-pièces devant une gamine de quatorze ans bouleversée parce qu'elle venait d'apprendre qu'elle était enceinte de huit semaines. Mais son plus grand trip, c'était de sévir devant les centres d'aide aux victimes de viol et d'y jeter une montagne de chair sur des femmes déjà traumatisées.

Sa dernière victime s'est pendue en rentrant chez elle. Mais Wendell vous soutiendra qu'il n'est pas aussi pourri que nous.

« Je ne l'ai pas touchée, réponds-je sans tenir compte du grand sourire entendu de Wendell. Je ne la connaissais même pas. Mais peu importe. La police va consulter le fichier et mon nom va sortir. Je vais me faire arrêter juste pour le principe et je ne pourrai même pas payer la caution. S'ils m'attrapent, je suis foutu. » Je me suis remis à faire claquer l'élastique. Je m'avise que Mme Brenda Jane m'observe et je me force une nouvelle fois à m'arrêter.

Je devine déjà ce qu'elle se demande : *Et quel sentiment cela vous donne-t-il, Aidan Brewster ?*

Celui d'être piégé, ai-je envie de hurler. *Complètement piégé.*

« Une femme a disparu ? À Southie ? C'est arrivé quand ? » intervient Gary Provost, un autre membre du groupe. Gary, trente-sept ans, alcoolique, gérant de porte-feuilles, s'est fait surprendre en train de peloter la fille de onze ans d'un ami. Sa femme l'a quitté, emmenant leurs deux fils avec elle. Le reste de sa famille ne lui adresse tou-jours pas la parole. Pourtant, de nous tous, c'est sans doute celui qui a le plus d'espoir. Déjà, il a toujours l'air d'un cadre respectable et non d'un pervers patenté. Ensuite, il semble réellement plein de remords et très attaché à sa sobriété de fraîche date. Gary, c'est le gars sérieux. Tran-quille mais intelligent. De tous ceux qui sont dans la pièce, c'est pratiquement mon préféré.

« Elle a disparu la nuit dernière.

– Je n'ai rien entendu aux infos.

– Je ne sais pas, dis-je en haussant les épaules.

– Elle a quel âge ? » demande Wendell pour entrer dans le vif du sujet.

Je hausse à nouveau les épaules. « Elle est maman, donc le milieu de la vingtaine, quelque chose comme ça.

– Ça arrange un peu tes affaires, souligne Jim, si elle est largement majeure. Et puis tu n'as pas d'antécédents de violence. »

Jim sourit en disant ça. C'est le seul délinquant sexuel de niveau III de notre groupe, ce qui signifie que, de nous tous, c'est lui que les autorités craignent le plus. Les exhibitionnistes comme Wendell ont peut-être le plus fort taux de récidive, mais les pédophiles invétérés comme Jim sont les vrais monstres du placard. De l'aveu même de Jim, il n'est attiré que par les petits garçons de huit ans et a probablement eu des relations illicites avec trente-cinq gamins en près de quarante ans. Il a commencé en gardant des enfants quand il avait quatorze ans. Aujourd'hui qu'il en a cinquante-cinq, sa testostérone en berne le freine enfin. Sans compter que les toubibs lui ont prescrit un lourd traitement d'antidépresseurs, dont les effets secondaires diminuent la libido.

Mais, comme nous en discutons lors de nos séances hebdomadaires, il est très compliqué de modifier la sexualité d'un individu. On peut essayer de lui apprendre à désirer des adultes, mais guère « supprimer » chez lui un objet de désir sexuel, autrement dit lui apprendre à ne pas désirer les enfants.

Jim s'habille souvent en cardigan de collégien et suce des caramels durs. Rien que pour ça, j'imagine qu'il fantasme encore essentiellement sur les garçons prépubères.

« Je ne sais pas si ça comptera, réponds-je. Un délinquant fiché reste un délinquant fiché. Je pense qu'ils m'arrêteront avant de poser des questions.

– Non, intervient Gary, le gérant de portefeuilles. Ils iront d'abord voir ton conseiller d'insertion. C'est comme ça que ça se passe. »

Ma conseillère. La surprise m'en fait cligner des yeux. Je l'avais complètement oubliée. Je suis en conditionnelle depuis deux ans maintenant et, même si je suis tenu de me présenter tous les mois, ma conduite a été d'une telle constance que je ne fais plus attention à nos rendez-vous. Encore des papiers à remplir et des formulaires dûment signés. Avec un type comme moi, l'affaire est bouclée en moins de dix minutes. Je copie mes bulletins de salaire, remets un courrier de ma thérapeute, prouve que j'ai réglé chaque semaine les frais de mon suivi, etc., et c'est reparti pour trente jours.

« Que crois-tu que va dire ton conseiller d'insertion ? demande Wendell d'un air intéressé.

– Il n'y a pas grand-chose à raconter.

– Vous êtes allé au travail aujourd'hui ? s'enquiert Mme Brenda Jane.

– Oui.

– Pas d'alcool, pas de drogue, pas d'Internet ?

– Je travaille. Je marche. Je me tiens à carreaux.

– Alors, vous ne devriez pas avoir de problèmes. Naturellement, vous avez droit à un avocat, donc si vous êtes inquiet, n'hésitez pas à en demander un.

– Je crois que c'est le mari », m'entends-je dire.

Sans raison. Encore ce réflexe de se justifier. *Vous voyez, ce n'est pas moi le monstre. C'est lui.*

Mon groupe se rallie à ma cause, hoche la tête. « Ouais, ouais, répondent plusieurs. C'est toujours le mari, non ? »

Wendell affiche toujours ce sourire narquois. « Ce n'est pas comme si elle avait quatorze ans…, commence-t-il.

– Wendell », l'interrompt Mme Brenda Jane.

Il joue les innocents. « Je dis juste que ce n'est pas comme si c'était une jolie blonde mineure.

– Monsieur Harrington… »

Wendell lève une main charnue pour finalement reconnaître sa défaite. Mais ensuite, une idée lui traverse l'esprit, il se tourne vers moi et trouve enfin quelque chose d'utile à dire :

« Dis donc, gamin, tu bosses toujours au garage du coin, non ? J'espère pour toi que la disparue n'y faisait pas entretenir sa bagnole. »

Tout de suite, je revois parfaitement Sandra Jones devant le comptoir gris industriel, ses longs cheveux blonds coincés derrière les oreilles, tout sourires en tendant ses clés à Vito : « Oui, on pourra venir la chercher à cinq heures... »

Je réalise pour la deuxième fois de ma vie que je ne rentrerai pas chez moi.

8

Q U'EST-CE QUI FONDE *une famille ?*
*C'est une question que je me suis posée presque toute ma vie.
J'ai grandi dans un clan du Sud typique. J'avais une mère au
foyer connue pour son allure impeccable et sa roseraie primée
dans les concours. J'avais comme il se doit un père respecté au
plus haut point qui avait créé son propre cabinet d'avocats et
travaillait d'arrache-pied pour subvenir aux besoins des « deux
femmes de sa vie ». J'avais une vingtaine de cousins, une ribam-
belle d'oncles et tantes. Une famille si nombreuse que nos réunions annuelles, organisées dans la vaste demeure de mes
parents avec ses kilomètres de gazon vert et sa galerie couverte qui
faisait le tour de la maison, tenaient plus du barnum que du
barbecue d'été.*

*J'ai passé les quinze premières années de mon existence à sourire
docilement à de grosses tantes qui me pinçaient les joues en s'exta-
siant sur ma ressemblance avec ma mère. Je rendais mes devoirs en
temps et en heure pour que mes professeurs puissent me tapoter la
tête en me disant combien mon père était fier de moi. J'allais à la
messe, je gardais les enfants des voisins, je travaillais à l'épicerie
du quartier après l'école et je souriais à m'en faire mal aux joues.*

*Ensuite, je rentrais à la maison, je ramassais les bouteilles de
gin vides sur le parquet et je faisais semblant de ne pas entendre
les persiflages d'ivrogne de ma mère au bout du couloir : « Je sais
quelque chose que tu ne sais pas. Je sais quelque chose que tu ne
sais pas… »*

*Quand j'avais deux ans, ma mère m'a fait manger une
ampoule électrique pour pouvoir m'emmener chez le médecin et lui*

expliquer à quel point j'étais vilaine. Quand j'avais quatre ans, elle m'a fait mettre mon pouce dans une porte et l'a bloqué là pendant qu'elle claquait la porte pour pouvoir montrer au docteur combien j'étais intenable. Quand j'avais six ans, elle m'a fait boire de l'eau de Javel pour que les médecins voient combien c'était horrible d'être ma mère.

Ma mère me martyrisait et personne ne l'en a jamais empêchée. Est-ce que ça faisait de nous une famille ?

Mon père avait des soupçons, mais n'a jamais posé de questions, même quand sa femme ivre le pourchassait dans toute la maison avec des couteaux. Est-ce que ça faisait de nous une famille ?

Je savais que ma mère me maltraitait volontairement et espérait en faire autant à mon père, mais je n'ai jamais rien dit. Est-ce que ça faisait de nous une famille ?

Mon père l'aimait. Dès mon plus jeune âge, j'avais compris ça. Quoi que ma mère puisse faire, mon père la soutenait. C'est ça, le mariage, m'expliquait-il. Et puis, elle n'a pas toujours été comme ça, ajoutait-il. Comme si ma mère avait un jour été saine d'esprit et qu'elle pouvait donc le redevenir.

Alors nous poursuivions notre petit train-train : chaque soir ma mère commençait par poser un dîner correctement préparé sur la table et chaque fois elle terminait le repas en lançant du poulet rôti ou, Dieu nous garde, un verre en cristal à la tête de l'un de nous ou des deux. Pour finir, mon père la raccompagnait dans la chambre et la mettait au lit avec un énième thé sucré arrosé de gin.

« Tu la connais », me disait-il posément, à moitié pour l'excuser, à moitié pour me demander pardon. Nous passions le reste de la soirée à lire ensemble dans le grand salon en faisant mine de ne pas entendre les babillages d'ivrogne de ma mère qui montaient du couloir : « Je sais quelque chose que tu ne sais pas. Je sais quelque chose que tu ne sais pas… »

Quand ma mère est morte, j'ai cessé de poser toutes ces questions. J'ai cru que la guerre était enfin finie. Mon père et moi étions libres. Maintenant commençait une éternité de bonheur.

Une semaine après l'enterrement, j'ai arraché les rosiers adorés de ma mère. Je les ai passés dans le broyeur de végétaux et mon père a versé plus de larmes sur ces satanées fleurs qu'il n'en avait jamais versé sur moi.

C'est là que j'ai commencé à comprendre quelques petites choses sur la vraie nature d'une famille.

Rétrospectivement, je pense qu'il était inévitable que je me retrouve enceinte, mariée à un inconnu et dans une région où personne ne prononçait les r. Pas un jour de ma vie je n'avais été seule. De sorte qu'à l'instant où j'ai été livrée à moi-même, j'ai immédiatement recréé la seule chose que je connaissais : une famille.

Les premières contractions m'ont filé une frousse de tous les diables. Au bout de neuf mois, je n'étais toujours pas prête. L'encre de mon acte de mariage était à peine sèche. Nous finissions encore de nous installer dans notre nouvelle maison, un tout petit bungalow qui aurait tenu tout entier dans le grand salon de mes parents. Je ne pouvais pas encore être mère. Je n'avais pas monté le berceau. Je n'avais pas fini de lire le guide pour jeunes parents.

Je ne savais pas ce que je faisais. Je n'avais pas les compétences pour ça.

Je me souviens avoir senti, en gagnant tant bien que mal la voiture, le parfum des roses adorées de ma mère. J'ai vomi dans l'herbe. Jason m'a donné de petites tapes dans le dos et, de sa voix calme et maîtrisée, m'a dit que je m'en sortais comme un chef.

Il a chargé mon sac de maternité dans la voiture et m'a aidée à m'installer sur le siège passager.

« Respire, ne cessait-il de répéter. Respire, Sandy. C'est tout. »

À l'hôpital, mon chevaleresque jeune époux a tenu le seau pendant que je vomissais. Il m'a soutenue à bras le corps pendant que je gémissais et haletais dans la douche de la salle de travail. Il m'a prêté son bras, que j'ai lacéré jusqu'au sang en luttant pour expulser de mon utérus la plus grosse boule de bowling du monde.

Les infirmières le regardaient avec une admiration non dissimulée et je me souviens avoir pensé distinctement que ma mère avait raison : toutes des salopes, j'allais les tuer. Si seulement je pouvais me lever. Si seulement je pouvais faire en sorte que cette douleur s'arrête.

Et ensuite... le triomphe.

Ma fille, Clarissa Jane Jones, est venue au monde, annonçant son arrivée par un cri de protestation rauque. Je me souviens du contact chaud et poisseux de son petit corps fripé qu'on laissait tomber sur ma poitrine. Je me souviens de la sensation de sa petite bouche en forme de bouton de culotte, qui fouillait, fouillait, jusqu'à enfin s'accrocher à mon sein. Je me souviens de cet indescriptible sentiment de mon corps qui nourrissait le sien et des larmes qui ruisselaient sur mon visage.

J'ai surpris le regard de Jason sur nous. Il se tenait à l'écart, les mains dans les poches, le visage plus impénétrable que jamais. Et c'est alors que j'ai compris :

J'avais épousé mon mari pour fuir mon père. Est-ce que cela faisait de nous une famille ?

Mon mari m'avait épousée parce qu'il voulait mon enfant. Est-ce que cela faisait de nous une famille ?

Clarissa était devenue notre fille parce qu'elle était née au milieu de ce chaos. Est-ce que cela faisait de nous une famille ?

Peut-être qu'il faut bien commencer quelque part.

J'ai tendu la main. Jason s'est approché de moi. Et lentement, très lentement, il a tendu un doigt pour effleurer la joue de Clarissa.

« Je te protégerai, a-t-il murmuré. Je te promets qu'il ne t'arrivera jamais rien de mal. Je te promets, je te promets, je te promets. »

Ensuite, il m'a agrippé la main et j'ai senti la force réelle de ses émotions, le flot obscur de toutes ces choses qu'il ne me raconterait jamais, mais dont, pour avoir moi aussi traversé des épreuves, je savais qu'elles affleuraient sous la surface.

Il m'a embrassée. Il m'a embrassée avec Clarissa blottie entre nous deux, un baiser violent, un baiser intense.

« Je te protégerai toujours, a-t-il de nouveau murmuré, sa joue contre la mienne, ses larmes se mêlant aux miennes. Je te promets, Sandy. Jamais je ne te ferai de mal. »

Et je l'ai cru.

À 17 heures 59, au moment où Aidan Brewster se présentait pour sa séance de thérapie de groupe hebdomadaire, Jason Jones lançait un film pour sa fille et commençait à paniquer.

Il s'était fait porter pâle au bureau. Il ne voyait pas quoi faire d'autre. La nuit tombait. Toujours aucunes nouvelles de Sandy. Toujours aucun signe de la police. Ree s'était réveillée de sa sieste d'humeur toujours aussi paisible. Ils avaient joué à Candyland, au Memory et aux petits chevaux.

Ensuite ils s'étaient installés à sa minuscule table à dessin, lui le menton posé sur les genoux, et ils avaient colorié de grandes images de Cendrillon dans l'album préféré de Ree. M. Smith n'était pas comme par magie réapparu sur le perron et Ree avait cessé de poser des questions sur son chat ou sa maman. Elle se contentait de regarder Jason avec des yeux bruns pleins de gravité qui commençaient à le hanter.

Après le dîner (boulettes de viande, cheveux d'ange et rondelles de concombre), il mit un film. Ree avait été toute ragaillardie à l'idée de ce plaisir rare et elle était maintenant assise dans le canapé vert, Doudou Lapine dans les bras. Jason expliqua qu'il devait s'occuper du linge et battit précipitamment en retraite à la cave.

Il se mit à y faire les cent pas et, une fois qu'il eut commencé, ne put plus s'arrêter.

Lorsqu'il était rentré et s'était aperçu que Sandra n'était pas à la maison, il avait été déconcerté, peut-être même inquiet. Il avait fait ce qui s'imposait : regarder à la cave, regarder dans le grenier, regarder dans la vieille remise du jardin. Puis il avait appelé le portable de Sandy et l'avait entendu sonner dans son sac à main. Ce qui l'avait conduit à en examiner le contenu sans enthousiasme et à feuilleter son petit carnet à spirale pour voir si elle n'aurait pas miraculeusement noté un rendez-vous en pleine nuit. À deux heures et demie, après s'être assuré que sa femme n'avait pas prémédité de disparaître, il avait fait le tour du quartier en l'appelant à voix basse, exactement comme on pourrait appeler un chat.

Elle n'était pas dans sa voiture. Elle n'était pas dans la voiture de Jason. Et elle n'était toujours pas à la maison.

Il s'était assis dans le canapé pour réfléchir à la situation.

La maison était fermée à clé quand il était rentré, y compris le bouton de porte et deux verrous. Cela signifiait que Sandy avait fait ce qu'elle faisait toujours au moment de se coucher. Il avait inspecté le bar de la cuisine et découvert les copies corrigées, ce qui signifiait que Sandy avait fait ce qu'elle faisait toujours après avoir couché Ree.

Alors à quel moment la soirée avait-elle mal tourné ?

Sa femme n'était pas parfaite. Jason le savait aussi bien que quiconque. Sandy était jeune, elle avait fait les quatre cents coups dans son adolescence. Et à l'âge encore relativement tendre de vingt-trois ans, elle s'efforçait d'élever une petite tout en se familiarisant avec un nouvel emploi dans une région qu'elle ne connaissait pas. Elle s'était montrée plus distante depuis le début de l'année scolaire, d'abord trop calme, puis, depuis décembre, presque trop affectueuse, comme si elle se forçait. Jason avait précisément eu l'idée de partir pour les vacances de février parce qu'elle était devenue d'une humeur si incompréhensible, si… différente.

Jason était certain qu'elle avait parfois le mal du pays, surtout en hiver, même si elle n'en disait jamais rien. Certain qu'il y avait des moments où elle aurait voulu pouvoir sortir, se sentir au moins un peu jeune, même si elle n'en disait jamais rien.

Lui-même se demandait combien de temps elle resterait mariée avec lui, même si, là encore, elle n'en disait jamais rien.

Elle lui manquait. Cette idée l'attrista. Il s'était habitué à rentrer et à la trouver recroquevillée dans leur lit, dans une position qui imitait étrangement celle de leur fille. Il aimait son accent du Sud, son goût immodéré pour le Dr Pepper et son sourire qui creusait une fossette dans sa joue gauche.

Quand elle était calme, il y avait en elle une douceur qui apaisait Jason. Quand elle chahutait avec Ree, il y avait en elle une étincelle qui l'électrisait.

Il aimait la regarder lire à leur fille. Il aimait l'entendre fredonner quand elle vaquait à ses petites affaires dans la cuisine. Il aimait ses cheveux qui tombaient autour de son visage comme un rideau d'or bouclé et cette façon qu'elle avait de rougir quand elle surprenait son regard sur elle.

Il ne savait pas si elle l'aimait. Il n'était jamais arrivé à répondre à cette question. Mais, pendant un moment, elle avait eu besoin de lui et cela lui suffisait.

Elle m'a quitté ; cela avait été sa première idée lorsque, à trois heures du matin, il s'était assis parmi les ombres vides du salon. Il avait tenté de se racheter en février et cela avait tourné au désastre. Alors Sandy avait fini par le quitter.

Mais une fraction de seconde plus tard, il avait rejeté cette conclusion : Sandy avait peut-être des sentiments mitigés sur leur mariage, mais pas sur Ree. De sorte que si Sandy avait quitté la maison de son plein gré, elle aurait emmené Ree et, au minimum, attrapé son sac. Qu'elle ne l'ait pas fait conduisait à une autre conclusion : Sandy n'était pas partie de son plein gré. Un drame s'était produit, ici même, dans la propre maison de Jason, pendant que sa fille dormait à l'étage. Et il n'avait aucune idée de ce que c'était.

Jason était un homme réservé. Il le reconnaissait. Il préférait la logique à l'émotion, les faits aux hypothèses. C'était une des raisons qui faisaient de lui un bon journaliste. Il excellait dans l'art de passer au crible des torrents d'information pour dénicher la pépite qui donnait tout son sens au reste. Il ne s'enlisait pas dans l'indignation, la stupeur ou la douleur. Il n'était pas victime d'idées préconçues sur les habitants de Boston ou l'humanité en général.

Jason croyait que le pire pouvait arriver à chaque instant. C'était un fait avéré. Alors, il s'armait d'une multitude d'autres faits, peut-être dans l'illusion, un peu naïve, que s'il en savait assez, cette fois-ci il serait à l'abri. Sa famille ne souffrirait pas. Sa fille grandirait en sécurité.

Mais voilà qu'il était confronté à plusieurs inconnues monumentales et que déjà il se sentait perdre pied.

La police était partie depuis près de six heures maintenant, il ne restait qu'un seul agent dans la voiture devant la maison, qui avait été relevé une fois, vers dix-sept heures. Jason avait trouvé longue et pénible la présence de la police chez lui toute la matinée. Il s'apercevait maintenant que son absence était bien pire. Que faisaient les enquêteurs ? Que pensait le commandant D.D. Warren ? Avait-elle mordu à l'hameçon au sujet du voisin délinquant sexuel ou était-il toujours considéré comme le gros lot ?

Avaient-ils déjà un mandat pour l'ordinateur ? Pouvaient-ils le chasser de chez lui, l'emmener de force au commissariat ? De quelle sorte de preuve avaient-ils besoin exactement ?

Pire encore, s'il était arrêté, que deviendrait Ree ?

Jason tournait sans discontinuer autour de la table basse, en petits cercles serrés qui lui donnaient le vertige et, pourtant, il ne parvenait pas à s'arrêter. Il n'avait pas de famille dans la région, pas d'amis intimes. La police contacterait-elle le père de Sandy, enverrait-elle Ree en Géorgie, ferait-elle venir Max ?

Et si Max venait, que pourrait-il choisir de dire ou de faire ?

Jason avait besoin d'une stratégie, d'une sorte de plan d'urgence.

Parce que plus l'absence de Sandy se prolongerait, plus la situation s'aggraverait. La police continuerait ses investigations, poserait des questions de plus en plus gênantes. Et, inévitablement, la nouvelle se répandrait, les médias débarqueraient. Les collègues de Jason eux-mêmes s'en prendraient à lui comme des cannibales et diffuseraient son image aux quatre coins du monde civilisé. Jason Jones, mari de la disparue, interrogé dans le cadre de l'enquête en cours.

Tôt ou tard, quelqu'un reconnaîtrait ce visage. Quelqu'un ferait des rapprochements.

Surtout si la police mettait la main sur son ordinateur.

Jason contourna trop vite la table, heurta du genou le coin de la machine à laver. La douleur lui transperça la cuisse et l'obligea enfin à s'arrêter. Un instant, le monde tourna et il dut s'accrocher au couvercle de la machine, le souffle coupé par la douleur.

Quand il retrouva ses esprits, la première chose qu'il aperçut fut l'araignée, une petite araignée domestique brune suspendue à un fil devant son nez.

Il fit un bond en arrière, percuta le bord de la table déglinguée avec son tibia et glapit quasiment de douleur. Mais ça allait. Il pouvait supporter la douleur. Peu lui importait la douleur tant qu'il ne revoyait pas cette araignée.

Et l'espace d'un instant, il fut terrassé. L'espace d'un instant, une microscopique araignée de cave le renvoya dans un lieu où il faisait toujours sombre mais où des yeux lui-

92

saient dans les dizaines de terrariums disposés tout autour de la pièce. Un lieu où les hurlements nés au sous-sol montaient par les murs. Un lieu qui sentait quotidiennement la mort et la pourriture sans que des litres d'ammoniaque ne puissent rien y faire.

Un lieu où des petits garçons et des jeunes femmes venaient mourir.

Jason mit son poing dans sa bouche. Il mordit jusqu'à sentir le goût du sang et se servit de cette douleur pour reprendre pied.

« Je ne dois pas craquer, murmura-t-il. Je ne dois pas craquer, je ne dois pas craquer, je ne dois pas craquer. »

Le téléphone sonna à l'étage. Il quitta le sous-sol avec soulagement pour aller répondre.

C'était Phil Stewart, le principal du collège de Sandy, apparemment en proie à un désarroi peu coutumier.

« Sandra est là ? commença-t-il.

– Elle ne peut pas vous répondre, répondit Jason par réflexe. Est-ce que je peux prendre un message ? »

Il y eut un long silence. « Jason ?

– Oui.

– Est-ce qu'elle est à la maison ? Du moins, est-ce que la police sait où elle est ? »

Donc la police avait interrogé des gens sur le lieu de travail de Sandra. Évidemment. C'était logique. Après avoir vérifié ici, autant vérifier là-bas. Évidemment. Il fallait que Jason trouve une réponse intelligente. Un simple constat, une posture qui résumerait la situation sans rentrer dans leur intimité.

Pas le moindre mot ne lui venait.

« Jason ? »

Jason se racla la gorge, jeta un regard à l'horloge. Il était 19 heures 05, ce qui signifiait que Sandy avait maintenant disparu depuis, quoi, dix-huit, vingt heures ? La première journée s'achevait, la deuxième commencerait bientôt. « Heu… elle… elle… elle n'est pas à la maison, Phil.

– On ne l'a pas retrouvée, conclut le principal.

– Non.

– Vous avez des idées ? La police a une piste ? Qu'est-ce qui se passe, Jason ?

– Je suis parti au travail hier soir, expliqua simplement Jason. Quand je suis rentré, elle avait disparu.

– Mon Dieu, dit Phil dans un long soupir. Vous avez la moindre idée de ce qui a pu se passer ?

– Non.

– Vous pensez qu'elle va rentrer ? Enfin, elle avait peut-être juste besoin de faire une pause, ce genre de chose. »

Voilà qui touchait à leur intimité et Jason pouvait quasiment entendre Phil rougir au bout du fil.

« Peut-être, répondit calmement Jason.

– Bon, dit Phil qui semblait se reprendre. Apparemment, il faut que j'organise un remplacement pour demain.

– Je pense.

– Est-ce que les recherches commenceront dans la matinée ? J'imagine qu'une grande partie du personnel voudrait participer. Sans doute aussi certains parents d'élèves. Naturellement, il vous faudra de l'aide pour distribuer les tracts, interroger les habitants, ce genre de choses. Qui conduira les opérations ? »

Jason vacilla de nouveau, sentit la morsure de la panique. Il se reprit cette fois-ci, redressa l'échine, s'obligea à répondre d'une voix ferme : « Je vous tiendrai au courant.

– Il faudra qu'on réfléchisse à ce qu'on va dire aux enfants, continua Phil, de préférence avant qu'ils n'apprennent ça aux nouvelles. Peut-être aussi à un communiqué pour les parents. C'est la première fois qu'une chose pareille se produit ici. Il faut qu'on commence à préparer les enfants.

– Je vous tiendrai au courant, répéta Jason.

– Comment Clarissa tient-elle le choc ? demanda brusquement Phil.

– Aussi bien que possible.

– Si vous avez besoin d'aide de ce côté-là, dites-le-nous. Je suis sûr que certaines enseignantes seraient ravies de prêter main-forte. Tout ça est gérable, évidemment. Il suffit de s'organiser.

– Absolument, répondit Jason. Il suffit de s'organiser. »

9

À 17 HEURES 59, D.D. Warren était contente comme tout. Elle avait un mandat pour fouiller la voiture de Jason Jones ; un rendez-vous avec la conseillère d'insertion et de probation d'un délinquant sexuel fiché ; et, mieux encore, c'était le soir des poubelles dans le quartier.

Elle parcourait South Boston en voiture avec le capitaine Miller, histoire de repérer le terrain tout en préparant les coups suivants.

« D'après le capitaine Rober, expliquait Miller, Jones a fait profil bas cet après-midi. Aucun invité, aucune course, aucune activité. Il semble rester à la maison avec sa fille à mener sa petite vie.

– Est-ce qu'il est allé à sa voiture ? demanda D.D.

– Non, il n'a même entrouvert la porte de la maison.

– Hum, hum, répondit D.D. Il a travaillé sur l'ordinateur ? Par la fenêtre de la cuisine, votre gars devait pouvoir le voir assis devant.

– J'ai posé la question, mais la réponse est incertaine. L'après-midi, le soleil empêche de bien voir par la fenêtre de la cuisine. Mais du point de vue professionnel de l'agent, Jones a passé l'essentiel de la journée à distraire sa gamine.

– Intéressant », dit D.D., et elle le pensait.

Le comportement d'un conjoint après la disparition de l'être aimé est toujours source de réflexion pour l'enquêteur curieux. Le conjoint continue-t-il son train-train comme si de rien n'était ? Invite-t-il soudain une nouvelle amie pour qu'elle le « console » ? Court-il acheter des liquides inflammables et/ou des outils électriques peu courants ?

Dans le cas de Jason Jones, son comportement se caractérisait essentiellement par ce qu'il ne faisait pas. Ni famille ni amis qui viendraient l'épauler, voire l'aider à s'occuper de sa fille. Pas d'excursions au magasin de fournitures de bureau pour agrandir des photos de sa femme disparue. Pas de sauts chez les voisins pour poser les questions d'usage : *Salut, vous n'auriez pas vu ma femme, par hasard ? Ou entendu quoi que ce soit d'inhabituel hier soir ? Oh, tant que j'y pense, vous n'auriez pas aperçu un chat orange ?*

La femme de Jason Jones avait disparu et il ne faisait strictement rien.

Presque comme s'il ne s'attendait pas à ce qu'on la retrouve. D.D. trouvait cela fascinant.

« Bon, dit-elle, puisque Jason nous attend sagement, je crois qu'on devrait réserver notre première visite à la conseillère d'insertion d'Aidan Brewster. Nous avons monsieur le Mari Suspect bien en main. C'est le moment de nous renseigner sur monsieur le Voisin Criminel.

– Ça me va, répondit le capitaine Miller. Vous savez quoi ? demain, c'est jour de ramassage des ordures dans le quartier », ajouta-t-il avec un signe de tête vers les poubelles qui commençaient à proliférer sur le trottoir. À l'intérieur du domicile, les déchets sont une propriété privée et exigent un mandat. Sur le trottoir, en revanche... « Et si vers deux-trois heures du matin, je demandais à un agent de passer prendre les poubelles des Jones ? Ça nous donnerait quelque chose à fouiller demain matin.

– Ah, capitaine, vous lisez dans mes pensées.

– J'essaie », répondit-il avec modestie.

D.D. lui fit un clin d'œil et ils retournèrent en ville.

Colleen Pickler accepta de les recevoir dans la pièce sans âme qui lui tenait lieu de bureau. Le sol était en lino gris clair, les murs peints en gris acier et les classeurs arboraient une finition gris terne. Colleen, en revanche, était une amazone athlétique d'un mètre quatre-vingts dotée d'une chevelure outrageusement rousse et vêtue d'une veste rouge profond sur un tee-shirt kaléidoscopique dans les oranges, jaunes et rouges. Lorsqu'elle se leva derrière son bureau, on aurait dit qu'une torche venait de s'embraser au milieu d'un banc de brouillard.

Elle traversa la pièce en trois enjambées décontractées, leur serra vigoureusement la main et leur indiqua les deux fauteuils bas de couleur bleue en face du bureau.

« Excusez la grisaille, expliqua-t-elle d'une voix enjouée. Je suis principalement des délinquants sexuels et l'État a l'air de penser que toute autre couleur que le gris risquerait de les stimuler excessivement. Comme vous le voyez, ajouta-t-elle en montrant son tee-shirt, je ne suis pas de cet avis.

– Vous travaillez surtout avec des délinquants sexuels ? s'étonna D.D.

– Absolument. La crème des remis en liberté conditionnelle. Les dealers d'héroïne et les petits malfaiteurs détalent à la seconde où ils respirent à l'air libre. Pas moyen de les retrouver, pas moyen de leur faire remplir le moindre bout de papier, pas moyen d'obtenir qu'ils assistent à une réunion. Alors que les délinquants sexuels ne demandent en général qu'à faire plaisir. »

Miller levait de grands yeux vers Pickler, comme en transe. « Vraiment ? » demanda-t-il en caressant sa fine moustache brune. Il maîtrisa un instant son tic, puis recommença.

« Mais oui. La plupart de ces types sont morts de peur. La prison a été la pire expérience de leur vie et ils seraient prêts à tout pour ne pas y retourner. Ils sont très dociles et même avides de notre approbation. Faut voir, les pédophiles les plus indécrottables se présenteraient quasiment tous les jours. Je suis leur seule relation avec un adulte et ils veulent s'assurer que je suis contente. »

D.D., l'air sceptique, prit un siège. « Donc ce sont juste des types comme vous et moi. »

Pickler haussa les épaules. « Autant que n'importe qui. Sauf que si vous êtes là, évidemment, c'est que vous pensez que quelqu'un a fait des bêtises. De qui s'agit-il ? »

D.D. consulta ses notes. « Brewster. Aidan Brewster.

– Aidan Brewster ? répéta Pickler comme un perroquet. Impossible !

– Très possible. »

Au tour de Pickler de paraître sceptique. Mais ensuite elle se retourna vers le premier classeur gris et commença à chercher. « B… B… Brewster. Aidan. Nous y voilà. Mais je peux vous dire tout de suite que c'est un bon gamin.

– Pour un délinquant sexuel fiché, ironisa D.D.

– Oh, je vous en prie. Vous voyez, c'est là que le système devient contre-productif. D'abord, il a réussi à jeter l'opprobre sur toute une catégorie de délinquants. Et ensuite il a élargi cette catégorie de manière exagérée. D'un côté, vous violez trente gamins, vous êtes fiché comme délinquant sexuel. De l'autre, un jeune de dix-neuf ans a des relations consenties avec une gamine de quatorze ans et il sera lui aussi fiché comme délinquant sexuel. C'est comme de mettre le tueur en série dans le même panier que celui qui a collé un œil au beurre noir à sa femme. D'accord, ce sont tous les deux des ordures, mais pas le *même* type d'ordures.

– Et quel genre de délinquant sexuel est Aidan Brewster ? demanda D.D.

– Le jeune de dix-neuf ans qui a eu des relations consenties avec la copine de sa demi-sœur, quatorze ans.

– Il est en liberté surveillée à cause de ça ?

– Il a fait deux ans de prison à cause de ça. Si elle avait eu un an de moins, il en aurait pris pour vingt ans. Ça lui apprendra à garder sa braguette fermée.

– Quatorze ans, c'est trop jeune pour donner son consentement, intervint Miller qui avait finalement pris un siège. Le jeune de dix-neuf ans aurait dû le savoir. »

Pickler ne contesta pas. « C'est une leçon que Brewster va avoir le reste de sa vie pour apprendre. Vous savez, devenir délinquant sexuel est un aller sans retour. Brewster pourrait se tenir à carreaux pendant trente ans qu'il serait toujours fiché. Ce qui signifie qu'à chaque fois qu'il postulera pour un emploi, qu'il cherchera un appartement ou qu'il franchira les frontières d'un État, il apparaîtra dans le fichier. C'est lourd à porter pour un jeune de vingt-trois ans.

– Comment le prend-il ? demanda D.D.

– Aussi bien qu'on pourrait s'y attendre. Il suit une thérapie pour délinquants sexuels et se rend à ses séances hebdomadaires. Il a un appartement, un boulot, un semblant de vie.

– Un appartement », reprit D.D.

Pickler indiqua une adresse correspondant à celle que l'équipe de D.D. avait déjà trouvée dans les fichiers. « Le propriétaire est au courant ? demanda D.D.

– Je l'ai informée, répondit Pickler. Ce n'est pas la procédure standard pour sa catégorie de délit, mais je me dis toujours qu'il vaut mieux prévenir que guérir. Si la propriétaire l'avait découvert plus tard et l'avait subitement jeté dehors, ça aurait pu être une source de stress et de tension. Peut-être le début d'une dérive. En tant que conseillère d'insertion d'Aidan, je me sens le devoir de l'aider à éviter les perturbations inutiles.

– Comment la propriétaire a-t-elle pris la chose ?

– Elle a voulu entendre toute l'histoire et pouvoir m'appeler en cas d'urgence. Ensuite, elle a semblé s'en accommoder. Vous seriez étonnés du nombre de gens qui réagissent comme ça. Ils veulent juste savoir d'emblée.

– Et les voisins ? insista D.D.

– Je n'ai pas averti les voisins ni le commissariat, répondit vivement Pickler. Brewster figure dans le fichier de localisation des délinquants sexuels, évidemment, et il m'a semblé que ça suffisait étant donné le risque qu'il présente et le stade où il en est dans sa thérapie.

– À savoir ? interrogea Miller.

– À savoir qu'il s'en sort très bien. Cela fait presque deux ans qu'il habite au même endroit, qu'il occupe le même emploi et qu'il fréquente le même groupe de soutien hebdomadaire. Des remis en liberté comme lui, j'en voudrais tous les jours.

– Une vraie réussite », railla Miller.

Pickler haussa les épaules. « Autant qu'on peut en attendre. Écoutez, je fais ça depuis dix-huit ans maintenant. Soixante pour cent de mes remis en liberté finiront par comprendre, peut-être pas du premier coup, mais ça viendra. Mais les quarante pour cent restants…, dit-elle en haussant à nouveau les épaules. Certains retourneront en prison. D'autres se noieront dans l'alcool. Quelques-uns se suicideront. Techniquement, ils ne récidivent pas, mais je ne suis pas sûre que j'appellerais ça une réussite. Et puis il y a les Aidan Brewster de ce monde. Du point de vue d'une conseillère d'insertion, c'est un gars bien, c'est tout ce que je peux vous dire.

– Son emploi ? demanda D.D. d'un air contrarié.

– Le garage du quartier. Chez Vito. Il est vraiment doué de ses mains. Ça l'a aidé à s'intégrer plus facilement que d'autres. »

D.D. en prit note. « Vous dites qu'il y est depuis deux ans ?

– C'est leur meilleur mécano, précisa Pickler. Son patron, Vito, ne tarit pas d'éloges sur lui. Sur le plan professionnel, il assure, ce qui n'est pas négligeable étant donné les frais auxquels il doit faire face actuellement.

– Quels frais ? demanda Miller.

– La thérapie. Les délinquants sexuels doivent acquitter les frais de leur traitement. Dans le cas de Brewster, cela signifie qu'il débourse soixante dollars par semaine pour sa thérapie de groupe. Ensuite, il y a le coût de son passage régulier au détecteur de mensonges, cent cinquante dollars tous les dix mois, histoire de vérifier qu'il est sur la bonne voie. S'il avait un bracelet de cheville, il faudrait aussi qu'il casque pour ça, mais il a eu la chance de sortir un an avant que la surveillance électronique ne devienne la norme. Et puis il doit payer un loyer à Boston, ses transports, etc. Pas donné pour quelqu'un qui démarre dans la vie avec des choix professionnels limités.

– Parce qu'il n'a pas le droit de côtoyer des enfants, vous voulez dire ? demanda D.D.

– Exactement. Donc, même dans un petit garage, Brewster peut seulement travailler sur les voitures, jamais à l'accueil. Après tout, on ne peut jamais savoir quand une femme pourrait se pointer avec deux virgule deux enfants.

– Mais c'est un bon employé.

100

– Le meilleur, répondit Colleen avec un large sourire. Vito peut le tuer à la tâche sans que le gamin se plaigne parce qu'ils savent tous les deux qu'il ne peut pas démissionner d'un claquement de doigts pour aller bosser ailleurs. Les gens croient que les délinquants sexuels ne trouvent pas d'emploi. En réalité, il y a des employeurs "malins" qui ne demandent pas mieux que de les embaucher. »

Miller ne comprenait pas. « Pauvre petit Aidan Brewster ? Il n'a pas su se retenir avec une gamine de quatorze ans, alors maintenant on devrait tous le plaindre ?

– Ce n'est pas ce que j'ai dit, répondit Colleen calmement. Il y a des lois. Je dis juste que, dans le système judiciaire en général, quand on a commis un délit, on purge sa peine. Brewster est allé en prison, mais il purge toujours sa peine et il la purgera pendant le restant de ses jours. L'ironie de la chose, c'est que sa situation serait légèrement meilleure s'il avait tué la fille au lieu de coucher avec elle. Et en tant que membre du système judiciaire, cette analyse me met mal à l'aise. »

Mais D.D. cogitait déjà sur autre chose. Elle se tourna vers Miller. « Vous savez où les Jones faisaient entretenir leurs voitures ? »

Il secoua la tête, griffonna une note. « Je vais me pencher sur la question.

– Qui sont les Jones ? demanda Colleen.

– Jason et Sandra Jones. Ils vivent dans la même rue qu'Aidan Brewster. Sauf que quelque part au milieu de la nuit dernière, Sandra Jones a disparu.

– Ah », soupira Colleen. Elle recula dans son fauteuil, croisa les doigts derrière sa chevelure de feu. « Vous pensez qu'Aidan a quelque chose à y voir ?

– Obligé de l'envisager.

– Quel âge a Sandra Jones ?

– Vingt-trois ans. Professeur en sixième au collège. Maman d'une fillette de quatre ans.

– Donc vous croyez qu'Aidan a enlevé cette maman chez elle en pleine nuit, en présence de son mari ?

– Le mari était au travail ; il est journaliste. »

Colleen plissa les yeux. « Vous pensez que Brewster en avait après la gamine ? Parce qu'Aidan est passé quatre ou cinq fois au détecteur de mensonge après avoir fourni un historique complet de sa sexualité. Jamais la pédophilie n'a été évoquée.

– Je ne sais pas ce que je pense, répondit D.D. Sauf que tout le monde s'accorde à dire que Sandra Jones est une très jolie femme et, il faut voir les choses en face, ce n'est pas très vieux, vingt-trois ans. Au juste, ça lui fait quoi ? Le même âge que Brewster ?

– Le même âge, confirma Colleen.

– Donc, nous avons une jolie jeune maman et un délinquant sexuel fiché qui vivent à peine à quelques maisons l'un de l'autre. Aidan ne serait pas séduisant, par hasard ?

– Si. Des cheveux blonds hirsutes. Des yeux bleus. Un peu le genre surfer, mais mignon. »

Miller leva les yeux au ciel.

D.D. de son côté continua à exposer sa théorie. « Donc le mari de Sandra travaille presque tous les soirs. De sorte qu'elle est souvent seule, isolée avec la gamine. Peut-être qu'un soir où elle se trouve dans le jardin avec sa fille, Aidan passe par là, entame la conversation. Peut-être que, suite à la conversation, ils ont une liaison, et que suite à la liaison…

– Elle s'enfuit avec lui ? proposa Colleen.

– Ou alors ils se disputent. Elle découvre son passé, elle est furieuse. Après tout, il a fréquenté sa fille et tout le monde dit que Sandra Jones ferait n'importe quoi pour elle.

– Donc il la tue, conclut Colleen, impassible.

– Comme vous dites, ces types seraient prêts à tout pour ne pas retourner en prison.

– Donc Aidan Brewster séduit la voisine esseulée, puis il la supprime pour brouiller les pistes. »

Au tour de D.D. de hausser les épaules. « On a vu plus bizarre. »

Colleen soupira. Prit un crayon, fit rebondir une demi-douzaine de fois le côté gomme sur la table. « D'accord. Notez qu'à mon sens vous êtes à côté de la plaque. Aidan a déjà eu une liaison dangereuse une fois et il l'a payé au prix fort. Alors je crois que s'il voyait une femme comme Sandra Jones dans son jardin, il ferait demi-tour et partirait en courant. Inutile de tenter le diable, pas vrai ? Mais c'est un fait que Sandra Jones a disparu et qu'Aidan Brewster est le pauvre gars qui habite dans sa rue. Autant respecter les procédures et vérifier de ce côté.

– Contente de vous l'entendre dire. »

Colleen fit encore rebondir deux fois le crayon. « Quand ?

– Le plus tôt serait le mieux. Nous essayons d'en faire le plus possible avant que la nouvelle ne se répande. Nous estimons qu'à sept heures demain matin, Sandra Jones aura disparu depuis plus de vingt-quatre heures, ce qui signifie que son affaire deviendra officiellement une affaire de disparition et que les médias...

– Seront attirés comme les abeilles par le miel.

– Vous m'avez comprise. »

Colleen grommela : « Vous dites qu'elle est jolie, jeune maman, enseignante.

– Ouais.

– Vous êtes dans la merde.

– Complètement.

– Okay. Vous m'avez convaincue. Je vais rendre visite à Brewster ce soir. Faire un petit tour dans son appartement, l'interroger sur ses activités récentes. Voir si je flaire quoi que ce soit qui justifie une enquête plus approfondie.

– Nous aimerions vous assister lors de cette visite. »

Colleen arrêta de faire rebondir le crayon. « Pas question, répondit-elle fermement.

– Vous n'êtes pas officier de police judiciaire, riposta D.D. Si en inspectant cette maison, vous voyez du sang, des traces de violence, du désordre, vous ne pourrez pas les saisir comme éléments de preuve.

– Je pourrai vous appeler.

– Ce qui préviendra Brewster de notre arrivée.

– Alors, je m'assiérai avec lui sur le canapé pour qu'on vous attende ensemble. Écoutez, en tant que conseillère d'Aidan, j'ai passé deux ans à construire une relation avec lui. Si je l'interroge, ces deux années le pousseront à me répondre. Si vous l'interrogez, il se renfermera sur lui-même. Vous n'obtiendrez rien. »

D.D. pinça les lèvres, tout à la fois têtue et résignée.

« C'est un bon gamin, insista doucement Colleen. Ça vaut ce que ça vaut, mais ça m'étonnerait vraiment que ce soit lui.

– Vous avez déjà vécu ça ? intervint Miller d'une voix égale. La récidive d'un de vos délinquants sexuels ? »

Colleen acquiesça. « Trois fois.

– Vous le voyez venir ? »

Pickler soupira à nouveau. « Non, reconnut-elle avec simplicité. Les trois fois… je ne me suis jamais doutée de rien. Les types s'en sortaient bien. Ils supportaient la pression. Jusqu'à ce qu'un beau jour… ils craquent. Et ensuite, impossible de revenir en arrière. »

10

J'AI TOUJOURS ÉTÉ FASCINÉE *par le secret. J'ai été élevée dans le mensonge, donc il est normal que je voie des subterfuges partout où je regarde. Cet élève de ma classe qui porte toujours des manches longues, même quand il fait chaud – clairement battu par son beau-père. La vieille dame de la teinturerie, avec ses traits tirés et ses épaules décharnées – clairement maltraitée par sa grosse brute de fils qui glandouille dans l'arrière-boutique.*

Les gens mentent. C'est aussi instinctif que de respirer. Nous mentons parce que c'est plus fort que nous.

Mon mari ment. Il me regarde droit dans les yeux dans ces cas-là. Pour ce qui est de mentir, Jason est un as.

Je crois que je le connaissais depuis six semaines lorsque j'ai compris que derrière son apparente maîtrise de lui-même se cachait des abîmes de maléfices. Ce sont d'abord de petites choses qui m'ont mis la puce à l'oreille. Les discrètes inflexions traînantes que prenait parfois sa voix, surtout le soir quand il était fatigué et qu'il faisait moins attention. Ou les fois où il disait qu'il s'était levé la nuit pour aller regarder la télé, alors que, quand j'allumais le poste le matin, il se mettait directement sur la chaîne Déco & Jardin, *celle que j'avais regardée en dernier et dont Jason n'avait strictement rien à faire.*

Parfois j'essayais de lui tirer les vers du nez : « Hé, tu viens de commander un "Coke". Je croyais qu'il n'y avait que les vrais gens du Sud pour demander un Coke au lieu d'un Coca.

– Ça doit être à force de passer du temps avec toi », répondait-il, *mais je voyais un soupçon de méfiance lui plisser le coin des yeux.*

Ou parfois j'y allais franco : « Dis-moi ce qui est arrivé à ta famille. Où sont tes parents, tes frères et sœurs ? »

Il se dérobait. « Quelle importance ? Je t'ai, toi, maintenant, et Clarissa. C'est la seule famille qui compte. »

Un soir, alors que Ree avait cinq mois et qu'elle dormait à poings fermés, j'avais les nerfs en pelote, comme une jeune fille de dix-neuf ans assise face à un beau ténébreux et qui, en regardant ses mains, songe à la douceur avec laquelle elles peuvent bercer un nourrisson. Et en me demandant, bien plus important, ce que ça ferait de les sentir sur mes seins nus, je me suis surprise moi-même.

« Action ou vérité ? » ai-je demandé.

Il a levé les yeux de son livre de poche. « Quoi ?

– Action ou vérité. Tu sais, le jeu. Tu as bien dû y jouer quand tu étais ado. »

Jason m'a regardé, ses yeux sombres plus insondables que jamais. « Je ne suis pas un ado.

– Moi si. »

Cette réponse a semblé enfin attirer son attention. Il a refermé le livre, l'a posé. « Qu'est-ce que tu veux, Sandra ?

– Action ou vérité ? Choisis. Ça n'est pas bien difficile. Action ou vérité ? » ai-je demandé en me rapprochant furtivement de lui.

J'avais pris un bain après avoir couché Ree pour la nuit. Puis je m'étais passé une lotion parfumée à l'orange sur tout le corps. C'était un parfum subtil, léger, frais, mais j'ai su qu'il l'avait senti parce que ses narines se sont dilatées, imperceptiblement, puis il s'est penché en arrière.

« Sandra…

– Joue avec moi, Jason. Je suis ta femme. Ce n'est pas trop te demander. »

Il allait le faire. Je le voyais à sa façon de se raidir, de se redresser. Voilà des mois qu'il me repoussait. Il devait bien se rendre compte qu'à un moment ou un autre, il allait devoir tenir compte de moi. Tout ne pouvait pas tourner autour de Ree.

« Action, a-t-il enfin répondu.

– Embrasse-moi, ai-je ordonné. Pendant une minute. »

Il a hésité. J'ai cru qu'il allait revenir sur sa parole et je me préparais à son refus. Mais alors il a soupiré, un infime soupir. Il s'est penché en avant, a tendu les lèvres et posé sa bouche sur la mienne.

Il resterait très chaste. Je le connaissais déjà suffisamment à l'époque pour m'y attendre. Et je savais que si je me montrais agressive ou demandeuse, il se refermerait sur lui-même. Jason ne criait jamais. Il ne levait jamais la main quand il était en colère. Il se contentait de disparaître en lui-même, dans des tréfonds où rien de ce que je pouvais dire ou faire ne semblait l'atteindre, au point que je pouvais être juste à côté de lui et pourtant seule.

Mon mari me respectait. Il me traitait avec bienveillance. Me comblait d'attentions. Faisait de son mieux pour anticiper tous mes besoins.

Sauf pour le sexe. Nous étions ensemble depuis maintenant près d'un an et pas une fois il n'avait posé la main sur moi. J'en devenais folle.

Je n'ai pas ouvert la bouche. Je ne l'ai pas attrapé par les épaules, je n'ai pas enfoui mes doigts dans son épaisse chevelure brune. Je n'ai rien fait de ce que j'avais tellement envie de faire. Au lieu de ça, j'ai serré les poings sur mes flancs et lentement, très lentement, je lui ai rendu son baiser.

Il me donnait de la délicatesse, alors je lui rendais sa douceur, murmurant de mon souffle entre ses lèvres closes. Il me donnait de l'attention, alors j'en répandais au coin de sa bouche, sur toute sa lèvre inférieure. Il me donnait du respect, alors pas une seule fois je n'ai repoussé les limites qu'il avait fixées. Mais je peux bien dire que je lui ai donné le meilleur baiser que deux personnes aux lèvres closes aient jamais partagé.

Lorsque la minute a été écoulée, il s'est redressé. Mais sa respiration était plus heurtée et je lisais une lueur au fond de son regard. Une lueur sourde et intense. Cela me donnait envie de lui sauter dessus, de le plaquer sur le canapé et de lui faire l'amour comme une bête.

Mais j'ai murmuré : « Action ou vérité ? C'est ton tour. Demande-moi. Action ou vérité. »

Je l'ai vu hésiter. Il avait envie de dire Action. Il avait envie que je le touche encore. Ou peut-être que j'enlève ma jolie jupe soyeuse. Ou que je passe mes mains sur son torse dur.

« Vérité, a-t-il dit d'une voix rauque.

— Pose ta question.

— Pourquoi tu fais ça ?

— Parce que c'est plus fort que moi.

— Sandy. »

107

Il a fermé les yeux et, un instant, j'ai senti sa souffrance.

« Action ou vérité ? ai-je demandé.

– Vérité, a-t-il dit presque en gémissant.

– Quelle est la pire chose que tu aies jamais faite ?

– Comment ça ?

– Quelle est la pire chose que tu aies jamais faite ? Allez. Tu as menti ? Volé ? Séduit la petite sœur de ton meilleur ami ? Tué quelqu'un ? Dis-moi, Jason. J'ai envie de te connaître. Nous sommes mariés, bon sang. Tu me dois bien ça. »

Il m'a regardé d'un drôle d'air. « Sandra…

– Non. Pas de jérémiades, pas de négociation. Contente-toi de répondre à ma question. Tu as tué quelqu'un ?

– Oui.

– Quoi ? ai-je demandé, réellement surprise.

– Oui, j'ai tué quelqu'un, a dit Jason. Mais ce n'est pas la pire chose que j'aie jamais faite. »

Puis mon mari s'est levé du canapé, a pris son livre de poche et m'a laissée seule dans la pièce.

Jason ne pensait pas s'être endormi sur le canapé, mais il l'avait fait, puisque, peu après une heure du matin, un bruit le réveilla. Il se redressa en sursaut en entendant un fracas métallique au loin. Le bruit semblait venir de dehors. Il se leva, s'approcha des fenêtres de la rue et écarta les rideaux de quelques centimètres pour jeter un œil.

Deux agents en tenue avaient retiré les couvercles de ses poubelles et transféraient les sacs de cuisine blancs dans le coffre de leur voiture de patrouille.

Merde, se dit-il, et il faillit ouvrir la porte pour leur crier d'arrêter. Puis il se retint.

Erreur de débutant. Il avait sorti ses poubelles par habitude et ce faisant les avait en réalité données à la police. Il se creusa la tête pour chercher ce qu'une telle erreur risquait de lui coûter. Ne trouvant rien, il finit par se détendre, relâcher ses épaules et expulser dans un énorme soupir tout l'air qu'il retenait.

D'accord. Comme ça, la police avait saisi ses poubelles. Et alors ?

Le commandant D.D. Warren et son acolyte, le capitaine Miller, étaient revenus chez lui peu après vingt heures trente pour exécuter le mandat de perquisition de sa voiture. Il les avait accueillis à la porte, avait examiné le mandat de perquisition comme il en avait le droit, puis leur avait consciencieusement remis les clés.

Après quoi, il avait ostensiblement verrouillé la porte et passé le reste du temps bien au chaud à l'intérieur avec Ree. Autant qu'ils mijotent là-dessus, se dit-il. Il se souciait de sa voiture comme d'une guigne. Il avait simplement besoin que quelque chose les occupe pour qu'ils ne se focalisent pas uniquement sur son ordinateur.

À ce propos... Il regarda l'horloge. Une heure cinquante-deux. Maintenant ou jamais, décida-t-il avant de monter sans bruit à l'étage.

Cela lui fit de la peine de réveiller Ree. Elle le regarda avec des yeux troubles, encore désorientée et assommée de sommeil, sans parler de la détresse liée à l'absence de sa mère et de son chat. Il la fit asseoir dans le lit, lui passa les bras dans son manteau d'hiver et sortit des chaussures pour ses pieds nus. Elle ne protesta pas, posa simplement la tête sur son épaule tandis qu'il la portait dans les escaliers, cramponnée à deux mains à sa couverture et à Doudou Lapine.

Il s'arrêta à la porte pour attraper un sac de sport vert foncé qu'il passa sur son épaule. Il plaça Ree et sa couverture de manière à dissimuler le sac aux regards indiscrets. Puis il ouvrit la porte et porta le sac et sa fille jusqu'au break Volvo de Sandy.

Il sentait le regard de l'agent dans son dos. Celui-ci était certainement en train de prendre un calepin pour noter à la hâte : *01:56 sujet sort dans jardin avec enfant endormie dans les bras 01:57 sujet s'approche voiture de sa femme...*

Jason attacha Ree sur son rehausseur et déposa discrètement le sac de sport au sol devant elle. Puis il referma la portière arrière et se dirigea droit vers la voiture de police banalisée.

Il frappa à petits coups sur la vitre côté conducteur. Le policier la descendit d'un cran. « Il faut que j'aille au bureau, expliqua sèchement Jason. Boucler quelques trucs avant de me mettre en congé. Vous voulez l'adresse ou vous restez ici ? »

Il vit l'agent hésiter. Surveiller l'homme ou surveiller la maison ? Quelles étaient ses consignes ?

« Il est tard pour sortir avec un enfant, fit-il observer, cherchant manifestement à gagner du temps.

– Vous avez des enfants, monsieur l'agent ? Ça ne sera pas la première fois que je traîne ma fille au bureau. Heureusement, rien ne la réveille. »

À l'instant où il prononça ces mots, il aurait voulu les retirer. Mais c'était trop tard, bien sûr, comme il le vit dans le sourire narquois du policier. « C'est bon à savoir », dit celui-ci, qui entreprit de rédiger une très longue note dans son calepin.

Jason laissa tomber, retourna au break et démarra. Lorsqu'il remonta la rue, il ne vit pas le policier déboîter pour le suivre. Mais quelques rues plus loin, une voiture de patrouille surgit d'une rue adjacente. La relève, présuma-t-il en tirant un coup de chapeau silencieux à la police de Boston.

Les locaux du *Boston Daily* ressemblaient à ceux de n'importe quel média d'information, à savoir des bureaux paysagers en proie à une agitation fiévreuse pendant la journée et où l'on pouvait encore croiser quelques âmes dévouées jusqu'à des heures indues. Des articles se rédigeaient, des copies se corrigeaient et des mises en page se préparaient même à des heures avancées, voire davantage encore à ces heures-là, car ce n'était qu'après minuit que les lieux redevenaient suffisamment calmes pour permettre à quiconque de penser.

Jason entra dans le bâtiment avec une enfant somnolente blottie contre lui, le sac de sport à l'épaule et efficacement dissimulé par l'immense nounours-couverture en laine polaire de Ree. Il avait l'air d'un homme qui porte une lourde charge, mais en voyant l'enfant de quatre ans, relativement grande, effondrée comme un poids mort dans ses bras, nul n'aurait songé à se poser de questions. Il passa son badge de journaliste dans les lecteurs contrôlant l'ouverture des différentes portes et accéda au saint des saints.

110

La plupart des reporters travaillaient à la fois chez eux et au journal, de sorte que les employés comme Jason se partageaient l'espace à plusieurs selon le principe du « bureau à la demande ». En clair, il y avait des tables et des ordinateurs partout. On trouvait un poste libre et on s'y installait. Cette nuit-là comme d'habitude.

Jason trouva refuge dans une cabine en angle, glissa le sac de sport vert foncé sous le bureau et déposa Ree par terre pour lui préparer un petit nid avec sa couverture et son doudou. Désormais réveillée, elle le regardait d'un air sombre.

« Tout va bien, lui murmura-t-il. Papa doit juste travailler un peu et ensuite on rentre à la maison.

– Où est maman ? demanda Ree. Je veux maman.

– Rendors-toi, chérie. On sera vite à la maison. »

Ree ferma docilement les yeux et sombra à nouveau dans le sommeil.

Jason l'observa un moment encore. La tache de ses cils bruns sur ses joues pâles. L'ombre violette de l'épuisement qui bordait ses paupières closes. Comme elle lui paraissait petite. Fragile. Un fardeau insensé qui était aussi son principal but dans la vie.

Il n'était pas surpris de voir comme elle tenait le choc. Les enfants n'extériorisent pas leurs terreurs les plus profondes. Les mêmes enfants peuvent hurler dix minutes pour un petit coup reçu en cour de récré et rester complètement muet devant un inconnu armé. Ils comprennent d'instinct qu'ils sont petits et vulnérables. En situation critique, la majorité des enfants se taisent, s'efforcent de se faire plus petits encore, parce que peut-être que s'ils disparaissaient tout à fait, le méchant les laisserait tranquilles.

Ou peut-être que si une petite fille de quatre ans dormait suffisamment longtemps, sa maman et son chat seraient de retour à son réveil et la vie reprendrait son cours comme par enchantement.

Jason reporta son attention vers le bureau. La salle de rédaction était paisible à cette heure-là, les espaces de travail voisins inoccupés. Il décida que l'occasion ne serait jamais meilleure et défit lentement la fermeture Éclair du sac de sport pour en sortir la tour de l'ordinateur de la cuisine.

En résumé, Jason possédait trois ordinateurs : son portable, dont il se servait pour le travail ; l'ordinateur familial, installé dans la cuisine et que tous partageaient ; et enfin un ordinateur plus ancien, qui avait été le principal ordinateur de la famille mais avait été relégué à la cave l'année précédente, lorsque Jason avait acheté un nouveau Dell plus performant. Jason ne s'inquiétait pas pour son portable. Il ne s'en servait que pour ses reportages, conscient des risques inhérents à une machine qui pouvait à tout instant être perdue ou volée. Il s'inquiétait un peu plus pour le vieil ordinateur de la cave. Certes, il avait utilisé un programme officiel du ministère de la Défense pour écraser le disque dur en le surchargeant d'une suite aléatoire de un et de zéros, mais même la Défense ne se fiait plus à ces méthodes. Pour les documents vraiment confidentiels, on incinérait les disques durs afin de réduire en cendres les mécanismes internes. N'ayant pas d'incinérateur sous la main, il avait eu recours à la méthode rudimentaire. Dans quatre-vingt-quinze pour cent des cas, ça suffisait.

Malheureusement, le PC familial, le Dell de 500 gigaoctets relativement neuf dont il se servait aux aurores pendant que Sandra dormait, le terrorisait littéralement. Il ne pouvait pas se permettre de laisser la police mettre la main sur celui-là ; c'était pour cela qu'il les avait orientés vers la piste de sa voiture. Consultant sa montre, il estima qu'il avait environ trois heures pour limiter les dégâts.

Il commença par insérer une clé dans le port USB. Puis déplaça des fichiers les uns après les autres. Programmes, fichiers Internet, documents, fichiers jpeg, fichiers pdf. Il y en avait beaucoup, plus qu'il n'en pouvait transférer en trois heures, il se concentra donc sur l'essentiel.

Pendant que ces fichiers se copiaient, il se connecta à Internet et procéda à quelques petites recherches. Il commença par le délinquant sexuel Aidan Brewster. Toujours bon de connaître ses voisins, non ? Il trouva quelques informations de base et beaucoup de jargon administratif, tels que « fichiers inaccessibles ». Mais il était journaliste, pas du genre à caler chaque fois qu'il trouvait porte close.

Il nota quelques numéros de téléphone, creusa encore un peu et obtint quelques résultats intéressants.

Sa première mission accomplie, il démarra ensuite AOL et ouvrit une session sous le nom de sa femme. Il avait découvert son mot de passe depuis des années ; elle avait choisi DoudouLapine1, le nom de la peluche préférée de Ree. Mais s'il n'avait pas trouvé le code en devinant juste, il aurait eu recours à un logiciel d'investigation numérique (Forensic Toolkit d'AccessData ou ProDiscover de Technology Pathway) pour en faire autant. Voilà le genre de choses qu'il faisait. Le genre de mari qu'il était.

Sandy l'avait-elle compris ? Était-ce pour cette raison qu'elle était partie ?

Il ne savait pas et commença donc par faire défiler son courrier électronique à la recherche d'indices sur les dernières heures de sa femme.

Il y avait soixante-quatre messages dans sa boîte, dont la majorité proposait des implants péniens ou la pressait de transférer des fonds depuis des pays du tiers-monde. À en juger par sa messagerie, Sandra était soit obsédée par les organes génitaux masculins, soit sur le point de faire fortune en aidant un lointain colonel à virer de l'argent.

Il se fraya un chemin au milieu de ces spams et autres canulars, puis trouva six messages qui semblaient réellement destinés à sa femme. L'un venait de la maternelle de Ree et rappelait aux parents la date d'une prochaine réunion de collecte de fonds. Un autre venait du principal du collège et rappelait aux enseignants la date d'une prochaine réunion pédagogique. Les quatre derniers étaient des réponses au message collectif d'un professeur demandant à ses collègues qui serait intéressé par l'idée de former un groupe pour marcher après les cours.

Jason tiqua. La dernière fois qu'il avait vérifié, plusieurs mois plus tôt, Sandra avait au moins vingt-cinq messages personnels, qui allaient de mots d'élèves à des articles en provenance de diverses listes de diffusion pour mamans.

Il regarda dans la corbeille de sa femme et n'y trouva que les spams qu'il venait de supprimer. Il essaya le fichier des messages envoyés. Vide également. Alors, avec un effroi grandissant, il se mit à chercher pour de bon. Son carnet d'adresses : effacé. Ses favoris : effacés. Ses contacts AOL : effacés. L'historique de ses recherches sur Internet : effacé.

Putain de merde, se dit-il, un instant incapable de respirer. Tel un cerf pris dans les phares, il sentait la panique monter en lui au point peut-être de devenir incontrôlable.

La date et l'heure, se dit-il éperdument. Déterminer la date et l'heure. Tout revenait à ça.

Il cliqua à nouveau sur sa corbeille et, d'une main qui recommençait à trembler, descendit vers le spam le plus ancien. Soixante-quatre clics plus tard, il y était : le message le plus ancien était arrivé le mardi à 16:42, soit plus de vingt-quatre heures avant la disparition de Sandra.

Jason s'adossa dans son siège, les mains croisées sur son estomac noué, pour essayer de comprendre.

Quelqu'un avait méthodiquement purgé le compte AOL de Sandra. Si cela s'était produit le mercredi soir, le soir de sa disparition, on aurait pu logiquement en conclure que la personne qui avait enlevé Sandra avait aussi supprimé les données, peut-être pour effacer ses traces.

Mais la purge était venue la première, de près de vingt-quatre heures. Qu'est-ce que cela suggérait ?

Le rasoir d'Occam, hein ? L'explication la plus simple est généralement la meilleure. De sorte que c'était sans doute Sandra elle-même qui avait purgé son compte. Très probablement parce qu'elle avait eu sur Internet des activités qu'elle ressentait à présent le besoin de cacher. Une amourette électronique ? Une liaison physique ? Quelque chose qu'elle voulait que ni lui ni personne ne découvre.

Cette explication était moins angoissante que l'image d'un mystérieux individu qui, après avoir agressé Sandra, se serait ensuite tranquillement installé à la table de la cuisine pour effacer ses traces informatiques pendant que Ree dormait sans doute à l'étage.

Et pourtant cette explication lui faisait plus mal. Elle impliquait de la préméditation. Elle impliquait que Sandra savait qu'elle allait partir et avait voulu s'assurer qu'il ne pourrait pas la retrouver.

Jason leva une main lasse. Il se voila les yeux et fut un instant surpris par le trop-plein d'émotions qui l'étranglait.

Il n'avait pas épousé Sandra par amour. Il n'était pas homme à attendre ce genre de choses de la vie. Quoique, pendant un temps... Pendant un temps, cela avait été très agréable de se sentir faire partie d'une famille. Agréable de se sentir normal.

Il avait fait une connerie en février. La chambre d'hôtel, le dîner, le champagne... Il n'aurait jamais dû faire ce qu'il avait fait en février.

Jason se racla la gorge, se frotta les yeux. Il mit de côté son propre épuisement et, après un regard vers son enfant endormie, se força à revenir à ce qui l'occupait.

Sandra n'était pas aussi douée que lui pour les nouvelles technologies. Il supposait que si c'était bien elle qui avait purgé le compte, elle l'avait fait en vidant la mémoire cache, de sorte que toutes les informations se trouvaient encore sur le disque dur et que seul le répertoire identifiant l'emplacement de chaque donnée avait été supprimé. Et qu'en utilisant n'importe quel petit logiciel d'investigation, il pourrait récupérer l'essentiel de ce qui avait été effacé.

Le problème, c'était le temps. Il faudrait au moins une heure pour faire tourner un tel programme et ensuite encore des heures pour dépouiller les données recréées jusqu'à trouver ce qu'il cherchait. Or il n'avait pas des heures devant lui. Il consulta sa montre. Il avait trente minutes. *Merde.*

Il passa à nouveau ses mains sur son visage fatigué et prit une profonde inspiration.

Okay, le plan B alors.

Sa clé USB était pleine. Il la retira, revint au répertoire système et en examina le contenu. Il en avait effacé à la fois trop et pas assez. Il sélectionna une demi-douzaine d'autres fichiers à supprimer et consulta à nouveau sa montre, pressé par le temps.

Au départ, il avait espéré récupérer ce qu'il pouvait, puis faire tourner un logiciel de purge employé par les administrations. Mais il ne pouvait plus se résoudre à saccager le disque dur, pas s'il risquait de contenir des indices sur les dernières heures de Sandra. Ce qui donnait lieu à un dilemme intéressant. L'ordinateur avait peut-être à la fois le pouvoir de l'aider à retrouver sa femme et celui de l'envoyer en prison pour toujours.

Il réfléchit. Puis sut quoi faire.

Il allait remettre le vieux PC de la cave sur la table de la cuisine et y installer tous les logiciels du nouveau. Il pourrait y transférer des fichiers classiques grâce à sa clé USB, suffisamment de bêtises pour donner au vieil ordinateur l'apparence d'un ordinateur en cours d'utilisation.

Un bon enquêteur finirait par comprendre. Par voir dans la mémoire de l'ordinateur que les dates ne se suivaient pas. Peut-être même que le commandant D.D. et le capitaine Miller s'apercevraient de l'échange. Mais il ne pensait pas. La plupart des gens remarquent un écran et peut-être un clavier, mais pas l'ordinateur lui-même, la tour généralement posée sous un bureau ou une table de cuisine. Au pire, ils auraient peut-être relevé qu'il possédait un Dell, auquel cas sa fidélité à la marque était sur le point d'être récompensée.

Donc le vieil ordinateur allait devenir son ordinateur actuel, ce qui lui ferait gagner un temps précieux.

Restait le problème de savoir quoi faire de son ordinateur actuel. Impossible de le mettre dans la maison, sans doute encore vouée à être fouillée plusieurs fois. Tout aussi risqué de le planquer dans sa voiture, pour les mêmes raisons. Ce qui lui laissait une seule et unique solution : l'abandonner où il était, installé comme il était, un ordinateur sur un bureau, dans une pièce pleine d'ordinateurs sur des bureaux. Il allait même le connecter au réseau, pour le rendre complètement fonctionnel, totalement semblables aux autres ordinateurs du *Boston Daily*. Le cacher sous leur nez, pour ainsi dire.

Même si la police songeait à perquisitionner les locaux du *Boston Daily*, il doutait sincèrement qu'elle puisse obtenir un mandat pour saisir les ordinateurs d'un grand média d'information. Voyons, rien que la rupture de confidentialité... Et puis avec ce nouveau système de « bureau à la demande », Jason n'avait pas de poste de travail attitré. De sorte qu'il n'y avait ni ordinateur ni bureau que la police pourrait précisément désigner dans un mandat comme étant les siens. Bref, il se servait de tous les ordinateurs et, de nos jours, aucun juge n'autoriserait la police à emporter *tous* les ordinateurs du *Boston Daily.* C'était impensable.

En tout cas, il l'espérait.

Jason s'écarta du bureau. Il mit le sac de sport en bouchon et le planqua au fond d'un classeur métallique. Puis il prit sa fille endormie et, avec une grande douceur, la remporta à la voiture.

Cinq heures quarante-cinq. Le soleil allait bientôt se lever, se dit-il. Il se demanda si Sandra pourrait le voir.

11

J E TRAVAILLE sur une lettre. Pour achever mon traitement, je dois écrire une lettre à la victime, dans laquelle
je prends la responsabilité de mes actes et j'exprime mes
remords. Jamais cette lettre n'est envoyée ; ce ne serait pas
juste pour la victime, nous explique-t-on. Ça remuerait des
mauvais souvenirs, tout ça. Mais on doit l'écrire.

Jusqu'ici, j'ai deux mots : *Chère Rachel.*

Rachel est un pseudo, évidemment – pas de confidentialité dans les thérapies de groupe, vous vous souvenez ?
Donc, en pratique, après six semaines de travail, j'ai deux
mots dont l'un est un mensonge.

Mais ce soir, je crois que je vais pouvoir avancer un peu
dans ma lettre à Rachel. Ce soir, j'apprends ce que ça fait
d'être une victime.

J'ai eu envie de m'enfuir. J'y ai réfléchi. J'ai essayé des
scénarios dans ma tête. Je n'ai pas vu comment m'y prendre. Disparaître dans la nature exige une sacrée organisation dans ce monde de l'après-11-Septembre où Big
Brother veille en permanence. Je ne peux pas prendre
l'avion ni le train sans autorisation et je n'ai pas de voiture.
Qu'est-ce que je suis censé faire, sortir du Massachusetts à
pied ?

La vérité, c'est que je n'ai ni le fric ni la bagnole pour
me volatiliser. J'ai payé pour le détecteur de mensonges et
la thérapie de groupe, sans parler des cent dollars par
semaine que j'envoie direct à Jerry. Il considère ça comme
un dédommagement. Je considère ça comme une garantie

qu'il ne viendra pas me chercher à South Boston pour me briser les os un par un.

Donc, je n'ai pas vraiment de quoi financer ma fuite.

Quoi faire ? Après le groupe de soutien, je suis rentré à la maison.

Colleen a frappé à la porte à peine une demi-heure plus tard.

« Je peux entrer ? » demande ma conseillère d'insertion, très polie, très ferme. Ses cheveux roux sont hérissés sur sa tête ce soir, mais ça ne fait pas oublier son air grave.

« Bien sûr », réponds-je en tenant la porte grande ouverte. Colleen est déjà venue une fois, au tout début, pour vérifier mon adresse. Ça fait deux ans maintenant, mais l'appartement n'a pas beaucoup changé. Pas mon fort, la déco.

Elle s'engage dans l'étroit couloir qui mène à l'arrière de la maison où ma propriétaire économe, Mme Houlihan, a converti un salon et une terrasse fermée en un deux pièces de quarante-cinq mètres carrés. J'allonge huit cents dollars par mois pour vivre dans ce palace. En contrepartie, Mme H. peut payer la taxe foncière de la maison qu'elle possède depuis une cinquantaine d'années et qu'elle refuse de perdre sous prétexte que des jeunes cadres dynamiques ont fini par découvrir le quartier et fait flamber les prix de l'immobilier.

Le fait est que j'éprouve une certaine sympathie pour Mme H., même si elle a évidemment accroché de la dentelle au-dessus de la moindre fenêtre et posé des garnitures au crochet sur tous les fauteuils et canapés (elle les fait tenir avec des épingles – je le sais parce que je me fais piquer au moins un jour sur deux). D'abord, Mme H. m'autorise à rester alors qu'elle sait que je suis fiché comme délinquant sexuel et qu'elle s'est fait enguirlander par ses enfants à cause de ça (je les ai entendus depuis chez moi ; la maison n'est pas vraiment immense). Et puis je la surprends tout le temps dans ma chambre.

« Oublié quelque chose », me dit-elle d'un air bougon en jouant sur son âge. Elle a quatre-vingts ans et une silhouette de nain de jardin. Il n'y a rien de frêle, de distrait ou d'un tant soit peu étourdi chez elle. Elle me surveille,

119

évidemment, et nous le savons tous les deux. Mais nous n'en parlons pas et ça aussi, ça me plaît.

Rien que pour elle, je laisse dépasser mes revues porno de sous mon matelas, où elle ne manquera pas de les trouver. J'imagine que ça la réconforte de savoir que le jeune homme qu'elle héberge se rattrape question magazines pour adultes. Sinon, elle pourrait se faire du souci pour moi et je ne veux pas de ça.

Peut-être que j'aurais eu besoin d'une mère dans mon enfance. Peut-être que ça m'aurait aidé. Je ne sais pas.

Je fais entrer Colleen dans mon petit coin de paradis. Elle examine la kitchenette, le salon spartiate avec le canapé rose à fleurs gracieusement fourni par Mme H., s'attarde un instant dans le séjour, puis passe dans la chambre. Je la vois plisser le nez en entrant dans la pièce et ça me rappelle qu'il y a un bail que je n'ai pas changé les draps.

Tant pis, me dis-je. Je ne peux rien y faire pour l'instant. Des draps frais seraient à coup sûr interprétés comme un signe de culpabilité.

Colleen revient dans le séjour, s'assoit sur le canapé rose. Un napperon la gratte dans le cou. Elle se redresse un instant, regarde le Kleenex au crochet avec étonnement, puis se rassoit avec philosophie.

« Qu'est-ce que tu deviens, Aidan ?

– Boulot, marche à pied, réunions de groupe », réponds-je d'un air désabusé.

Je reste debout. Pas moyen de faire autrement. Je suis trop nerveux pour m'asseoir. Je fais claquer l'élastique vert à mon poignet. Colleen observe mon geste, mais ne dit rien.

« Comment ça se passe, au boulot ?

– Pas à me plaindre.

– Tu as de nouveaux amis, de nouvelles activités ?

– Non.

– Tu as été au cinéma ces derniers temps ?

– Non.

– Feuilleté des livres à la bibliothèque ?

– Non. »

Elle penche la tête sur le côté. « Et est-ce que tu aurais été à des barbecues dans le quartier ?

– Au mois de mars ? »

Elle m'adresse un large sourire. « On dirait que tu mènes une vie plus tranquille qu'un moine.

– Ça, c'est vrai, lui assuré-je. C'est carrément vrai. »

Allant enfin droit au but, elle se penche en avant, loin du napperon, et plante ses coudes sur ses genoux. « Il paraît que ça s'agite un peu dans le quartier.

– J'ai vu les flics, lui dis-je. Ils faisaient du porte-à-porte ce matin.

– Tu as parlé avec eux, Aidan ?

– Non. Il fallait que j'aille bosser. Vito me passe un savon quand je suis en retard. D'ailleurs, lancé-je, sur la défensive, je ne sais rien de rien. »

Elle sourit et je l'entends presque penser : *Si seulement on m'avait payée chaque fois que j'ai entendu cette phrase.*

Je commence à tourner en rond, à pas vifs, nerveux. « Je suis en train d'écrire une lettre, dis-je tout à coup parce qu'elle me regarde avec cet air entendu qu'ont les conseillers d'insertion et qu'on se sent obligé de dire quelque chose quand un représentant de l'autorité vous dévisage de cette manière.

– Ah oui ?

– À Rachel », précisé-je. Elle ne peut pas savoir qui est Rachel puisque c'est un pseudo et tout, mais ça ne l'empêche pas de hocher la tête d'un air bienveillant. « Je dois trouver les mots pour dire ce que ça fait de se sentir impuissant. J'ai eu du mal, vous savez. Personne n'aime cette sensation. Mais je crois que je commence à prendre le coup. Je crois qu'on va me donner plein de temps rien qu'à moi pour savoir exactement ce que ça fait.

– Parle-moi, Aidan.

– Ce n'est pas moi ! D'accord ? Ce n'est pas moi. Seulement cette femme a disparu, j'habite à cinq maisons de chez elle et je suis dans cette merde de fichier des délinquants sexuels, alors c'est ça. La partie est finie. Ils ont un pervers, ils vont l'arrêter. Et vous pensez si quelqu'un va croire tout ce que je pourrais dire.

– Tu connaissais cette femme, Aidan ?

121

– Pas vraiment. Je la voyais dans le coin et tout. Mais ils ont un enfant. Ça aussi, je l'ai vu. Et je respecte le règlement. J'ai pas besoin d'emmerdes supplémentaires, ça non. Ceux qui ont des gosses, je les évite.

– J'ai cru comprendre qu'elle était très jolie.

– Elle a un enfant, répété-je fermement, presque comme un mantra, et d'ailleurs c'en est peut-être un.

– Tu es beau garçon, continue Colleen en penchant la tête, presque comme si elle m'évaluait, mais je ne suis pas dupe. Tu mènes une vie tranquille, tu ne sors pas beaucoup. J'imagine combien ça doit être frustrant pour toi.

– Croyez-moi, je me branle tous les jours. Demandez à l'animatrice du groupe de soutien. Elle demande tous les détails. »

Colleen ne bronche pas devant ma vulgarité. « Comment s'appelle-t-elle ? demande-t-elle tout à coup.

– Qui ?

– La femme.

– Jones, je crois. Quelque chose Jones. »

Elle me regarde d'un air finaud, essaie de deviner ce que je sais et ce qu'elle pourrait me soutirer par ruse. Avouerai-je par exemple que j'ai rencontré le mari de la disparue, alors même que l'enfant était à leur domicile ? Je me figure que c'est un détail que je devrais garder pour moi. Règle numéro un du criminel : ne rien donner spontanément, obliger le policier à faire tout le boulot.

« Je crois que c'est Sandra Jones, dit-elle enfin d'un air songeur. Elle est professeur au collège. Son mari travaille la nuit. Pas facile, ça. Elle qui bosse le jour, le mari la nuit. J'imagine qu'elle aussi pouvait être frustrée. »

Je fais claquer l'élastique à mon poignet. Elle n'a pas posé de question, donc pas moyen que je réponde.

« La gamine est assez mignonne. »

Je ne dis pas un mot.

« Précoce, à ce que j'ai compris. Elle adore faire du tricycle dans tout le quartier. Tu l'as peut-être vue une ou deux fois ?

– Quand je vois un enfant, je change de trottoir », dis-je.

Clac, clac, clac.

« Que faisais-tu hier soir, Aidan ?

– Je vous l'ai déjà dit : rien.

– Tu as un alibi pour ce rien que tu faisais ?

– C'est clair, passez un coup de fil à Jerry Seinfeld. Je traîne avec lui tous les soirs à partir de sept heures.

– Et ensuite ?

– Je me suis couché. Les mécanos commencent de bonne heure.

– Tu t'es couché seul ?

– J'ai aussi déjà répondu à cette question, je crois. »

Elle prend l'air étonné. « Écoute, Aidan, n'essaie pas de m'impressionner avec ton charme. Si tu persistes dans cette attitude, c'est sûr que la police te jettera en prison.

– *Je n'ai rien fait !*

– Alors convaincs-moi. Parle-moi. Raconte-moi ce que c'était que ce rien que tu faisais, parce que tu as raison, Aidan : tu es fiché comme délinquant sexuel, tu vis à cinq maisons de l'endroit où une femme a disparu et jusque-là tu ferais un assez bon coupable. »

Je me passe la langue sur les lèvres. Fais claquer mon élastique. Me passe la langue sur les lèvres. Fais claquer mon élastique.

J'ai envie de lui parler de la voiture, mais non. Évoquer spontanément cette histoire de voiture amènera forcément la police chez moi. Mieux vaut attendre, utiliser cette information comme monnaie d'échange quand on sera venu me chercher pour m'interroger et me placer en rétention. Mieux vaut parler quand je pourrai troquer ce renseignement contre ma liberté. Ne jamais rien donner gratuitement, autre règle de base du criminel.

« Si j'avais *vraiment* fait quelque chose, dis-je enfin, probable que je me serais inventé une meilleure histoire, vous croyez pas ?

– Ton alibi est ton absence d'alibi, conclut Colleen avec ironie.

– Ouais, quelque chose dans ce goût-là. »

Elle quitte le canapé et, l'espace d'une seconde, j'éprouve un réel soulagement. Je vais m'en sortir, finalement.

Alors elle demande : « On peut faire un tour dehors ? »

Et je sens ma bonne humeur s'envoler aussitôt. « Pour quoi faire ?

– La nuit est belle. J'ai envie de prendre un peu l'air. »

Je ne trouve rien à répondre, alors nous sortons, elle et son mètre quatre-vingts perchés sur d'invraisemblables chaussures à talons compensés, moi tout voûté en jean et tee-shirt blanc. Au moins, j'ai arrêté de faire claquer l'élastique. Mon poignet est engourdi, rouge vif. On dirait un suicidé. Une chose à envisager.

Elle fait le tour de la maison, passe dans le jardin de derrière. Je la vois scruter le sol. Des outils ensanglantés qui traîneraient ? De la terre fraîchement retournée ?

J'ai envie de lui dire d'aller se faire foutre. Évidemment, je ne dis rien du tout. Je garde la tête baissée. Je ne veux pas lever les yeux. Je ne veux rien laisser paraître.

Plus tard, elle m'expliquera qu'elle fait ça pour mon bien. Qu'elle veille sur moi, qu'elle cherche à me protéger. Qu'elle veut seulement m'aider.

Et je me vois tout à coup assis sur mon stupide canapé à fleurs rose où j'écris avec ardeur :

Chère Rachel,

Je suis désolé de ce que j'ai fait. Désolé pour toutes les fois où je t'ai dit que je voulais juste discuter, alors que nous savions tous les deux que je voulais juste te déshabiller. Désolé pour toutes les fois où je t'ai emmenée dans le lit et où je t'ai dit ensuite que je voulais seulement ce qu'il y avait de mieux pour toi.

Je suis désolé d'avoir couché avec toi et de t'avoir dit ensuite que c'était complètement de ta faute. Que tu en avais envie. Que tu en avais besoin. Que je l'avais fait pour toi.

Et je suis désolé de penser encore à toi chaque jour qui passe. Que j'ai envie de toi. Que j'ai besoin de toi. Que je ne l'ai fait que pour moi.

Et là, juste au moment où je suis vraiment lancé, où j'écris à tout-va dans ma tête, la voix de Colleen traverse soudain l'obscurité :

« Hé, Aidan ! Il est à toi, ce chat ? »

12

L A RÉUNION DÉMARRA PILE à six heures du matin. Ils commencèrent par le tableau. Ils avaient le Suspect A :
M. Jason Jones, lien : époux. Ils avaient le suspect B : Aidan
Brewster, lien : délinquant sexuel fiché domicilié dans la
même rue. À partir de là, ils examinèrent brièvement la
question des moyens, des mobiles et des occasions.

La case des moyens fut laissée vide, car ils manquaient
d'informations sur ce qui était arrivé au juste à Sandra
Jones. Avait-elle été tuée, kidnappée ? S'était-elle enfuie ?
Il n'était jamais bon de faire des suppositions à un stade
aussi précoce de l'enquête, donc ils passèrent à la question
suivante.

Le mobile. Jones pouvait gagner des millions de dollars
qu'il aurait risqué de les perdre s'il divorçait, ainsi que la
garde de sa fille. Brewster était un prédateur sexuel connu
et avait peut-être obéi à des instincts qui couvaient depuis
longtemps.

L'occasion. Jones avait un alibi pour la nuit et l'heure en
question, mais il n'était guère solide. Brewster : aucun
alibi, mais était-il possible d'établir un lien entre Brewster et Sandra Jones ? Pour l'instant, aucun message télé-
phonique, courriel ni texto ne rapprochait ces deux
individus. Mais la géographie jouait tout de même dans le
sens de la police. Le suspect et la victime ne vivaient qu'à
cinq maisons l'un de l'autre. Un jury pourrait raisonnablement supposer que Brewster et sa victime se connaissaient
à un titre quelconque. Et puis, il y avait la question du

garage où travaillait Brewster. Peut-être Sandra Jones y faisait-elle entretenir sa voiture – ils avaient l'intention de se renseigner dès la première heure.

Ils passèrent aux personnalités. Jones, journaliste indépendant, était un père « dévoué », qui avait épousé une très jeune femme enceinte et l'avait transplantée d'Atlanta à South Boston. Il possédait plusieurs millions de capitaux d'origine inconnue. Le capitaine Miller et le commandant Warren le jugeaient « peu coopératif », ce qui ne plaidait pas pour lui. Il semblait aussi obsédé par les verrous et autres portes métalliques.

Brewster de son côté avait été condamné pour avoir eu des relations sexuelles avec une jeune fille de quatorze ans. Il occupait le même emploi depuis deux ans, vivait à la même adresse. Sa conseillère d'insertion l'appréciait et les avait rappelés à neuf heures du soir pour leur signaler qu'elle n'avait rien vu de suspect chez lui. Bon point pour lui, donc.

La victime elle-même n'était pas jugée à risque. Mère dévouée et enseignante depuis peu, elle n'avait aucun antécédent de drogue, d'alcoolisme ou de dépravation. Le principal du collège la décrivait comme ponctuelle, fiable et consciencieuse. Le mari affirmait qu'elle n'aurait jamais délibérément quitté sa fille. Envers de la médaille, la victime était jeune, habitait dans une ville qui lui était relativement inconnue et semblait manquer d'un réseau d'amis proches et/ou de parents. Ils avaient donc affaire à une jolie maman d'une vingtaine d'années, en proie à un certain isolement social, et qui passait la plupart de ses soirées seule avec sa fillette.

La scène de crime : aucun signe d'effraction. Ni éclaboussures de sang, ni traces de violence manifeste. Ils avaient : une lampe cassée dans la grande chambre, mais aucune preuve qu'elle avait servi d'arme ou qu'elle avait été brisée au cours d'une lutte ; un édredon vert et bleu qui recouvrait auparavant le grand lit, mais que quelqu'un avait mis dans la machine à laver avec une chemise de nuit violette ; le sac à main de l'épouse, son téléphone portable, ses clés de voiture et sa voiture, tous retrouvés sur les lieux. Aucune disparition de vêtements, bijoux ou bagages. La voiture du mari avait été fouillée, sans résultat. La police scientifique se penchait en ce moment même sur les poubelles de la famille. Le Centre d'expertise informatique de Boston adorerait se pencher sur l'ordinateur familial.

Au dernier moment, D.D. ajouta : *disparition d'un chat orange.*

Elle s'écarta du tableau blanc que tous étudièrent.

Personne n'ayant rien de nouveau à ajouter, elle reboucha son feutre et se tourna vers le commissaire divisionnaire de la brigade criminelle.

« Sandra Jones a disparu depuis maintenant plus de vingt-quatre heures, conclut D.D. On ne l'a retrouvée dans aucun hôpital ni morgue de la région. Pas non plus d'opérations sur ses cartes de crédit ou comptes en banque pendant ce laps de temps. Nous avons fouillé sa maison, son jardin, les deux voitures et le quartier. À l'heure qu'il est, nous n'avons pas la moindre idée de l'endroit où elle se trouve.

– Téléphone portable ? bougonna le divisionnaire Clemente.

– Nous sommes en relation avec son opérateur pour obtenir un journal complet de tous les messages vocaux et textos effacés, ainsi qu'une liste de tous les appels passés ou reçus. Ces dernières vingt-quatre heures, les appels sur son portable ont essentiellement concerné son emploi d'enseignante – des collègues ou des élèves qui voulaient savoir où elle se trouvait.

– Courrier électronique ? lança Clemente.

– Hier nous avons essayé, sans succès, d'obtenir un mandat pour saisir l'ordinateur familial. D'après la juge, Sandra Jones n'avait pas disparu depuis assez longtemps. Nous allons réitérer notre demande ce matin, maintenant que nous avons passé le cap des vingt-quatre heures de disparition.

– Votre stratégie ? »

D.D. prit une grande inspiration, jeta un regard vers le capitaine Miller. Ils y travaillaient depuis cinq heures du matin, s'étant retrouvés après quelques petites heures de sommeil cruellement nécessaires. Franchir le cap des vingt-quatre heures était à la fois la pire et la meilleure chose qui pouvait leur arriver. D'un côté, ils étaient officiellement en mesure d'ouvrir une enquête sur Sandra Jones. De l'autre, la probabilité de retrouver la susnommée venait de chuter de moitié. Avant, ils disposaient d'une fenêtre de tir. À présent, il s'agissait d'une course contre la montre, car chaque minute qui passait rendait davantage la disparition de Sandra Jones synonyme de mauvaise nouvelle.

Il fallait qu'ils la retrouvent. Dans les douze heures à venir, sinon ils risquaient d'avoir à déterrer un cadavre.

« Il nous semble que nous avons deux axes de travail logiques, expliqua D.D. Premièrement, nous pensons que l'enfant, Clarissa Jones, détient peut-être des informations sur ce qui s'est passé chez elle cette nuit-là. Il faut que nous obligions Jason Jones à donner son consentement à une audition afin d'établir quels détails Clarissa pourrait fournir.

– Comment vous allez vous y prendre ?

– On va lui dire que soit il nous laisse interroger Clarissa, soit on déclare la maison scène de crime et on les met dehors, lui et Clarissa. Nous pensons que, pour conserver un environnement stable à sa fille, il acceptera l'audition. »

Clemente la regarda. « Pas s'il pense qu'elle pourrait donner des renseignements le compromettant.

– Dans un cas comme dans l'autre, ça nous fournirait des informations que nous n'avions pas. »

Clemente examina cette réponse. « Accordé. Deuxième axe de travail ? »

Elle prit à nouveau une profonde inspiration. « Étant donné que nous n'avons pas de piste à l'heure qu'il est, il va falloir procéder à un appel à témoins. Vingt-quatre heures se sont écoulées. Nous ne savons pas ce qu'est devenue Sandra Jones. Ce que nous avons de mieux à faire, c'est d'impliquer la population. Et dans ce but, nous voudrions mettre en place une cellule de crise officielle pour répondre à la multitude de demandes qui nous seront adressées. Il faudrait collaborer avec les autres forces de l'ordre afin d'identifier des chefs d'équipe de recherche sur place et les autres pistes à creuser. Enfin, on tiendrait une conférence de presse à neuf heures ce matin pour diffuser des photos de Sandra Jones et un numéro d'urgence à appeler pour donner des informations. Il est bien sûr possible qu'une affaire de cette nature attire immédiatement l'attention des médias nationaux, mais d'un autre côté, ça pourrait nous aider dans notre enquête. »

Clemente la regarda d'un air sceptique.

D.D. quitta son attitude protocolaire le temps d'argumenter avec philosophie : « Écoutez, Chuck, les médias auront vent de cette histoire à un moment ou à un autre. Autant faire ça à nos conditions. »

Clemente soupira, prit la chemise cartonnée qui se trouvait devant lui, la tapota plusieurs fois sur la table. « Les chaînes du câble vont adorer.

– Il va nous falloir un responsable relations publiques qui soit bien sur le coup, commenta D.D.

– Quatre-vingt-quinze pour cent des soi-disant renseignements viendront d'hommes seuls qui se promènent avec des chapeaux en aluminium pour éviter de se faire enlever par les extraterrestres.

– Ça fait un moment qu'on n'a plus de leurs nouvelles, répondit D.D. sans se départir de son sérieux. On pourrait peut-être affecter un deuxième agent à la mise à jour de leurs coordonnées. »

Clemente pouffa. « Comme si j'avais le budget et comme s'ils risquaient un jour de quitter le sous-sol de leur maman, conclut-il en prenant son dossier à deux mains. La presse va vous interroger sur le mari. Que comptez-vous répondre ?

– Aucune piste n'est écartée.

– Ils vont demander s'il coopère.

– C'est pour ça que je vais l'appeler à huit heures et demie pour lui suggérer de nous laisser auditionner sa fille, histoire que je puisse répondre oui à cette question et lui épargner quelques soucis.

– Et le délinquant sexuel ? »

D.D. hésita. « Aucune piste n'est écartée. »

Clemente opina du chef avec componction. « C'est bien. Je ne veux pas apprendre que vous avez dévié d'un pouce de cette stratégie. La dernière chose dont nous ayons besoin, c'est une fuite sur le fait que nous avons deux suspects tout aussi viables l'un que l'autre. Avant qu'on ait eu le temps de dire ouf, ils s'accuseraient mutuellement et un bon avocat de la défense s'en saisirait tout de suite pour créer un "doute raisonnable". »

D.D. approuva, sans juger bon de signaler que Jason Jones s'était déjà engagé dans cette voie. C'était bien le problème quand on enquêtait sur deux suspects et c'était pour cette raison qu'ils avaient tout écrit sur un tableau blanc effaçable plutôt que dans un rapport officiel. Parce qu'après une arrestation, tous les rapports de police étaient susceptibles d'être communiqués à l'avocat de la défense, qui pouvait ensuite présenter aux jurés le suspect B comme le véritable cerveau de l'affaire. Et voilà : une dose de doute raisonnable, instillée grâce à la propre enquête approfondie de l'enquêteur consciencieux. Tel était parfois pris qui croyait prendre.

« Conférence de presse à neuf heures, vous dites ? conclut Clemente en consultant sa montre et en se levant. Il vaudrait mieux se bouger. »

Il tassa le dossier une dernière fois, tel un juge qui ajourne un procès. Puis il sortit pendant que D.D. et Miller, enfin officiellement autorisés à former une cellule de crise et à faire pression sur un suspect, se hâtaient de se mettre au travail.

Le téléphone sonna peu après huit heures du matin. Jason tourna légèrement la tête, le regarda sonner à l'autre bout de la pièce sur la petite table près la fenêtre. Il aurait dû se lever, répondre. Il ne trouvait pas l'énergie de bouger.

Ree était assise à ses pieds sur le tapis, un bol de Cheerios à moitié mangé devant elle, les yeux rivés sur la télé. Elle regardait *Le Jardin des rêves*, qui faisait suite à *Clifford le gros chien rouge* et *Petit Potam*. Elle n'avait jamais eu le droit de regarder autant la télé que depuis vingt-quatre heures. La veille au soir, la promesse d'un film l'avait enthousiasmée. Ce matin, elle avait simplement les yeux aussi vitreux que lui.

130

Elle n'était pas venue en sautillant dans le couloir à six heures et demie pour se jeter sur sa silhouette endormie et crier avec l'allégresse d'une enfant de quatre ans : « *Debout ! Debout, debout, debout ! Paaa-paaa. On. Se. Réveille !* »

Non, en entrant dans sa chambre à sept heures, il l'avait trouvée allongée les yeux grands ouverts dans son lit, à regarder fixement le plafond comme si elle mémorisait l'emplacement des oiseaux et des papillons qui volaient au-dessus d'elle. Il avait ouvert ses stores sur une nouvelle journée de mars glaciale. Préparé sa robe de chambre rose en laine polaire.

Elle était sortie du lit sans mot dire, avait pris la robe de chambre, trouvé ses chaussons et l'avait suivi en bas. Les céréales avaient fait un raffut inhabituel en se déversant de la boîte. Le lait avait fait un boucan d'enfer en s'écoulant dans le bol à motif de marguerite. Il s'était demandé s'ils survivraient au bruit des couverts, mais ils y étaient mystérieusement parvenus.

Elle avait emporté son bol dans le séjour et allumé la télé sans même demander la permission. Comme si elle avait su qu'il ne la lui refuserait pas. Et il ne la lui avait pas refusée. Il n'avait pas eu le cœur de lui dire : *On s'assoit au bar, jeune fille. La télé va te ramollir le cerveau, minette. Viens, on va prendre un vrai repas.*

Le ramollissement du cerveau semblait en quelque sorte un problème mineur en comparaison de ce qu'ils devaient affronter ce matin : le deuxième jour sans Sandra. Le deuxième jour sans la maman de Ree et sans son épouse, une femme qui, trente-six heures plus tôt, avait délibérément purgé son compte Internet. Une femme qui les avait peut-être quittés.

Le téléphone sonna de nouveau. Cette fois-ci, Ree se retourna vers lui, le regard légèrement accusateur. Comme si, en tant qu'adulte, il devrait se montrer plus raisonnable.

Il s'extirpa donc enfin du canapé et se dirigea vers le téléphone. C'était le commandant Warren, naturellement. « Bonjour, monsieur Jones.

– Pas vraiment, répondit-il.

– J'espère que vous avez bien travaillé cette nuit ?

– J'ai fait ce que j'avais à faire.

– Comment va votre fille ce matin ?

– Avez-vous retrouvé ma femme, commandant ?

– Euh, non…

– Alors, allons droit au but. »

Il l'entendit prendre une grande inspiration. « Bon, comme plus de vingt-quatre heures se sont écoulées, il faut que vous sachiez que votre femme a été officiellement portée disparue.

– Elle en a de la chance, murmura-t-il.

– En un sens, oui. Désormais, nous pouvons ouvrir une enquête et mettre plus de moyens en œuvre. Notamment en tenant une conférence de presse à neuf heures pour annoncer sa disparition. »

Il se raidit. Sentit ces mots l'atteindre entre les deux yeux, un coup vif, cinglant. Il ouvrit la bouche pour protester mais se retint. Il se pinça l'arête du nez et fit comme si ce n'étaient pas des larmes qui lui brûlaient les yeux. « D'accord », dit-il posément. Il fallait qu'il commence à passer des coups de fil, réalisa-t-il. Qu'il prenne un avocat. Qu'il s'organise pour Ree. Il cala plus fermement le sans-fil entre son épaule et son oreille et passa dans la cuisine, loin de son enfant à l'ouïe fine.

Il ouvrit le réfrigérateur, se retrouva nez à nez avec le précieux Dr Pepper de Sandra et referma la porte.

« Évidemment, expliquait le commandant Warren, ce serait parfait si vous étiez vous-même disponible pour lancer un appel à la population. Pour personnaliser l'affaire, tout ça. Nous pourrions tenir la conférence dans votre jardin. Ree et vous-même pourriez être tous les deux présents, conclut-elle sur un mode badin.

– Non merci.

– Non merci ? reprit-elle avec une stupéfaction qu'ils savaient tous les deux feinte.

– Je me soucie en priorité de ma fille. Je ne crois pas que la mêler à un cirque médiatique soit dans son intérêt. Je pense également que voir des journalistes se promener dans notre jardin et s'ingérer dans notre vie privée serait très traumatisant pour elle. Par conséquent, je crois que le mieux est que je reste à la maison pour la préparer à ce qui va se passer.

– Et que croyez-vous qu'il va se passer ? demanda le commandant Warren, jouant manifestement au chat et à la souris avec lui.

– Vous allez diffuser la photo de ma femme à la télé et dans les journaux. On en fera des photocopies qui seront distribuées et placardées dans toute la ville. Des battues seront organisées. Des gens du collège de Sandy se porteront volontaires. Les voisins passeront nous proposer de bons petits plats tout en espérant découvrir les dessous de l'affaire. Vous nous demanderez des vêtements pour les équipes cynophiles. Des cheveux pour pratiquer des tests ADN, au cas où vous retrouveriez des restes humains. Une photo de famille, parce que les médias préféreront ça à une photo où Sandy apparaît seule. Ensuite, les camionnettes des médias s'installeront devant chez moi avec des projecteurs qui s'allumeront tous les jours à quatre heures du matin. Et vous serez obligés de dépêcher des agents uniquement pour contenir les foules hors de ma propriété, à la limite de laquelle elles camperont dix-huit heures sur vingt-quatre en hurlant des questions et en espérant que je vais par miracle sortir pour y répondre. Si je suis mon propre porte-parole, tout ce que je dirai pourra être et sera utilisé contre moi au cours d'un procès. D'un autre côté, si j'engage un avocat pour qu'il me représente, j'aurai l'air de cacher quelque chose.

» On organisera un mémorial dans mon jardin. Les gens déposeront des fleurs, des messages, des ours en peluche, tout cela à l'intention de Sandy. Ensuite, il y aura les veillées à la bougie où de bonnes âmes prieront pour le retour de Sandra. Il y a tout à parier que quelques médiums proposeront aussi leurs services. Et puis, il y aura les jeunes femmes qui m'enverront leurs condoléances parce qu'elles trouvent un charme tout particulier aux pères célibataires, surtout s'il se peut que j'aie agressé ma femme. Il va de soi que je déclinerai leurs offres de garde d'enfant gratuite. »

Il y eut un long silence. « Vous semblez bien savoir comment ça se passe, constata D.D.

– Je travaille dans les médias. Évidemment que je sais comment ça se passe. »

C'est comme une danse, songea-t-il distraitement. Il se représenta le commandant D.D. Warren qui virevoltait autour de lui en robe de flamenco rose indien pendant qu'il se tenait là, tout de noir vêtu, en s'efforçant de paraître fort et stoïque alors qu'en réalité il ignorait tout bonnement les pas.

« Maintenant que l'enquête prend de l'ampleur, expliquait Warren, il est bien sûr capital de fournir le plus d'informations possibles et le plus vite possible à la cellule de recherche. Vous comprenez bien qu'à chaque heure qui passe, les chances de retrouver votre femme diminuent de manière significative.

– Je comprends que le fait de ne pas l'avoir retrouvée hier signifie très probablement que nous ne la retrouverons jamais.

– Autre chose que vous voudriez ajouter ? demanda le commandant Warren d'une voix posée.

– Non, m'dame », répondit-il avant de le regretter aussitôt.

Il avait perçu cet accent du Sud qui s'était subrepticement glissé dans sa phrase, comme c'était toujours le cas lorsqu'il employait des expressions de chez lui.

Le commandant Warren resta silencieuse un instant. Il se demanda si cela signifiait qu'elle aussi avait surpris cette inflexion ensoleillée.

« Je vais être franche », dit-elle soudain.

Il en doutait fort, mais ne crut pas nécessaire de le dire.

« Il est extrêmement important que nous interrogions Ree. Le temps joue contre nous, monsieur Jones, et il se peut que votre fille soit le seul témoin de ce qui est arrivé à votre femme.

– Je sais.

– Alors il va de soi que vous accepterez de rencontrer une spécialiste des auditions de mineurs à dix heures ce matin. Elle s'appelle Marianne Jackson et elle est excellente.

– D'accord. »

Un silence de mort s'ensuivit. « Vous acceptez ?

134

– Oui. »

Il entendit un long soupir, puis, presque comme si le commandant Warren ne pouvait pas se retenir : « Monsieur Jones, nous vous avons posé la question hier et vous avez refusé. Pourquoi ce revirement ?

– Parce que je suis inquiet pour elle.

– Pour votre femme ?

– Non. Pour ma fille. Je crois qu'elle ne va pas très bien. Peut-être que parler avec une professionnelle l'aidera. Je ne suis pas exactement un monstre, commandant. Et j'ai vraiment à cœur de protéger ses intérêts.

– Nous disons donc dix heures. Dans nos locaux. Mieux vaut un terrain neutre.

– Papa ?

– Vous prêchez un convaincu », dit-il dans le combiné.

Puis il se retourna et découvrit Ree dans l'entrée ; elle le regardait avec cet instinct qui indique infailliblement aux enfants qu'on était en train de parler d'eux.

« Nous allons parler avec une gentille dame ce matin, expliqua-t-il en éloignant le combiné de sa bouche. Ne t'inquiète pas, mon cœur, tout ira bien.

– Il y a du bruit à la porte, papa.

– Quoi ?

– Il y a du bruit. À la porte. Tu n'entends pas ? »

Alors il entendit. Un frottement, un grattement, comme quelqu'un qui essaierait d'entrer.

« Je dois y aller », dit-il à l'enquêtrice. Puis, sans attendre la réponse de D.D., il raccrocha brutalement. « Dans le salon. Tout de suite, chérie. Je ne plaisante pas. »

Il fit signe à Ree de s'asseoir par terre à côté du canapé et s'interposa entre elle et la pesante porte d'entrée métallique. Il entendit encore des grattements et se plaqua contre le mur près de la fenêtre en s'efforçant de ne pas avoir l'air inquiet alors qu'il avait les nerfs à vif. La première chose qu'il remarqua en jetant un œil dehors, c'était que la voiture de police banalisée était toujours garée le long du trottoir ; l'agent en faction semblait boire son café du matin d'un air placide. Ensuite Jason remarqua qu'il ne détectait par la fenêtre aucune autre présence humaine.

135

Mais il entendit à nouveau le bruit. Un frottement, un grattement, et ensuite…

« *Miaou.* »

Ree se leva d'un bond.

« *Miaou…* »

Ree se précipita à la porte. Elle agit plus vite qu'il n'aurait pu l'imaginer, attrapa frénétiquement le bouton de porte avec ses petits doigts et tira, tira, tira pendant qu'il ouvrait tardivement les verrous. Ensemble ils y arrivèrent.

Ree ouvrit tout grand la porte et M. Smith entra avec majesté dans la maison. « *Mrraou !* »

« Monsieur Smith, monsieur Smith, monsieur Smith ! » Ree enlaça l'animal cuivré et le serra si fort que M. Smith émit un miaulement de protestation.

Puis, tout aussi vite, elle le lâcha, se jeta par terre et éclata en sanglots. « Mais je veux maman ! gémit-elle plaintivement. Je veux *maman* ! »

Jason s'assit par terre. Prenant sa fille sur ses genoux, il caressa ses boucles brunes et l'étreignit pendant qu'elle pleurait.

13

J'AI TROMPÉ JASON pour la première fois quand Ree avait onze mois. Je n'en pouvais plus. Les nuits sans sommeil, la routine épuisante, nourrir, bercer, changer, nourrir, bercer, changer. J'étais déjà inscrite à des cours universitaires en ligne et il me semblait que, tous les instants où je ne m'occupais pas d'un bébé, je les passais à rédiger une dissertation, à faire des recherches, à essayer de me souvenir de mes cours de maths de lycée.

Je me sentais à la fois incroyablement minée et prodigieusement fébrile. À cran, comme si ma peau était trop tendue ou que mon cuir chevelu comprimait mon cerveau. Je me surprenais à tout remarquer, depuis le toucher soyeux de la couverture rose de Ree jusqu'au picotement d'aiguille de la douche brûlante qui me cinglait la poitrine.

Pire, je sentais les ténèbres envahir mon esprit. Jusqu'à respirer l'odeur écœurante des roses fanées dans tous les coins de ma propre maison et à craindre le sommeil parce que je savais que je me réveillerais en sursaut en entendant la voix de ma mère babiller au bout du couloir : « Je sais quelque chose que tu ne sais pas. Je sais quelque chose que tu ne sais pas... »

Un jour, je me suis retrouvée devant l'évier de la cuisine à me récurer les mains avec une brosse en fer. J'essayais d'effacer mes propres empreintes digitales, de me décaper la peau pour en faire sortir l'ADN. Et j'ai compris que c'était ça, les ténèbres : ma mère, ma propre mère, qui prenait racine dans ma tête.

Il y a des gens qu'il ne suffira jamais de tuer une seule fois.

J'ai dit à Jason que j'avais besoin d'une escapade. Vingt-quatre heures. Pourquoi pas dans un hôtel où je pourrais en écraser un peu, me faire monter mes repas, reprendre mon souffle. J'ai sorti la brochure d'un spa en centre-ville près du Four Seasons, avec la carte des soins. Tout était à un prix exorbitant, mais je savais que Jason ne me le refuserait pas et il ne me l'a pas refusé.

Il a pris son vendredi et son samedi pour rester avec Clarissa.

« Ne te presse pas pour rentrer, m'a-t-il dit. Prends ton temps. Détends-toi. Je comprends, Sandy. Vraiment. »

Alors, je suis allée dans une chambre à quatre cents dollars la nuit et j'ai dépensé l'argent du spa pour m'acheter une minijupe en daim sur Newbury Street, des talons aiguilles noirs de chez Kate Spade et un haut dos nu qui m'interdisait de porter un soutien-gorge. Ensuite, je suis allée au bar Armani et je me suis lancée.

Rappelez-vous, je n'avais que dix-neuf ans. Je me souvenais de tous les trucs et, vous pouvez me croire, j'en connais beaucoup. Une fille comme moi, en dos nu et talons aiguilles. J'ai eu du succès dès le début de la soirée et ça a continué jusqu'à deux heures du matin, à m'envoyer des coups de vodka quand je ne dansais pas sur les genoux de vieux dégueulasses ou de petits jeunes de l'université.

Ma peau me démangeait. Je la sentais s'embraser, plus je buvais, plus je dansais, plus je roulais des hanches avec les mains d'un inconnu plaquées sur les fesses, son entrejambe appuyant entre mes cuisses stratégiquement écartées. J'avais envie de boire toute la nuit. De danser toute la nuit.

J'avais envie de baiser jusqu'à en oublier mon nom, jusqu'à hurler de rage et de désir. Jusqu'à ce que ma tête explose et que les ténèbres finissent par s'en aller.

J'ai pris mon temps pour choisir le partenaire avec lequel finir la nuit. Pas un vieux. Ils étaient bons pour me payer des verres, mais risquaient de claquer d'une crise cardiaque s'ils essayaient d'être à la hauteur avec une fille comme moi. J'ai jeté mon dévolu sur un des petits étudiants. Le genre muscles en béton, testostérone en furie et sourire béat tellement il n'en revenait pas que je parte avec lui.

Je l'ai laissé me ramener dans sa résidence où je lui ai montré ce qu'on pouvait faire accrochée à la couchette supérieure de lits superposés. Quand j'en ai eu fini avec lui, je me suis aussi fait son copain de chambre. Le premier prétendant était trop cassé pour se plaindre et son camarade, un informaticien lunetteux sans aucun tonus musculaire, s'est montré extrêmement reconnaissant et utile à sa manière.

Je suis partie peu après le lever du soleil. J'ai laissé mon string rose vif accroché à la poignée de la porte en guise de souvenir et j'ai marché jusqu'à la station de métro pour regagner mon hôtel. Le portier a failli avoir une attaque en me voyant. Il m'a sans doute prise pour une pute – ou, excusez-moi, une call-girl de luxe, ce qui, maintenant que j'y pense, aurait été un bon boulot pour moi. Mais comme j'avais déjà la clé de ma chambre, il n'a pas eu d'autre choix que de me laisser entrer.

Je suis montée à ma chambre, je me suis brossé les dents, douchée, rebrossé les dents et je me suis écroulée sur le lit. J'ai dormi sans bouger le petit doigt pendant cinq heures. Comme une souche. Et à mon réveil, je me suis sentie saine d'esprit pour la première fois depuis des mois.

Alors, j'ai fait ce qu'il y avait de plus raisonnable. J'ai mis la jupe, les talons aiguilles et le haut en bouchon et je les ai jetés. J'ai encore pris une douche et frotté mes mains qui sentaient le sperme, la transpiration et la vodka-citron. Ensuite j'ai passé de la lotion parfumée à l'orange sur mes côtes meurtries, mes cuisses irritées, mon épaule mordue. Et j'ai remis mon pantalon en velours gris et mon col roulé lavande pour aller retrouver mon mari à la maison.

Je serai sage, me suis-je dit pendant tout le retour jusqu'à Southie. À partir de maintenant, je serai sage.

Mais je savais déjà que je recommencerais.

La vérité, c'est que ce n'est pas très difficile de vivre dans le mensonge.

J'ai dit bonjour à mon mari avec un baiser sur la joue. Jason m'a rendu ma bise en me demandant poliment comment s'était passé mon week-end.

« Je me sens beaucoup mieux, lui ai-je répondu avec franchise.

– Tant mieux », a-t-il dit, et j'ai compris, rien qu'à son regard sombre, qu'il savait exactement ce que j'avais fait.

Mais je n'ai pas ajouté un mot et lui non plus. C'est un principe quand on vit dans le mensonge – on fait semblant de ne pas le voir. On le laisse trôner comme un éléphant au milieu du salon.

Je suis montée à l'étage. J'ai défait mon sac. J'ai pris ma fille et je me suis balancée en la serrant contre moi. Et, assise à lui lire Je vais me sauver ! *en l'embrassant doucement sur le sommet du crâne, j'ai découvert que, pute ou non, épouse adultère ou non, ma fille me procurait exactement la même sensation, avait exactement la même odeur, m'aimait exactement de la même manière.*

Pendant la semaine qui a suivi, je ne me suis habillée et déshabillée que lorsque j'étais seule, par égard pour Jason. Et cette semaine-là, il a passé toutes ses nuits voûté devant l'ordinateur jusqu'au petit matin, cherchant de toute évidence à m'éviter.

Quelque part vers la septième ou la huitième nuit, quand les traces de morsure ont été guéries et que je me suis une nouvelle fois réveillée dans un lit vide, j'ai décidé que ça avait assez duré. J'aimais Jason. Je l'aimais vraiment. Je croyais qu'il m'aimait. Et il m'aimait vraiment. Seulement, jamais il ne me ferait l'amour. Comble de l'ironie. Le seul homme qui me montrait enfin du respect, de l'attention et de la compréhension, était aussi celui que mon corps n'intéressait pas du tout. Mais l'amour reste de l'amour, pas vrai ? Et n'est-ce pas, d'après les Beatles, la seule chose dont nous aurons toujours besoin ?

J'ai enfilé ma robe de chambre et je suis descendue à pas de loup pour demander à mon mari de revenir dans le lit. Je l'ai trouvé, comme d'habitude, penché sur l'ordinateur familial.

J'ai remarqué qu'il avait les joues en feu, les yeux trop brillants. Il avait disposé devant lui toutes sortes de documents financiers, notamment une demande de carte de crédit en ligne.

« Fous le camp », m'a-t-il ordonné et, vu le ton de sa voix, j'ai fait exactement ce qu'il disait.

Quatre heures plus tard, installés côte à côte au bar de la cuisine, nous mangions tous les deux des céréales. Ree gazouillait dans la balancelle et ni l'un ni l'autre ne disaient un mot.

Il mâchait. Je mâchais. Alors, il a tendu la main et, très lentement, pris la mienne. Nous étions réconciliés, juste comme ça. Jusqu'à la prochaine fois où il faudrait que je disparaisse dans une chambre d'hôtel, supposais-je. Jusqu'à la prochaine fois où il faudrait qu'il disparaisse dans l'ordinateur.

Je me demande si les ténèbres envahissaient son esprit. S'il lui est arrivé de sentir une odeur de roses fanées, de maudire la couleur de ses yeux ou le grain de sa peau. Mais je ne lui ai pas posé la question. Jamais je ne le ferais.

La règle numéro un du mensonge, vous vous souvenez ? Toujours faire comme si on ne voyait pas.

140

Et j'ai compris, au-dessus d'un bol de céréales ramollies, que je pourrais vivre comme ça. Cloisonnée. Présente, mais à part. Avec lui, mais seule. Aimante, mais séparée. C'était de cette manière que j'avais passé l'essentiel de mon existence, après tout. Dans une famille où ma mère pouvait surgir au milieu de la nuit pour faire des choses innommables avec une brosse à cheveux. Et quelques heures plus tard, nous nous asseyions l'une en face de l'autre à la table du petit déjeuner pour partager une assiette de pain au lait.

Ma mère m'avait bien préparée à cette vie.

J'ai jeté un regard vers mon mari qui croquait ses Cheerios. Je me suis demandé qui l'avait préparé, lui.

La conférence de presse de la police de Boston débuta à neuf heures trois. Et lorsqu'elle s'acheva, Jason le sut dans la seconde qui suivit, car son portable sonna.

Il n'avait pas suivi le point-presse à la télé. Après avoir séché les larmes de sa fille et nourri un M. Smith très demandeur, il avait fait monter sa fille et le chat dans la Volvo de Sandy. M. Smith s'était affalé de tout son long dans un coin du soleil et immédiatement endormi, car, fait rare, c'était un chat qui appréciait les trajets en voiture. Ree, quant à elle, assise sur son rehausseur, serrait Doudou Lapine contre elle en fixant M. Smith comme si elle le conjurait de rester là où il était.

Jason roula. Essentiellement parce qu'il avait besoin de bouger. Il avait l'impression de se trouver dans les plaines immenses du Kansas et de voir une tornade toucher terre sans pouvoir sortir de sa trajectoire. Il ne pouvait que voir le ciel s'assombrir, sentir les premières bourrasques d'un ouragan lui fouetter le visage.

La police avait tenu une conférence de presse. À présent, la machine médiatique se mettait lentement mais sûrement en branle. Il n'y pouvait rien. Personne n'y pouvait rien.

Son téléphone sonna encore. Il jeta un œil à l'écran, avec un fatalisme grandissant.

Dans le rétroviseur, il regarda à nouveau sa fille qui, l'air grave, s'efforçait d'être heureuse en contemplant son chat endormi alors que ce qu'elle désirait le plus au monde, c'était un câlin avec sa maman.

Il ouvrit le téléphone et le porta à son oreille.

« Salut, Greg.

– Putain de merde, explosa le rédacteur en chef du *Boston Daily*. Pourquoi tu nous as rien dit, Jason ? Voyons, on est de la famille. On aurait compris.

– Ça a été une période difficile », répondit machinalement Jason, qui eut l'impression que les mots sortaient tout seuls, comme dans un lointain passé.

Tu veux faire les gros titres ? Tu y perdras seulement ta vie. Ou peut-être celle de ton enfant. Ou celle de ta femme.

« Qu'est-ce qui se passe, Jason ? Et je ne te pose pas la question de rédacteur en chef à journaliste. Tu sais que je ne te ferais jamais ça. » Encore un mensonge. Il y en aurait beaucoup dans les jours à venir. « Je te parle comme un membre de ta famille journalistique, le type qui a vu les photos de tes proches et qui sait à quel point tu les aimes. Est-ce que tu vas bien ?

– Je prends les journées les unes après les autres, récita Jason sur un ton monocorde.

– Des nouvelles ? Je dois dire que la police est restée franchement dans le vague.

– On espère que la population pourra fournir des indices, répondit consciencieusement Jason.

– Et ta fille ? Clarissa ? Comment elle tient le choc ? Tu as besoin d'aide, mon vieux ?

– Merci de ta proposition. On prend les journées les unes après les autres.

– Jason… Jason, mon vieux.

– Je ne pourrai pas travailler ce soir, Greg.

– Évidemment ! Merde, bien sûr qu'on comprend. Il faut que tu prennes une semaine, peut-être un congé exceptionnel. Tout ce que tu voudras, on est avec toi, mon vieux. »

Mais ne nous oublie pas, hein, mon pote ? L'exclusivité en première page, les dessous de l'affaire révélés à la une par le mari en personne, hein, mon pote ?

« Merci de ta compréhension.

142

– On est avec toi, Jason. Tout ce que tu voudras, tu l'auras. On te fait confiance, mon vieux. Quoi, cette idée que tu aurais fait du mal à Sandra...

– Merci de ta compréhension. » Jason raccrocha.

« C'était qui ? demanda Ree depuis la banquette arrière.

– L'ancien employeur de papa », répondit Jason, et il ne plaisantait pas.

Le central de police de Boston était un monstre de verre et d'acier qui avait été parachuté au milieu des logements sociaux de Roxbury dans l'espoir qu'une présence policière massive donnerait un coup de fouet à la réhabilitation de ce quartier défavorisé. Mais il faisait surtout craindre pour leur vie aux employés comme aux visiteurs.

Jason examina les possibilités de parking avec une vive appréhension. Il n'espérait pas retrouver sa Volvo intacte à la sortie. Et franchement, il était inquiet pour le chat. Pendant les trente-six heures qui venaient de s'écouler, M. Smith avait de toute évidence épuisé au moins une de ses neuf vies. Qui savait combien il lui en restait ?

« On ne devrait pas être là, papa », dit Ree en descendant de voiture, cramponnée à sa peluche. Le parking, tout en asphalte fissuré, était cerné de barrières en béton. Une déco façon Beyrouth.

Jason réfléchit, prit dans la voiture son calepin et le feutre Crayola rouge de Ree. Il arracha deux feuilles et écrivit en lettres capitales : EN QUARANTAINE : Chat enragé. Attention. Ne pas toucher.

Il mit une feuille à l'avant de la voiture et l'autre à l'arrière. Puis il regarda M. Smith, qui ouvrit paresseusement un œil doré, bâilla et se rendormit.

« Sois un bon chat enragé », murmura Jason, puis il prit fermement Ree par la main et se dirigea vers le passage piétons.

Alors qu'ils approchaient de l'immense bâtiment de verre, son pas se ralentit. C'était plus fort que lui. Il regarda la main de Ree, bien à l'abri dans la sienne, et ce fut comme si ces cinq dernières années étaient passées à la fois trop vite et trop lentement. Il aurait voulu revenir en

143

arrière. Il aurait voulu saisir chacun de ces instants et l'étreindre parce que la tornade arrivait. Elle arrivait et il ne pouvait pas s'en écarter.

Il se souvint de la toute première fois où sa fille avait agrippé son doigt, alors qu'elle n'était âgée que d'une heure, et que sa main incroyablement petite s'était refermée avec détermination autour de son index immense. Il se souvint de ces mêmes doigts un an plus tard, recevant leur première brûlure quand elle avait attrapé la bougie de son petit gâteau d'anniversaire avant que Sandy ou lui aient pu la prévenir que c'était chaud. Et il se souvint d'un après-midi où, croyant qu'elle faisait la sieste, il était allé sur Internet lire trop d'histoires tristes d'enfants tristes et où il avait fondu en larmes, avachi sur la table de cuisine. Et voilà que tout à coup Ree avait été là, avec ses petites mains de deux ans sur son visage pour essuyer ses larmes.

« Pas triste, papa, lui avait-elle calmement chuchoté. Pas triste. »

Et la vision de ses larmes sur les petits doigts de sa fille avait failli le faire sangloter à nouveau.

Il avait envie de lui parler. De lui dire qu'il l'aimait. Qu'elle devait lui faire confiance, qu'il la protégerait. Qu'il allait trouver une solution. Faire en sorte que le monde revienne à la normale.

Il avait envie de la remercier de lui avoir donné quatre années magnifiques, d'être la meilleure petite fille du monde. D'être le soleil sur son visage, l'éclat de son sourire et l'amour de sa vie.

Ils arrivèrent aux portes vitrées et les doigts de l'enfant s'agitèrent nerveusement dans sa main à l'approche du central de police.

Jason regarda sa fille.

En fin de compte, il ne lui dit rien de tout cela. À la place, il lui donna le meilleur conseil qu'il pouvait lui donner.

« Sois courageuse », dit-il en poussant la porte.

14

APRÈS AVOIR CONSULTÉ Marianne Jackson, l'experte en audition de mineurs, D.D. avait réquisitionné une salle du service de la délinquance en col blanc. Les lieux étaient plus agréables que tout ce que la criminelle avait à offrir et, avec un peu de chance, moins susceptibles d'effaroucher la fillette. Marianne avait apporté deux chaises pliantes pour enfant, un tapis de couleur vive en forme de fleur et un panier qui regorgeait de petites voitures, poupées et autre matériel de dessin. En moins de dix minutes, la spécialiste avait réussi à transformer cette splendide salle d'interrogatoire du service de la répression des fraudes en un super coin de jeux. D.D. était bluffée.

Elle était contente de la conférence de presse du matin, qu'elle avait volontairement écourtée. À ce stade, mieux valait ne pas trop en dire. Ils auraient plus tard moins d'insinuations à regretter s'ils devaient conclure que le délinquant sexuel ou, à Dieu ne plaise, un individu encore non identifié faisaient de meilleurs suspects que le mari. D'ailleurs, leur principal objectif était de multiplier le nombre d'yeux et d'oreilles qui seraient à l'affût de Sandra Jones. De retrouver cette femme vivante et d'ainsi leur épargner à tous bien des soucis. Trente-sept heures après le début de l'enquête, D.D. espérait encore. Pas beaucoup. Mais un peu.

En cet instant, elle était tout affairée à disposer son carnet de notes et deux stylos sur la table de la salle d'observation. Miller se trouvait déjà là, dans le fauteuil le plus proche de la porte et apparemment perdu dans ses pensées vu sa façon de caresser sa moustache en rythme. Elle se fit la réflexion qu'il devrait la raser. Une telle moustache exigeait pour ainsi dire un costume sport bleu pastel et elle n'avait aucune envie de voir le capitaine Brian Miller en costume sport bleu pastel. Mais elle ne dit rien. Les hommes peuvent être très susceptibles à ce sujet.

D.D. tripota à nouveau ses stylos-billes, les fit cliqueter. Les haut-parleurs étaient déjà branchés pour leur permettre d'entendre ce qui se dirait dans la salle d'interrogatoire. De son côté, Marianne était équipée d'un petit écouteur pour entendre les questions supplémentaires et les nouvelles demandes qu'ils pourraient formuler dans un micro sans fil. Marianne leur avait déjà conseillé de se concentrer sur l'essentiel. En matière d'audition de mineur, la règle, c'est cinq minutes par année de l'enfant, ce qui leur donnait une vingtaine de minutes pour entendre tout ce qu'il y avait à apprendre de leur témoin potentiel de quatre ans, Clarissa Jones.

Ils avaient mis leur stratégie au point : des questions de base pour établir la crédibilité de Clarissa et ses capacités en tant que témoin, puis des questions toujours plus pointues sur les dernières minutes connues de Sandra Jones le mercredi soir. Cela faisait beaucoup de terrain à couvrir dans le temps imparti, mais Marianne avait insisté sur la nécessité d'être exhaustif : auditionner plusieurs fois un enfant était risqué. L'avocat de la défense aurait tôt fait d'argumenter que la demi-douzaine d'auditions dont vous aviez eu besoin pour obtenir des détails n'avait été qu'une demi-douzaine d'occasions de harceler, enjôler et corrompre votre jeune et impressionnable témoin. Marianne leur accordait maximum deux tentatives pour parler à l'enfant et, pour le meilleur ou pour le pire, D.D. en avait déjà utilisé une en questionnant Clarissa chez elle le jeudi matin. C'était donc la dernière occasion.

L'agent d'accueil leur signala l'arrivée de Jason et de sa fille. Marianne descendit aussitôt pour les faire monter rapidement avant que Ree ne soit trop sous le choc de cette découverte d'un central de police. Certains enfants étaient captivés de voir des hommes et des femmes en uniforme. Mais beaucoup étaient intimidés. Parler à une inconnue était assez difficile comme ça sans que Ree commence l'entretien morte de peur.

D.D. et Miller entendirent des bruits de pas dans le couloir. Ils se tournèrent vers la porte en s'attendant à les voir entrer et, malgré elle, D.D. ressentit une boule au ventre. Auditionner un enfant était cent fois pire qu'affronter les médias ou un nouveau commissaire divisionnaire. Elle n'en avait rien à foutre des journalistes ou, la plupart du temps, de son nouveau supérieur. Alors que les enfants lui faisaient toujours de la peine.

La première fois qu'elle avait auditionné un enfant, la petite fille de onze ans leur avait demandé s'ils voulaient voir sa liste ; puis elle avait sorti de sa poche arrière un petit bout de papier, plié en un carré absolument minuscule. C'était une liste d'actes sexuels, rédigée par le beau-père de la fillette : *Branlette vingt-cinq cents, Fellation cinquante cents, Baise un dollar.* Elle avait dérobé vingt dollars dans le porte-monnaie de son beau-père. C'était sa manière à lui de lui faire rembourser cet emprunt. Sauf que la dernière fois qu'elle lui avait rendu un « service », il avait refusé de payer et c'était *ça* qui avait mis l'enfant suffisamment en colère pour qu'elle vienne se plaindre à la police. Oh, cette pièce en avait entendu, de tristes histoires…

Les pas s'arrêtèrent devant la porte. D.D. entendit la voix de Marianne.

« Clarissa, tu es déjà allée dans une chambre magique ? »

Pas de réponse, donc D.D. supposa que Ree disait non de la tête.

« Eh bien, je vais te faire entrer dans une pièce spéciale maintenant. Il y a un joli tapis, deux chaises, des jouets auxquels tu aimerais peut-être jeter un œil. Mais c'est aussi une pièce très spéciale avec des règles spéciales. Je vais te raconter tout ça, d'accord ? Mais d'abord il faut que tu dises au revoir à ton papa. Il va t'attendre dans cette pièce juste là, comme ça il ne sera pas loin si tu as besoin de lui, mais cette chambre magique, elle n'est rien que pour toutes les deux. »

Toujours pas de réponse.

« Comment s'appelle ton petit copain, dis-moi ? Oh, pardon, ta petite copine. Doudou Lapine ? J'aurais dû me douter que c'était une fille, avec cette robe rose. Eh bien, Doudou Lapine, est-ce que tu aimes les grandes fleurs roses, parce que tu m'as l'air d'une lapine à qui ça pourrait plaire de voir une fleur rose vraiment *énorme*. Mais alors, immense. Le genre de fleur qu'il faut voir pour le croire. C'est vrai ? Alors, viens, je vais te montrer. Et je vais un peu t'expliquer la magie. »

La porte de la salle d'observation s'ouvrit et Jason Jones entra dans la pièce. Le père de Clarissa marchait avec raideur, comme au radar. Son visage avait repris cet air muré, celui qui conduisait D.D. à se demander si c'était un psychopathe fini ou l'homme le plus stoïque qu'elle ait jamais rencontré. Il referma la lourde porte derrière lui, puis lança à D.D. et Miller un regard quelque peu méfiant. D.D. fit pivoter sur la table le formulaire de consentement qu'elle avait déjà imprimé et le glissa vers lui avec un stylo plume noir.

« Ce formulaire prouve que vous avez donné votre consentement à une audition de votre fille par une spécialiste pour le compte de la police de Boston. »

Jason lui lança un regard, comme surpris que son autorisation ait réellement une importance. Mais il signa le papier sans mot dire et le lui rendit avant d'aller se poster contre le mur, face à la vitre d'observation. Il s'adossa et croisa ses bras sur sa poitrine. Son regard se dirigea vers la vitre par laquelle ils virent Marianne et Ree entrer dans la salle d'interrogatoire. Ree se cramponnait comme une malheureuse à un lapin marron en loques dont les longues oreilles tombantes lui dissimulaient les mains.

Marianne referma la porte. Elle s'avança vers le centre de la pièce mais, plutôt que de prendre une des petites chaises pliantes rouges, s'assit en tailleur au bord du tapis rose. Elle passa sa main dessus à plusieurs reprises, comme pour inviter l'enfant à s'asseoir.

D.D. prit le micro et indiqua à l'adresse de Marianne : « Le consentement est signé. Vous pouvez commencer. »

Marianne acquiesça discrètement en effleurant du bout des doigts l'écouteur niché au creux de son oreille. « Qu'est-ce que tu en dis ? demanda-t-elle à Clarissa en désignant le tapis rose. Elle est jolie, cette fleur ? On dirait un tournesol, je trouve, sauf que je ne crois pas qu'il y ait des tournesols roses.

– C'est une marguerite, corrigea Ree d'une petite voix. Ma maman en fait pousser.

– Une marguerite ? Bien sûr ! Tu es forte en fleurs. »

Ree était toujours debout, accrochée à son lapin usé. Ses doigts avaient trouvé une de ses oreilles et la caressaient en rythme. Ce mouvement inconscient serra le cœur de D.D. Elle faisait la même chose quand elle était petite. Avec un chien en peluche. Elle avait fini par détacher ses oreilles de sa tête râpée.

« Bon, comme je te l'ai dit en bas, je m'appelle Marianne Jackson, expliquait avec gaieté la spécialiste. Mon travail, c'est de parler aux enfants. C'est mon métier. Je parle avec des petits garçons et des petites filles. Et il faut que tu saches, Ree, que ce n'est pas aussi facile que tu crois. »

Pour la première fois, Ree réagit, le front légèrement plissé : « Pourquoi ?

– Pour commencer, il y a des règles spéciales quand on parle aux petits garçons et aux petites filles. Tu le savais, ça ? »

Ree se rapprocha en secouant la tête. Elle touchait la fleur rose du bout du pied. Elle semblait examiner le tapis.

« Eh bien, comme je te l'ai dit dehors, nous sommes dans une chambre magique et il y a quatre règles pour discuter dans une chambre magique, dit Marianne en énumérant sur ses doigts. Un, on ne parle que de ce qui s'est réellement passé. Pas de ce qui aurait pu se passer, mais de ce qui s'est réellement passé. »

Ree fronça à nouveau les sourcils, s'approcha insensiblement.

« Tu comprends la différence entre la vérité et un mensonge, Clarissa ? »

Marianne sortit un chien en peluche du panier à jouets. « Si je dis que c'est un chat, c'est la vérité ou un mensonge ?

– Un mensonge, répondit Ree par automatisme. C'est un chien.

– Parfait ! Voilà pour la première règle. On ne parle que de la vérité, d'accord ? »

Ree hocha la tête. Apparemment fatiguée de rester debout, elle s'assit juste à l'extérieur de la fleur, son lapin sur les genoux.

« La deuxième règle, c'est que si je te pose une question dont tu ne connais pas la réponse, tu dis juste que tu ne sais pas. Compris ? »

Ree hocha la tête.

« Quel âge j'ai, Clarissa ?

– Quatre-vingt-quinze ans », répondit Ree.

Marianne sourit, l'air un peu dépitée. « Voyons, Clarissa, est-ce que tu *sais* quel âge j'ai ? Est-ce que tu l'as demandé ou est-ce que quelqu'un te l'a dit ? »

Ree fit signe que non.

« Alors en fait, tu ne sais pas quel âge j'ai. Et qu'est-ce que tu es censée répondre quand tu ne sais pas quelque chose ?

– Je ne sais pas, répondit docilement Ree.

– Bravo. Où est-ce que j'habite ? »

Ree ouvrit la bouche, puis sembla se reprendre. « Je ne sais pas ! » s'écria-t-elle avec une pointe de triomphe cette fois-ci.

Marianne eut un grand sourire. « Je suis sûre que tu es super forte à l'école. Tu es très bonne élève ?

– Je suis très pri-pricoce, s'enorgueillit Ree. C'est ce que tout le monde dit.

– Précoce ? C'est bien mon avis et je suis drôlement fière de toi. Bon, la règle numéro trois. Si tu ne te souviens pas de quelque chose, tu as le droit de dire que tu ne te souviens pas. Alors, quel âge avais-tu quand tu as commencé à marcher ?

– Je marche depuis que je suis née », commença Ree avant de se souvenir de la règle numéro trois. Elle lâcha son lapin en peluche et battit des mains avec jubilation. « JE NE ME SOUVIENS PAS ! cria-t-elle, ravie. Je-ne-me-souviens-pas.

– Tu es la meilleure élève que j'aie jamais eue », dit Marianne, toujours assise en tailleur sur le tapis. Elle leva quatre doigts. « D'accord, élève modèle : la dernière règle. Tu sais quelle est la règle numéro quatre ?

– JE NE SAIS PAS ! cria Ree, épanouie.

– Trop forte. Bon, la règle numéro quatre, c'est que si tu ne comprends pas quelque chose que je dis ou que je demande, tu as le droit de répondre que tu ne comprends pas. *Capisci ?*

– *Capisco !* répondit aussitôt Ree. Ça veut dire "je comprends" en italien ! Je connais l'italien. Mme Suzie nous l'apprend. »

Marianne resta un instant interloquée. Apparemment, même dans le monde des spécialistes de l'audition de mineurs, il y avait précoce et précoce. Honnêtement, D.D. avait du mal à garder son sérieux. Elle lança un regard de côté vers Jason, mais il avait toujours le même visage sans expression. *Plus de courant,* songea-t-elle à nouveau. Il était dans la pièce, mais éteint.

Cela lui fit penser à une ou deux choses et elle griffonna une petite question sur son carnet.

Dans la salle d'interrogatoire, Marianne Jackson semblait reprendre ses esprits. « Parfait, donc. Tu connais les règles. Alors, dis-moi, Clarissa...

– Ree. Tout le monde m'appelle Ree.

– Et pourquoi on t'appelle comme ça ?

– Parce que, quand j'étais bébé, je ne savais pas dire Clarissa. Je disais Ree. Et ça a plu à ma maman et mon papa, alors ils m'appellent aussi Ree. Sauf quand je fais des bêtises. Là maman dit : "Clarissa Jane Jones" et j'ai jusqu'à trois sinon je vais au coin dans l'escalier.

– Au coin dans l'escalier ?

– Oui. Je dois rester assise quatre minutes sur la marche du bas. Je n'aime pas être au coin.

– Et cette petite copine que tu as dans les bras ? Doudou Lapine. Elle fait des bêtises, des fois ? »

Clarissa regarda Marianne, étonnée. « Doudou Lapine est un jouet. Les jouets ne font pas de bêtises. Seulement les gens.

– Bravo, Clarissa. Tu es très maligne. »

151

L'enfant rayonna d'aise.

« J'aime bien Doudou Lapine, continua Marianne sur le ton de la conversation. J'avais un Winnie l'Ourson quand j'avais ton âge. À l'intérieur, il y avait une boîte à musique et quand on la remontait, ça jouait "Twinkle, Twinkle, Little Star".

– Moi aussi, j'aime bien Winnie », dit Ree avec sérieux. Elle s'était approchée à présent, jusque sur le tapis, et elle regardait d'un air interrogateur le panier en osier de l'autre côté de Marianne. « Où il est ton Winnie ? Dans le panier ?

– Il est à la maison, en fait, sur mon étagère. C'était un jouet qui comptait beaucoup pour moi et je crois qu'on ne se sépare jamais des jouets qui ont beaucoup compté. »

Cependant, Marianne posa le panier sur le tapis, plus près de Ree, désormais clairement intéressée et très curieuse de découvrir ce que la chambre magique contenait d'autre.

D.D. lança vers Jason Jones un deuxième regard en coin. Toujours aucune réaction. Joie, tristesse, inquiétude, angoisse. Nada. Elle nota une deuxième chose dans son carnet.

« Ree, tu sais pourquoi tu es là aujourd'hui ? »

L'enfant perdit un peu de sa vivacité. Ses épaules se voûtèrent légèrement et ses mains se mirent à caresser son lapin pendant qu'elle se rasseyait. « Papa a dit que tu étais gentille. Que si je te parlais, tout irait bien. »

À cet instant, D.D. sentit Jason se raidir. Il ne bougea pas, ne dit rien, mais les veines de son cou saillirent brusquement.

« Qu'est-ce qui irait bien, ma belle ?

– Est-ce que tu vas ramener ma maman ? demanda Ree d'une voix sourde. M. Smith est revenu. Ce matin. Il a gratté à la porte, alors on l'a fait rentrer et je l'aime beaucoup, mais... Tu vas ramener ma maman ? Elle me manque. »

Marianne ne répondit pas tout de suite. Elle semblait scruter l'enfant avec compassion tout en laissant le silence se prolonger. Par la vitre d'observation, D.D. regardait avec attention le tapis rose, les chaises pliantes, le panier à jouets, n'importe quoi sauf le chagrin qui se lisait sur le visage de la petite fille. À côté d'elle, Miller s'agita sur sa chaise. Mais Jason Jones ne bronchait toujours pas.

« Parle-moi de ta famille », dit Marianne. D.D. reconnut cette technique d'audition. S'éloigner du sujet sensible. Définir l'univers de l'enfant. Puis revenir au point douloureux par des voies détournées. « Qui y a-t-il dans ta famille ?

– Il y a moi et maman et papa, commença Ree, qui s'était remise à caresser les oreilles de Doudou Lapine. Et M. Smith, évidemment. Deux filles et deux garçons. »

D.D. prit à nouveau des notes – la généalogie familiale vue par la fillette de quatre ans.

« Est-ce qu'il y a d'autres personnes dans ta famille ? demanda Marianne. Des oncles, des tantes, des cousins, des grands-parents ou quelqu'un d'autre ? »

Ree répondit que non.

D.D. écrivit : *Famille élargie ???* L'enfant ne connaissait apparemment pas l'existence de son grand-père, ce qui confirmait peut-être que, comme Jason Jones l'avait affirmé, Sandra était brouillée avec son père ou alors qu'il avait parfaitement réussi à isoler son épouse bien plus jeune que lui.

« Et des baby-sitters ? Est-ce qu'il y a quelqu'un d'autre qui s'occupe de toi, Ree ? »

Ree regarda Marianne sans comprendre. « Maman et papa s'occupent de moi.

– Bien sûr. Mais quand ils travaillent ou qu'ils ont besoin d'aller quelque part ?

– Quand papa travaille, maman me surveille, répondit Ree. Ensuite papa rentre et maman va travailler, mais papa doit dormir, donc je vais à l'école. Ensuite papa vient me chercher et c'est l'heure des papas.

– Je vois. Où est-ce que tu vas à l'école, Ree ?

– Je vais à la maternelle. Dans le bâtiment en brique avec les grands. Je suis dans la classe des Petites Fleurs. Mais l'année prochaine, quand j'aurai cinq ans, j'irai dans la classe de grande section.

– Qui sont tes maîtresses ?

– Mlle Emily et Mme Suzie.

« – Et tes meilleures amies ?

– Je joue avec Mimi et Olivia. On aime bien jouer aux fées. Je suis une fée du jardin.

– Donc tu as des meilleures amies. Et ton papa et ta maman, qui sont leurs meilleurs amis ? »

C'était une autre question d'usage, généralement posée dans les affaires d'agressions sexuelles sur mineur, lorsque le suspect pouvait être non pas un parent, mais un voisin ou un ami de la famille. Il était important que l'enfant définisse elle-même son entourage pour que l'enquêteur, s'il devait citer un nom, ne donne pas l'impression d'avoir influencé le témoin.

Mais Ree secouait la tête. « Papa dit que je suis sa meilleure amie. Et puis il travaille beaucoup, alors je pense qu'il ne peut pas avoir des amis. Les papas sont très occupés. »

Cette fois-ci, Miller regarda Jason. Mais le père de Ree resta immobile contre le mur, le regard résolument fixé sur la vitre comme s'il regardait une émission de télé et non l'audition de sa fille unique par une spécialiste chevronnée. Après quelques instants, Miller se détourna.

« J'aime bien Mme Lizbet, ajouta spontanément Ree. Mais maman et elle ne jouent pas ensemble. Elles sont professeurs.

– Comment ça ? demanda Marianne.

– Mme Lizbet fait la classe aux cinquièmes. L'année dernière, elle a aidé maman à apprendre comment on fait la classe. Maintenant maman fait la classe aux sixièmes. Mais on voit encore Mme Lizbet aux matchs de basket.

– Ah oui ?

– Oui, j'aime bien le basket. Maman m'emmène regarder. Papa travaille, vous savez. Alors, c'est le soir des mamans, tous les soirs. You-hou ! »

Un instant, Ree sembla oublier la raison de sa présence dans la pièce. Puis D.D. vit la prise de conscience accabler soudain l'enfant – ses yeux s'élargirent, puis tout son corps se tassa jusqu'à ce qu'elle soit à nouveau voûtée au-dessus de son lapin en peluche, à caresser les oreilles de ce pauvre doudou.

Derrière D.D., Jason Jones frémit enfin.

« Quand est-ce que tu as vu ta maman pour la dernière fois ? » demanda doucement Marianne.

Réponse étouffée : « Elle m'a mise au lit.

– Tu connais les jours de la semaine, Ree ?

– Lundi, mardi, mercredi, jeudi, fredonna Ree d'une petite voix. Vendredi, samedi, dimanche.

– Excellent. Donc tu sais quel jour on était quand ta maman t'a mise au lit ? »

Ree ne parut pas comprendre. Puis elle se remit à chanter : « Lundi, mardi, mercredi, jeudi… »

Marianne hocha la tête et passa à autre chose ; de toute évidence, l'enfant connaissait une comptine sur les jours de la semaine, mais pas les jours eux-mêmes. Heureusement, il existait d'autres astuces pour établir une date et un horaire avec de jeunes témoins. Marianne poserait des questions sur les émissions de télé, les chansons à la radio, ce genre de choses. Les enfants ne sont peut-être pas très savants du point de vue d'un adulte, mais ils sont en général très observateurs, de sorte qu'on en arrive à déduire l'information nécessaire, souvent avec des résultats plus fiables que lorsqu'un témoin se contente de dire : « Mercredi soir à huit heures. »

« Alors, raconte-moi ta soirée avec ta maman, Ree. Qui était à la maison ?

– Moi et maman.

– Et M. Smith ou Doudou Lapine ou ton papa ou quelqu'un d'autre ? »

Le « quelqu'un d'autre » faisait aussi partie de l'arsenal classique des techniques d'audition. Quand on présentait une liste de possibilités à un enfant, il fallait toujours terminer par « quelqu'un d'autre », « quelque chose d'autre » ou « un autre endroit » ; sinon vous influenciez le témoin.

« M. Smith, dit Ree. Et Doudou Lapine. Mais pas papa. Je vois papa dans la journée. Maman le soir.

– Quelqu'un d'autre ? »

Ree parut contrariée. « Le soir, c'est pour maman et moi. C'est notre soirée entre filles. »

D.D. nota quelque chose.

« Et qu'avez-vous fait pendant cette soirée entre filles ? demanda Marianne.

– Des puzzles. J'aime bien les puzzles.

– Quel genre de puzzles ?

– Euh, on a fait le puzzle des papillons et ensuite celui de la princesse qui prend *tout le tapis*. Sauf que c'est devenu difficile parce que M. Smith n'arrêtait pas de marcher sur le puzzle, alors ça m'a énervée et maman a dit qu'on devrait peut-être *passer à autre chose*.

– Tu aimes la musique, Ree ?

– Oui, j'aime la musique, répondit la fillette, surprise.

– Est-ce que vous avez écouté de la musique, ta maman et toi, pendant que vous faisiez les puzzles, ou est-ce que vous aviez allumé la télévision ou la radio ou autre chose ? »

Ree secoua la tête. « J'aime bien danser le rock sur Tom Petty, expliqua-t-elle avec simplicité, mais il faut du calme pour les puzzles. » Elle fit une mine, peut-être celle de sa mère, et se lança dans un sermon en agitant un doigt : « Les enfants ont besoin de calme. C'est comme ça que le cerveau grandit !

– Je vois, répondit Marianne, l'air dûment impressionnée. Donc ta maman et toi avez passé un moment calme à faire des puzzles. Et ensuite, qu'est-ce que tu as fait ?

– Le dîner.

– Le dîner ? Oh, j'aime bien le dîner. Qu'est-ce que c'est, ton dîner préféré ?

– Les macaronis au fromage. Et les fraises Tagada. J'adore les fraises Tagada, mais on ne peut pas prendre ça comme dîner, seulement comme dessert.

– C'est vrai, dit Marianne, compatissante. Ma maman ne me laissait jamais manger de fraises Tagada pour le dîner. Qu'est-ce que vous avez mangé, ta maman et toi ?

– Des macaronis au fromage, répondit Ree sans hésitation, avec des petits morceaux de saucisse de dinde et de la pomme. Je n'aime pas vraiment les saucisses, mais maman dit que j'ai besoin de protéines pour fabriquer du muscle, donc si je veux des macaronis, il faut que je mange des saucisses », conclut la fillette avec mélancolie.

D.D. nota le menu, impressionnée non seulement par le niveau de détails, mais par la cohérence de Ree avec sa première déclaration du jeudi matin. Les témoins cohérents font toujours le bonheur des enquêteurs. Et les détails leur permettraient de confirmer le récit de Ree concernant la première partie de soirée, de sorte qu'il serait plus difficile à un jury de ne pas tenir compte de ce que l'enfant avait peut-être à dire sur la deuxième partie de soirée. L'un dans l'autre, la petite Clarissa Jones faisait un meilleur témoin que quatre-vingts pour cent des adultes que D.D. rencontrait.

« Qu'est-ce que vous avez fait après le dîner ? demanda Marianne.

– Le bain ! s'exclama Ree.

– Le bain ?

– Oui. Maman et moi, on prend notre douche ensemble. Tu as besoin de savoir qui était dans la douche ? »

Ree avait apparemment compris le système.

« D'accord.

– Eh bien, pas M. Smith, parce qu'il a horreur de l'eau, et pas Doudou Lapine parce qu'elle prend ses bains dans la machine à laver. Mais la princesse canard et la Barbie Fée Mariposa et la Barbie Princesse de l'Île merveilleuse avaient besoin d'un bain, alors elles sont venues avec nous. Maman dit que je ne peux laver que trois choses, sinon je prends toute l'eau chaude.

– Je vois. Qu'a fait ta maman ?

– Elle s'est lavé les cheveux, ensuite elle m'a lavé les cheveux et puis elle m'a grondée parce que je prenais trop de savon. »

Marianne parut surprise.

« J'aime la mousse, expliqua Ree, mais maman dit que le savon coûte de l'argent et que j'en utilise trop, alors elle en met pour moi dans la petite tasse, mais jamais assez. Les Barbie ont beaucoup de cheveux.

– Ree, si je te dis que j'ai les cheveux bleus, c'est la vérité ou c'est un mensonge ? »

Reconnaissant le jeu, Ree sourit et leva son index. « C'est un mensonge et dans la chambre magique, on dit toujours la vérité.

– Très bien, Ree. Excellent. Donc ta maman et toi, vous preniez votre douche et vous avez utilisé beaucoup de savon. Comment tu te sentais sous la douche, Ree ? »

Ree regarda Marianne d'un air perplexe, puis sembla avoir un déclic. Elle leva quatre doigts. « Je ne comprends pas », répondit-elle avec fierté.

Marianne sourit. « Encore excellent. Je vais essayer de t'expliquer. Quand vous prenez votre douche, ta maman et toi… ça te plaît ou ça ne te plaît pas ? Comment tu te sens ?

– J'aime les douches, dit Ree avec sérieux. Mais je n'aime pas qu'on me lave les cheveux. »

D.D. sentit à nouveau l'hésitation de Marianne. D'un côté, il n'y avait rien de déplacé à ce qu'une mère prenne sa douche avec sa fillette de quatre ans. D'un autre côté, Marianne Jackson serait au chômage si aucun parent ne faisait jamais rien de déplacé. Quelque chose avait tourné au vinaigre dans cette famille. Leur travail était d'aider Ree à trouver les mots pour le leur dire.

« Pourquoi tu n'aimes pas qu'on te lave les cheveux ? reprit Marianne.

– Parce qu'ils font des nœuds. Ils ne sont pas courts, en fait, tu sais. Non, quand ils sont mouillés, ils arrivent jusqu'au milieu du dos ! Il faut beaucoup de temps à maman pour rincer tout le shampoing et ensuite elle doit mettre de l'après-shampooing, sinon ils sont tout emmêlés, et puis je n'aime pas mes cheveux. Je voudrais avoir des cheveux raides comme Mimi, ma meilleure amie », conclut Ree dans un gros soupir.

Marianne sourit et poursuivit. « Et qu'est-ce que vous avez fait après votre douche ?

– On s'est séchées et on est allées dans le Grand Lit et là maman a voulu que je lui raconte ma journée, mais moi, je l'ai surtout chatouillée.

– Où est le Grand Lit ?

– Dans la chambre de papa et maman. C'est là qu'on va après le bain. Et M. Smith saute sur le lit, mais j'aime bien jouer à la bagarre et ça ne lui plaît pas.

– Tu aimes jouer à la bagarre ?

158

« – Oui, répondit fièrement Ree. Je suis forte ! J'ai fait tomber maman par terre et ça m'a fait rire, dit-elle en levant les bras, comme pour montrer ses biscottos. Ça a fait rire maman aussi. J'aime bien le rire de ma maman…, dit-elle avec mélancolie. Tu crois que ma maman est fâchée parce que je l'ai poussée du lit ? Elle n'avait pas l'air fâchée, mais peut-être… Une fois, à l'école, Olivia a déchiré un dessin que j'avais fait et je lui ai dit que ce n'était pas grave, mais c'était quand même grave et alors ça m'a fâchée de plus en plus. Je suis restée fâchée toute la journée ! Tu crois que c'est ça qui s'est passé ? Que ma maman est restée fâchée toute la journée ?

– Je ne sais pas, ma belle, répondit Marianne avec franchise. Quand tu as eu fini de jouer à la bagarre avec ta maman, qu'est-ce qui s'est passé ? »

La fillette haussa les épaules. Elle semblait fatiguée à présent, épuisée. D.D. consulta sa montre. L'audition durait depuis quarante-quatre minutes, ils avaient largement dépassé leur objectif de vingt minutes.

« C'était l'heure du lit, marmonna Ree. On s'est mises en pyjama…

– Qu'est-ce que tu portais, Ree ?

– Ma chemise de nuit Petite Sirène.

– Et ta mère ?

– Elle porte un tee-shirt violet. Il est très long, il descend presque jusqu'aux genoux. »

D.D. prit une note : encore un détail confirmé par la présence de la chemise de nuit violette dans la machine à laver.

« Et après les pyjamas ?

– Les dents, pipi, au lit. Deux histoires. Une chanson. Maman a chanté "Puff the Magic Dragon". Je suis fatiguée, déclara tout à coup la fillette avec un brin de mauvaise humeur. Je voudrais qu'on ait fini maintenant ? On a fini ?

– Presque, mon cœur. Tu t'es vraiment très bien débrouillée. Encore quelques questions, d'accord, et ensuite tu pourras me demander tout ce que tu veux. Ça te plairait, ça ? De me poser une question ? »

Ree considéra Marianne un instant. Puis, avec un brusque soupir d'impatience, elle acquiesça. Elle avait à nouveau le lapin en peluche sur les genoux. Elle caressait ses deux oreilles.

« Après que ta mère t'a mise au lit, qu'est-ce qu'elle a fait ?

– Je ne comprends pas.

– Est-ce qu'elle a éteint la lumière, fermé la porte, autre chose ? Comment tu dors la nuit, Ree ? Tu peux me décrire ta chambre ?

– J'ai une veilleuse, répondit tout bas la fillette. Je n'ai pas encore cinq ans. Je crois que quand on a quatre ans, on peut avoir une veilleuse. Peut-être que quand j'irai à l'école avec le car de ramassage… Mais je ne prends pas encore le car, alors j'ai une veilleuse. Mais la porte est fermée. Maman ferme toujours la porte. Elle dit que j'ai le sommeil léger.

– Donc la porte est fermée, tu as une veilleuse. Qu'est-ce qu'il y a d'autre dans ta chambre ?

– Doudou Lapine, bien sûr. Et M. Smith. Il dort toujours sur mon lit parce que c'est moi qui me couche la première et que les chats adorent vraiment dormir.

– Est-ce qu'il y a autre chose pour t'aider à dormir ? De la musique, une radio, un humidificateur, autre chose ?

– Non.

– Comment s'appelle mon chat, Ree ?

– Je ne sais pas, répondit Ree avec un grand sourire.

– Très bien. Si je te disais que ces chaises sont bleues, ce serait la vérité ou un mensonge ?

– Nooon ! Elles sont rouges !

– Exact. Et on dit toujours la vérité dans la chambre magique, n'est-ce pas ? »

Ree hocha la tête, mais D.D. lut à nouveau la tension dans le corps de l'enfant. Marianne se rapprochait du point sensible. Inexorablement.

« Tu es restée couchée, Ree ? Ou bien est-ce que tu t'es relevée pour aller voir ta maman, faire pipi ou autre chose ? »

La fillette fit non de la tête, mais sans plus regarder Marianne.

160

« Que fait ta maman une fois que tu es couchée, Ree ? demanda doucement Marianne.

– Elle doit faire son travail pour le collège. Corriger les copies, dit l'enfant en relevant les yeux. Enfin, je crois.

– Est-ce que tu entends parfois des bruits en bas, la télé peut-être, ou la radio, ta maman qui marche ou autre chose ?

– J'ai entendu la bouilloire, murmura Ree.

– La bouilloire ?

– Elle sifflait. Sur la cuisinière. Maman aime le thé. Quelquefois on prend le thé et elle me fait du vrai thé à la pomme. J'aime ça. » La fillette parlait toujours, mais sa voix avait changé. Elle semblait éteinte, l'ombre d'elle-même.

D.D. regarda Jason Jones, toujours adossé au mur du fond. Il n'avait pas bougé, mais affichait désormais une expression sévère. Oh oui, ils touchaient au but.

« Ree, après la bouilloire, qu'est-ce que tu as entendu ?

– Des pas.

– Des pas ?

– Oui. Mais ils étaient pas gentils. Ils étaient forts. En colère. En colère dans l'escalier. Oh-oh, dit-elle sur deux notes, oh-oh, papa est fâché. »

Derrière D.D., Jason réagit pour la deuxième fois. Elle le vit fermer les yeux, déglutir, mais il ne dit toujours pas un mot.

Dans la salle d'interrogatoire, Marianne était tout aussi silencieuse. Elle laissa le silence se prolonger jusqu'à ce que, d'un seul coup, Ree se remette à parler en se balançant d'avant en arrière et en caressant frénétiquement les oreilles de son lapin en peluche :

« Quelque chose est tombé. S'est cassé. Je l'ai entendu, mais je ne me suis pas levée. Je ne voulais pas me lever. M. Smith s'est levé. Il a sauté du lit. Il est resté devant la porte, mais je ne voulais pas me lever. J'ai serré Doudou Lapine. Je lui ai dit de ne pas faire de bruit. Il ne faut pas faire de bruit. »

La fillette s'interrompit un instant, puis reprit soudain d'une voix basse, suraiguë : « *Je t'en prie, ne fais pas ça*, dit-elle, lugubre. *Je t'en prie, ne fais pas ça. Je ne dirai rien. Tu peux me croire. Je ne dirai jamais rien. Je t'aime. Je t'aime encore... »*

Ree leva les yeux. D.D. aurait juré que l'enfant regardait droit vers son père à travers le miroir sans tain. « Maman a dit : "Je t'aime encore." Elle a dit : "Ne fais pas ça." Et ensuite il y a eu du bruit et je n'ai plus écouté. J'ai bouché les oreilles de Doudou Lapine et je te jure que je n'ai plus écouté et que je ne suis jamais, jamais, sortie du lit. S'il te plaît, tu peux me croire. Je ne me suis pas levée. »

« J'ai fini ? » demanda l'enfant dix secondes plus tard, comme Marianne n'avait toujours rien dit. « Où est mon papa ? Je ne veux plus être dans la chambre magique. Je veux rentrer dans ma maison.

– Tu as fini, dit Marianne avec gentillesse en effleurant le bras de l'enfant. Tu as été une petite fille très courageuse, Ree. Merci d'avoir parlé avec moi. »

Ree se contenta de hocher la tête. Elle avait les yeux vitreux, ces cinquante minutes de discussion l'avaient laissée à bout de forces. Lorsqu'elle essaya de se relever, elle tituba. Marianne la soutint.

Dans la salle d'observation, Jason Jones s'était déjà écarté du mur. Miller atteignit la porte juste avant lui et ouvrit la pièce sur le couloir inondé de lumière fluorescente.

« Mademoiselle Marianne ? demandait Ree dans la salle d'interrogatoire.

– Oui, chérie.

– Tu as dit que je pourrais te poser une question...

– C'est vrai. J'ai dit ça. Tu voudrais m'en poser une ? Demande-moi ce que tu veux. »

Marianne s'était levée, elle aussi. Mais D.D. vit alors la spécialiste s'arrêter, s'accroupir devant l'enfant pour se mettre à son niveau. Elle avait déjà détaché son petit micro et l'écouteur pendait dans ses mains.

« Quand tu avais quatre ans, ta maman est partie ? »

Marianne repoussa une boucle de cheveux bruns sur la joue de la fillette et ils l'entendirent répondre d'une voix nasillarde, lointaine. « Non, chérie, quand j'avais quatre ans, ma maman n'est pas partie. »

Ree hocha la tête. « Tu avais de la chance, alors. »

Ree sortit de la salle d'interrogatoire. Elle aperçut son père qui l'attendait juste de l'autre côté de la porte et se jeta dans ses bras.

D.D. les regarda s'étreindre un long moment, les bras délicats de l'enfant de quatre ans crispés autour de la présence solide de son père. Elle entendit Jason murmurer des paroles réconfortantes à son enfant. Elle le vit caresser doucement le dos tremblant de Ree.

Elle se dit qu'elle comprenait tout l'amour que Clarissa Jones portait à ses deux parents. Et, comme souvent dans l'exercice de sa profession, elle se demanda pourquoi tant de parents ne se satisfont pas de l'amour inconditionnel de leur enfant.

Ils procédèrent au débriefing dix minutes plus tard, lorsque Marianne eut raccompagné Jason et Ree jusqu'à la sortie. Miller avait son idée. Marianne et D.D. avaient la leur.

« Quelqu'un est entré chez eux mercredi soir, commença Miller. Il a manifestement eu un affrontement avec Sandra et la petite Ree croit que ce quelqu'un était son père. Ça pourrait bien sûr n'être qu'une supposition de sa part. Elle a entendu des pas, imaginé que ça devait être son père qui revenait du travail. »

Mais D.D. n'était pas d'accord. « Elle ne nous a pas tout dit.

– Non », convint Marianne.

Miller les regarda toutes les deux avec de grands yeux.

« Ree est sortie de son lit, mercredi soir, c'est clair, expliqua D.D. Et j'en veux pour preuve le mal qu'elle s'est donné pour nous expliquer le contraire.

– Elle s'est levée, renchérit Marianne, et elle a vu quelque chose dont elle n'est pas encore prête à parler.

– Son père, conclut Miller d'un air dubitatif. Mais, à la fin, cette façon de s'accrocher à lui…

163

– C'est encore son père, expliqua doucement Marianne. Or elle est très vulnérable et terriblement effrayée de tous ces bouleversements dans son univers.

– Pourquoi l'aurait-il laissée venir, dans ce cas ? contesta Miller. Si elle était entrée dans la chambre mercredi soir et qu'elle avait vu son père se disputer avec sa mère, il ne voudrait pas qu'elle témoigne.

– Peut-être qu'il ne l'a pas vue arriver sur le seuil de la chambre, suggéra D.D.

– Ou alors il lui faisait confiance pour ne rien dire, ajouta Marianne. Dès leur plus jeune âge, les enfants acquièrent le don de protéger les secrets de famille. Ils voient leurs parents mentir aux voisins, à l'administration, à d'autres proches (je suis tombée dans les escaliers, oui, tout va très bien) et ils intériorisent ces mensonges au point qu'ils deviennent une seconde nature. C'est très difficile d'obtenir que les enfants fassent des révélations contre leurs propres parents. C'est comme de leur demander de sauter dans une piscine très profonde sans respirer. »

D.D. soupira, consulta ses notes. « Il n'y a pas de quoi demander un mandat, conclut-elle en pensant déjà à la suite des opérations.

– Non, convint Miller. Il nous faut une preuve irréfutable. Ou au moins le cadavre de Sandra Jones.

– Alors mettez-en un bon coup, leur conseilla Marianne à tous les deux. Parce que je peux vous dire que cette enfant en sait davantage. Mais elle se donne aussi beaucoup de mal pour ne pas savoir ce qu'elle sait. D'ici quelques jours, une semaine, il deviendra impossible de le lui faire dire, surtout si elle continue à passer tout son temps avec son cher papa. »

Marianne commença à ramasser les jouets dans la salle d'interrogatoire. Miller et D.D. s'en allaient lorsque le biper sonna à la taille de D.D. Elle regarda l'écran, parut contrariée. Un enquêteur de la police d'État qui cherchait à la joindre. Ben voyons. Il suffisait d'organiser une petite sauterie médiatique et d'un seul coup tout le monde voulait sa part de gâteau. Sagement, elle l'ignora et Miller et elle remontèrent au service criminel.

« Je veux savoir d'où vient Jason Jones, dit D.D. en gravissant les escaliers. Un type aussi imperturbable et maître de lui-même. Qui travaille comme journaliste à la petite semaine, qui s'assoit sur quatre millions et qui, d'après sa fille, n'a même pas de meilleur ami. À quoi il marche, ce mec ? »

Miller haussa les épaules.

« On va mettre deux enquêteurs à fouiller leur passé, continua D.D. Du berceau à la tombe, je veux tout savoir sur Jason Jones, Sandra Jones et leurs familles respectives. Je peux vous dire que quelque chose va faire tilt.

– Je veux son ordinateur, murmura Miller.

– Hé, au moins on a ses poubelles. Des nouvelles ?

– J'ai mis une équipe dessus. Ils nous sortiront un rapport d'ici une heure ou deux.

– Miller ? reprit-elle, l'air soucieux.

– Quoi ?

– Je sais que Ree a vu quelque chose ce soir-là. Vous le savez aussi. Et si le criminel aussi le savait ?

– Jason Jones, vous voulez dire ?

– Ou Aidan Brewster. Ou l'inconnu 367. »

Miller ne répondit pas tout de suite, mais parut soucieux à son tour. Marianne Jackson avait raison : à l'heure qu'il était, Ree était très, très vulnérable.

« On ferait mieux de se magner, dit Miller d'un air sombre.

– Oui, je le pense aussi. »

15

J'AI RÊVÉ DE RACHEL hier soir. Elle disait « non, non, non » et je faisais tout ce qu'il fallait pour transformer ses « non, non, non » en « oui, oui, oui ».

« Ce n'est pas de ma faute, disais-je dans mon rêve, si tu as des seins aussi parfaits. Dieu ne t'aurait pas donné des seins aussi parfaits s'Il avait vraiment voulu que je te laisse tranquille. »

Ensuite je pinçais ses tétons, elle se laissait aller en arrière, le souffle court, et je savais que j'étais en train de gagner. Bien sûr que je gagnais. J'étais plus grand, plus fort, plus malin. Alors je l'ai caressée, câlinée, cajolée jusqu'à cet instant magique où je me suis enfoncé profondément en elle, et peut-être qu'elle pleurait un peu, mais quelle importance ? Elle haletait aussi, elle se tortillait et je lui ai donné du plaisir. Je jure que je lui ai donné du plaisir.

Dans mon rêve, je sentais la pression monter. Ses jambes qui ne nouaient autour de ma taille. Ses seins qui frottaient contre ma poitrine. Et j'avais envie. Oh, bon Dieu, ce que j'avais envie. Et là…

Là, je me suis réveillé. Seul. Dur comme de la pierre. Furibard.

Je suis sorti du lit encore tout essoufflé. Je me suis traîné jusqu'à la douche, j'ai fait couler l'eau à la température maximale. Je me suis engouffré dans la vapeur et j'ai fini mon affaire, parce que quand on est fiché comme pervers à vingt-trois ans, on n'aura pas mieux.

Sauf que si. Dans ma tête, je peux encore toucher et goûter celle que je désire. Celle que j'ai toujours désirée. Celle que je ne pourrai jamais avoir.

Alors je me branle et je déteste ça de bout en bout. Toucher Rachel était pur. Ça, c'est une aberration. Une transaction vicieuse, ni plus, ni moins.

Mais je termine ça, je me lave, je me sèche.

Je m'habille sans allumer la lumière ni regarder dans un miroir et je sais avant même de sortir que ça va être une sale journée. Une chienlit. Ma petite vie tranquille appartient au passé. J'attends seulement de voir qui donnera le coup de grâce.

Colleen a conclu notre entrevue d'hier soir en me recommandant de continuer mon train-train. Oui, la police allait venir me rendre visite. On ne pouvait pas leur en vouloir de se renseigner. Et la Constitution m'accordait évidemment le droit de demander le conseil d'un avocat dès que j'en ressentirais le besoin. Mais je m'en sortais bien. Ma réinsertion était une réussite. Ne lâche pas l'affaire trop facilement, voilà ce qu'elle m'a dit.

Ce qu'elle a voulu dire, c'est que prendre la fuite sera pire que rester. J'avais compris tout seul, merci.

Alors je vais au boulot. Sept heures trente, je suis en salopette bleue, la tête sous le capot d'une vieille Chevrolet dont je retire les bougies. Regardez-moi, le type lambda qui lutte pour un monde meilleur. Ouais, ma p'tite dame.

J'entretiens, je répare, je resserre, en faisant comme si mes mains pleines de lubrifiant ne tremblaient pas comme des feuilles, que mon corps n'était pas encore dur comme de la pierre ou que je ne m'étais pas mis dans un état de nerfs tel que, pour la première fois de ma vie, je prie vraiment pour qu'aucune femme ne franchisse cette porte parce que je ne réponds plus de mes actes. Je suis dans la merde. Dans la merde jusqu'au cou, et il n'est même pas encore neuf heures.

Vito a mis la radio dans l'atelier. Une station locale. Elle passe un mélange de musique des années quatre-vingt et quatre-vingt-dix. Beaucoup de Britney Spears et de Justin

Timberlake. À neuf heures quinze, la nouvelle est diffusée et j'entends pour la première fois l'annonce officielle de la disparition d'une femme à South Boston. Jeune épouse, enseignante appréciée au collège, envolée au milieu de la nuit en laissant derrière elle une petite fille. La policière n'y va pas avec le dos de la cuillère.

Je finis la Chevrolet et je passe à une grosse Suburban qui a besoin de nouveaux freins arrière. Les autres gars chuchotent maintenant, discutent entre eux.

« *À Southie ? Pas possible.*

– Une histoire de drogue, à tous les coups. C'est toujours ça.

– Nan. C'est le mari. Dix contre un que le monsieur avait une petite histoire à côté et qu'il ne se sentait pas de payer une pension alimentaire. Connard.

– J'espère qu'ils le choperont, ce coup-ci. Qui c'était, l'an dernier, un type dont deux femmes avaient disparu, mais on ne trouvait pas de quoi le poursuivre… ? »

Et ça continue, encore et encore. Je ne dis rien. Je m'attaque aux écrous de roue avec la clé à chocs et je retire tant bien que mal les deux pneus arrière. La vieille Suburban a des freins à tambour. La salope.

Je ne prends que vaguement conscience qu'on murmure, qu'on montre du doigt. Je rougis par réflexe, je me prends à bafouiller. Avant de me rendre compte que personne ne me montre du doigt. Ils montrent le bureau où Vito se trouve avec deux flics.

J'ai envie de rentrer à quatre pattes dans l'énorme Suburban. Envie de me fondre dans un monceau de métal, de plastique et de chrome. Au lieu de ça, je fais le tour de la voiture et j'enlève les pneus avant, comme si j'allais aussi vérifier leurs freins à disque, alors que le bon de commande n'indique rien.

« Tu es une réussite, me dis-je tout bas à moi-même. Une putain de réussite. » Mais je n'y crois même plus.

Je finis la Suburban. Les flics sont partis. Je regarde l'horloge, juge que la pause du milieu de matinée est assez proche. Je vais chercher ma gamelle de déjeuner et trouve Vito devant mon casier, bras croisés sur la poitrine.

« Dans mon bureau. Tout de suite », ordonne-t-il.

Je ne lutte pas contre Vito. Je retire ma salopette bleue parce que je devine à la tête qu'il fait que je ne vais plus en avoir besoin. Il ne dit rien, se contente de ne pas me quitter des yeux pour s'assurer que le petit copain ne sortira pas de sa ligne de mire. Il n'arrivera rien sous la surveillance de Vito.

Quand je suis propre, ma gamelle à la main, mon pull sur le bras, Vito émet finalement un grognement et me conduit dans son bureau. Vito connaît mon passé. Il fait partie de ces employeurs que ça ne dérange pas d'embaucher des délinquants sexuels. Il a du boulot qui ne suppose pas d'être en contact avec la clientèle et, comme c'est un grand gaillard baraqué, il s'imagine sans doute qu'il pourra faire filer droit un gamin comme moi. Pour être juste, il y a des moments où il est vraiment gentil. Qui sait, peut-être qu'employer des criminels répond à sa conception du civisme. Il recueille des intouchables pour en faire des citoyens productifs, tout ça. Je ne sais pas.

Je me fais la réflexion que Vito ne m'a jamais fait me sentir aussi minable, avec ses bras croisés sur sa poitrine, son visage où se lit un mélange de déception et de dégoût. Nous arrivons dans son petit bureau. Il s'assoit derrière sa table pleine de poussière. Je reste debout parce qu'il n'y a pas d'autre chaise. Il sort le carnet de chèques et se met à écrire.

« La police est venue », dit-il sèchement.

Je hoche la tête avant de réaliser qu'il ne regarde pas, alors je me force à répondre à voix haute : « J'ai vu.

– Une femme a disparu. Tu as dû l'entendre aux nouvelles, dit-il en me vrillant du regard.

– J'ai entendu.

– La police voulait savoir si elle faisait entretenir sa voiture ici. Si elle ou sa jolie petite fille de quatre ans t'avaient rencontré. »

Je ne dis rien.

« Comment tu vas, Aidan ? aboie brusquement Vito.

– Bien, murmuré-je.

– Tu te rends à tes réunions, tu suis ta thérapie ?

– Oui.

169

« – Tu as bu ? Ne serait-ce qu'une gorgée ? Dis-moi la vérité, petit con, parce que je le saurai si tu as menti. Je suis chez moi dans cette ville. Tout ce qui concerne Southie me regarde. Si on fait du mal à quelqu'un, on me fait du mal à moi.

– Je n'ai rien fait.

– Vraiment ? Ce n'est pas l'avis de la police. »

Je me tords les mains. Je ne veux pas. Ce geste me fait honte. Je suis là, à vingt-trois ans, réduit à ramper la tête basse devant un homme qui peut m'assommer d'une claque de sa main en battoir. Il est assis. Je suis debout. Il détient le pouvoir. J'implore sa pitié.

À cet instant, je hais mon existence. Puis je hais Rachel, parce que si elle n'avait pas été aussi mignonne, aussi mûre, aussi *là*, peut-être que tout ça ne serait jamais arrivé. Peut-être que je serais tombé amoureux d'une de ces garces de pom-pom girls sur le terrain de foot ou même de la fille aux dents légèrement en avant qui bossait pour le traiteur du quartier. Je ne sais pas. Quelqu'un de plus convenable. Quelqu'un avec qui la bonne société aurait jugé qu'un jeune de dix-neuf ans pouvait coucher. Et alors je ne serais pas dans cette merde. Non, j'aurais eu une chance de devenir quelqu'un.

« Ce n'est pas moi », m'entends-je dire.

Vito se contente de grogner, de me regarder avec ses petits yeux de fouine. Son arrogance commence à me faire chier. Je suis passé six fois au détecteur de mensonges sans rien avouer. Tu parles si je vais craquer devant un mécano mal dégrossi.

Je croise son regard. Je le soutiens. Et je vois qu'il sait que je suis en colère, mais que ça l'amuse plutôt qu'autre chose, ce qui m'énerve doublement. Je serre les poings et je pense un instant que, si ça continue comme ça, je vais lui envoyer mon poing dans la gueule. Ou peut-être pas dans la gueule. Peut-être dans le mur. Mais peut-être pas. Peut-être dans la vitre. Ça va me démolir la main et me réveiller dans un concert d'os brisés et de chairs lacérées. Et c'est ce qu'il me faut : un bon signal de réveil pour que je sorte de ce cauchemar.

Vito me lorgne, puis grommelle et détache le chèque.

« La paie de ta dernière semaine, annonce-t-il. Prends-la. Tu es viré. »

Je garde les poings serrés.

« Ce n'est pas moi », dis-je encore.

Vito secoue la tête. « Peu importe. Tu travailles ici, elle faisait entretenir sa voiture ici. C'est un garage, petit con, pas la foire aux monstres. J'ai pas le temps de laver ton linge sale tous les matins. »

Il pose le chèque sur la table et le pousse du doigt vers moi. « Prends-le ou laisse-le. De toute façon, tu es viré. »

Alors je le prends, évidemment. Je m'en vais et j'entends Vito beugler aux autres mécaniciens de se remettre au boulot ; et ensuite je les entends tous commencer à chuchoter.

Ce n'est pas fini, comprends-je alors. Vito va leur dire la vérité ; trois hommes bien virils vont apprendre qu'ils ont travaillé jour après jour avec un pervers. Et maintenant qu'une femme a disparu, ils vont se mettre à faire des raisonnements, le genre de ceux où tout d'un coup deux et deux font cinq.

Ils vont venir me casser la gueule. Bientôt. Très bientôt.

J'essaie moi aussi de raisonner dans ma tête affolée où bat le sang.

Si je m'enfuis, je me ferai arrêter par la police et mettre en taule définitivement.

Si je reste, je me ferai tabasser par la bande de gros durs et sans doute châtrer définitivement.

J'opte pour la fuite avant de m'apercevoir que cela n'a pas d'importance parce que, même avec le misérable chèque de Vito, je n'ai toujours pas assez d'argent. Puis je sens mon agitation grandir, grandir, grandir toujours, jusqu'à ce que je me retrouve pratiquement à courir dans la rue, je croise une minette avec un parfum de fleur, et je cours plus vite avec son parfum dans le nez et une douzaine de fantasmes inavouables dans la tête et je ne vais pas y arriver. Je ne vais pas y arriver.

La plus belle réussite du système est sur le point de craquer. Ouais, ma p'tite dame. Le gamin va péter un câble.

16

V OUS SAVEZ *ce que les gens désirent plus que tout ? Plus que l'amour, plus de l'argent, plus que la paix sur terre ? Ils veulent se sentir normaux. Ils veulent avoir le sentiment que leurs émotions, leur vie, leurs expériences sont semblables à celle de tout le monde.*

C'est ça qui nous fait tous courir. La juriste d'entreprise accro à son boulot qui fait la tournée des bars à onze heures du soir pour s'envoyer des cocktails et dénicher un inconnu avec qui baiser, et qui se lève ensuite à six heures du matin, efface toute trace de la nuit sous la douche et enfile un tailleur Brook Brothers bien sage. La mère de famille exemplaire et respectée, célèbre pour ses brownies faits maison et sa décoration intérieure impeccable, qui s'envoie en cachette la Ritaline de son fils pour tenir le coup. Ou, bien sûr, le très estimé notable qui se tape en douce son secrétaire, mais fait quand même l'ouverture du journal de fin de soirée pour nous exhorter à mener des existences responsables.

Nous n'avons pas envie de nous sentir bizarres, différents ou à part. Nous voulons nous sentir normaux. Nous voulons être exactement comme n'importe qui ou du moins comme nous devrions être à en croire les spots pour le Viagra, le Botox ou le rachat de crédits. Dans cette quête de normalité, nous ignorons ce que nous devons ignorer. Nous cachons ce que nous devons cacher. Et nous fermons les yeux chaque fois que c'est nécessaire pour pouvoir nous cramponner à notre illusion d'un bonheur parfaitement réglé.

Et peut-être que dans notre désir exacerbé d'être normaux, Jason et moi le sommes devenus à notre manière.

Certes, je prenais le large une nuit ou deux tous les six à neuf mois. Mais les mères actives ont besoin de se changer les idées, non ? C'était très gentil et attentionné de la part de mon mari de me laisser aller de temps en temps me changer les idées au « spa ». Certes, il se couchait tard, penché sur l'ordinateur à taper comme un forcené. Mais les écrivains font souvent de longues journées en horaires décalés, non ? C'était très gentil et compréhensif de ma part de ne jamais me plaindre du travail prenant de mon mari.

Nous nous accordions mutuellement une certaine liberté. Nous ignorions ce que nous devions ignorer. Et dans le même temps, côte à côte, nous regardions Ree dévaler le trottoir sur son premier tricycle chancelant. Nous applaudissions son premier saut dans une piscine. Nous éclations de rire en la voyant tremper pour la première fois un doigt de pied dans l'océan Atlantique glacial et revenir à toute allure sur la plage en poussant de grands cris. Nous portions notre fille aux nues. Nous vénérions chaque gloussement, rire, rot ou babillage qui sortait de sa bouche. Nous adorions son innocence, son indépendance d'esprit, son cran. Et peut-être qu'en l'aimant, nous avons aussi appris à nous aimer l'un l'autre.

Du moins, c'était l'impression que j'avais.

Un soir, vers la fin de l'été, alors que Ree devait entrer à la maternelle en septembre et que je devais prendre mon premier poste d'enseignante-stagiaire, Jason et moi étions encore debout à une heure tardive. Il avait mis un CD de George Winston. De la musique douce et mélodieuse. Ree et moi le torturions en permanence avec du rock, mais lui restait attiré par la musique classique. Il fermait les yeux et entrait dans une sorte d'état zen qui me persuadait qu'il dormait à poings fermés jusqu'au moment où je m'apercevais qu'il fredonnait tout bas.

Ce soir-là, nous nous trouvions dans le petit canapé. Son bras gauche reposait sur le dossier et ses doigts touchaient ma nuque, la massaient doucement. Il faisait cela de plus en plus souvent. Des petits contacts légers, des caresses presque distraites. Au début, ces contacts m'avaient fait sursauter. J'avais depuis appris à ne pas bouger, à ne pas dire un mot. Plus longtemps je me détendais, plus longtemps il me touchait, or j'aimais que mon mari me touche. J'aimais, pauvre de moi, la sensation de ses doigts calleux qui me frôlaient derrière l'épaule, passaient dans mes cheveux. Parfois, il me massait le cuir chevelu et je me cambrais et j'ondulais sous sa main comme un petit chat.

173

Une fois, j'avais essayé de lui rendre la pareille, de lui effleurer le dos. Mais à la seconde où mes doigts avaient voulu soulever sa chemise, il s'était levé et avait quitté la pièce. Je n'avais plus jamais essayé.

En revanche, un homme qui caressait le cou de sa femme, serrés l'un contre l'autre dans le canapé... Bienvenue dans notre quart d'heure de normalité.

« Tu crois au paradis ? » lui demandai-je, comme ça. Ce soir-là, nous avions regardé un film avec Harrison Ford dans lequel le fantôme vengeur de la première épouse revenait hanter la maison.

« Peut-être.

– Moi pas. »

Ses doigts tirèrent doucement sur le lobe de mon oreille, une pression ferme, érotique. Je me blottis davantage contre lui en essayant de ne pas l'effaroucher, mais j'avais de plus en plus de mal à ne pas bouger. Qui aurait cru que les oreilles pouvaient être une zone aussi érogène ? Mais les miennes l'étaient, oh ça oui.

« Pourquoi non ? » me demanda-t-il, et ses doigts passèrent de mon lobe à mon cou, puis remontèrent. Un mari qui touchait sa femme. Une femme qui se pelotonnait contre son mari. Normal. Tout était parfaitement normal.

Tellement normal que certaines nuits où je me réveillais seule dans le lit conjugal, mon cœur se brisait. Et, pourtant, je me levais le lendemain matin et je recommençais tout. Parfois j'entendais même la voix de ma mère dans ma tête : « Je sais quelque chose que tu ne sais pas. Je sais quelque chose que tu ne sais pas... »

Elle avait raison, finalement. Du haut de mes vingt et un ans, je découvrais enfin toutes les grandes vérités de la vie : on peut être amoureux et se sentir encore incroyablement seul. On peut avoir tout ce qu'on a toujours voulu et s'apercevoir qu'on ne voulait pas les bonnes choses. On peut avoir un mari aussi intelligent, sexy et attentionné que le mien et pourtant ne pas l'avoir du tout. Et on peut, certains jours, en regardant sa jolie et précieuse petite fille, être profondément jalouse de l'amour qu'il lui porte.

« Je ne sais pas, dis-je. Personne n'a envie de mourir, c'est tout. Alors on s'invente de jolies histoires de vie éternelle pour supprimer cette peur. Mais ça n'a pas de sens, quand on y pense. Sans tristesse, il ne peut pas y avoir de joie et donc un bonheur éternel ne serait pas si heureux que ça. En fait, ce serait surtout ennuyeux,

au bout d'un moment. Rien à désirer, rien à espérer, rien à faire. »
Je lui lançai un regard de côté. « Tu ne tiendrais pas deux secondes. »

Il sourit, une expression nonchalante sur son visage sombre. Il ne s'était pas rasé ce jour-là. J'aimais les jours où il faisait l'impasse sur le rasoir et où sa barbe négligée mettait en valeur ses yeux brun foncé et ses cheveux perpétuellement ébouriffés. J'avais toujours aimé l'allure mauvais garçon.

J'aurais voulu toucher sa barbe, caresser les contours de sa mâchoire jusqu'à trouver son pouls à la base du cou. J'aurais voulu savoir si son cœur battait aussi fort que le mien.

« J'ai vu un fantôme une fois, dit-il.

— Ah bon ? Où ça ? »

Je ne le croyais pas et il le devina.

Il sourit à nouveau sans se formaliser. « Dans une vieille maison près de là où j'habitais. Tout le monde disait qu'elle était hantée.

— Alors tu es allé vérifier ? Pour mettre à l'épreuve ton courage viril ?

— Je venais voir la propriétaire. Malheureusement, elle était morte la veille. J'ai trouvé son corps sur le canapé et son frère assis à côté d'elle, ce qui était curieux étant donné qu'il était mort depuis des années. »

Je doutais encore. « Qu'est-ce que tu as fait ?

— J'ai dit merci.

— Pourquoi ?

— Parce que son frère m'avait sauvé la vie à une époque. »

Je me renfrognais, énervée par sa réponse réservée et, pire encore, par la myriade de terminaisons nerveuses qu'il avait éveillées par ses caresses.

« Ce sera toujours comme ça entre nous ? demandai-je brusquement.

— Comment, "comme ça" ? »

Mais sa main s'éloignait, son visage se refermait.

« Des moitiés de réponses. Des demi-vérités. Je pose une question simple et tu me donnes des bribes d'information au compte-gouttes en gardant tout le reste pour toi.

— Je ne sais pas, répondit-il sans s'énerver. Est-ce que ce sera toujours comme ça entre nous ?

175

– On est mariés ! m'impatientai-je. Ça fait trois ans, bon sang. On devrait pouvoir se faire confiance. Se dire nos secrets les plus inavouables ou au moins l'essentiel de notre passé. Est-ce que le mariage n'est pas censé être une conversation qui dure toute une vie ? On n'est pas censés prendre soin l'un de l'autre, se faire confiance pour se protéger mutuellement ?

– Qui a dit ça ? »

Je sursautai, secouai la tête. « Comment, qui a dit ça ?

– Je répète : qui a dit ça ? Qui a posé ces règles, défini ces exigences ? Mari et femme devraient se protéger mutuellement. Les parents devraient s'occuper de leurs enfants. Les voisins devraient prendre soin les uns des autres. Qui a posé ces règles et en quoi t'ont-elles aidées dernièrement ? »

Il s'exprimait d'une voix douce, mais je voyais ce qu'il voulait dire et la dureté de ses paroles me faisait frémir.

Il ajouta tout bas : « Parle-moi de ta mère, Sandy.

– Arrête ça.

– Tu dis que tu veux connaître tous mes secrets, mais tu gardes les tiens.

– Ma mère est morte quand j'avais quinze ans. Point barre.

– Crise cardiaque, ajouta-t-il, reprenant mes déclarations précédentes.

– Ça arrive », dis-je en me détournant.

Un instant plus tard, Jason effleura ma joue du bout des doigts et murmura à travers mes cils baissés.

« Ce sera toujours comme ça entre nous, constata-t-il. Mais ce ne sera pas comme ça pour Ree.

– Il y a des choses qu'on ne retrouve plus quand on les a perdues, murmurai-je.

– Je sais.

– Même si on veut. Même si on cherche, même si on prie, même si on repart de zéro. Peu importe. Il y a des choses qu'on ne retrouve plus jamais une fois qu'on les a perdues. Des choses qu'on ne peut plus oublier une fois qu'on les connaît.

– Je comprends. »

Je me levai du canapé. Dans tous mes états, à présent. Je vous jure que je sentais une odeur de rose, et je haïssais littéralement cette odeur. Pourquoi est-ce qu'elle ne me quittait pas ? J'avais fui la maison de mes parents. J'avais fui la ville de mes parents. Ces maudites roses auraient dû me ficher la paix.

176

« C'était une malade mentale, laissai-je échapper. Une alcoolique irrécupérable. Elle faisait... des choses complètement insensées et nous la couvrions. Mon père et moi. Nous la laissions nous torturer jour après jour sans jamais dire un mot. C'est comme ça quand on habite une petite ville, pas vrai ? Il faut sauver les apparences.

– Elle te battait. »

J'éclatai de rire, mais d'un rire déplaisant. « Elle m'a fait manger de la mort-aux-rats pour voir les médecins me laver l'estomac. J'étais un jouet entre ses mains. Une jolie petite poupée qu'elle pouvait casser chaque fois qu'elle voulait de l'attention.

– Münchhausen.

– Probablement. Je n'ai jamais consulté de spécialiste.

– Pourquoi ?

– Elle est morte. Quel intérêt ? »

Il me lança un regard appuyé, mais je refusai de mordre à l'hameçon.

« Ton père ? demanda-t-il enfin.

– Brillant avocat qui avait une réputation à défendre. Il ne pouvait pas franchement avouer que sa femme lui cassait tous les soirs des bouteilles de gin sur la tête. Ça n'aurait pas été bon pour les affaires.

– Il s'accommodait de la situation ?

– C'est comme ça que ça se passe, non ?

– Oui, malheureusement. Dis-moi encore, Sandy, elle est morte comment ? »

Je me mordis les lèvres, refusant de répondre.

« Intoxication au monoxyde de carbone », dit-il enfin. C'était une affirmation, pas une question. « On l'a retrouvée dans sa voiture dans le garage. Suicide, je dirais. Ou bien peut-être qu'elle avait trop bu et qu'elle s'était évanouie au volant ? Ce que je ne comprends pas, c'est pourquoi les autorités ont laissé courir. Surtout que c'était une petite ville et que quelqu'un, quelque part, devait bien savoir comment elle vous traitait. »

Je le regardai, ébahie. C'était plus fort que moi. Je ne pouvais pas détacher mes yeux de lui. « Tu savais ?

– Bien sûr. Autrement, je ne t'aurais pas épousée.

– Tu as enquêté sur moi ?

– C'est plus prudent avant de demander une jeune fille en mariage. » Il me toucha la main. Cette fois-ci, je me reculai brus-

177

quement. « *Tu crois que je t'ai épousée à cause de Ree. Tu l'as toujours cru. Mais c'est faux. Ou en tout cas, ce n'était pas seulement à cause d'elle. Je t'ai épousée à cause de ta mère, Sandy. Parce que, de ce point de vue-là, nous nous ressemblons, toi et moi. Nous savons que les monstres existent et qu'ils ne vivent pas tous dans les placards.*

– Ce n'était pas de ma faute », *m'entendis-je répondre.*

Il garda le silence.

« *C'était une déséquilibrée. Le suicide n'était probablement qu'une question de temps. Une dernière façon de nous pourrir la vie, tout ça.* » *Je bredouillais. Impossible de me taire. Impossible de m'arrêter.* « *Je commençais à être un peu trop grande pour me traîner aux urgences, alors elle est passée à la vitesse supérieure et s'est suicidée. Après avoir organisé les plus grandes funérailles que la ville ait jamais vues, évidemment. Toutes ces roses qu'elle avait exigées pour l'occasion. Des montagnes de roses à la con...* »

Je serrai les poings. Regardai mon mari droit dans les yeux. Le mis au défi de me traiter de monstre, de fille ingrate, de petite merdeuse dégénérée. Regarde-moi, *avais-je envie de crier.* Quand ma mère était vivante, je la détestais. Elle est morte et je la déteste encore plus. Je ne suis *pas* normale.

« *Je comprends, dit-il.*

– Après ça, j'ai cru que j'allais être heureuse. J'ai cru que mon père et moi allions enfin pouvoir vivre en paix. »

Jason me scrutait avec attention à présent. « *Quand on s'est rencontrés, tu m'as dit que tu voulais partir, tirer un trait sur ton passé. Tu étais sérieuse, n'est-ce pas ? Après toutes ces années, tu n'as jamais appelé ton père, tu ne lui as jamais dit où nous habitions, jamais parlé de Ree.*

– Non.

– Tu le détestes à ce point ?

– À ce point et plus encore.

– Tu penses qu'il aimait ta mère plus que toi, dit Jason, qu'il ne t'a pas protégée. Qu'au lieu de ça, il l'a couverte. Et tu ne lui as jamais pardonné. »

Je ne répondis pas tout de suite. Parce qu'à cet instant, je revoyais mon père, son sourire charmeur, les rides qui plissaient le coin de ses yeux bleu vif, cette façon qu'il avait de vous donner l'impression que vous étiez le centre du monde rien qu'en vous tou-

178

chant l'épaule. Et j'étouffais tellement de rage que je ne pouvais presque plus parler.

Je sais quelque chose que tu ne sais pas. Je sais quelque chose que tu ne sais pas...

Elle avait raison. Tellement raison, bon sang.

« *Tu dis que nous sommes différents, murmurai-je d'une voix rauque. Tu dis que nous avons l'avantage de savoir que tous les monstres ne sont pas dans les placards.* »

Jason hocha la tête.

« *Alors promets-moi une chose : si jamais tu vois mon père, si jamais il se présente chez nous, tu le tues avant de poser des questions. Jamais il ne posera la main sur Ree. Promets-moi ça, Jason.* »

Mon mari me regarda droit dans les yeux. Et répondit : « C'est comme si c'était fait. »

Ree s'endormit sur son rehausseur avant même que Jason ne quitte le parking. M. Smith, à présent roulé en boule sur le siège passager, se léchait la patte et se frottait la joue tour à tour. Jason roula sans but vers l'autoroute, sans trop savoir quoi faire.

Il était fatigué. Épuisé. Ce qu'il désirait plus que tout, c'était se réfugier dans sa maison, se rouler en boule et laisser le monde disparaître. Il dormirait comme une souche et, à son réveil, Sandra serait debout à côté du lit et le regarderait en souriant.

« Debout, la marmotte », dirait-elle, et il la prendrait dans ses bras pour l'étreindre comme il aurait dû l'étreindre pendant ces cinq dernières années. Il serrerait sa femme dans ses bras et Ree et lui pourraient de nouveau être heureux. Ils formeraient une famille.

Il ne pouvait pas rentrer chez lui. Les camionnettes des médias seraient là-bas, postées sur le trottoir d'en face. Les flashes crépiteraient, les journalistes crieraient des questions que Ree était trop petite pour comprendre. Ils lui feraient peur et, après la matinée qu'elle avait passée, il ne supportait pas l'idée de la traumatiser à nouveau.

Les policiers le croyaient coupable. Il l'avait lu dans leurs yeux à la seconde où l'audition s'était achevée. Sa propre fille l'avait compromis, mais il ne lui reprochait rien. Ree avait fait ce qu'on lui avait demandé : elle avait dit la vérité telle qu'elle la comprenait. Il avait passé quatre ans à expliquer à sa fille qu'il ne fallait pas mentir. Il ne pouvait pas lui en vouloir à présent de respecter les valeurs que Sandra et lui s'étaient donné tant de mal pour lui inculquer.

Il était fier de Ree et cela le rendait d'autant plus triste, car plus il retournait le problème dans sa tête, plus il en arrivait à la même conclusion inéluctable : il allait être arrêté. D'un jour à l'autre, pensait-il. La police était en train de reconstituer le puzzle, de monter son dossier, de resserrer les boulons. Ils avaient pris ses poubelles. Auditionné son enfant. Ensuite viendrait une nouvelle perquisition de son domicile, suivie d'un mandat de saisie pour son ordinateur.

Ils fouilleraient plus loin dans son passé, contacteraient ses collègues et ses amis ; cela leur ferait perdre un peu de temps. Il ne voyait jamais ses collègues en dehors du travail et ne s'était jamais donné la peine de se faire des amis. D'ailleurs, il vérifiait régulièrement ses « pare-feu », qui tenaient bon. Mais rien n'est infranchissable, surtout quand on fait appel au spécialiste adéquat, or la police de Boston disposait de ce genre de moyens. Ici, il n'avait pas affaire à des pedzouilles de trou perdu.

Cela dit, il fallait qu'ils s'occupent du délinquant sexuel, ce qui exigerait du temps et des moyens supplémentaires. Peut-être que le type avouerait, mais, pour avoir rencontré ledit pervers, Jason ne jugeait pas ce scénario probable. Aidan avait semblé assez maître de lui, le genre de client qui en avait vu d'autres. Il donnerait du fil à retordre à la police.

Celle-ci avait donc encore beaucoup de pain sur la planche, surtout avec deux suspects viables. Peut-être que ça lui donnait plutôt trois, voire cinq jours. Sauf que chaque heure qui passait voyait diminuer considérablement les chances de retrouver Sandy vivante. Hier, une issue heureuse était envisageable. Ou peut-être ce matin.

Mais si la nuit arrivait et que Sandy n'avait toujours pas refait surface...

Dès qu'ils retrouveraient le corps de Sandy, ce serait fini. On viendrait l'arrêter chez lui. On lui prendrait Ree. Elle deviendrait pupille de l'État. Sa fille. La petite fille qui lui était plus chère que sa propre vie serait placée en famille d'accueil.

Il l'entendait à nouveau, dans la salle d'interrogatoire, psalmodier : « *Je t'en prie, ne fais pas ça. Je ne dirai rien. Tu peux me croire. Je ne dirai jamais rien. Je t'aime. Je t'aime encore...* »

Ses mains se mirent à trembler légèrement sur le volant. Il s'en aperçut, s'obligea à se calmer. Ce n'était pas le moment. Il fallait qu'il continue à réfléchir. À bouger. Il avait les médias face à lui, la police aux trousses et sa fille à prendre en considération. Repousser cette idée et l'enfermer à double tour. C'était sa spécialité.

Continuer à réfléchir, à agir. Comprendre ce qui était arrivé à Sandy, vite, avant que la police ne lui prenne sa fille.

Mais dans la seconde qui suivit, il repensa à ce que sa fille avait dit, à tout ce qu'elle avait dit, et vit naître une première lueur d'espoir. Mari éploré, se répéta-t-il. Mari éploré.

Il prit la direction du collège de Sandy.

17

QUAND JASON AVAIT QUATORZE ANS, il avait entendu ses parents discuter tard un soir, quand ils le croyaient endormi.

« *Tu as remarqué ses yeux ? disait sa mère. Qu'il soit en train de jouer avec Janie, de dire merci pour une glace ou de demander la permission d'allumer la télé, il a exactement le même regard. Inexpressif. Vide. Comme s'il ne ressentait rien. Je suis inquiète, Stephen. Je suis vraiment, vraiment inquiète pour lui.* »

Il y a de quoi, s'était dit Jason à l'époque. *Il y a vraiment, vraiment de quoi.*

Jason, aujourd'hui adulte, entra sur le parking du collège, trouva une place et coupa le moteur. Ree bougea à l'arrière et ouvrit les yeux, réveillée par ce mécanisme interne qui indique aux enfants quand un véhicule s'arrête. Elle allait avoir besoin d'une ou deux minutes, alors il baissa le pare-soleil de la Volvo et s'examina dans le miroir de courtoisie.

Ses yeux enfoncés étaient entourés de cernes noirs. Il avait oublié de se raser et sa barbe épaisse était rapidement en train d'envahir son visage émacié. Il avait l'air exténué, pas au mieux de sa forme. Mais il avait aussi l'air d'un homme dur, peut-être même dangereux, le genre d'individu susceptible d'avoir un tempérament violent et de battre sa femme et sa fille en cachette.

Il essaya différentes positions pour ses lèvres, fit diverses grimaces. Mari éploré, se répéta-t-il. Mari éploré.

Sa mère avait raison : même s'il modifiait tout son visage, ses yeux le trahissaient toujours. Il avait un regard de zombi.

Il décida qu'il garderait la tête baissée. Accablé par le chagrin. C'était ce qu'il pouvait faire de mieux.

À l'arrière, Ree finit par bâiller, étirer ses bras et ses jambes. Elle le regarda, puis M. Smith, puis le paysage par la fenêtre.

Elle reconnut le bâtiment et s'anima immédiatement. « Est-ce que maman est là ? On vient chercher maman ? »

Il eut un rictus et choisit ses mots avec soin. « Tu te souviens que la police a envoyé des agents pour nous aider à retrouver M. Smith ?

– Humm-humm.

– Eh bien, on va faire la même chose pour maman. La police a demandé à des agents de la chercher, mais nos amis veulent aussi participer. Alors nous allons discuter avec les amis de maman pour voir s'ils peuvent nous aider à la retrouver. Comme on a fait pour M. Smith.

– M. Smith est revenu, constata Ree.

– Exactement. Et avec un peu de chance, maman rentrera aussi. »

Ree acquiesça, sembla satisfaite. C'était leur première vraie conversation au sujet de la disparition de Sandy et elle s'était passée à peu près aussi bien qu'il pouvait l'espérer. Évidemment, les enfants sont cyclothymiques. Pour l'instant, Ree était encore épuisée par l'épreuve qu'elle avait traversée le matin et désireuse d'être apaisée. Plus tard, quand reviendraient le chagrin et la colère…

Il sortit de la voiture, fit descendre Ree. Ils laissèrent M. Smith avec la même pancarte *Chat enragé* à l'avant et à l'arrière de la voiture. Jason ne se fiait pas davantage aux collégiens qu'aux gangs de Roxbury.

Ils se dirigèrent vers les bureaux de l'administration, Jason la tête basse, Ree cramponnée à Doudou Lapine.

« Monsieur Jones ! » s'écria immédiatement Adele, la secrétaire du collège, en les accueillant. L'élan de compassion dans sa voix, le regard de pitié qu'elle posa sur Ree, atteignirent Jason en plein ventre et il resta un instant planté là, littéralement sonné, à refouler les larmes qui lui montaient aux yeux. Il n'avait pas à feindre quoi que ce soit car, à cet instant précis, pour la première fois, la disparition de Sandy prit une réalité. Elle avait disparu et lui était le mari éploré, seul avec sa fille abasourdie.

Ses genoux faiblirent. Il faillit s'écrouler, au milieu du collège de sa femme, avec sous les yeux le lino qu'elle foulait cinq jours sur sept, les murs qu'elle voyait cinq jours sur sept, l'accueil qu'elle franchissait cinq jours sur sept.

Personne n'avait exprimé la moindre compassion à son égard. Jusqu'à présent, tout n'avait été que manœuvres stratégiques, avec la police, avec son employeur, avec le voisin pervers. Et voilà qu'Adele faisait le tour du comptoir pour lui donner une petite tape dans le dos et faire un gros câlin à sa fille. Et il décida à cet instant, comme il en était coutumier, qu'il détestait Adele la secrétaire. Sa compassion le blessait. Il préférait cent fois les manœuvres stratégiques.

« Je suis sûre que Phil aimerait beaucoup vous parler, jacassait Adele, qui parlait du principal du collège. Il est en réunion en ce moment. Il faut dire que le téléphone n'a pas arrêté de sonner depuis l'annonce de ce matin. Nous avons engagé un spécialiste du deuil, évidemment, et, vous savez, tout le personnel veut donner un coup de main. Nous avons réunion spéciale à quatre heures pour organiser les recherches demain. Phil a pensé qu'on pourrait diriger les opérations depuis le gymnase, demander de l'aide aux habitants … »

Adele s'interrompit tout à coup et parut s'apercevoir qu'elle en disait peut-être trop devant l'enfant. Elle eut le bon goût de rougir, puis serra à nouveau Ree dans ses bras pour la réconforter.

« Vous voulez attendre ? proposa-t-elle gentiment à Jason. Je peux vous apporter du café ou de l'eau. Peut-être des crayons pour Ree ?

– En fait, je me demandais si je pourrais d'abord passer dans la classe de Mme Lizbet. Juste une minute, si ça ne dérange pas…

– Bien sûr, bien sûr. La deuxième pause-déjeuner va commencer dans quelque chose comme trois minutes. Je suis certaine qu'elle serait ravie de vous consacrer du temps. »

Jason réussit à lui adresser un bref sourire de gratitude, puis tendit la main à Ree. Celle-ci s'engagea dans le couloir avec lui. De fait, une sonnerie retentit et les lieux se remplirent d'élèves qui se déversaient des différentes salles de classe. Le brusque tohu-bohu détourna l'attention de Ree et épargna à Jason toutes les questions que sa fille se posait très certainement à présent.

Ils tournèrent à droite pour longer une rangée de casiers bleus, puis à gauche le long d'une rangée orange vif. Elizabeth Reyes, alias Mme Lizbet, enseignait aux cinquièmes et sa classe se trouvait tout au bout du couloir. La petite cinquantaine, mince et élégante avec ses longs cheveux striés de mèches argentées le plus souvent rassemblés en un épais chignon, elle était encore en train d'effacer le tableau lorsque Ree et lui entrèrent.

« Madame Lizbet ! » s'écria Ree en se jetant dans ses bras.

Mme Lizbet lui rendit son étreinte en s'agenouillant pour se mettre à sa hauteur. « Ree-Ree ! Comment vas-tu, ma belle ?

– Bien, répondit Ree timidement parce que, même à quatre ans, elle comprenait déjà que c'était la seule réponse possible en société.

– Hé, qui c'est, ça ?

– Doudou Lapine.

– Salut, Doudou Lapine. Très jolie robe ! »

Ree pouffa et se pencha à nouveau vers Mme Lizbet, l'enlaça à la taille. Cela ne lui ressemblait pas de se montrer aussi affectueuse avec d'autres adultes et Jason lisait dans les yeux de sa fille combien elle avait la nostalgie de sa mère, du réconfort familier de bras féminins. Mme Lizbet croisa son regard par-dessus la tête de Ree et il essaya de ne pas frémir devant son évaluation insistante. Elle lui accordait un statut neutre, semblait-il, un cran au-dessus de la méfiance immédiate de la police, un cran en dessous de l'élan compassionnel d'Adele.

« Ma belle, dit Mme Lizbet en s'écartant de Ree, tu te souviens de Jenna Hill, qui joue dans l'équipe de basket ?

Eh bien, je sais que c'est justement son heure de déjeuner et qu'elle cherche désespérément une partenaire d'entraînement. Qu'est-ce que tu en dis ? Tu pourrais faire quelques paniers ? »

Le regard de Ree s'illumina. Elle hocha la tête avec vigueur.

Mme Lizbet lui tendit la main. « D'accord, viens avec moi, minette. Je t'emmène voir Jenna et vous pourrez vous entraîner ensemble. Ton père et moi, on en a pour une minute et ensuite on vous rejoindra là-bas. »

C'était une manière aimable de leur donner du temps pour une conversation franche et Jason était épaté.

Sa fille suivit Mme Lizbet vers la porte et ne regimba qu'au dernier moment. Il vit les émotions se lire sur son visage. Son besoin d'être avec lui, seul repère dans un univers en rapide voie de désintégration, qui le disputait à son désir de jouer avec Jenna, une joueuse de basket en chair et en os et donc aussi fascinante qu'une rock-star dans la tête d'une fillette de quatre ans.

Puis Ree redressa ses frêles épaules et sortit dans le couloir avec Mme Lizbet. Jason resta seul dans la classe, et Ree lui manquait déjà dix fois plus qu'il ne pourrait jamais lui manquer à elle ; il se demanda pourquoi il fallait qu'il soit détraqué au point que la haine le fortifiait, tandis que l'amour le blessait au plus profond de lui-même.

Elizabeth Reyes avait été le référent de Sandy l'année précédente et elle était son mentor cette année. Pendant cette période, Jason pensait l'avoir rencontrée une bonne dizaine de fois. En emmenant Ree pour qu'elle déjeune de temps en temps avec Sandy. Pour déposer celle-ci ou la reprendre en voiture après les cours. Il faisait un signe de la main, Elizabeth faisait un signe de la main. Tant de rencontres et, pourtant, il était certain qu'elle conviendrait avec lui qu'aucun d'eux ne connaissait bien l'autre.

Elle rentra dans la classe et referma la porte derrière elle. Il la vit jeter un œil à la pendule, puis lisser sa jupe d'un geste nerveux. Mais cette femme avait survécu à vingt ans d'enseignement à des cinquièmes. Elle se raidit et se lança.

« Bon, dit-elle avec vivacité en se dirigeant vers l'estrade où, imaginait-il, elle se sentait le plus à son aise, Phil nous a informés ce matin que Sandy avait disparu depuis mercredi soir. D'après lui, la police n'est pas sûre de ce qui s'est passé. Personne n'a la moindre piste.

– J'étais en reportage sur un incendie mercredi soir, expliqua Jason. Quand je suis rentré à la maison vers deux heures, Ree dormait dans sa chambre, mais le reste de la maison était désert. Le sac de Sandy et son téléphone portable se trouvaient dans la cuisine. Sa voiture était encore dans l'allée. Mais il n'y avait aucune trace de ma femme.

– Mon Dieu, dit Elizabeth en reculant d'un pas mal assuré avant de s'accrocher au côté de son bureau avec des mains qui tremblaient visiblement. Quand Phil nous l'a appris ce matin, j'ai eu du mal à prendre ça au sérieux. Voyons, Sandy, c'était impensable. Je me disais que ça devait être une erreur. Un malentendu, peut-être même une dispute entre vous. » Elle le toisa avec hardiesse. « Vous êtes un jeune couple. Les jeunes couples ont parfois besoin de temps pour laisser retomber la tension.

– Elle n'aurait pas laissé Ree, répondit-il simplement.

– Non, très juste, murmura-t-elle, de nouveau abattue. Elle n'aurait jamais laissé Ree. » Elle soupira encore, puis parut se reprendre. « Phil a fait appel à des spécialistes du deuil pour les enfants et les enseignants. Il y a des procédures à suivre dans ce genre de situations, vous voyez. Il a organisé un petit rassemblement des élèves, annoncé la nouvelle. Il vaut mieux que les enfants l'apprennent par nous plutôt que par la rumeur.

– Qu'est-ce qu'il a dit ?

– Simplement que Mme Jones avait disparu, que tout le monde se donnait beaucoup de mal pour la retrouver et que si les enfants avaient des questions, ils devaient se sentir libres d'en parler à leurs professeurs. Que la police faisait tout son possible, qu'il espérait avoir de bonnes nouvelles rapidement, ainsi de suite.

– J'ai cru comprendre qu'on organisait une battue demain, le rendez-vous est dans le gymnase. »

Elle lui lança un regard. « Vous allez nous aider ?

– Je ne suis pas certain que la police m'accueillerait à bras ouverts. Je suis le mari, vous voyez, et donc le suspect par défaut. »

Elizabeth continua à le regarder posément, et il comprit son sous-entendu.

Mari éploré, mari éploré. Il écarta les doigts, baissa les yeux vers ses mains.

« Je ne sais pas ce qui s'est passé, murmura-t-il. Quand je suis parti au travail, j'étais un père et un mari, et en revenant, je me suis retrouvé en plein cauchemar. Est-ce que quelqu'un a enlevé ma femme ? Il n'y a aucune trace d'effraction. Est-ce qu'elle s'est enfuie avec un autre ? Je ne peux pas l'imaginer abandonnant Ree. Est-ce qu'elle avait juste besoin de prendre du recul ? J'espère et je prie, Elizabeth. J'espère et je prie.

– Alors je vais le faire aussi. »

Il prit une inspiration mal assurée, il fallait qu'il rentre dans le vif du sujet à présent ; qu'il aille au bout de sa mission. « C'est vrai que nous sommes un jeune couple, expliqua-t-il. Ce n'est pas évident de jongler entre deux boulots et un enfant en bas âge. Je pourrais concevoir que Sandy ait été malheureuse. Je comprendrais qu'elle ait pu être attirée par un autre. »

Elizabeth ne répondit rien, continua à le regarder froidement.

« Ça n'a pas d'importance pour moi, s'empressa-t-il d'ajouter. Si elle a besoin de temps pour respirer, même si elle a rencontré quelqu'un d'autre… C'est une chose que je peux accepter, Elizabeth. Il faudra que je l'accepte. Mais je voudrais qu'elle revienne. Sinon pour moi, du moins pour Ree.

– Vous croyez qu'elle a rencontré quelqu'un, conclut brutalement Elizabeth, et vous croyez qu'elle m'en a parlé. »

Il opta pour le haussement d'épaules désespéré. « Les femmes bavardent.

– Pas votre femme, l'informa-t-elle sèchement. Et pas avec moi.

« – Avec qui, alors ? Pour autant que je sache, vous étiez sa plus proche amie. »

Elizabeth soupira à nouveau et cessa de le regarder dans les yeux pour jeter un œil vers la pendule. Il se surprit à se tenir le ventre comme s'il se préparait à recevoir un coup. Il n'y avait qu'une explication à cette façon de détourner le regard : elle avait quelque chose à dire.

« Écoutez, j'avais énormément de respect pour Sandy, commença Elizabeth. C'est une excellente enseignante. Patiente avec les enfants, mais aussi… sérieuse. C'est une qualité rare chez les jeunes professeurs aujourd'hui. Surtout chez les femmes. Elles amènent tous leurs problèmes personnels au travail et ça leur confère peut-être un certain prestige aux yeux des élèves, mais ça ne leur fait pas gagner de points auprès de leurs collègues. Sandy était différente. Toujours posée, toujours fiable. Je ne la revois pas traîner pour papoter avec qui que ce soit, y compris avec moi. Quand aurait-elle eu le temps, d'ailleurs ? »

Jason acquiesça ; lui-même butait sur cet écueil. L'explication la plus simple à la disparition de Sandy, c'était bien sûr un autre homme. Elle était partie avec un amant ou alors elle avait pris un amant dont les sentiments s'étaient éteints.

« Ne fais pas ça. Je t'aime encore. Je t'en prie… »

Seulement Jason ne voyait pas comment une telle chose aurait pu se produire. Certes, sa femme faisait un break au spa tous les six à neuf mois. Il comprenait qu'en tant que mari, il ne répondait pas à tous ses besoins. Mais cela ne représentait que deux ou trois nuits par an. Même une femme aussi séduisante que Sandy ne pouvait certainement pas construire une relation sur deux nuits par an.

« Après les cours ? murmura-t-il.

– Non, Sandy ne s'attardait que pour les conseils de classe. Ensuite elle partait chercher Ree, avec laquelle j'imagine qu'elle passait l'essentiel de ses soirées »

Jason acquiesça. Hormis les escapades au spa de Sandy, ses après-midi et ses soirées étaient dominées par la surveillance de Ree. Et, comme il pouvait en témoigner au vu des dernières quarante-huit heures, une enfant de quatre ans fait un excellent chaperon.

189

« Au déjeuner ? tenta-t-il.

– Ça ne marcherait que si l'autre était aussi enseignant et qu'ils se trouvaient un placard à balai, répondit Elizabeth d'un air dubitatif.

– Ses collègues masculins, justement ?

– Je n'ai jamais remarqué qu'elle s'était liée avec quelqu'un en particulier, homme ou femme. Quand Sandy était là, elle s'occupait de ses élèves.

– Les périodes de battement, les temps libres, comment vous appelez ça maintenant ?

– Tous les professeurs ont une heure de battement, lui expliqua-t-elle. La plupart d'entre nous en profitent pour corriger des copies ou préparer les cours suivants, mais rien ne dit que Sandy ne quittait pas le collège. Cela dit, maintenant que j'y pense... »

Elle hésita, le toisa à nouveau.

« Depuis septembre, Sandy a accepté un projet spécial. Elle travaillait avec un des élèves de quatrième, Ethan Hastings, sur un module d'enseignement.

– Un module d'enseignement ?

– Pour son cours d'informatique, Ethan était censé mettre au point un manuel d'initiation à Internet qui serait testé sur les sixièmes pendant le cours de technologie. D'où la participation de Sandy. Le projet est terminé depuis des mois, mais je les revois encore tous les deux épaule contre épaule dans la salle informatique. J'ai cru comprendre par Sandy qu'Ethan travaille maintenant sur un projet plus important et qu'elle continue à l'aider.

– Sandy... et un élève ? »

Jason n'arrivait pas à intégrer cette idée. C'était inconcevable.

Elizabeth eut l'air étonnée. « Non, corrigea-t-elle avec autorité. Premièrement, parce que jeune et jolie ou non, jamais je n'imaginerais un tel manque de professionnalisme de la part de Sandy Jones. Et deuxièmement, bon, si vous voyiez Ethan Hastings, vous comprendriez le deuxièmement. Ce que j'essaie de vous dire, c'est que Sandy n'avait qu'une période de battement par jour et que la sienne était prise. »

Jason hocha lentement la tête, les yeux baissés, en frottant par terre du bout du pied. Mais il y avait quelque chose de ce côté-là. Il voulait croire qu'il y avait quelque chose de ce côté-là, ne serait-ce que parce que les autres hypothèses étaient pires.

« Et le jeudi soir, demanda-t-il soudain. Quand Sandy et Ree venaient aux matchs de basket ?

– Eh bien ?

– Est-ce qu'elle s'asseyait toujours au même endroit ? Peut-être à côté du même type ? Peut-être qu'elle a rencontré quelqu'un à ces soirées, un autre parent. »

Elizabeth haussa les épaules. « Je ne sais pas, Jason. Je n'ai jamais remarqué. Mais il faut dire que je n'ai pas pu aller à beaucoup de matchs cette saison. » Puis elle ajouta en montrant ses cheveux argentés : « Je suis grand-mère, incroyable, non ? Ma fille a eu son premier enfant en novembre. J'ai passé la plupart de mes jeudis soir à bercer mon petit-fils plutôt qu'au bord du terrain. Mais je peux vous dire qui saurait pour les jeudis soir. L'équipe de basket a recruté un nouveau statisticien pour la saison : Ethan Hastings. »

18

LE COMMANDANT D.D. Warren se fichait éperdument de ce que Colleen Pickler avait pu dire sur les délinquants sexuels considérés comme des modèles de remis en liberté conditionnelle, pleins de repentir et désireux de plaire à la nounou que leur avait attribuée le tribunal. D.D. avait servi huit ans en tenue et, pour avoir trop souvent été la première intervenante auprès de mères hystériques et d'enfants au regard vitreux, elle était fermement convaincue que, pour les délinquants sexuels, l'enfer était encore trop doux.

Dans son métier, chaque assassinat faisait place au suivant. Mais les agressions sexuelles sur mineurs laissaient toujours une trace. Elle se souvenait encore de la fois où elle avait été appelée dans une maternelle après qu'un garçonnet de cinq ans avait révélé à son enseignant qu'il avait été agressé dans les toilettes. L'agresseur présumé : un camarade de classe, un autre enfant de cinq ans. Après enquête plus approfondie, D.D. et son collègue avaient découvert que le suspect ne vivait pas avec *un* mais *deux* délinquants sexuels fichés. Le premier étant son père, le deuxième son frère aîné. D.D. et son collègue avaient dûment signalé l'incident aux services sociaux, naïvement persuadés que cela changerait quelque chose.

Non. Les services sociaux avaient jugé qu'il n'était pas dans l'intérêt de l'enfant de briser la famille. Au lieu de cela, le gamin avait été renvoyé de la maternelle pour attouchements sur un camarade de classe et il ne s'était strictement rien passé d'autre jusqu'à ce que, six mois plus tard, D.D. ne recroise le même gamin. Cette fois-ci, il avait été témoin d'un triple homicide perpétré par son grand frère.

D.D. rêvait encore parfois des yeux gris et vides de l'enfant. L'impuissance étudiée avec laquelle il racontait, sans émotion, comment son frère de seize ans s'était garé devant la supérette, comment il avait suivi son grand frère dans le magasin en croyant obtenir des gâteaux. Au lieu de cela, son frère avait sorti un pistolet et, lorsque le vendeur de dix-neuf ans avait hésité, il avait ouvert le feu sur lui et sur deux autres gamins qui s'étaient trouvé au mauvais endroit au mauvais moment.

D.D. avait pris la déposition du garçon. Après quoi, elle l'avait renvoyé chez lui auprès de son père délinquant sexuel. L'administration ne lui donnait pas d'autre choix.

Cette affaire remontait à douze ans. De temps à autre, D.D. était tenté de faire des recherches sur le nom du garçon, pour voir ce qu'il était devenu. Mais elle n'en avait pas vraiment besoin. Un enfant comme ça, qui, dès l'âge de cinq ans, avait subi des agressions sexuelles à répétition et avait lui-même agressé avant d'être témoin d'un triple meurtre… Bon, on ne pouvait pas penser qu'il allait devenir président, pas vrai ?

Il y avait d'autres histoires, évidemment. La fois où elle était arrivée dans un immeuble délabré pour découvrir la femme devant le corps sans vie de son mari, le couteau de cuisine toujours à la main, juste au cas où après avoir reçu plus d'une vingtaine de coups de couteau, il arriverait à se relever. Il s'avéra que la femme avait découvert le dossier secret de son mari sur l'ordinateur, celui où il stockait les vidéos amateur qu'il tournait tous les soirs quand il couchait avec leurs deux filles.

Curieusement, les fillettes avaient parlé une première fois quand elles avaient sept et neuf ans, mais lorsque la police avait enquêté, elle n'avait trouvé aucune preuve d'abus sexuel. Les filles avaient fait une nouvelle tentative à l'âge de douze et quatorze ans, mais, à cette époque, vu leur penchant pour les minijupes et les bustiers moulants, leur mère elle-même ne les avait pas jugées crédibles.

Les vidéos, en revanche, l'avaient convaincue. Elle avait donc charcuté son mari, puis avait rapidement sombré dans une profonde dépression après que son avocat commis d'office l'avait tirée d'affaire. Quant aux deux filles, victimes d'inceste depuis l'âge de quatre et six ans et dont les vidéos des multiples agressions étaient tellement dispersées sur Internet qu'il était impossible de les récupérer… Là encore, on ne pouvait pas penser que l'une ou l'autre allait devenir présidente, pas vrai ?

D.D. et Miller se garèrent à l'adresse que Colleen Pickler leur avait indiquée pour Aidan Brewster. D.D. pratiquait déjà ses exercices de respiration ventrale et essayait d'empêcher ses poings de se serrer instinctivement. La conseillère d'insertion leur avait conseillé de la jouer sympa.

« La plupart des délinquants sexuels sont faibles par tempérament et souffrent d'un déficit de l'estime de soi – c'est pour ça qu'ils s'en prennent à des enfants ou que, à dix-neuf ans, ils se sentent plus à l'aise avec une petite amie de quatorze. Si vous lui tombez dessus à bras raccourcis, il ne le supportera pas, les avait-elle mis en garde. Il se renfermera sur lui-même et tous vos efforts ne vous mèneront nulle part. Commencez par devenir son ami. Ensuite serrez-lui la vis. »

Ce plan de faire copain-copain ne marcherait jamais avec D.D., donc, par accord tacite, Miller allait prendre la direction des opérations. Il descendit de voiture le premier et elle le suivit dans l'allée jusqu'au modeste pavillon des années 1950. Miller toqua. Pas de réponse.

Ils s'y attendaient. Ils avaient déjà appris par les deux agents en uniforme que Sandra Jones faisait entretenir sa voiture dans le garage où il travaillait. Colleen Pickler les avait appelés moins d'une heure plus tard, car le patron du garage, Vito Marcello, l'avait informée qu'il avait mis fin au contrat d'Aidan Brewster.

De l'avis général, Aidan avait la frousse. Mieux valait lui mettre le grappin dessus avant qu'il ne prenne la tangente.

Miller frappa de nouveau, puis colla sa plaque à la fenêtre de côté.

« Aidan Brewster, cria-t-il, police de Boston. Ouvrez, mon vieux. On veut seulement parler. »

D.D. prit l'air sceptique et souffla avec impatience. Défoncer la porte serait beaucoup plus gratifiant, à son avis, même si les juges ne voyaient pas ce genre de choses d'un bon œil.

Pile au moment où elle se disait qu'elle allait peut-être voir son vœu se réaliser, on entendit un bruit de verrou. Puis la porte s'entrouvrit dans un grincement.

« Je veux une protection policière », déclara Aidan Brewster. Le corps dissimulé derrière la porte, il avait le regard fou. « Les mecs du garage vont me tuer. Je le sais. »

Miller ne s'avança pas. Tout comme D.D., il changea imperceptiblement de position, prêt à bondir, la main droite à l'intérieur du blouson, à côté de son étui de revolver. « Pourquoi vous ne sortiriez pas de derrière cette porte, dit-il calmement, qu'on puisse se parler en face à face ?

– Je suis en face de vous, répondit le délinquant sexuel, interloqué. Et j'essaie de parler. Je vous dis que Vito m'a balancé – il a dit aux gars que j'étais un pervers fiché. Alors ils sont furax, vous savez. Des types comme eux ne sont pas censés traîner avec des lopettes comme moi. C'est clair, je suis mort.

– Est-ce que quelqu'un a proféré des menaces explicites ? intervint D.D., un pas derrière Miller, en s'efforçant d'adopter le même ton calme et mesuré que lui, alors que ses doigts dansaient sur la crosse de son Glock .40.

– Explicites ? reprit le jeune homme avec un surcroît d'agitation. Ce n'est pas une chose qu'on a besoin de dire. Je les ai entendus murmurer. Je sais ce qui se passe. Tout le monde croit que j'ai tué cette femme, grâce à vos larbins. » Il finit par sortir de derrière la porte, révélant une tenue débraillée et deux mains vides. Il frappa du doigt la poitrine de Miller. « C'est de votre faute si je suis dans cette merde, dit-il à l'enquêteur. Il faut que vous m'aidiez. Vous me *devez* ça.

– Et si on en discutait ? »

Miller avança enfin, ouvrit la porte avec son pied et poussa doucement Aidan vers l'entrée. Le jeune homme, apparemment inconscient des frayeurs qu'il avait causées aux policiers, fit volte-face et se dirigea vers le fond de la maison où, comprirent-ils, il habitait un deux-pièces.

L'endroit était exigu. Une kitchenette, un canapé à fleurs, une télévision hors d'âge. D.D. supposa que c'était à la propriétaire, Mme April Houlihan, qu'on devait la décoration parce qu'elle n'imaginait pas qu'un garçon d'une vingtaine d'année puisse être à ce point fan des napperons au crochet. Aidan ne s'assit pas, mais resta debout près du plan de travail de la cuisine. Il portait un élastique vert au poignet gauche, qu'il faisait claquer compulsivement.

« Qui sont ces types et que vous ont-ils dit ? demanda D.D. en regardant le poignet du jeune homme rougir et en se demandant pourquoi la douleur ne le faisait pas sursauter.

– Je ne dirai plus rien, déclara précipitamment Aidan. Plus je vous en dis, plus je suis mort. C'est juste… donnez-moi une protection. Un véhicule de patrouille, un motel dans le coin. Quelque chose. Il faut que vous fassiez *quelque chose.* »

D.D. jugea que Colleen Pickler avait raison : Aidan Brewster était un geignard de première.

Dans le rôle du Méchant Flic, elle se sentit autorisée à répondre : « Si à un moment ou un autre, vous souhaitez porter officiellement plainte contre un de vos collègues, nous serons ravis d'étudier la question. Mais en attendant, il n'y a rien que nous puissions faire. »

Elle eut l'impression que les yeux d'Aidan, en proie à la panique, allaient se révulser. Miller tança D.D. du regard.

« Et si on commençait par le début, dit le Gentil Flic d'une voix lénifiante en sortant son dictaphone et en le faisant démarrer. On va bavarder un peu et résoudre tout de suite ce problème. Montrez-vous un peu coopératif, Aidan, et peut-être qu'on pourra vous renvoyer l'ascenseur en annonçant que vous êtes hors de cause dans cette affaire. Ça marche ?

– Ça marche », murmura le jeune garçon.

Clac, clac, clac de l'élastique.

« Bon. » Miller rapprocha le dictaphone d'Aidan et passa aux choses sérieuses. Pendant qu'il monopolisait l'attention du gamin, D.D. en profita pour se balader dans l'appartement. En l'absence de mandat, elle était limitée aux objets en vue, mais un petit repérage ne faisait jamais de mal. Elle entra dans la chambre où l'odeur lui fit plisser le nez.

« Connaissiez-vous Sandra Jones ? » demandait Miller dans le salon.

D.D. observa les draps froissés, un tas de vêtements sales (essentiellement des jeans et des tee-shirts blancs), une corbeille qui contenait des Kleenex usagés. Un coin de magazine dépassait de sous le matelas. Du porno, supposa-t-elle : que cacherait-on d'autre sous le matelas ?

« Ouais, bon, je l'ai croisée. Mais je ne la *connaissais* pas dans le sens connaître, répondit Aidan. Je la voyais de temps en temps dans la rue, elle jouait avec sa gamine. Mais je changeais toujours de trottoir. Je vous jure ! Et, ouais, c'est vrai, je me souviens qu'elle est venue au garage, maintenant que vous le dites. Mais je ne travaille pas à l'accueil. Je suis dans l'atelier et seulement dans l'atelier. Vito connaît les termes de ma libération conditionnelle.

– De quelle couleur sont ses cheveux ? demanda Miller.

– Blonds, répondit-il en haussant les épaules.

– Ses yeux ?

– Aucune idée.

– Elle est jeune. Pas loin de votre âge.

– Tiens, vous voyez, même ça je savais pas. »

D.D. avait la nausée. Avec la pointe de son stylo, elle sortit un peu plus le magazine. Elle crut reconnaître un *Penthouse*. Pas de quoi fouetter un chat. Elle lâcha l'affaire, tout en se demandant déjà ce qu'Aidan Brewster pouvait cacher d'autre sous son matelas.

« Parlez-moi de la soirée de mercredi, demandait Miller. Est-ce que vous êtes sorti, vous avez vu vos amis ? Fait quelque chose de particulier ? »

D.D. s'approcha de ce qui avait l'air d'un placard. Elle vit d'autres vêtements qui débordaient, des chaussettes blanches, des sous-vêtements sales. La porte était ouverte d'une dizaine de centimètres. Elle décida de passer à une

quinzaine. Elle vit une chaînette qui descendait du plafond et tira dessus pour allumer le plafonnier.

« Je n'ai pas d'amis, protesta Aidan. Je ne vais pas dans
des bars, je ne traîne pas avec des potes. Je regarde la télé,
surtout des redifs. J'aime *Seinfeld*, parfois un peu de *New
York Police Judiciaire*.

– Racontez-moi ce que vous avez vu mercredi soir.

– *Seinfeld* était maître chez lui, répondit sèchement
Aidan, et McCoy poursuivait un genre de gourou qui se
prenait pour Dieu. »

D.D. vit encore des tas de vêtements. Elle tiqua, recula,
puis s'immobilisa. Elle regarda à nouveau les tas de linge
sale au sol de la chambre, puis le tas dans le placard. Combien de jeans et de tee-shirts blancs peut posséder un seul
individu ?

Les objets en vue, les objets en vue.

Elle posa le pied sur le tas du placard, appuya. Et de fait,
elle sentit quelque chose de dur. Métallique, pensa-t-elle.
Rectangulaire. Assez gros. Ordinateur ? Boîte ? Coffre-
fort ? Un ordinateur violerait les conditions de sa remise
en liberté. Intéressant.

Elle recula à nouveau, se mordilla la lèvre inférieure,
hésita.

« Ne me faites pas marcher, disait à présent Miller. Parce
que je peux vérifier ce qui a été diffusé mercredi soir. Si
vous me racontez des conneries, vous serez convoqué au
commissariat et ce coup-ci, on ne rigolera plus.

– Je n'ai rien fait ! explosa Aidan.

– La disparition d'une femme dans votre rue serait une
pure coïncidence ?

– C'est une adulte. Quoi, vous avez lu mon dossier.
Qu'est-ce que j'aurais à foutre avec une mère de famille ?

– Ah, mais c'est une jeune et jolie mère de famille. Du
même âge que vous. Qui se sent seule, elle aussi. Son mari
travaille la nuit. Peut-être qu'elle avait seulement envie de
parler. Peut-être que ça a commencé comme une amitié.
Est-ce qu'elle a appris ce que vous aviez fait, Aidan ? Est-ce
qu'elle a découvert l'histoire de votre premier amour et
pété un câble ?

– Je n'ai jamais parlé avec elle ! Demandez à n'importe qui. Quand cette femme sortait, elle était avec sa gamine. Et je ne m'approche pas des enfants !

– Vous avez perdu votre emploi, Aidan. Vous devez être furieux.

– Ben, tiens !

– Tout le monde pense que c'est vous. Le garage est plein de gars qui veulent vous punir pour l'exemple. Je comprends que vous soyez sur les nerfs.

– Ben, tiens !

– Vous avez mal au poignet ? demanda Miller à brûle-pourpoint.

– Hein ?

– Vous avez mal au poignet ? Ça fait dix minutes que vous faites claquer ce truc. Parlez-moi de cet élastique, Aidan. Ça fait partie de votre thérapie ? Un coup d'élastique chaque fois que vous avez des pensées obscènes impliquant des enfants ? Ben, dis donc, vous en avez des pensées obscènes aujourd'hui.

– Oh, la ferme ! Vous ne savez rien de rien. Je ne m'intéresse pas aux enfants. Je ne m'y suis jamais intéressé.

– Donc une mère de famille de vingt-trois ans n'est pas à exclure ?

– Ça suffit ! Vous me faites dire ce que je n'ai pas dit. Je suis tombé amoureux de la fille qu'il fallait pas, d'accord ? C'est la seule chose que j'ai fait de mal. Je suis tombé amoureux de la fille qu'il fallait pas et aujourd'hui j'ai une vie de merde. Ça s'arrête là. »

D.D. ressortit de la chambre. Sa soudaine réapparition fit sursauter Aidan et elle vit qu'il prenait conscience du fait qu'elle avait quitté la pièce et de l'endroit où elle avait dû aller. Il baissa immédiatement les yeux. D.D. adorait les menteurs prévisibles.

« Hé, Aidan. Et si vous nous faisiez visiter votre chambre. »

Il eut un sourire amer. « J'ai comme l'impression que c'est déjà fait.

– Oui, mais je me pose une question. Si on regardait ensemble ?

– Non.

– Non ? dit-elle, feignant la surprise. Voyons Aidan, vous vous montriez si coopérant. Comme l'a dit Miller, plus tôt vous serez blanchi, plus tôt on pourra faire passer le message dans le quartier. Je suis sûre que Vito serait ravi d'apprendre que son mécanicien préféré peut reprendre le boulot. »

Aidan ne répondit pas. Il avait cessé de faire claquer l'élastique. Son regard volait d'un point à l'autre de la pièce, sans jamais se poser. Il cherchait une porte de sortie. Pas physiquement. Mais un mensonge, un prétexte. Un mot magique qui ferait disparaître son problème.

Il n'en trouva aucun et D.D. vit ses épaules se voûter comme s'il se préparait à prendre un coup.

« Je veux que vous partiez maintenant, dit-il.

– Aidan…, commença Miller.

– Vous n'allez pas m'aider, l'interrompit brutalement le jeune homme. On le sait tous, alors épargnez-moi vos conneries. Pour vous aussi, je ne suis qu'un pervers. Et ça n'a pas vraiment d'importance que j'aie purgé ma peine ou que j'aie suivi ma thérapie et respecté les conditions de ma remise en liberté. Quand on est un pervers, on le reste, c'est comme ça, non ? Je n'ai pas touché cette femme. Je l'ai dit à Vito, je l'ai dit à son mari…

– Vous l'avez dit à son mari ? intervint D.D.

– Ouais, répondit Aidan en relevant la tête d'un air belliqueux. J'ai eu une petite conversation avec le mari. Il a eu l'air vachement intéressé de savoir qu'un délinquant sexuel habitait dans la rue. En fait, dit-il alors avec un regard calculateur, je parie qu'il vous a tout dit sur moi. »

D.D. ne répondit pas.

« C'est plutôt commode pour lui, vous ne croyez pas ? Ben tiens, vous êtes *ici*, à me questionner *moi*, donc vous ne pouvez pas être *là-bas*, à le questionner *lui*. Ouais, je dirais que ma présence est la meilleure chose qui soit jamais arrivée à M. Jones. Je me demande combien de temps il se passera avant qu'il parle de moi à la presse, hein ? Ça va bien les exciter.

» Alors, maintenant que j'y pense, ce n'est pas seulement dans mon intérêt que je sois innocenté de ces accusations ignobles, c'est aussi dans le vôtre, pas vrai ? Parce que tant que vous serez focalisés sur moi, vous ne pourrez pas agir contre lui. Et je parie qu'il le sait. Il n'a pas froid aux yeux, M. Jones. Je parie qu'il sait un sacré paquet de choses. »

D.D. ne dit pas un mot. Elle garda un visage lisse, serein. Seuls ses poings se serrèrent dans son dos.

« Montrez-moi votre placard, Aidan.

– Non, merci.

– Aidez-moi maintenant si vous ne voulez pas que je vous arrête plus tard. »

Le gamin n'avait plus l'expression d'un homme pris au piège. À présent, il avait l'air carrément insolent : « Je tente ma chance.

– Vous savez quoi, Aidan, je n'ai pas de préférence pour un criminel plutôt qu'un autre. Vous, M. Jones, le croque-mitaine du placard. Je vais tous vous arrêtez et laisser le tribunal faire le tri. Ça me va.

– Vous ne pouvez pas. La présence de plusieurs suspects ferait naître un doute raisonnable.

– Oui, mais il peut se passer des mois avant le procès. Des mois à croupir en taule, sans pouvoir payer la caution, pendant que la nouvelle se répand qu'il y a un délinquant sexuel avéré dans la cellule 11. »

Il blêmit. La prison ne réussit pas aux délinquants sexuels. Les détenus possèdent un code moral bien à eux et, selon le système de valeurs qui prévaut derrière les barreaux, chouriner un pervers avec une lame métallique est un excellent moyen de gagner de l'avancement. On se fait une réputation et on ajoute une larme sur sa joue tout en bâtissant un monde meilleur.

Aidan avait eu raison dans sa première déclaration : sa vie était merdique et les possibilités qui s'offraient à lui aussi.

Mais le gamin la surprit en montrant un peu du courage qui lui avait fait défaut jusqu'à présent.

« Je n'ai rien fait à cette femme, dit-il avec raideur. Mais j'ai quand même vu quelque chose. »

D.D. tendit l'oreille. Miller sursauta aussi. Une telle révélation semblait un peu tardive, ce qui éveillait forcément leur méfiance à tous les deux.

201

« J'ai entendu un bruit mercredi soir. Quelque chose m'a réveillé. Il fallait que je pisse. Alors je me suis levé. J'ai regardé par la fenêtre...

– Quelle fenêtre ? l'interrompit D.D.

– Celle de la cuisine. Au-dessus de l'évier », dit Aidan en la désignant.

D.D. s'approcha de la kitchenette. Dans le quartier, la plupart des maisons étaient mitoyennes, mais le pavillon voisin se trouvait très en retrait de la rue, ce qui donnait à Aidan une vue bien dégagée.

« J'ai vu une voiture passer, au pas, comme si elle venait juste de sortir d'une allée. Normalement, je ferais pas attention plus que ça, mais une heure du matin, c'est un horaire bizarre pour faire des allées et venues dans ce quartier. »

D.D. ne répondit rien, même si, en réalité, le voisin d'Aidan, Jason Jones, faisait couramment des allées et venues aux petites heures du matin.

« La voiture avait l'air spécial, indiqua Aidan. Plein d'antennes sur le toit. Comme une limousine, un de ces véhicules avec chauffeur.

– Quelle couleur ? demanda Miller.

– Sombre.

– Plaque d'immatriculation ?

– À une heure du mat' ? Hé, j'ai pas de rayons X intégrés.

– D'où venait la voiture ?

– De la même direction que la maison de Sandra Jones.

– Vous savez comment elle s'appelle », intervint sèchement D.D.

Aidan la fusilla du regard. « Tout le monde le sait. Vous avez donné son nom aux infos.

– Vous vous foutez de nous, Aidan ? C'est bien pratique de balancer d'un seul coup un témoignage oculaire.

– Je me le gardais en réserve. Il ne faut rien donner gratuitement, pas vrai ? Alors, si vous avez envie de m'arrêter, considérez ça comme le prix de consolation. Je n'ai pas agressé cette femme, mais peut-être qu'en retrouvant cette voiture, vous retrouverez le coupable. Il me semble avoir déjà expliqué que ce serait dans notre intérêt à tous. »

D.D. devait accorder ça au gamin : elle avait envie de l'envoyer au tapis et il lui avait totalement interdit l'accès de son placard.

Elle jeta un regard vers Miller et lut la même analyse dans ses yeux. L'audition était terminée. Réelle ou non, une vague description d'un mystérieux véhicule serait ce qu'ils obtiendraient de mieux.

« Nous resterons contact avec votre conseillère d'insertion », informa-t-elle Aidan.

Il acquiesça.

« Naturellement, vous nous tiendrez au courant si vous changez d'adresse.

– Naturellement, vous me fournirez une protection policière quand j'aurai été passé à tabac, rétorqua-t-il.

– Je vois que nous sommes d'accord. »

Miller et elle se dirigèrent vers la sortie. Dans leur sillage, Aidan ferma ostensiblement la porte à clé derrière eux.

« Eh ben, une franche partie de rigolade, commenta Miller dans l'allée.

– Il a un truc planqué dans son placard, c'est clair. Un ordinateur, un coffre-fort, quelque chose.

– Tant de mandats de perquisition à demander, si peu d'arguments juridiques pour le faire, soupira Miller.

– Sans blague. »

Ils arrivèrent à la voiture et D.D. se retourna pour un dernier regard vers la maison. Elle vit la parcelle étroite et tout en longueur, les arbres à l'arrière qui isolaient un peu la modeste maison de sa tentaculaire voisine. « Attendez une seconde, dit-elle. Faut que je vérifie un truc. »

Elle passa à l'arrière de la maison au petit trot, sous le regard perplexe de Miller. Il ne lui fallut qu'une minute ou deux. Enfant, elle avait toujours grimpé aux arbres comme une championne et les branches du vieux chêne formaient une échelle idéale. Elle monta, observa, puis se laissa dégringoler et revint à toute allure avant que quiconque ne s'en aperçoive.

« Écoutez ça », dit-elle en regagnant la voiture tout essoufflée. Elle ouvrit la portière, se glissa à l'intérieur pendant que Miller démarrait. « Depuis l'arbre du jardin, on a une vue imprenable sur la chambre de Sandy et Jason Jones.

– Baratineur, marmonna Miller.

– Ouais. Mais est-ce que c'est le baratineur qu'on cherche ?

– Je le sens pas, ce type. »

D.D. acquiesça d'un air pensif pendant que Miller s'engageait sur la chaussée. Ils n'étaient pas plus tôt arrivés au pont que la radio de Miller se mit à crépiter. Il prit l'appel, puis alluma ses gyrophares et fit demi-tour sur les chapeaux de roues pour reprendre la direction de South Boston.

D.D. s'accrocha au tableau de bord. « Mais qu'est-ce que... ?

– Ça va vous plaire, lui expliqua Miller avec excitation. On signale un incident. Au collège de Sandra Jones. »

19

J ASON JONES ET ELIZABETH REYES SORTAIENT tout juste de la classe de cette dernière lorsqu'un objet dur heurta Jason par derrière. Jason trébucha, manqua de se rétablir mais fut frappé une deuxième fois derrière le genou gauche.

Il tomba face contre terre et sentit l'air chassé de ses poumons avec un sifflement. Puis une petite silhouette furieuse se jeta sur lui et le roua de coups sur la nuque, le côté du visage, le sommet du crâne. Les mains de Jason étaient bloquées sous son ventre, des boules dures martelaient ses reins. Il essaya de prendre appui sur ses bras, de se relever tant bien que mal, mais un manuel aux coins acérés le percuta à la tempe.

« *Vous l'avez tuée, vous l'avez tuée, vous l'avez tuée ! Salaud, espèce de connard. Elle m'avait prévenu pour vous. Elle m'avait prévenu !* »

« Ethan ! Au nom du ciel, Ethan Hastings, arrête ça ! »

Ethan Hastings se souciait très peu de l'ordre de Mme Lizbet. D'après ce que Jason comprenait dans l'état de stupeur où il se trouvait, le passionné d'informatique était armé d'un livre de classe et savait s'en servir. Le coin du manuel lui avait entaillé la paupière et Jason sentit du sang dégouliner sur sa tempe tandis que le gamin lui assénait un nouveau coup.

On accourait au pas de course. D'autres gens attirés par l'incident.

« Ethan, Ethan, criait une voix masculine dans le couloir. Laisse-le tranquille. Immédiatement ! »

205

Debout, debout, debout, pensait Jason. *Bon sang, appuie-toi sur tes mains et* DEBOUT.

« *Je l'aimais. Je l'aimais. Je l'aimais. Comment vous avez osé ? Comment vous avez osé ?* »

Le troisième coup atteignit Jason derrière l'oreille et il vit trente-six chandelles. Sa vision se brouilla. Il sentit qu'il allait tourner de l'œil. Sa poitrine était oppressée, il n'arrivait pas à inspirer et ses poumons brûlaient. Il allait s'évanouir. Il ne pouvait pas se permettre de s'évanouir.

« *Je vous déteste !* »

Puis, aussi vite que cela avait commencé, cela s'arrêta. Des pieds arrivèrent, des bras d'homme puissants attrapèrent le corps de l'élève de quatrième en furie et l'écartèrent, toujours se débattant, du dos de Jason. Celui-ci en profita pour se retourner et chercher péniblement sa respiration comme une baleine échouée. Il avait mal à la poitrine. De même qu'à la tête, au dos, derrière le genou, où il avait apparemment été frappé avec toute la collection de l'*Encyclopedia Britannica.* Saloperie.

Mme Lizbet le regardait, le front soucieux. « Ça va ? Ne bougez pas. On va appeler une ambulance. »

Non, essaya-t-il de répondre, mais le mot ne sortit pas. Il réussit enfin à prendre une inspiration et grâce à cette bouffée bienfaisante sa poitrine se dilata. Il réussit mieux à prononcer le mot au moment de l'expiration, même si c'était un murmure pitoyable : « Non.

– Ne soyez pas stupide...

– Non ! »

Il roula à quatre pattes, la tête rentrée, encore sonné. Mal à la jambe. Mal au visage. La poitrine, mieux. Vous voyez, ça progressait.

Il parvint à se relever et prit conscience qu'il se trouvait au milieu d'une centaine d'adolescents ébahis et d'une demi-douzaine d'adultes très inquiets. Ethan Hastings était immobilisé par un homme qui semblait être le professeur de gym. Le gamin, quarante kilos tout mouillé, se débattait toujours comme un beau diable et son visage de rouquin couvert de tâches de rousseur proclamait une haine sans mélange pour Jason Jones.

Celui-ci se tâta le visage et essuya le premier filet de sang. Puis le deuxième. Le gamin l'avait bien coupé, près de l'œil gauche, mais ça guérirait.

« Au nom du ciel... » Le principal arriva enfin sur les lieux. Phil Stewart posa un regard sur le visage meurtri et ensanglanté de Jason, puis sur celui, furieux, d'Ethan et lança des ordres brefs. « Toi, dit-il en désignant Ethan, dans mon bureau. Et vous, ajouta-t-il en désignant les élèves bouche bée, dans vos classes. »

Le principal avait parlé. Les enfants se dispersèrent aussi rapidement qu'ils s'étaient attroupés et Jason se retrouva à suivre Ethan Hastings dans le couloir, la main inquiète de Mme Lizbet sur son coude. Il essayait de comprendre ce qui venait de lui arriver et n'y réussissait pas trop.

« Ree ? demanda-t-il à voix basse.

– Toujours au gymnase. Je vais demander à Jenna de l'emmener dans la classe de travaux ménagers. Ils passent la moitié de leur temps à faire des gâteaux. Ça devrait l'occuper.

– Merci. »

Ils arrivèrent à l'infirmerie. Elizabeth le fit entrer dans la pièce où il rencontra le regard stupéfait d'une femme imposante en blouse d'infirmière à motif de chats.

« Vous vous bagarrez encore dans la cour de récré à votre âge ? demanda-t-elle.

– Vous savez quoi ? Ça peut être vif comme l'éclair, un petit génie de l'informatique. »

L'infirmière regarda Elizabeth avec des yeux ronds. « Il y a eu une altercation, expliqua l'enseignante. M. Jones a malheureusement été agressé par un élève. »

Les yeux de l'infirmière s'arrondirent encore davantage. Jason y vit comme un affront à sa virilité et se sentit obligé d'ajouter : « Il avait un livre de classe ! »

Cette exclamation parut rompre le charme et l'infirmière se mit au travail, fit toute une histoire pour sa paupière entaillée, lui donna de la glace pour l'hématome qui se formait rapidement sur sa tête. « Il faudrait que vous preniez deux aspirines, lui indiqua-t-elle, et que vous dormiez huit heures. »

Il fut pris d'une envie de rire. Huit heures ? Il faudrait qu'il dorme huit jours. Mais ça n'arriverait pas. Oh, que non !

Il ressortit de l'infirmerie d'un pas mal assuré et retourna à l'administration, certain que les aventures ne faisaient que commencer.

Il trouva Phil Stewart assis derrière un énorme bureau en chêne, le genre de meuble censé inspirer le respect aux élèves comme aux adultes. Un petit écran plat occupait le coin gauche du bureau, à côté d'un téléphone qui avait l'air sophistiqué. Il n'y avait rien d'autre sur le bureau hormis un sous-main et les mains jointes de Phil.

Ethan Hastings était assis dans un fauteuil, dans un coin comme il se doit. Il leva les yeux à l'entrée de Jason et, un instant, sembla sur le point de lancer un nouvel assaut.

Jason prit la résolution de rester debout.

« J'ai appelé les parents d'Ethan, indiqua le principal d'une voix claire. Ainsi que la police. Une agression de la part d'un élève est une affaire très grave. J'ai déjà informé les parents d'Ethan qu'il sera suspendu pour les cinq jours à venir et qu'un conseil de discipline est prévu en présence de notre intendant. Il va de soi que M. Jones est en droit de porter plainte pour voies de fait auprès de la police. »

Ethan blêmit, puis serra des poings insoumis et baissa les yeux.

« Je ne pense pas que ce sera nécessaire, dit Jason.

– Vous vous êtes regardé dans un miroir ? » railla Phil.

Jason était philosophe. « Je comprends dans quel état on peut arriver à se mettre dans un moment pareil. Ça vaut pour Ethan et pour moi. »

S'il avait espéré instaurer une relation entre lui et le petit rouquin, c'était raté. Ethan lui lança un nouveau regard menaçant, puis la porte du bureau s'ouvrit et Adele passa une tête.

« La police est là.

– Faites entrer. »

La porte s'ouvrit plus largement et Jason eut la désagréable surprise de voir le commandant D.D. Warren et son comparse, le capitaine Miller. N'envoyait-on pas en général des agents en tenue pour ce genre d'incident mineur ?

À moins naturellement que les enquêteurs n'en aient entendu parler sur les fréquences de la police et qu'ils aient fait le rapprochement.

Jason jeta un regard navré vers Ethan Hastings, comprenant à présent que la volée de coups qu'il lui avait infligée n'était rien comparée au tort qu'il était sur le point de lui causer.

« Commandant D.D. Warren », se présenta l'enquêtrice, puis Miller en fit autant. Ils serrèrent la main de Phil, adressèrent un signe de tête à Ethan, puis lancèrent vers Jason le genre de regard cinglant que la plupart des policiers réservent aux membres de gangs ou aux tueurs en série.

Mari éploré, se répéta-t-il, mais il n'avait plus vraiment envie de jouer aujourd'hui.

« Il paraît qu'il y a eu un incident », dit Warren.

Phil fit un geste vers Ethan, la tête basse entre ses épaules saillantes. « Ethan ? demanda-t-il posément.

– C'est de sa faute », explosa le garçon en relevant la tête et en montrant Jason du doigt. « Mme Sandra m'avait prévenu à son sujet. Elle m'avait *prévenu*. »

D.D. lança vers Jason un regard toujours calme, mais un brin suffisant. « Qu'a dit Mme Sandra, Ethan ?

– Elle s'est mariée jeune, expliqua le garçon avec ferveur. À dix-huit ans. Ça n'est pas beaucoup plus vieux que moi, vous savez. »

Les adultes ne répondirent rien.

« Mais elle ne l'aimait plus, continua le garçon d'un air dédaigneux en toisant Jason. Elle m'a dit qu'elle ne vous aimait plus. »

Ces mots faisaient-ils mal ? Jason l'ignorait. Il se trouvait dans son état second et, dans ces cas-là, rien ne pouvait l'atteindre. C'était tout l'intérêt. La raison même pour laquelle il avait développé cette faculté à une époque où, trop jeune et trop faible, il n'avait aucun autre moyen d'arrêter la douleur.

« Sandy m'a dit qu'elle travaillait sur un projet avec toi, dit-il doucement. Elle m'a dit que tu étais un excellent élève, Ethan, et qu'elle appréciait beaucoup de travailler avec toi. »

Ethan rougit, baissa de nouveau la tête.

« Ça fait combien de temps que tu es amoureux d'elle ? insista Jason, conscient que D.D. se raidissait à côté de lui tandis que les yeux de Phil Stewart s'agrandissaient de stupeur.

– Non…, commença le principal.

– Vous ne la méritez pas ! explosa Ethan. Vous travaillez tout le temps. Vous la laissez seule. Moi, je la traiterais mieux. Je passerais chaque seconde de chaque journée avec elle, si je pouvais. Je l'aide pour son module d'enseignement, vous savez. Je vais aux matchs de basket, rien que pour elle. Parce que c'est ce qu'on fait quand on aime une personne. On reste avec elle, on lui parle. On *est* avec elle.

– Tu étais souvent avec Mme Sandra ? demanda le commandant Warren.

– Tous les jours. Pendant son heure de battement. Je lui apprenais tout sur la navigation sur Internet, comment l'expliquer aux sixièmes. Je suis très doué en informatique, vous savez. »

Merde, se dit Jason. *Putain de merde.*

« Ethan, est-ce qu'il t'est arrivé de sortir avec Mme Sandra ? demanda Warren.

– Je la voyais tous les jeudis au match de basket. Le jeudi soir est mon soir préféré de toute la semaine.

– Est-ce que vous êtes allés chez elle ou peut-être ailleurs ? »

Le principal semblait au bord de la crise cardiaque.

Mais Ethan secoua la tête. « Non », répondit-il à regret, puis son regard exalté se reporta sur Jason. « Elle disait que je ne pouvais pas venir. Que ce serait trop *dangereux*.

– Qu'a-t-elle dit d'autre à propos de son mari ? » demanda Warren.

Le garçon haussa les épaules. « Juste des choses. Des trucs. Mais elle n'était pas obligée de tout dire. Je voyais bien par moi-même. Elle était très seule. Triste. Un jour, elle s'est même mise à pleurer. Elle voulait le quitter, je voyais bien. Mais elle avait peur. Enfin, il n'y a qu'à le regarder. Moi aussi, j'aurais peur. »

210

Tout le monde se retourna consciencieusement vers Jason, ses yeux cernés, son visage envahi de barbe. Il baissa à nouveau les yeux vers le sol. *Mari éploré, mari éploré.*

« Ethan, on dirait que vous parliez beaucoup, Mme Sandra et toi. Est-ce que tu lui envoyais des messages sur Internet, tu l'appelais sur son portable, tu la contactais d'une autre manière ? demanda D.D.

– Oui. Bien sûr. Mais elle m'avait dit de ne pas appeler ou écrire trop souvent. Elle ne voulait pas éveiller les soupçons de son mari. »

Nouveau regard furieux.

« Donc Mme Sandra et toi, vous vous voyiez en dehors du collège », intervint alors le principal, au comble de l'inquiétude.

Mais Ethan le détrompa : « Je vous ai déjà dit, on se voyait pendant son heure de battement. Et le jeudi soir. Au match de base-ball.

– Que faisiez-vous d'autre pendant les matchs de base-ball ? demanda Warren.

– Comment ça ?

– Vous alliez vous promener ensemble, autour du collège par exemple, vous vous installiez pour discuter dans une classe ou autre chose ? »

Le garçon la regarda d'un air réprobateur. « Bien sûr que non. Elle avait sa fille avec elle. Elle ne pouvait pas partir comme ça en laissant Ree toute seule. Mme Sandra est une très bonne maman ! »

Warren lança un regard de côté à Jason. « Je travaille le jeudi soir, indiqua posément celui-ci. Donc, oui, elle avait Ree avec elle. »

Le commandant hocha légèrement la tête et il vit qu'elle se posait la même question que lui. Ethan Hastings pensait de toute évidence entretenir une relation quelconque avec Sandy. Mais jusqu'où cette relation était-elle allée ? Véritable liaison physique entre élève et enseignante ? Ou simple affabulation d'un gamin peu à l'aise en société ?

A posteriori, la brillante chevelure blonde de Sandy et son visage juvénile la rendaient assez semblable à d'autres jeunes et jolies enseignantes blondes récemment arrêtées pour avoir entretenu des relations amoureuses avec des

211

élèves adolescents. Et Ethan avait sans doute vu juste : il ne faisait aucun doute que Sandra se sentait seule, négligée, surmenée par les exigences conjuguées du travail et de la maternité. De toute évidence, Ethan était un auditeur en adoration, prompt à la couvrir d'éloges et d'attentions.

Mais il n'était encore qu'un enfant. Jason aurait aimé penser que, si sa femme l'avait trompé, ce n'était pas avec un garçon de treize ans. Cela dit, les autres maris en avaient sans doute pensé autant.

On frappa de nouveau discrètement à la porte du bureau, qui s'entrouvrit pour laisser apparaître Adele. « Les parents d'Ethan Hastings sont là. »

Le principal fit un signe de tête et la porte s'ouvrit devant deux parents complètement abasourdis et boule-versés.

« Ethan », s'écria la mère en se frayant un chemin entre les adultes pour aller vers son fils. Celui-ci jeta ses bras autour de sa taille et le Don Juan en herbe se transforma aussitôt en un petit garçon apeuré. Ils avaient les mêmes cheveux, songea distraitement Jason. La coiffure courte de la mère, d'un blond tirant sur le roux, se confondait avec les poils de carotte ébouriffés de son fils. Ils se ressem-blaient comme deux gouttes d'eau. L'accord parfait.

Il se força à regagner son état second, cet endroit magi-que où rien ne pouvait l'atteindre.

« Je ne comprends pas, commença le père avant de remarquer le pansement sur le visage de Jason. Il vous a agressé ? Mon *fils* a agressé un adulte ? »

– Il a un crochet du droit prometteur », répondit Jason avant d'ajouter en voyant que l'homme se décomposait : « Ne vous inquiétez pas, je ne porterai pas plainte. »

Le commandant Warren le considéra avec un regain d'intérêt.

« Ethan était bouleversé, continua Jason. Je peux com-prendre ça. Moi-même, je ne suis pas dans une très bonne semaine. »

Le père sembla encore plus désorienté, mais Jason n'avait plus envie de donner des explications. Il traversait un passage à vide. Voilà. Il allait rentrer chez lui.

Sans se donner pas la peine de dire au revoir, Jason Jones quitta le bureau pendant que, derrière lui, le principal expliquait « ledit incident » et les arcanes du système disciplinaire à deux parents qui pensaient sans doute jusque-là que leur fils passionné d'informatique ne ferait pas de mal à une mouche.

Le commandant Warren le rattrapa dans le hall du collège. Jason ne fut pas surpris. Il était fatigué et à bout, donc elle allait pousser son avantage.

« Vous partez déjà ? l'interpella-t-elle.

– Je dois récupérer ma fille.

– Vous avez finalement trouvé quelqu'un digne de la surveiller ? »

Il se retourna, le visage serein, refusant de mordre à l'hameçon. « Elle est dans la classe de travaux ménagers. Ils font des gâteaux, à ce que j'ai compris.

– Sa mère lui manque, non ? »

Il ne répondit rien.

« Ça doit être dur. À quatre ans, d'être la dernière personne à avoir vu sa mère en vie. »

Il ne répondit rien.

D.D. croisa les bras et s'approcha de lui. Elle avait une démarche agressive, avec ses longues jambes vêtues de jean. Une dominante, qui jaugeait sa proie. « Comment va votre chat ?

– Comme un chat.

– La réapparition de M. Smith a dû faire très plaisir à votre fille.

– En fait, elle a pleuré en réclamant sa mère.

– Et c'en est fini de votre unique argument de défense : qu'un bon père aimant comme vous ne ferait jamais de mal à l'animal de sa fille. »

Il ne répondit rien.

D.D. fit encore deux pas et, avec un signe de tête vers le bureau du principal, demanda : « Alors, que pensez-vous de votre rival ? Ethan Hastings est peut-être jeune, mais il semblerait qu'il passe plus de temps que vous avec votre femme.

– Vous devriez discuter avec Mme Lizbet, dit Jason.

213

– Ah oui ? Elle est au courant de la relation de Sandy avec Ethan ?

– De sa vraie nature, oui.

– À savoir, monsieur Jones ?

– Qu'un élève ait le béguin, ça fait partie des risques du métier. Demandez à n'importe quel enseignant.

– Il m'a semblé que c'était plus qu'un béguin.

– Peut-être pour Ethan Hastings.

– Vous découvrez la situation, monsieur Jones ? Ça vous rend jaloux ? Vous ressentez le besoin de remettre Sandy à sa place ?

– Je peux dire en toute franchise que je ne suis pas du genre jaloux. »

D.D. leva un sourcil, ouvertement sceptique. « Tout le monde est du genre jaloux. Même les enfants de treize ans, à en juger par la bosse sur votre tête.

– Il avait un livre de classe, répondit Jason par réflexe. Il m'a attaqué par derrière. »

D.D. lui souriait à présent, la gentillesse même. « Voyons, monsieur Jones. Cette situation a assez duré. Dites-nous ce qui s'est passé mercredi soir. Les couples se disputent, on comprend tous ça. Surtout un jeune couple qui jongle entre le travail, les enfants. Et évidemment, comme Sandy est jeune, jolie et très seule presque tous les soirs… Et vous vous êtes mis en colère. Vous avez peut-être dit des choses que vous n'auriez pas dû dire. Fait des choses que vous n'auriez pas dû faire. Plus vite vous nous le direz, plus vite on pourra en finir. Tourner la page pour vous et votre fille. Imaginez la peur que Ree doit ressentir en ce moment. Imaginez ce que ça doit faire de se réveiller tous les matins en se souvenant des dernières paroles de sa mère… »

Il ne répondit rien.

D.D. s'approcha encore, au point qu'il sentait l'odeur du savon qu'elle avait utilisé pour sa douche matinale. Elle avait des cheveux blonds bouclés, un peu comme ceux de Sandy. De très beaux cheveux, avait dit Ree, à qui sa mère manquait certainement déjà.

« Dites-moi où elle est, monsieur Jones, murmura D.D. à son oreille. Dites-moi simplement où est Sandy et je la ramènerai à Ree. »

Il se pencha, si près que ses lèvres effleurèrent peut-être la joue de D.D. et qu'il sentit son léger tremblement involontaire. « Demandez à Ethan Hastings », murmura-t-il.

D.D. eut un mouvement de recul. « Vous accusez un garçon de treize ans ? demanda-t-elle, incrédule.

– Il faut faire confiance à la jeunesse, répondit-il, de marbre. Vu ce que je faisais à cet âge-là... »

Le visage de D.D. s'était refermé. « Monsieur Jones, dit-elle avec rudesse, pour un homme intelligent, vous vous conduisez comme un imbécile.

– Parce que je refuse de vous laisser m'arrêter ?

– Non, parce que vous ne tirez pas les conclusions qui s'imposent. Je vais vous faire un dessin : d'après vous, ce n'est pas vous qui avez agressé votre femme...

– Exact.

– Et pourtant, d'après ce qu'a dit votre fille, quelqu'un est entré chez vous mercredi soir et a agressé Sandy.

– Exact, dit-il d'une voix plus rauque cette fois-ci.

– Votre fille sait quelque chose, monsieur Jones. Plus qu'elle ne veut bien le dire. Marianne Jackson en est persuadée. Moi aussi. Alors, je peux vous dire une chose : si cette gamine a ne serait-ce qu'une nouvelle tâche de rousseur inexpliquée, je vous poursuivrai jusqu'en enfer. »

Il ne répondit plus rien. Essentiellement parce qu'il était muet de stupeur. « Vous voulez dire... vous voulez dire...

– Nous vous surveillons. À chaque minute de chaque heure de chaque jour. Débrouillez-vous pour qu'il ne lui arrive rien. »

Il comprit alors non seulement la menace, mais, plus subtilement, l'avertissement de l'enquêtrice. Ree était la dernière personne à avoir vu Sandy en vie. Elle en savait plus qu'elle ne voulait ou ne pouvait le dire pour l'instant. Ree détenait la clé du puzzle.

De sorte que celui qui avait fait du mal à Sandy aurait une sacrément bonne raison de...

Jason ne put aller jusqu'au bout de son raisonnement. Il sentait comme un poids sur sa poitrine. Peur ou colère ? Trop difficile à dire. Peut-être que, chez un homme comme lui, ces émotions ne faisaient qu'une.

« Personne ne touchera à mon enfant, s'entendit-il affirmer. Je protégerai ma fille.

– Ah oui ? Et combien de fois avez-vous pensé la même chose à propos de votre épouse ? »

Jason Jones s'éloigna d'un pas raide. D.D. ne le suivit pas. Elle retourna dans le bureau du principal, où Miller et elle firent une nouvelle tentative auprès d'Ethan, avec plus ou moins les mêmes résultats. Ethan Hastings était convaincu que Jason Jones était le mal incarné, mais incapable de fournir la moindre raison probante expliquant pourquoi Sandra Jones aurait prétendu que son mari était dangereux. Le garçon avait trouvé son héroïne et, en Jason Jones, le dragon qui gardait le donjon.

Ses parents étaient affolés et le père alla jusqu'à prendre D.D. à part pour lui signaler que le frère de sa femme, l'oncle d'Ethan, travaillait dans la police d'État...

D.D. n'eut pas le cœur de lui répondre qu'avoir de la famille dans la police d'État ne les faisait pas franchement mieux voir de la police municipale.

Miller et D.D. prirent note de la déposition d'Ethan, saisirent son portable pour y chercher des messages compromettants échangés avec son enseignante de vingt-trois ans, puis se mirent en quête d'Elizabeth Reyes, alias Mme Lizbet, qui avait une vision plus impartiale de la situation.

Lorsqu'ils eurent fini au collège, il était cinq heures et D.D. avait envie de lasagnes.

« Vous êtes bien guillerette, lui dit Miller.

– C'est une bonne journée, convint-elle.

– Nous n'avons toujours pas retrouvé Sandra Jones et maintenant nous avons un troisième suspect sur les bras, un Roméo de treize ans.

– Je ne pense pas que Sandra Jones couchait avec Ethan Hastings. Mais ce sera marrant de fouiller son téléphone portable. »

Miller lui lança un regard en coin. « Comment pouvez-vous en être aussi sûre ? Vous avez regardé les mêmes infos que moi ? On croirait que toutes les enseignantes mignonnes sortent avec des élèves de quatrième ces temps-ci.

– C'est vrai, répondit D.D. en plissant le nez. Mais non, ça n'a pas de sens. Enfin, quoi, ce n'est pas comme si une femme avec le physique de Sandra Jones avait du mal à attirer l'attention des hommes.

– C'est une histoire de domination, lui assura Miller. Ces femmes-là ne cherchent pas une relation d'égal à égal. Elles cherchent une relation avec un homme qui fera leurs quatre volontés. Et comme ceux d'entre nous qui ont de la testostérone ne sont pas connus pour leur coopération, elles se rabattent sur les plus jeunes.

– Donc, c'est la faute à la testostérone ? s'étonna D.D. Eh, peut-être que je devrais passer plus de temps au collège de mon quartier, soupira-t-elle. Je ne crois quand même pas que Sandy couchait avec Ethan Hastings. Comment aurait-elle pu ? Tout le monde dit qu'elle était toujours accompagnée de sa fille. »

Miller examina le problème. « Peut-être que c'était ce qu'on appelle, comment déjà, une "infidélité sentimentale". Sandy a simplement séduit Ethan avec le téléphone portable, par des courriels, etc. Après quoi, son mari est tombé sur quelques-uns des messages et l'a tuée dans un accès de jalousie.

– Ou alors elle en a parlé au pervers du quartier, Aidan Brewster, qui l'a tuée dans un accès de jalousie. Vous avez raison, nous avons trop de suspects. Mais il faut voir le bon côté des choses.

– Le bon côté ?

– La prétendue relation de Sandra Jones avec un élève nous donne un bon argument pour saisir son ordinateur. »

Miller en fut tout ragaillardi. « Bonne journée », reconnut-il.

20

*Les gens passent leur vie à se préparer pour les grandes
occasions. On organise des gueuletons pour les étapes clés :
la soirée des dix-huit ans, les fiançailles, le mariage, le baptême.
On fait la fête, on acclame, on applaudit et on s'efforce de célé-
brer les moments importants parce que, eh bien, ils sont importants.*

*De la même façon, on se blinde contre les grandes épreuves. Le
quartier qui fait bloc autour des survivants d'un incendie domestique meurtrier. La famille qui se rassemble pour les funérailles du
jeune père de famille fauché par un cancer. La meilleure amie qui
vient passer avec vous votre premier week-end de maman tout juste
divorcée. Nous voyons venir les grands événements et nous nous
apprêtons à tenir le rôle principal dans notre psychodrame personnel. Ainsi nous nous sentons plus disposés à accepter les choses.
Plus forts.* Regardez-moi, j'ai réussi.

*Bien sûr, nous passons totalement à côté de tous les moments
intermédiaires. La vie quotidienne qui est ce qu'elle est. Rien à
fêter. Rien à pleurer. Juste des tâches à accomplir.*

*Je suis convaincue que ce sont ces moments qui, au bout du
compte, nous construisent ou nous brisent. Comme une vague
qui vient lécher jour après jour le même rocher érode la pierre et
dessine les contours du rivage, ce sont les petits détails ordi-
naires de nos existences qui recèlent le vrai pouvoir et donc tout
le danger invisible. Les choses que nous faisons ou que nous ne
faisons pas dans notre vie de tous les jours sans même comprendre les conséquences à long terme d'actes aussi insigni-
fiants.*

Par exemple, j'ai signé la fin du monde tel que je le connaissais le samedi 30 août, le jour où j'ai acheté à Jason un iPod pour son anniversaire.

Ree et moi faisions des courses ensemble. Il lui fallait des vêtements pour l'école, je voulais des fournitures pour finir d'aménager ma première salle de classe. Nous sommes entrées dans le Target, nous avons vu les iPod et j'ai tout de suite pensé à Jason. Il adorait écouter de la musique et il s'était récemment mis au jogging. Un iPod lui permettrait de conjuguer deux de ses activités préférées.

Nous avons rapporté en douce le gadget musical dernier cri de la taille d'une carte de crédit en le cachant parmi mes fournitures pour le collège. Plus tard, pendant que Ree et lui chahutaient dans le séjour, j'ai planqué l'iPod dans le tiroir de la cuisine, sous la pile de maniques, pour qu'il soit plus près de l'ordinateur.

Ree et moi avions déjà tout manigancé dans la voiture. Comment nous préparerions clandestinement l'iPod pour Jason en téléchargeant des tonnes de rock and roll en lieu et place de sa musique classique adorée. Grâce au film Souris City, *Ree connaissait bien les chansons de Billy Idol et Fatboy Slim. Le dimanche matin, quand Jason, finalement rattrapé par ses insomnies, dormait jusqu'à plus de neuf heures, la nouvelle méthode favorite de Ree pour réveiller son père consistait à faire résonner* Dancing with Myself *à pleins tubes dans toute la maison. Parce qu'il n'y a rien de tel qu'un rockeur britannique pour faire sortir de son lit en moins de deux un admirateur de George Winston.*

Nous étions toutes contentes de nous.

Le samedi soir était notre soirée en famille, donc nous avons patienté. Le dimanche, vers dix-sept heures, Jason a annoncé qu'il devait aller au bureau. Il fallait qu'il vérifie certaines sources, qu'il rédige le premier jet d'une chronique sur les pubs irlandais de Southie, etc. Ree et moi l'avons pour ainsi dire poussé dehors. Son anniversaire tombait le mardi. Nous voulions être prêtes.

J'ai commencé par allumer l'ordinateur familial. M. Smith est monté d'un bond sur la table pour surveiller et s'est installé près de l'écran chaud d'où il pouvait m'observer avec suffisance par les fentes dorées de ses yeux.

Comme la plupart des gadgets électroniques, l'iPod exigeait l'installation d'un logiciel spécial. Je suis loin d'être aussi douée que Jason en informatique, mais la plupart des téléchargements sont relativement inratables, même pour moi. Et de fait, l'assistant d'installation est apparu et je me suis retrouvée à cliquer à tout-va J'accepte, Oui et Suivant chaque fois qu'une boîte de dialogue s'ouvrait.

« Tu vois, je suis plus maligne que tu ne crois », ai-je fait remarquer à M. Smith qui m'a répondu par un bâillement.

Ree était déjà en train de trier sa collection de CD. Plus elle y pensait, plus elle était certaine que Jason aurait besoin d'un peu de musique Disney pour aller avec Billy Idol. Peut-être qu'il courrait plus vite en écoutant Le Roi Lion chanté par Elton John. Sans oublier le travail appliqué de Phil Collins sur Tarzan.

L'ordinateur a annoncé que le logiciel iTunes était opérationnel. Ree est accourue avec une poignée de CD. Après avoir lu quelques instructions, je lui ai montré comment nous pouvions insérer ses CD dans le lecteur de l'ordinateur pour que toute la musique soit copiée sur l'iPod de papa. Une telle magie l'a laissée sans voix. Ensuite, il nous a bien sûr fallu aller sur le magasin de musique en ligne pour télécharger quelques classiques de Led Zeppelin et des Rolling Stones. « Sympathy for the Devil » a toujours été une de mes chansons préférées.

Le temps filait et il était déjà vingt heures, l'heure de coucher Ree. J'ai remis l'iPod dans sa cachette sous les maniques. Ree a rassemblé en toute hâte ses CD éparpillés et les a rangés sur la tablette. Ensuite, premier étage pour un petit bain, les dents, pipi, deux histoires, une chanson, une grattouille aux oreilles du chat pour lui dire bonsoir et, enfin, le calme.

Je suis retournée dans la cuisine, je me suis fait un thé. Le lendemain, c'était la fête du Travail, autant dire le dernier jour des grandes vacances pour Ree et moi. Ensuite, commencerait la routine hebdomadaire, déposer Ree à la maternelle et aller au collège. Jason la reprendrait à une heure de l'après-midi et il faudrait que je sois de retour à la maison à cinq pour qu'il parte au travail. Beaucoup de va-et-vient. Mon mari et moi allions devenir deux navires qui se croisaient dans la nuit.

J'étais anxieuse. Excitée. Effrayée. J'avais voulu un travail. Quelque chose à moi. J'avais été la première surprise de choisir l'enseignement, mais l'année précédente m'avait plu. Les enfants me respectaient et s'imprégnaient de connaissances mais aussi de mots gentils. J'aimais ce moment où quelque chose que j'avais fait amenait un sourire ravi aux lèvres de toute une classe de préados.

J'aimais que vingt-cinq gamins m'appellent « Madame Jones, madame Jones », sans doute parce que ce n'était pas le nom de ma mère et que donc cette Mme Jones avait l'air d'une personne éminemment compétente et respectable.

Devant une classe, je me sentais intelligente et aux commandes. Mon enfance s'évanouissait et, dans les yeux des enfants, je voyais l'adulte que j'avais envie d'être. Patiente, cultivée, inventive. Ma fille m'adorait. Mes élèves m'appréciaient.

Quant à mon mari... Je n'ai jamais été sûre avec Jason. Il avait besoin de moi. Il respectait mon désir d'avoir un travail, même si je savais qu'il aurait préféré que je reste à la maison avec Ree. Il m'avait encouragée à reprendre mes études, même si ça avait été difficile pour toute la famille. Je lui avais expliqué que j'avais besoin de quelque chose qui soit bien à moi et il avait rédigé sur-le-champ un chèque pour l'université en ligne de mon choix.

Il me laissait libre. Il se fiait à mes décisions. Il se montrait gentil.

C'était un homme bien, me suis-je encore une fois répété, comme souvent le soir lorsque les ombres s'allongeaient et que je me sentais de nouveau seule.

Bon, notre vie conjugale était dénuée de rapports sexuels. Il n'y a pas de mariage parfait, n'est-ce pas ? C'était ça, d'être adulte. Comprendre que les rêves sucrés qu'on faisait dans son enfance n'étaient pas destinés à se réaliser. On fait des concessions. On se sacrifie pour sa famille.

On fait ce qu'il est bon de faire, même si ce n'est pas idéal, et on se réjouit de toutes ces soirées où l'on est allée se coucher sans avoir dans le nez cette odeur écœurante de roses fanées.

Penser à Jason m'a rappelé que Ree et moi devions confectionner son gâteau d'anniversaire le lendemain matin. Peut-être que je devrais faire le paquet-cadeau maintenant, pendant que Jason était encore sorti. Puis mon regard est tombé sur l'ordinateur et je me suis aperçue de la faille de notre plan.

Jason se servait de l'ordinateur toutes les nuits. Ce qui signifiait que ce soir, quand il reviendrait du bureau et qu'il l'allumerait, la première chose qu'il remarquerait serait sans doute la nouvelle icône iTunes au milieu de la barre des tâches.

C'en serait fini de notre surprise.

Je me suis assise devant l'ordinateur en cherchant des solutions. Je pouvais désinstaller le programme. Nous avions déjà téléchargé nos chansons préférées sur l'iPod lui-même, donc effacer temporairement le logiciel ne devrait rien changer. Ou alors…

Je me souvenais vaguement qu'on pouvait supprimer des éléments sur le bureau en les déplaçant vers la corbeille, mais que l'élément restait dans la corbeille jusqu'à ce qu'on donne officiellement l'ordre de la vider. Dans ce cas, je pouvais peut-être traîner l'icône iTunes jusqu'à la corbeille, hors de la vue de Jason, et la laisser planquée là. Le tour serait joué.

Avant de m'emballer, j'ai décidé de tester ma théorie sur un vieux document pédagogique. J'ai trouvé le fichier, je l'ai sélectionné et transféré dans la corbeille. Ensuite j'ai double-cliqué sur l'icône de la corbeille pour voir ce qui s'était passé.

La corbeille s'est ouverte et, effectivement, mon document pédagogique s'y trouvait. De même qu'un autre fichier, intitulé Photo 1.

Alors j'ai cliqué dessus.

L'image granuleuse en noir et blanc a envahi l'écran.

Et je me suis mordu le poing pour que ma fille endormie ne m'entende pas hurler.

Quelque sept kilomètres séparaient le collège de South Boston du domicile de Jason et Sandra Jones, soit environ huit minutes de voiture. Cette faible distance était parfaite lorsque c'était tous les jours la course pour déposer ou reprendre Ree au point A tandis que Sandra ou Jason se hâtait d'arriver au point B.

Mais aujourd'hui Jason faisait défiler les rues dans sa tête, cramponné à deux mains au volant, en se disant que huit minutes, c'était trop court. Il ne pouvait pas se calmer en huit minutes. Il ne pouvait pas comprendre ce qu'impliquait l'existence d'Ethan Hastings en huit minutes. Il ne pouvait pas se remettre du sinistre avertissement du commandant D.D. Warren au sujet de sa fille en huit minutes. Il ne pouvait pas se préparer à ce qui était sur le point de se produire en seulement huit minutes.

Ree était la dernière personne à avoir vu sa mère en vie mercredi soir. La police le savait. Lui-même le savait. Et, par définition, quelqu'un d'autre le savait sans doute.

Celui qui avait fait du mal à sa femme. Et qui pourrait revenir faire du mal à Ree.

« Je suis fatiguée, papa, geignait celle-ci à l'arrière en se frottant les yeux. Je veux rentrer à la maison. »

Même M. Smith avait quitté sa position alanguie pour s'asseoir et regarder Jason d'un air interrogateur. Il voulait son dîner, certainement, sans parler d'eau fraîche et d'une litière.

« On rentre à la maison, papa ? Je veux rentrer, papa.

– Je sais, je sais. »

Il n'avait pas envie. Il songea à les emmener dîner au restaurant, dormir dans un petit motel. Voire, pourquoi pas, faire le plein d'essence et filer vers le Canada. Mais à l'époque des alertes-enlèvement, fuir ne s'improvisait pas, surtout avec une petite fille de quatre ans et un chat orange. Le Canada ? rumina-t-il. Il aurait déjà de la chance d'arriver jusqu'à la frontière du Massachusetts.

Ree voulait rentrer à la maison et c'était sans doute encore l'endroit le plus sûr. Il y avait des portes métalliques, des fenêtres renforcées. Un homme averti en vaut deux. Peut-être bien qu'il n'avait pas su tout ce qui se passait dans la vie de sa femme, qu'il n'avait pas pressenti le danger, mais maintenant il faisait attention. Personne ne toucherait un cheveu de sa fille.

Du moins, c'était ce qu'il se disait.

Évidemment, rentrer à la maison supposait d'affronter une maison vide où Sandy ne serait pas là pour les accueillir gaiement. Et, pire encore, de braver les médias qui faisaient sans aucun doute le siège devant sa maison.

« Comment avez-vous tué votre femme, monsieur Jones ? Couteau, pistolet, garrot ? J'imagine que ça a dû être facile pour vous, avec votre expérience... »

Il lui faudrait un porte-parole, se dit-il distraitement. C'était comme ça que ça marchait maintenant, non ? Victime d'un crime, vous engagez tout un entourage à votre solde. Un avocat pour défendre vos intérêts, un porte-parole qui s'exprime au nom de la famille et, cela va de soi, un agent qui s'occupe de négocier les futurs contrats pour l'édition et le cinéma. Le droit à la vie privée ? La solitude nécessaire pour se rétablir et faire son deuil ?

223

Plus personne n'en avait rien à foutre. Votre fille enceinte était enlevée et assassinée. Votre épouse bien-aimée était tuée dans le métro. Le cadavre de votre petite amie venait d'être retrouvé en morceaux dans une valise. Aussitôt votre vie devenait la propriété des chaînes d'information. Oubliez l'organisation des obsèques, il fallait se montrer chez Larry King. Oubliez l'idée d'expliquer à votre enfant que maman ne rentrera plus à la maison, il fallait aller s'asseoir sur le canapé d'Oprah.

Le crime était synonyme de célébrité que vous le vouliez ou non.

Il était en colère. Une colère soudaine, violente. Ses doigts avaient blanchi sur le volant et il roulait trop vite, bien au-dessus de la limite.

Il ne voulait pas de cette vie. Il ne voulait pas que sa femme lui manque. Et il ne voulait pas être terrorisé à ce point pour sa fille unique.

Il se força à prendre une grande inspiration, puis à expirer lentement, à lever le pied, à se redresser. Repousser cette idée. L'enfermer à double tour. Lâcher prise. Et ensuite sourire, parce que c'était la Caméra cachée.

Il tourna dans sa rue. Comme de bien entendu, quatre véhicules des médias se pressaient pare-chocs contre pare-chocs en face de sa maison. La police était là aussi, la voiture de patrouille garée juste devant chez lui, deux agents en tenue sur le trottoir, les mains sur les hanches, pour surveiller la petite troupe de reporters en costume chic et de cameramen en vêtements miteux. Les chaînes locales : l'affaire n'avait pas encore été catapultée à la une des médias nationaux.

Attendez qu'ils entendent parler d'Ethan Hastings. Ça serait radical.

Ree ouvrait de grands yeux sur la banquette arrière. « Il y a une fête, papa ? demanda-t-elle, tout excitée.

– Ils sont peut-être contents qu'on ait retrouvé M. Smith. »

Il ralentit pour tourner dans l'allée et la première volée de flashes crépita à sa fenêtre. Il s'engagea dans l'allée, gara le break. Les médias ne pouvaient pas entrer dans une propriété privée, donc il avait tout son temps pour défaire sa ceinture, s'occuper de sa fille, trouver comment s'y prendre avec M. Smith.

Mari éploré, mari éploré. Ces caméras avaient des téléobjectifs.

Il porterait M. Smith jusqu'à la maison en tenant Ree par la main. En voilà un joli tableau pour la photo : le mari couvert de bleus et de pansements qui agrippait d'une main un joli minet orange et de l'autre une magnifique petite fille. Ouais, aucun doute qu'il allait recevoir du courrier d'admiratrices.

Il se sentait à nouveau vide. Ni furieux, ni triste, ni en colère, ni quoi que ce soit. Il avait retrouvé l'état second.

M. Smith, debout sur les genoux de Jason, observait l'agitation par la fenêtre, les oreilles dressées, la queue agitée de mouvements nerveux. À l'arrière, Ree avait déjà détaché sa ceinture et regardait Jason d'un air interrogateur.

« Tu peux sortir de ce côté-là, chérie ? » demanda-t-il d'une voix posée.

Elle répondit oui sans quitter des yeux les inconnus attroupés sur le trottoir. « Papa ?

– Ce n'est rien, chérie. Ce sont des journalistes. C'est leur travail de poser des questions, un peu comme c'est mon travail de poser des questions. Sauf que j'écris des articles dans un journal, alors que ces reporters parlent à la télé. »

Elle le regarda à nouveau et l'inquiétude marqua encore davantage ses traits tirés.

Il se retourna sur le siège conducteur pour lui toucher la main. « Ils sont obligés de rester sur le trottoir, chérie. C'est la loi. Donc ils ne peuvent pas venir dans notre maison. Mais quand on va descendre de voiture, ça va faire du bruit. Ils vont se mettre à poser plein de questions bizarres tous en même temps et tiens-toi bien : ils ne lèvent pas le doigt. »

La remarque attira l'attention de Ree. « Ils ne lèvent pas le doigt ?

– Non. Ils parlent tous en même temps. Ils n'attendent pas leur tour, ils ne disent pas excusez-moi, rien. »

Ree cligna des yeux. « Ça ne plairait pas à Mme Suzie, dit-elle avec autorité.

– Je suis bien d'accord. Et quand on sortira de la voiture, tu verras pourquoi c'est important de lever le doigt à l'école, parce que sinon... »

Il montra la foule bruyante sur le trottoir et Ree poussa un soupir d'exaspération. Sa nervosité avait disparu. Elle était maintenant prête à descendre de voiture, ne serait-ce que pour montrer sa désapprobation à une bande d'adultes mal élevés.

Jason aussi se sentait mieux. La vérité, c'était que sa fille en savait plus long que ces charognards dehors et qu'il pouvait se raccrocher à ça.

Il coinça M. Smith sous son bras gauche et ouvrit la portière conducteur. La première question fusa dans le jardin et les journalistes se déchaînèrent :

« *Jason, Jason, où est Mme Jones ? Avez-vous de nouvelles informations sur l'endroit où elle se trouve ?*

– Est-il exact que la police a interrogé votre fille de quatre ans ce matin ? Comment va la petite Ree ? Est-ce qu'elle réclame sa mère ?

– Êtes-vous la dernière personne à avoir vu Mme Jones en vie ?

– Qu'avez-vous à répondre aux rumeurs selon lesquelles vous seriez considéré comme un suspect dans cette affaire ? »

Jason ferma sa portière, ouvrit celle de Ree. La tête baissée, le chat coincé contre lui, il tendit la main à Ree. Sa fille descendit vaillamment de l'arrière de la voiture. Elle regarda droit vers les journalistes et Jason entendit une demi-douzaine d'appareils photo se déclencher dans un bel ensemble. La photo qui ferait vendre, réalisa-t-il distraitement. Sa petite fille, sa belle et brave petite fille, venait de lui épargner de voir son visage à lui diffusé au journal de dix-sept heures.

« Tu as raison, papa, confirma Ree en levant les yeux vers lui. Ils n'auraient *jamais* le prix de bonnes manières. »

Alors il sourit. Et sentit sa poitrine se gonfler d'orgueil en prenant sa fille par la main pour tourner le dos aux journalistes braillards et gagner le refuge de leur perron.

Ils traversèrent le jardin ; M. Smith se tortillait ; Ree marchait d'un pas assuré. Ils gravirent les marches et Jason dut lâcher la main de Ree pour se concentrer sur le chat qui paniquait.

« *Monsieur Jones, monsieur Jones, avez-vous organisé des battues pour retrouver Sandy ?*

— Y aura-t-il une veillée à la bougie pour votre femme ?

— Est-il exact que le sac à main de Sandra a été retrouvé sur le bar de la cuisine ?

— Confirmez-vous qu'Alan Dershowitz sera votre avocat, monsieur Jones ? »

Les clés entre les doigts, Jason se débattait comme il pouvait avec M. Smith tout en cherchant la bonne. *Rentrer, rentrer.* Calme et maîtrise de soi.

« *Quels ont été les derniers mots de Mme Jones ?* »

Puis, juste à côté de lui, le craquement inattendu d'une planche.

Jason releva brusquement la tête. L'homme sortit de l'ombre au bout de la terrasse. Immédiatement, Jason s'interposa entre sa fille et lui, armé d'un chat dans une main et d'un trousseau de clés dans l'autre.

L'homme fit trois pas vers eux, vêtu d'un costume de lin vert menthe, un chapeau beige fatigué à la main. Des cheveux prodigieusement blancs couronnaient un visage très hâlé. Il arborait un large sourire et Jason faillit lâcher ce satané chat.

L'homme aux cheveux blancs ouvrit les bras, adressa un grand sourire à Ree et s'écria joyeusement : « Bonjour, Boucle d'or. Viens voir grand-papa ! »

21

J ASON DÉVERROUILLA rapidement la porte d'entrée et jeta M. Smith à l'intérieur. Il posa une main sur l'épaule de Ree. « Tu rentres.

– Mais papa...

– Tu rentres. Tout de suite. Le chat veut manger. »

Ree ouvrit de grands yeux, mais elle reconnut ce ton et obtempéra. Elle entra dans la maison, Jason tira la porte derrière elle et ferma de nouveau à clé avant de se tourner vers l'homme aux cheveux blancs.

« Sortez de chez moi. »

Le nouveau venu pencha la tête sur le côté, parut déconcerté. Jason n'avait rencontré le père de Sandy qu'une fois auparavant et il avait été frappé alors comme aujourd'hui par les yeux bleus plissés de cet homme et son sourire éclatant. « Voyons, Jason, c'est une façon d'accueillir son beau-père ? »

Max Black tendit une main amicale. Jason l'ignora et affirma : « Sortez de chez moi ou je vous fais arrêter. »

Max ne bougea pas. Mais son visage s'assombrit. Il tritura son chapeau, l'air hésitant. « Où est votre femme, fiston ? demanda enfin le juge sur le ton lugubre qui convenait.

– Je compte jusqu'à cinq, dit Jason. Un...

– J'ai appris qu'elle a disparu depuis plus de vingt-quatre heures. J'ai vu ça aux infos, alors je me suis carapaté à l'aéroport.

– Deux.

228

« – C'est ma petite-fille ? Elle a les yeux de sa grand-mère, vraiment. Une magnifique petite fille. Dommage que personne n'ait pensé à m'avertir de sa naissance. Je sais que Sandra et moi avons eu nos divergences, mais je ne vois pas ce que j'ai pu faire pour mériter qu'on me cache cette charmante enfant.

– Trois.

– Je suis là pour donner un coup de main, fiston. Sérieusement. Je suis peut-être vieux, mais je n'ai pas encore dit mon dernier mot.

– Quatre. »

Max prit un regard plus finaud, plus curieux. « Vous avez tué ma fille unique, Jason *Jones* ? Parce que s'il s'avérait que vous avez fait du mal à ma petite Sandra, que vous avez touché à un seul de ses cheveux…

– Cinq. »

Jason descendit du perron. Max ne lui emboîta pas le pas, ce qui ne surprit pas Jason. D'après Sandra, son père était comme on dit une grosse légume dans sa région. C'était un juge très respecté, un affable gentleman du Sud. Les gens se fiaient à lui d'instinct, ce qui expliquait pourquoi personne n'était intervenu pour secourir sa fille unique même lorsque sa mère lui versait de l'eau de Javel dans le gosier.

Les journalistes virent Jason approcher et, pleins d'optimisme, tendirent leurs micros en redoublant de cris.

« *Où est Ree ?*

– *Qui est l'homme sur votre perron ?*

– *Avez-vous quelque chose à dire au ravisseur éventuel de Mme Jones ?* »

Jason s'arrêta à proximité de l'agent le plus éloigné des journalistes et lui fit signe de venir. D'après son badge, l'agent s'appelait « Hawkes ». Faucon. Parfait, c'était précisément ce qu'il lui fallait.

L'agent s'approcha docilement car il ne désirait pas davantage que Jason faire profiter le monde entier et sa banlieue de leur conversation.

« Le vieux devant la porte, murmura Jason. Il n'est pas le bienvenu chez moi. Je lui ai demandé de partir. Il refuse. »

L'agent eut l'air étonné. Question muette, son regard passa de Jason aux journalistes puis de nouveau à Jason.

« S'il veut faire un scandale, ça le regarde, répondit Jason à mi-voix. Je le considère comme une menace pour ma fille et je veux qu'il s'en aille. »

L'agent hocha la tête et sortit un carnet à spirale. « Comment s'appelle-t-il ?

– Maxwell Black, domicilié à Atlanta.

– Lien avec vous ?

– Officiellement, c'est le père de ma femme. »

L'agent sursauta. Jason haussa les épaules. « Ma femme ne voulait pas de son père dans la vie de notre fille. Ce n'est pas parce que Sandy… n'est pas là qu'il faut ne pas tenir compte de ses instructions.

– Est-ce qu'il a dit quelque chose ? Menacé votre fille ou vous-même d'une quelconque manière ?

– Je considère sa présence comme une menace.

– Vous voulez dire que vous avez une ordonnance d'éloignement ? demanda l'agent, désorienté.

– Demain matin à la première heure, c'est promis. »

Ce qui était un mensonge parce que Jason aurait besoin de démontrer l'existence d'un comportement menaçant, or les tribunaux exigeraient sans doute une preuve plus solide que la conviction de Sandy selon laquelle Max avait aimé son épouse désaxée davantage que sa fille persécutée.

« Je ne peux pas l'arrêter…, commença l'agent.

– Je considère qu'il empiète sur ma propriété, le coupa Jason. Faites-le sortir de chez moi. C'est tout ce que je demande. »

L'agent ne protesta pas et, haussant les épaules comme pour dire *c'est vous qui aurez ça en première page*, se dirigea vers le perron d'un pas nonchalant. Mais Max voyait que les jeux étaient faits. Il descendit les marches de lui-même, affichant toujours un sourire jovial, même s'il se déplaçait avec des mouvements saccadés, en homme qui faisait ce qu'il devait faire et non ce qu'il voulait.

« Je crois que je vais aller prendre ma chambre d'hôtel maintenant », concéda-t-il, grand seigneur, avec un signe de tête vers Jason.

Les journalistes s'étaient tus. Ils semblaient faire le lien entre la présence de l'agent et les agissements de l'homme aux cheveux blancs et observaient très attentivement la scène.

« Évidemment, dit Max à Jason, j'ai hâte de rendre visite à ma petite-fille dès demain matin.

– N'y comptez pas », répondit Jason sur un ton égal en retournant vers la maison où Ree l'attendait.

Max l'interpella :

– Ah, là, je ne dirais pas ça si j'étais vous. »

Ce fut plus fort que lui : Jason s'arrêta, se retourna, regarda son beau-père.

« Je sais quelque chose », dit le vieil homme, à voix suffisamment basse pour que seuls Jason et le policier puissent entendre. « Par exemple, je sais à quelle date vous avez rencontré ma fille et à quelle date ma petite-fille est née.

– Non, c'est faux. Sandy ne vous a pas appelé à la naissance de Ree.

– L'état civil, Jason *Jones*. L'état civil. Alors, vous ne croyez pas qu'il serait temps de tirer un trait sur le passé ?

– N'y comptez pas », répéta fermement Jason, même si son cœur s'était emballé.

Pour la troisième fois de la journée, il découvrait un danger là où il n'y en avait pas auparavant.

Il tourna le dos à Max, gravit les marches, tourna la clé. Il ouvrit et trouva Ree au milieu du vestibule, la lèvre inférieure tremblante, les yeux noyés de larmes.

Il referma la porte et elle se jeta dans ses bras.

« Papa, j'ai peur. Papa, j'ai peur !

– Chut, chut, chut. »

Il la serra fort. Il caressa les cheveux de sa fille, huma le parfum réconfortant de son shampoing antinœuds.

« Je t'aime », murmura-t-il sur le sommet de sa tête, tout en se demandant si Max allait la lui prendre.

Jason fit des gaufres pour le dîner. Prendre un petit déjeuner le soir était un plaisir consacré par la tradition et le rituel familial qui consistait à battre la préparation pour gaufres avec l'eau apaisa Jason. Il versa la pâte sur la plaque fumante. Assise sur le bar, Ree ne quittait pas des yeux le voyant rouge de la plaque. Quand il s'éteindrait, ce serait l'heure de manger. Elle prenait sa mission de chronométreuse très au sérieux.

Jason sortit le sirop. Leur servit des verres de jus d'orange, puis brouilla les deux derniers œufs du frigo pour que sa fille ait autre chose que du pain imbibé de sucre en guise de repas. Il pouvait presque entendre Sandy : « Des gaufres avec du sirop d'érable, c'est à peine mieux que des beignets. Sérieusement, Jason, rajoute au moins un œuf dur, quelque chose. »

Mais elle n'avait jamais trop râlé. Son plat préféré était les cheveux d'ange à la sauce vodka rose ; elle en prenait à chaque fois qu'ils allaient dans les restaurants italiens du North End. Des pâtes rosélicieuses, disait Ree, et, partageant la même assiette, elles mangeaient à grand bruit avec une jubilation de gastronomes.

La main de Jason fut prise d'un léger tremblement. Il brouilla les œufs avec tant d'énergie qu'il fit tomber un peu de jaune par terre. Il tapota à côté du bout du pied et M. Smith s'approcha pour faire son enquête.

« C'est éteint, carillonna Ree.

– Parfait, alors. À table ! »

Il avait pris sa plus belle voix de Jim Carrey et Ree pouffa. Son rire le réconforta. Il n'avait pas toutes les réponses. Il était profondément inquiet de ce qui s'était passé aujourd'hui, sans parler de ce qui risquait d'arriver par la suite. Mais il avait ce moment. Ree avait ce moment.

C'était important, les moments. Les gens ne le comprennent pas toujours. Mais Jason, si.

Ils s'installèrent au bar côte à côte. Ils mangèrent les gaufres. Burent leur jus. Ree promenait des morceaux d'œuf brouillé dans son assiette, faisant accomplir à chacun tout un gymkhana dans le sirop d'érable avant de le fourrer enfin dans sa bouche.

Jason se servit une autre gaufre. Se demanda quand la police arriverait pour saisir l'ordinateur familial. Il coupa sa gaufre en bouchées. Se demanda ce qu'Ethan Hastings avait appris à Sandy en matière d'informatique et pourquoi elle ne lui avait jamais fait part de ses soupçons. Il ajouta une demi-douzaine de morceaux de gaufre dans l'assiette à motif de marguerite de Ree. Se demanda quelle serait la pire façon de perdre sa fille : à cause de la police qui la placerait en famille d'accueil quand on viendrait l'arrêter pour le meurtre de Sandy ou à cause du père de Sandy, qui expliquerait au juge des affaires familiales que Jason Jones n'était pas le père biologique de Clarissa Jones et qu'il devait donc sortir de sa vie.

Ree reposa sa fourchette. « Je n'ai plus faim, papa. »

Il regarda l'assiette de sa fille. « Encore quatre bouchées de gaufre, puisque tu as quatre ans.

– Non. »

Elle sauta du tabouret de bar. Il la retint par le bras, désapprobateur.

« Encore quatre bouchées et tu pourras sortir de table.

– C'est pas toi qui me commande. »

Jason, interloqué, posa sa fourchette. « Je suis ton père, alors si, c'est moi qui commande.

– Non, c'est maman.

– C'est tous les deux.

– Non, seulement maman.

– Clarissa Jane Jones, soit tu manges quatre morceaux de gaufre, soit tu vas au coin dans les escaliers. »

Ree leva un menton rebelle. « Je veux maman.

– Quatre bouchées.

– Pourquoi tu t'es fâché contre elle ? Pourquoi tu l'as mise en colère ?

– Remonte sur ta chaise, Ree. »

Elle frappa du pied. « Je veux maman ! Elle m'a dit qu'elle reviendrait à la maison. Elle m'a dit qu'elle ne me laisserait pas.

– Ree…

– Maman va au travail et elle revient. Elle va faire les courses et elle revient. Elle m'a dit, elle m'a *promis* qu'elle reviendrait toujours ! »

Jason sentit son cœur se serrer. Ree avait traversé une période où les séparations étaient difficiles, où elle avait pleuré et fait une scène chaque fois que Sandy partait. Alors Sandy avait initié un petit jeu découvert dans un livre de conseils aux parents : elle prévenait toujours Ree quand elle partait et la prenait dans ses bras avant de faire quoi que ce soit d'autre quand elle rentrait. « *Tu vois, regarde-moi, Ree. Je suis à la maison. Je reviens toujours à la maison. Jamais je ne t'abandonnerai. Jamais.* »

« Maman va me mettre au lit, dit Ree, le menton obstinément relevé. C'est son travail. Tu vas au bureau, elle me met au lit. Va au bureau, papa. Allez. Pars !

– Ree...

– Je ne veux plus de toi ici. Il faut que tu partes. Si tu pars, maman rentrera. Va au travail. Il faut.

– Ree...

– Va-t'en, va-t'en. Je ne veux plus te voir. Tu es une *crapule.*

– Clarissa Jane Jones.

– Arrête, arrête ! dit-elle en se bouchant les oreilles. Arrête de crier, je ne veux pas t'entendre crier.

– Je ne crie pas. »

Mais sa voix était montée d'un ton.

Sa fille continua comme si elle n'avait rien entendu. « Des pieds en colère, des pieds en colère. J'entends tes méchants pieds dans l'escalier. Va-t'en, va-t'en, va-t'en. Je veux maman ! Ce n'est pas juste, ce n'est pas juste. *Je veux ma maman !* »

Puis sa fille s'arracha à lui et, en pleurs, monta l'escalier en courant.

Jason la laissa faire. Il l'entendit courir dans le couloir comme une furie. Il entendit le fracas lointain de sa porte claquée. Alors il se retrouva seul au bar de la cuisine, avec une gaufre à moitié mangée et le cœur lourd de regrets.

Deux jours que sa femme avait disparu et sa fille partait en vrille.

Il se dit, dans un sursaut d'amère ironie, que Sandy avait intérêt à être morte, sinon il allait la tuer.

La police revint à 20 heures 45 précises. Jason, au milieu de la cuisine, était en train de contempler l'ordinateur familial, qui n'était plus l'ordinateur familial, lorsqu'ils gravirent le perron à pas lourds.

Il ouvrit la porte. Le commandant Warren menait l'assaut.

Elle lui mit le mandat sous le nez, énumérant à toute allure en jargon juridique les endroits où ils avaient le droit d'aller et les objets qu'ils avaient le droit de saisir. Comme il s'en doutait, ils allaient prendre l'ordinateur, ainsi que divers appareils électroniques, dont consoles de jeu, iPod, BlackBerry et Palm Pilot, la liste n'étant pas limitative.

« Qu'entendez-vous par consoles de jeu ? » se renseigna-t-il pendant que les agents en tenue et les techniciens de l'Identité judiciaire investissaient sa maison. Sur le trottoir d'en face, les projecteurs s'allumaient : voyant qu'il y avait de l'action, les journalistes se préparaient pour une nouvelle série de photos.

« Xbox, Gameboy, PlayStation 2, Wii, etc.

– Ree a une console Leapster, indiqua-t-il. À mon humble avis, le jeu Cars est mieux que la cartouche Princesses Disney, mais vos techniciens pourront évidemment en juger par eux-mêmes. »

D.D. lui adressa un regard glacial. « Le mandat nous autorise à saisir tous les appareils électroniques que nous estimerons nécessaires, monsieur. Alors oui, nous en jugerons par nous-mêmes. »

Le « monsieur » hérissa Jason, mais il ne releva pas. « Ree est endormie, dit-il. Elle a eu une très longue journée. Si vos hommes avaient la gentillesse de ne pas trop faire de bruit... »

Il s'efforçait d'être poli, mais sa gorge s'était peut-être un peu nouée sur la fin. Lui aussi avait eu une longue journée, qui était sur le point de se muer en longue nuit.

« Nous sommes des professionnels, l'informa le commandant d'un air pincé. Nous n'allons pas mettre votre maison à sac. Nous allons très poliment la démolir brique par brique. »

D.D. fit signe à un policier en tenue de s'approcher. L'agent Anzaldi avait apparemment perdu à la courte-paille et serait le baby-sitter de Jason pour la soirée. Il conduisit celui-ci dans le séjour, où il prit place dans le canapé, un peu comme la veille. Sauf qu'il n'y avait pas de

Ree, cette fois-ci. Pas de petit corps chaud blotti contre lui, qui avait besoin de lui, qui lui permettrait de garder les pieds sur terre, l'empêcherait de hurler de frustration.

Alors Jason ferma les yeux, mit les mains derrière sa tête et s'endormit.

Lorsqu'il rouvrit les yeux, quarante-cinq minutes s'étaient écoulées et le commandant D.D. Warren le regardait avec une colère froide.

« Qu'est-ce que vous foutez ?

– Je me repose.

– Vous vous reposez ? Comme ça ? Votre femme a disparu, donc vous faites la *sieste* ?

– De toute façon, je ne risque pas de la retrouver pendant que je suis coincé dans un canapé, si ? »

D.D. semblait écœurée. « Il y a vraiment un truc qui ne tourne pas rond chez vous.

– Demandez à un agent des forces spéciales, un de ces quatre. Que fait-on quand on est mis en alerte, mais pas encore déployé ? On dort. Comme ça, le moment venu, on est prêt.

– C'est comme ça que vous voyez la chose ? Vous êtes un soldat d'élite mis en alerte, mais pas encore déployé ? demanda-t-elle d'un air sceptique.

– Ma famille est en crise et la seule chose que je puisse faire, c'est rester avec ma fille. En alerte, mais pas déployé.

– Vous pourriez la confier à son papi. »

Le commandant prononça ces mots sur un ton neutre, mais avec une lueur dans le regard. Alors comme ça, elle était au courant. Bien sûr qu'elle était au courant. Les policiers n'avaient, semblait-il, rien d'autre à faire en ce moment que d'aller rapporter le moindre détail de son existence au commandant Warren.

« Non merci, dit-il.

– Pourquoi pas ?

– Je n'aime pas les costumes en lin. »

Mais D.D. ne se laisserait pas décourager aussi facilement. Elle s'assit en face de lui, posa ses coudes sur ses genoux, l'air simplement curieux, pendant que de la cuisine venaient des bruits de placards, de tiroirs. Il soupçonnait que l'ordinateur était déjà parti. Que l'iPod avait été saisi dans sa table de chevet. Peut-être avaient-ils aussi pris son radio-réveil. Tout contenait des puces de nos jours, or n'importe quelle puce peut être trafiquée pour y enregistrer des données. L'année précédente, un gros scandale avait vu un homme d'affaires stocker des tonnes de documents financiers compromettants dans la Xbox de son fils.

Jason avait parfaitement compris les termes du mandat de perquisition. Mais il s'était plu à compliquer la tâche de la jolie policière blonde.

« Vous avez dit que votre femme et son père étaient brouillés, reprit celle-ci.

– Exact.

– Pour quelle raison ?

– Ce serait plutôt à Sandy de le dire.

– Mais on dirait qu'elle n'est pas disponible en ce moment, alors vous pourriez peut-être me dépanner. »

Il réfléchit. « Je crois que si vous interrogiez le père, il vous répondrait que sa fille était jeune, butée et irresponsable quand elle m'a rencontré.

– Vraiment ?

– Et je crois qu'une enquêteuse aguerrie comme vous pourrait se demander ce qui s'était passé pour qu'elle soit aussi rebelle.

– Il la battait ?

– Je ne suis pas sûr.

– Il l'insultait ? s'étonna D.D.

– Je crois plutôt que la mère lui filait des dérouillées et qu'il n'a jamais levé le petit doigt pour l'en empêcher. La mère est morte, donc Sandy n'a plus à la haïr. Mais le père...

– Elle ne lui a jamais pardonné ?

– Encore une fois, répondit-il en haussant les épaules, c'est à elle qu'il faudrait le demander.

– Pourquoi avoir renforcé vos fenêtres, monsieur Jones ? »

Il la regarda droit dans les yeux. « Parce que le monde est peuplé de monstres et que je ne veux pas qu'ils prennent notre fille.

– Ça paraît excessif.

– Ce n'est pas parce qu'on est paranoïaque qu'il n'y a pas de danger. »

Elle sourit un peu. Cela lui ridait le coin des yeux et trahissait son âge, mais d'un seul coup, elle parut aussi plus douce. Plus abordable. Elle savait mener un interrogatoire, réalisa-t-il. Et lui était fatigué, de sorte que l'idée de tout lui dire était de plus en plus séduisante. Déposer tous ses problèmes aux pieds de la belle et brillante policière. La laisser se dépatouiller dans ce merdier.

« Quand votre femme, Sandy, a-t-elle parlé avec son père pour la dernière fois ? demanda D.D.

– Le jour où elle a quitté Atlanta avec moi.

– Elle ne l'a jamais appelé ? Pas une fois depuis votre installation à Boston ?

– Non.

– Pas pour votre mariage, pas pour la naissance de votre fille.

– Non.

– Alors que fait-il ici maintenant ? demanda-t-elle d'un air intéressé.

– Il prétend qu'il a appris la disparition de Sandy par la télévision et qu'il s'est "carapaté" à l'aéroport.

– Je vois. Sa fille, avec laquelle il est brouillé, disparaît et c'est le moment qu'il choisit pour vous rendre visite ?

– C'est à lui qu'il faudrait poser la question. »

D.D. pencha la tête sur le côté. « Vous mentez, monsieur Jones. Et vous savez comment je le sais ? »

Il refusa de répondre.

« Vous regardez *en bas* à gauche. Quand les gens essayent de se rappeler quelque chose, ils regardent *en haut* à gauche. Mais quand ils fuient la vérité, ils regardent *en bas* à gauche. Un petit détail intéressant qu'on nous enseigne à l'école de police.

– Et il vous a fallu combien de semaines pour décrocher votre diplôme ? »

Les lèvres de D.D. esquissèrent à nouveau ce demi-sourire. « D'après ce qu'a compris l'agent Hawkes, continua-t-elle, Maxwell Black entretient certaines idées sur sa petite-fille. Notamment celle que vous n'êtes pas le vrai père. »

Jason ne répondit pas. Il en avait envie. Envie de crier que Ree était évidemment sa fille, qu'elle le serait toujours et qu'il ne pourrait jamais en être autrement, mais ce cher commandant n'avait pas posé de question et la règle numéro un en matière d'interrogatoire était de ne jamais répondre aux questions sans nécessité.

« Quand Ree est-elle née ? insista D.D.

– À la date indiquée sur son acte de naissance, répondit-il sèchement. Que vous avez déjà lu, je suis sûr. »

Elle sourit à nouveau. « 20 juin 2004, il me semble. »

Il ne dit rien.

« Et quand avez-vous rencontré Sandy ?

– Au printemps 2003 », répondit-il en prenant garde de la regarder en face et de ne baisser les yeux en aucun cas.

Nouvelle moue sceptique de D.D. « Sandy n'aurait eu que dix-sept ans.

– Je n'ai jamais dit que son père n'avait aucune raison de me détester.

– Dans ce cas, pourquoi Maxwell croit-il que vous n'êtes pas le père de Ree ?

– Il faudrait lui demander.

– Faites-moi plaisir. Vous le connaissez manifestement mieux que moi.

– On ne peut pas dire que je le connaisse. Sandy et moi ne nous sommes pas exactement présenté nos parents avant de nous fréquenter.

– Vous n'aviez jamais rencontré le père de Sandy avant aujourd'hui ?

– Seulement en passant. »

Elle l'observa. « Et de votre côté ?

– Je n'ai pas de famille.

– Vous êtes né par l'opération du Saint-Esprit ?

– On voit des miracles tous les jours. »

Elle leva les yeux au ciel. « D'accord, le père de Sandy, alors. Papi Black. Vous lui avez enlevé sa fille, vous vous êtes installé dans un État yankee loin de toute civilisation et vous ne l'avez jamais informé de la naissance de sa petite-fille. »

Jason haussa les épaules.

« Je crois que le juge Black a de bonnes raisons de vous en vouloir, à vous et à Sandy. C'est peut-être pour ça qu'il est revenu maintenant. Sa fille a disparu et son gendre est le principal suspect. Le malheur des uns fait le bonheur des autres.

– Il ne s'approchera pas de Ree.

– Vous avez une ordonnance d'éloignement ?

– Il ne s'approchera pas de Ree.

– Et s'il réclame un test de paternité ?

– Impossible. Vous avez lu l'acte de naissance.

– Vous êtes son père au regard de l'état civil, donc il n'y a pas lieu de faire un test. La défense Howard K. Stern. »

Nouveau haussement d'épaule.

D.D. sourit. « Dans mon souvenir, c'est l'autre qui a gagné.

– Demandez-moi qui a renforcé les fenêtres.

– Quoi ?

– Demandez-moi qui a renforcé les fenêtres. Vous tournez autour du pot. Vous revenez tout le temps sur cette question comme si ça vous apprenait quelque chose sur moi.

– D'accord. Qui a renforcé vos fenêtres ?

– Sandy. Le lendemain de notre arrivée. Elle était enceinte de neuf mois, nous avions toute une maison à installer et son premier mouvement a été de consolider toutes les fenêtres. »

D.D. y réfléchit. « Après toutes ces années, elle se barricade encore contre son père ?

– Je ne vous le fais pas dire. »

D.D. se leva finalement de sa chaise. « Eh bien, ça n'a pas marché parce que papa est de retour et qu'il a le bras plus long que vous ne croyez.

– Comment ça ?

– Il semblerait qu'il ait fait ses études avec un des juges de notre cour fédérale. » Elle montra rapidement son formulaire. « Qui a signé notre mandat, d'après vous ? »

Jason réussit à ne pas piper mot, mais cela n'avait probablement aucune importance, car sa soudaine pâleur le trahissait.

« Vous ne savez toujours pas où se trouve votre femme ? » demanda D.D. sur le pas de la porte.

Il secoua la tête.

« Dommage. Ce serait vraiment mieux pour tout le monde si on la retrouvait. Surtout vu son état, tout ça.

– Son état ? »

D.D. eut à nouveau l'air surprise. Cette fois-ci, impossible de se méprendre sur la lueur de triomphe dans son regard. « Encore une chose qu'on nous apprend à l'école de police. Comment récupérer les poubelles des gens et comment lire un test de grossesse.

– Quoi ? Vous voulez dire...

– Parfaitement, Jason Jones. Votre femme est enceinte. »

22

COUCHER AVEC DES INCONNUS *ne va pas de soi pour une femme. Les hommes ont la partie plus facile. Ils se retirent, oublient, passent à autre chose. Pour les femmes, ça n'a rien de comparable. La nature a fait de nous des réceptacles, destinés à prendre un homme en nous, à le recevoir, à l'accepter, à le garder. C'est plus dur d'oublier. Plus difficile de passer à autre chose.*

J'y pense souvent les soirs de spa, généralement au moment où je rends les clés de ma chambre pour rentrer chez moi et que, de poufiasse dévergondée, j'essaie de redevenir une honorable mère de famille.

Ai-je trop donné de moi-même ? Est-ce pour cette raison que je me sens tellement transparente, comme si une bourrasque devait m'emporter ? Je me douche. Je me savonne, je me frotte, je me rince, je recommence. J'essaie de gommer les traces de doigts de trop d'hommes sur mon corps, tout comme j'essaie d'effacer de mon esprit l'empreinte de leurs visages concupiscents.

Je ne suis pas trop mauvaise à ce jeu-là. Sincèrement, les deux jeunes du premier soir... je ne saurais même pas les reconnaître au milieu d'un alignement de suspects. Et la fois d'après, et celle d'après. J'arrive assez facilement à les oublier. Mais je n'arrive pas à leur pardonner, même si ça n'a pas de sens.

J'ai inauguré une nouvelle tradition les soirs de spa. Quand je reviens dans ma chambre d'hôtel, je me roule en boule et je sanglote comme une hystérique. Je ne sais pas sur qui je pleure. Sur moi-même et les rêves d'avenir que j'ai eus à une époque ? Sur mon mari et les espoirs qu'il avait probablement pour nous ? Sur ma

242

fille, qui me regarde avec tant de douceur sans avoir la moindre idée de ce que fait réellement sa maman quand elle s'en va ?

Peut-être que je pleure sur mon enfance, sur les instants de tendresse et de sécurité que je n'ai jamais connus, de sorte que quelque chose de dépravé en moi doit en permanence me punir, comme si je reprenais là où ma mère s'est arrêtée.

Un jour, debout devant le miroir de la chambre d'hôtel, j'ai regardé les grands bleus qui commençaient à assombrir lentement mes côtes et je me suis dit que je ne voulais plus faire ça. Que j'étais tombée amoureuse de mon mari. Et qu'à force de ne jamais me toucher, il était en fait devenu l'homme de ma vie.

Je voulais rester à la maison. Je voulais me sentir en sécurité.

C'était une bonne résolution, vous ne trouvez pas ?

Malheureusement, je ne suis pas douée pour mener une vie saine et équilibrée. Il faut que j'aie mal. Il faut que je sois punie.

Sinon par moi, du moins par quelqu'un d'autre.

Quand j'ai découvert l'image sur l'ordinateur, cette seule et unique photo en noir et blanc d'un acte d'une violence indicible commis contre un petit garçon vulnérable, j'aurais dû prendre Ree sous le bras et partir. Cela aurait été la réaction intelligente et raisonnable.

Ne pas perdre de temps dans le déni. Oui, Jason était gentil, attentionné et, autant que je pouvais en juger, un père remarquable. Mais les pères de famille respectables peuvent avoir leurs petits secrets inavouables, n'est-ce pas ? J'étais bien placée pour le savoir.

Est-ce que c'était le cycle de la violence ? Dans ma tentative calculée pour fuir ma famille, pour choisir l'homme qui me semblait l'antithèse de tout ce que mon père avait été, m'étais-je jetée dans les bras d'un autre monstre ? Peut-être que les ténèbres attirent les ténèbres. Je n'avais pas épousé mon mari parce que je croyais qu'il me sauverait ; je l'avais épousé pour rester avec le démon que je connaissais.

Je sais qu'à l'instant où j'ai vu cette photo, quelque chose d'ignoble en moi a tressailli. Une amère impression de familiarité. D'un seul coup, mon mari parfait n'était pas meilleur que moi et, pauvre imbécile que j'étais, ça m'a fait plaisir. Ça m'a fait vraiment, vraiment plaisir.

Je me suis dit qu'il fallait en savoir plus. Que mon mari méritait le bénéfice du doute. Qu'une seule photo porno dans la corbeille ne faisait pas d'un homme un criminel. Peut-être l'avait-il reçue par erreur et immédiatement effacée. Peut-être avait-elle surgi à l'improviste sur un site et qu'il s'en était débarrassé. Il pouvait y avoir une explication rationnelle. Non ?

La vérité, c'est que quand Jason est rentré ce soir-là, je pouvais encore le regarder en face. Et que quand il m'a demandé comment s'était passée ma soirée, j'ai répondu : « Très bien. » Je suis une spécialiste du mensonge. Je suis très forte pour faire comme si tout était normal.

Et quelque chose de terrible, de rageur en moi se réjouissait d'être à nouveau aux commandes.

J'ai emmené Ree à l'école. J'ai commencé à enseigner aux sixièmes. J'ai réfléchi à ce que je pouvais faire.

Un mois plus tard, je suis passée à l'action. Je m'étais renseignée sur les élèves et ma chère amie, Mme Lizbet, s'était comme toujours montrée d'un précieux conseil.

J'ai trouvé Ethan dans la salle informatique. Il a levé les yeux quand je suis entrée. Immédiatement, il est devenu rouge comme une pivoine et j'ai su que ça allait être encore plus facile que prévu.

« Ethan, a dit la jolie et respectable Mme Jones. Ethan, j'ai un projet à te proposer. Je voudrais que tu m'apprennes tout ce que tu sais sur Internet. »

D.D. était horripilée. Elle sortit de la maison des Jones, s'installa dans sa voiture et pianota sur son portable. Il était près de onze heures du soir, une heure bien trop tardive pour échanger des politesses mais, d'un autre côté, c'était un enquêteur de la police d'État qu'elle appelait et il avait l'habitude de ces choses-là.

« Quoi ? » répondit l'enquêteur Bobby Dodge de la police d'État du Massachusetts. Il semblait somnolent et agacé, ce qui s'accordait parfaitement avec l'humeur de D.D.

« Je t'ai réveillé, chéri ?

– Oui », répondit-il avant de lui raccrocher au nez.

D.D. appuya sur la touche Bis ; Bobby et elle se connaissaient de longue date, ils étaient même sortis ensemble à
une époque. Elle aimait l'appeler à n'importe quelle
heure de la nuit. Il aimait lui raccrocher au nez. Ça marchait pour eux.

« D.D., grogna-t-il cette fois. J'ai été d'astreinte ces quatre dernières nuits. Fous-moi la paix.

– Ça te ramollit, le mariage, railla-t-elle.

– Je crois que l'expression politiquement correcte, c'est
"vie équilibrée".

– Je t'en prie, dans la police, une vie équilibrée, c'est
une bière dans chaque main. »

Il se dérida enfin. Elle entendit le froissement des draps,
il s'étirait. Elle se surprit à tendre l'oreille, à écouter son
épouse chuchoter à voix basse. Elle rougit, se fit l'effet
d'une voyeuse et se félicita de ne pas être en visioconfé-
rence.

Elle avait pour Bobby Dodge un faible qu'elle ne s'expliquait pas. Elle avait renoncé à lui, mais ne parvenait pas à
le lâcher. Ce qui prouvait simplement que les femmes
intelligentes et ambitieuses n'ont de pires ennemis
qu'elles-mêmes.

« Okay, D.D., quelque chose te tracasse, apparemment.

– Quand tu étais tireur d'élite dans les forces spéciales,
tu dormais ?

– Plus qu'aujourd'hui, tu veux dire ?

– Non, je veux dire, quand tu étais déployé, tu faisais la
sieste ?

– Mais qu'est-ce que tu racontes, D.D. ?

– Tu as vu les infos ? La disparition à Southie ?

– Je dormais pendant la conférence de presse de ce
matin, mais Annabelle m'a dit que tu étais très bien coif-
fée. »

D.D. se sentit bêtement adoucie par le compliment.
« Ouais, bon, j'étais chez eux ce soir pour saisir l'ordinateur et tout le reste, et là, tiens-toi bien, au beau milieu des
préliminaires juridiques, le mari fait un somme sur le
canapé.

– Sans rire ?

– Parfaitement. Il a fermé les yeux, renversé la tête sur le dossier et s'est endormi. Sérieux, c'était quand la dernière fois que tu as vu le proche d'une personne disparue faire une sieste au milieu de l'enquête ?

– Je trouverais ça bizarre.

– Tout juste. Alors je lui ai posé la question et figure-toi qu'il a commencé à me raconter toute une histoire comme quoi, dans les forces spéciales, quand on a été mis en alerte mais pas encore déployé, ce qu'on a de mieux à faire, c'est de dormir pour être prêt le moment venu. »

Il y eut un silence. Puis : « Il fait quoi déjà, comme métier ?

– Journaliste. Pigiste pour le *Boston Daily*.

– Han-han.

– Quoi, han-han ? Je ne t'ai pas appelé pour que tu grognes, je t'ai appelé pour que tu me donnes ton avis d'expert. »

Elle pouvait pratiquement le voir lever les yeux au ciel dans son lit. « Bon, voilà ce qui se passe : pour la plupart des opérations de maintien de l'ordre, la mise en alerte et le déploiement des unités tactiques sont pratiquement simultanés. Mais je vois ce qu'il veut dire : quelques gars de ma brigade étaient des anciens des forces spéciales de l'armée. Commandos de Marines, unités de reconnaissance, ce genre de choses. Et oui, j'ai vu ces types s'endormir au milieu d'un pré, dans le gymnase d'un lycée ou entre deux semi-remorques. On dirait bien qu'il existe une sorte de règle chez les militaires : si on n'agit pas, autant dormir pour pouvoir agir plus tard.

– Fais chier, dit D.D. en se mordillant la lèvre inférieure.

– Tu penses que c'est un ancien soldat ?

– Je pense qu'il pourrait battre le diable lui-même au poker. Connard. »

Un bâillement. « Tu veux que je tente le coup avec lui ? » proposa Bobby.

D. D. se hérissa.

« Hé, j'ai pas besoin qu'un flic de la police d'État vienne fourrer le nez dans mon enquête.

– Du calme, blondinette. C'est toi qui m'as appelé.

– Que je te raconte le plus beau, continua-t-elle comme si elle ne l'avait pas entendu. L'épouse a disparu de la circulation et évidemment on le soupçonne, alors on saisit ses poubelles. Et on retrouve un test de grossesse. Positif.

– Non ?

– Si. Alors je décide de lui tendre un piège ce soir. Histoire de voir sa réaction. Vu qu'il n'en a jamais parlé et qu'on s'imaginerait que le mari l'aurait signalé si sa femme disparue était enceinte.

– À ce propos... »

Elle s'interrompit. Ferma les yeux. Sentit son estomac descendre d'un étage. « Nom d'un petit bonhomme, dit-elle enfin. Mais où, quand, comment ? »

Il éclata de rire. « Probablement pas besoin que je te dise où et comment, mais Annabelle doit accoucher le premier août. Elle est nerveuse, mais elle va bien.

– Waouh, punaise. Je veux dire, félicitations. À tous les deux. C'est... génial. »

Et ça l'était. Et elle le pensait réellement. Ou elle le penserait plus tard. Bon sang, elle avait vraiment besoin de sexe.

« Bon », reprit-elle. Elle s'éclaircit la voix et fit de son mieux pour paraître alerte. *Ici le commandant D.D. Warren, le boulot avant tout.* « À propos de mon suspect. Ce soir, je lui tends une embuscade avec la nouvelle...

– Tu lui as dit que sa femme était enceinte.

– Exactement.

– Mais comment tu sais que le test de grossesse était à sa femme ?

– Je ne le sais pas. Mais c'est la seule femme de la maison et ils ne reçoivent jamais, mais alors vraiment *jamais*, donc je ne prends pas trop de risques. Les gars du labo vont faire des tests ADN pour être sûrs, mais je n'aurai pas ces résultats avant trois mois et, franchement, Sandra Jones n'a pas trois mois devant elle.

– C'était juste une question.

– Donc je la joue *stratégique* et je laisse tomber cette petite bombe dans la conversation.

– Et ?

– Pas de réaction. Rien. Nada. Il est resté aussi impassible que si je lui avais annoncé qu'il pleuvait.

– Han-han.

– Ouais. On se dirait que, s'il est surpris, il devrait s'étrangler, parce que maintenant non seulement sa femme mais aussi son enfant à naître sont peut-être en danger. Il devrait se lever d'un bond, commencer à poser des questions, exiger des réponses, putain. N'importe quoi sauf rester assis là comme si on parlait de la pluie et du beau temps.

– Autrement dit, il était sans doute au courant, conclut Bobby. Sa femme est tombée enceinte d'un autre, il l'a tuée et maintenant il cherche à brouiller les pistes. Ça n'a rien de sorcier, D.D. C'est carrément une nouvelle mode dans tout le pays.

– Et si on parlait d'un type normal, je serais d'accord avec toi.

– Qu'entends-tu par "normal" ? »

Elle poussa un profond soupir. C'était là que ça devenait confus. « Bon, ça fait deux jours maintenant que je fréquente ce type. Et il est froid. Un vrai glaçon. Détraqué jusqu'à la moelle au point qu'il lui faudrait sans doute une thérapie à vie, six médocs différents et une greffe totale de personnalité. Mais il est ce qu'il est et j'ai remarqué qu'il se fige à certains moments bien précis.

– À savoir ? » demanda Bobby qui s'impatientait – il était presque minuit, fallait reconnaître.

« Plus une chose le touche de près, plus il se referme sur lui-même. Comme ce matin. Nous étions en train d'auditionner sa fille de quatre ans devant lui. Elle répétait les derniers mots de sa mère (et je peux te dire que ça ne se présente pas bien) et le type est resté adossé au mur comme si on l'avait débranché. Il est là, mais absent. C'est la réflexion que je me suis faite ce soir quand je lui ai annoncé que sa femme était enceinte. Il a disparu. Comme ça. Nous étions tous les deux dans la pièce, mais lui était ailleurs.

– Sûre que je ne peux pas tenter le coup avec lui ?

– Va te faire voir.

– Moi aussi, je t'adore, poussin. » À l'autre bout du fil, elle l'entendit bâiller de nouveau, puis se passer la main sur le visage. « Okay, donc tu as un individu imperturbable qui semble s'y connaître un peu en opérations tactiques et tient le choc en situation extrême. Tu penses que c'est un ancien des forces spéciales ?

– On a consulté le fichier des empreintes, mais rien n'est sorti. Même s'il assumait des missions hyper-super-top-secrètes à la James Bond, les missions elles-mêmes seraient confidentielles, mais l'armée le ferait figurer dans le fichier, non ? On verrait cette pièce du puzzle.

– Exact. Il ressemble à quoi ? »

D.D. haussa les épaules. « Un peu le genre Patrick Dempsey. Beaux cheveux ondulés, yeux très bruns ...

– Oh, je t'en prie. Je cherche un suspect, pas un petit copain. »

Elle rougit. Vraiment, vraiment besoin de sexe. « Un mètre soixante-dix-huit, quatre-vingt-cinq kilos, le début de la trentaine, yeux et cheveux bruns, aucun signe particulier, ni barbe ni moustache.

– Carrure ?

– Musclé.

– Bon, tu vois, ça, ça ressemble à un gars des forces spéciales. Les grands ne réussissent pas les épreuves d'endurance, c'est pour ça qu'il faut toujours se méfier des petits », expliqua Bobby avec une certaine vanité.

Ancien tireur d'élite, il correspondait point par point au prototype du petit dangereux.

« Mais il aurait un dossier, dit-elle d'une voix chantante.

– Merde, soupira-t-il. Bon, qu'est-ce que vous avez sur lui au juste ?

– Acte de mariage, permis de conduire, numéro de sécu et comptes en banque. Le classique.

– Acte de naissance ?

– On cherche encore.

– Amendes pour excès de vitesse, infractions au code de la route ?

– Nada.

– Cartes de crédit ?

– Une.

– Depuis quand l'a-t-il ?

– Heu… » D.D. fit un effort pour se souvenir de ce qu'elle avait lu dans le rapport. « Il y a moins de cinq ans.

– Laisse-moi deviner : à peu près comme les comptes en banque.

– Maintenant que tu le dis, la plupart de ces dispositions financières datent plus ou moins de l'installation de Jason et sa femme à Boston.

– Très bien, mais d'où venait l'argent ?

– Là aussi, on cherche encore. »

Une pause plus longue. « Bref, reprit lentement Bobby, vous avez un nom, un permis de conduire et un numéro de sécu, mais rien qui date d'avant ces cinq dernières années. »

D.D. sursauta. Elle n'avait pas vraiment considéré les choses sous cet angle, mais maintenant qu'il le disait… « Ouais. C'est vrai. Tout ce qu'on sait concerne ces cinq dernières années.

– Alors, D.D., dis-moi un peu : qu'est-ce qui cloche dans cette histoire ?

– Punaise ! s'exclama D.D. en donnant une grande claque à son volant. Jones est un pseudo, hein ? Je le savais. Je le savais. Je n'ai pas arrêté de le dire. Plus on en découvre sur la famille, plus tout paraît… juste comme il faut. Ni trop mouvementé, ni trop plan-plan. Ni trop sociable, ni trop asocial. Tout est juste comme il faut. Bordel, si ce sont des témoins protégés, je m'ouvre les veines.

– Impossible, lui assura Bobby.

– Pourquoi pas ? »

Elle n'avait vraiment pas envie que son affaire ait un rapport avec le programme de protection des témoins.

« Parce que dans ce cas, vous auriez déjà les gars de la fédérale au cul. Ça fait quarante-huit heures et la disparition de la femme a été rendue publique. Ils vous seraient tombés dessus. »

Ce raisonnement la réconforta. Sauf que : « Qu'est-ce que je fais de ça ?

– C'est lui. Ou c'est elle. Mais l'un d'eux a une nouvelle identité. Trouve lequel. »

Venant de Bobby, D.D. considérait l'annonce d'un probable pseudonyme comme une opinion d'expert. Après tout, il avait épousé une femme qui avait porté au moins une douzaine de noms, sinon davantage. Alors elle eut une illumination : « *M. Smith.* L'enculé. M. Smith !

– Il en a de la chance, ce M. Smith, ironisa Bobby.

– C'est un chat. Leur chat. Je n'avais jamais fait le rapprochement. Mais imagine un peu ça : ils s'appellent M. et Mme Jones et leur chat M. Smith. C'est une blague entre eux, bon sang ! Tu as raison, ils se foutent de notre gueule.

– Je vote pour M. le Glaçon.

– Merde, marmonna D.D. C'est bien ma chance. Je me retrouve avec un suspect qui, derrière son apparence de gentil reporter, possède une identité secrète. Ça ne te rappelle personne ?

– Je ne vois pas. Qui ?

– Ben, Superman. »

23

Q UAND JASON JONES AVAIT QUATORZE ANS, sa famille était
allée au zoo. Lui-même était trop vieux et trop cyni-
que pour ce genre de sortie, mais sa petite sœur, Janie,
avait une passion pour toutes les bêtes à poils et il avait
donc accepté pour lui faire plaisir.

Il aurait pratiquement fait n'importe quoi pour faire
plaisir à Janie, ce dont sa mère s'empressait de tirer parti.

Ils avaient fait un tour. Observé des lions endormis, des
ours polaires endormis, des éléphants endormis. Vraiment,
se disait Jason, combien d'animaux endormis faut-il voir ?
Ils firent l'impasse sans commentaire sur le pavillon des
insectes, mais pénétrèrent dans la galerie des reptiles. À
dix ans, Janie n'aimait pas franchement les serpents, mais
elle aimait encore pousser des petits cris en les regardant,
donc ça avait un certain sens.

Malheureusement, un cache dissimulait la vedette de la
galerie (le python molure albinos) et une pancarte indiquait : *Partie déjeuner. Toutes mes excuses. Polly le python.*

Janie avait ri et trouvé la blague assez drôle. Jason n'avait
rien regretté parce qu'il lui semblait qu'un python n'aurait
été qu'un animal endormi de plus et il avait donc emboîté
le pas à sa sœur et à son père qui les conduisait vers la sortie. Mais au dernier moment, il avait jeté un coup d'œil en
arrière et s'était aperçu que le carton ne recouvrait pas
tout à fait la vitre. Sous cet angle, il pouvait voir à l'intérieur, or Polly n'était pas *partie* déjeuner, Polly *prenait* son
déjeuner – et un très mignon déjeuner qui plus est, qui se

débattait au sol pendant que l'énorme serpent se décrochait la mâchoire et commençait, lent et laborieux processus, à aspirer le lièvre dans ses gros anneaux jaunes.

Les jambes de Jason s'étaient immobilisées d'elles-mêmes. Il était resté figé là une minute entière, peut-être deux, incapable de détourner le regard pendant que, centimètre après centimètre, le corps brun duveteux tout juste asphyxié disparaissait dans le gosier luisant du serpent.

Il avait alors songé en regardant le lapin mort : *Je sais exactement ce que tu ressens.*

Puis son père lui avait touché le bras et Jason l'avait suivi vers la porte pour ressortir dans la fournaise de l'été géorgien.

Son père avait passé le reste de la journée à l'observer. En guettant des signes de quoi ? De psychose ? De dépression nerveuse imminente ? D'accès de violence ?

Cela ne se produisit pas. Cela ne se produisit jamais. Jason traversait chaque journée comme il avait traversé la précédente, péniblement, un pas après l'autre, un moment après l'autre, garçonnet chétif et anormalement petit qui n'avait pour seule arme que son regard perdu.

Jusqu'au jour où il avait eu dix-huit ans et où il était entré en possession de l'héritage de Rita. Ses parents lui avaient-ils organisé une fête ? Janie lui avait-elle acheté un cadeau ?

Jamais il ne le saurait. Parce qu'au matin de son dix-huitième anniversaire, Jason était allé droit à la banque, avait retiré deux virgule trois millions de dollars et s'était volatilisé.

Une fois déjà, il était revenu d'entre les morts. Il n'avait aucune intention d'infliger à nouveau une telle douleur à sa famille.

Sandy était enceinte.

Il devrait faire quelque chose.

L'idée de la grossesse de Sandy était étrange. Elle flottait au-dessus de lui. Il pouvait l'énoncer, il pouvait la répéter et pourtant ces trois mots refusaient de prendre sens.

Sandy était enceinte.

Il devrait faire quelque chose.

La police était partie. Ils avaient bouclé leur affaire peu après une heure du matin. L'ordinateur n'était plus là. Son iPod, la console Leapster de Ree. Certains cartons avaient également disparu de la cave, sans doute des vieux logiciels. Il ne savait pas. Il s'en fichait. Il avait signé le registre des pièces à conviction là où on lui avait demandé de signer et cela ne lui avait fait ni chaud ni froid.

Il se demandait si l'enfant était de lui.

Il allait prendre Ree et s'enfuir, se dit-il distraitement. Il y avait une petite boîte en métal au grenier, dissimulée derrière un épais morceau d'isolant, qui contenait deux fausses pièces d'identité et quelque vingt-cinq mille dollars en grosses coupures. La pile de billets était étonnement mince, le coffret métallique à peine plus épais qu'un roman. Il savait que la police ne pouvait pas l'avoir découvert au cours de la fouille parce que ce genre de trouvaille aurait immédiatement donné lieu à une petite conversation.

Il monterait au grenier, récupèrerait la boîte, la glisserait dans sa mallette d'ordinateur. Il sortirait Ree de son lit, couperait ses longues boucles brunes et la coifferait d'une casquette de base-ball rouge. Avec une salopette en jean et un polo bleu, elle ferait un très bon Charlie, qui voyageait seul avec son père fraîchement rasé.

Il faudrait qu'ils s'éclipsent par-derrière pour éviter les journalistes. Qu'ils escaladent la clôture. Il trouverait une voiture à quelques rues de là et la barboterait. La police s'attendrait à ce qu'il se rende à la gare du Sud, donc ils iraient plutôt à la gare Amtrak le long de la 128. Il y garerait la première voiture volée et en piquerait une deuxième. La police surveillerait tous les trains en direction du sud parce que c'était ce que faisaient les gens, n'est-ce pas ? Ils allaient vers le sud, vers New York par exemple, où il était plus facile à n'importe qui de se perdre.

Il filerait donc plein nord avec la deuxième voiture volée, jusqu'au Canada. Il planquerait « Charlie » dans le coffre, enfilerait une veste sport, des lunettes épaisses à monture noire. Juste un homme d'affaires qui franchissait la frontière pour se rendre à Lasik. Les douaniers avaient l'habitude.

Ensuite, quand Ree et lui seraient au Canada, ils disparaîtraient. C'était un pays immense aux vastes étendues et aux forêts profondes. Ils pourraient se trouver une petite ville où tout recommencer. Loin de Max. Loin des soupçons de la police de Boston.

Ree pourrait choisir un nouveau nom. Il prendrait un emploi, peut-être à l'épicerie.

Ils pourraient tenir des années. Aussi longtemps qu'il ne retournait pas sur un ordinateur.

Sandy était enceinte.

Il devrait faire quelque chose.

Il ne voyait pas quoi.

À bien y réfléchir, il ne pouvait pas s'enfuir. Pas encore. Il fallait qu'il sauve Ree. On en reviendrait toujours à elle. Seulement, c'était plus fort que lui, il voulait savoir ce qui était arrivé à Sandy. Et il voulait savoir pour le bébé. Il lui semblait que, depuis quarante-huit heures, le destin lui avait coupé les pattes. Et voilà que, par perversité, il lui faisait miroiter un espoir.

Il pourrait être père.

Ou alors Sandy le haïssait pour de bon finalement.

S'il ne pouvait pas s'enfuir, alors il lui fallait un ordinateur. En fait, il lui fallait *son* ordinateur et il lui fallait comprendre ce que Sandy avait fait au juste. Que lui avait appris le petit Ethan du haut de ses treize ans ?

À sa connaissance, l'ordinateur familial était encore bien au chaud dans les locaux du *Boston Daily*. Mais comment le récupérer ? Il pouvait emmener Ree au bureau. La police le filerait, cette fois-ci, et sans doute deux ou trois journalistes aussi. Sa simple présence éveillerait les soupçons. Quel mari éploré réveille son enfant en pleine nuit deux soirs de suite pour aller au travail ?

Si les soupçons des enquêteurs devenaient assez forts, ils risquaient de jeter un œil aux ordinateurs du *Boston Daily*. Surtout si Ethan Hastings leur en disait davantage. Qu'avait découvert Sandy ? Quelles pièces du puzzle avait-elle assemblées sans jamais lui poser de questions sur le sujet ? Elle aurait dû être en colère. Hors d'elle. Apeurée. Mais elle n'avait jamais rien dit.

Avait-elle déjà pris un amant à l'époque ? Est-ce que ça se résumait à cela ? Elle avait rencontré un amant, puis, étant tombée par hasard sur les fichiers informatiques, avait décidé de quitter Jason. Sauf qu'ensuite elle avait découvert qu'elle était enceinte. De lui ? De l'autre ? Peut-être avait-elle essayé de rompre avec son amant. Peut-être que l'autre, furieux, avait pris des mesures de rétorsion.

Ou peut-être que mercredi soir, armée des toutes nouvelles connaissances acquises auprès d'Ethan Hastings, Sandy avait découvert les fichiers de Jason sur l'ordinateur. Aussitôt, elle avait compris qu'elle portait l'enfant d'un monstre. Alors… quoi ? Elle avait fui dans la nuit sans même prendre son portefeuille ou une tenue de rechange ? Décidé de sauver un enfant en abandonnant l'autre ?

Cela n'avait aucun sens.

Ce qui le ramenait au seul autre homme qu'il connaissait dans la vie de Sandy : Ethan Hastings. Peut-être ce garçon avait-il cru entretenir une relation plus intime avec Sandy. Peut-être avait-elle essayé de le détromper. Après toutes ces heures passées avec elle pour l'aider à démasquer son mari, Ethan l'avait mal pris. Alors il était entré dans la maison au milieu de la nuit et…

Le plus jeune tueur des États-Unis avait été condamné pour un double homicide perpétré à l'âge de douze ans, donc, aux yeux de Jason, Ethan Hastings était assez vieux pour être un fou dangereux. Mais un meurtre soulevait des difficultés d'ordre pratique. Comment un garçon de treize ans serait-il venu chez Jason ? À vélo ? À pied ? Et comment un gamin aussi malingre qu'Ethan Hastings se serait-il débarrassé du cadavre d'une adulte ? Il l'aurait traînée par les cheveux ? Balancée sur le guidon de son vélo ?

Jason s'assit au bar de la cuisine, pris de vertige. Il était fatigué. Épuisé jusqu'au fond de l'âme. C'était dans ces moments-là qu'il devait faire attention. Parce que ses pensées risquaient de vagabonder et qu'il se retrouverait d'un seul coup dans une pièce où régnait en permanence une odeur de terre fraîchement retournée et de feuilles d'automne pourrissantes. Il sentirait des centaines de toiles d'araignées lui effleurer les joues et les cheveux. Puis il verrait la course effarée d'un gros corps noir velu, ou de deux ou trois qui filaient sur ses tennis, sur son pantalon ou sur son épaule, cherchant désespérément à fuir.

Parce qu'il fallait fuir. Il y avait dans le noir des choses bien pires que des araignées craintives et prises de panique.

Il avait envie de penser à Janie. À la façon dont elle et elle seule l'avait accueilli à son retour avec un énorme câlin. Il avait envie de se souvenir de ce qu'il ressentait lorsque, assis par terre à côté d'elle, il dessinait docilement des licornes pendant qu'elle discourait sur l'importance de la couleur violette ou des raisons pour lesquelles elle voulait vivre dans un château quand elle serait grande.

Il avait envie de se rappeler le regard de Janie lorsque, pour son douzième anniversaire, il avait économisé tout son argent pour l'emmener faire une journée de balade à cheval, puisque leur famille n'était pas de celles qui pourraient s'offrir un poney un jour.

Et il avait envie de croire qu'au matin de son dix-huitième anniversaire, quand elle s'était réveillée pour découvrir la chambre de son frère à nouveau vide, elle n'avait pas pleuré et qu'il ne lui avait pas manqué. Qu'il n'avait pas, pour la seconde fois, brisé le cœur de sa petite sœur.

Parce qu'il faisait une expérience très instructive ces jours-ci. Il apprenait que la famille d'un disparu traverse à sa façon une épreuve aussi épouvantable que le disparu. Il apprenait que vivre avec tant de questions est plus difficile qu'être celui qui connaît toutes les réponses.

Et il apprenait qu'au fond de lui-même, il était terrifié à l'idée que le Burgerman soit encore bien en vie. D'une manière ou d'une autre, le monstre de son enfance était revenu lui prendre sa famille.

Jason fit les cent pas encore dix minutes. Ou peut-être vingt ou trente. Le tic-tac de l'horloge le rapprochait à chaque instant d'un nouveau matin sans sa femme.

Max allait revenir.

La police aussi.

Et d'autres journalistes. Les émissions du câble, maintenant. Des présentatrices de l'acabit de Greta Van Susteren ou Nancy Grace. Qui exerceraient leur propre forme de pression. Une belle épouse disparue depuis des jours. Le ténébreux et mystérieux mari au passé trouble. Ils étaleraient sa vie au grand jour. Et quelque part en Géorgie, certaines personnes feraient des rapprochements et passeraient quelques coups de fil...

Et là, Max et la police auraient vraiment des armes pour lui enlever sa fille. Combien de temps lui restait-il ? Jusqu'à midi ? Quatorze heures ? Peut-être qu'on révélerait la nouvelle juste à temps pour les gros titres de l'édition de dix-sept heures. Ça ferait de grosses audiences. Un présentateur verrait son étoile monter au firmament.

Quant à Jason... Comment au nom du ciel pourrait-il dire au revoir à sa fille ?

Pire, qu'arriverait-il à celle-ci ? Alors que sa mère avait disparu, on l'arracherait au seul père qu'elle avait jamais connu... *Papa, papa, papa...*

Il fallait qu'il réfléchisse. Qu'il agisse.

Sandy était enceinte.

Il fallait qu'il fasse quelque chose.

Il n'avait pas accès à son ordinateur. Il ne pouvait pas interroger Ethan Hastings. Il ne pouvait pas fuir. Que faire ? Que faire ?

L'idée lui vint peu après deux heures du matin : son dernier recours.

Cela supposait de quitter sa fille, qui dormait seule à l'étage. En quatre ans, jamais il n'avait fait une chose pareille. Et si elle se réveillait ? Si elle trouvait la maison une nouvelle fois déserte et poussait des hurlements hystériques ?

Et s'il y avait quelqu'un d'autre dehors, quelqu'un qui rôdait dans l'ombre, attendant la première erreur de Jason pour fondre sur Ree et l'emporter ? Elle en savait davantage sur la soirée de mercredi. D.D. en était persuadée ; lui aussi. Si quelqu'un avait kidnappé Sandy et si ce quelqu'un savait que Ree l'avait vu...

258

D.D. avait juré que la police surveillait sa maison. Promesse ou menace. Il voulut croire qu'il y avait un peu des deux.

Jason monta au premier, passa un jean et un pull noirs. Il marqua un arrêt devant la porte de Ree, guettant le moindre mouvement. Puis, perturbé par le silence, il ne put s'empêcher d'entrouvrir la porte pour s'assurer que sa petite fille était toujours en vie.

Elle dormait roulée en boule, un bras rejeté sur le visage, M. Smith blotti au creux de ses genoux.

Et Jason se souvint alors très distinctement de l'instant où il l'avait vue venir au monde. Toute ridée, petite et bleue. Ses poings qui battaient l'air. La moue boudeuse de sa bouche vagissante. L'amour fou qu'il avait instantanément ressenti pour chaque centimètre d'elle. Sa fille. Son seul miracle.

« Tu es à moi », murmura-t-il.

Sandy était enceinte.

« Je te protégerai. »

Sandy était enceinte.

« Je vous protégerai tous. »

Il laissa sa fille et descendit la rue au petit trot.

24

V OUS SAVEZ CE À QUOI on met le plus de temps à s'habi-
tuer en prison ? Le bruit. Juste le bruit incessant des
hommes, vingt-quatre heures sur vingt-quatre, sept jours
sur sept. Des hommes qui grognent, qui pètent, qui ron-
flent, qui baisent, qui crient. Des détenus qui marmon-
nent, perdus dans leur monde délirant. Des condamnés,
qui parlent, parlent, parlent, même pendant qu'ils sont sur
les chiottes, comme si chier à la vue de tout le monde était
en quelque sorte plus facile s'ils bavassent pendant toute
l'affaire.

Pendant mon premier mois d'incarcération, je n'ai pas
fermé l'œil la nuit. J'étais sous le choc des odeurs, des images, mais surtout de ce bruit incessant, qui ne vous accorde
jamais ne serait-ce que trente secondes pour vous évader
dans un coin de votre tête où vous pourriez faire comme si
vous n'étiez pas un jeune de dix-neuf ans à qui une chose
pareille vient d'arriver.

Je me suis fait violer la troisième semaine. J'ai été averti
par le bruit des chaussures à semelle souple qui se sont
brusquement précipitées vers moi dans mon dos. Puis
d'autres bruits classiques en prison : le choc mou d'un
poing qui percutait un rein, le craquement d'un crâne
contre le mur en parpaings, les cris excités des autres animaux du zoo tandis que, hébété et effondré au sol, ma
combinaison orange quelque part autour des chevilles, je
me faisais passer dessus par un, deux, trois, peut-être une
demi-douzaine de types.

260

Personne ne ressort vierge de prison. Eh oui, ma p'tite dame.

Jerry est venu me voir la quatrième semaine. Le seul visiteur que j'aie jamais eu. Mon beau-père s'est assis en face de moi, a observé mon visage meurtri, mes yeux de traumatisé, et il a éclaté de rire.

« Je t'avais dit que tu ne tiendrais pas un mois, petit merdeux efféminé. »

Et il est parti.

C'est lui qui m'a dénoncé. Il avait trouvé ma planque de lettres, celles que j'avais écrites à « Rachel ». Alors il a appelé les flics, mais pas avant de m'avoir tendu une embuscade dès mon retour du lycée. Il m'a frappé à l'arcade sourcilière avec le casier métallique dont je me servais pour ranger mes quelques affaires personnelles. Ensuite, il s'est acharné sur moi à coups de poing.

Jerry faisait un mètre quatre-vingts et cent vingt kilos. À son époque, il avait été joueur vedette dans l'équipe de football de son lycée, puis il avait travaillé sur un bateau de pêche au homard avant de perdre deux doigts et de s'apercevoir qu'il préférait vivre aux crochets des femmes. Ma mère avait été la première. Mais depuis qu'elle était morte quand j'avais sept ans, il avait trouvé plusieurs remplaçantes. Je n'avais été là qu'en spectateur après ça, plus un membre de la famille, juste le petit blondinet dont Jerry se servait pour ramasser des poulettes. Je n'étais même pas son fils, essayais-je de dire aux femmes, mais elles s'en foutaient. Apparemment, les veufs sont sexy, même ceux qui ont une énorme bedaine de buveur de bière et deux doigts en moins.

Jerry frappait comme un sourd et j'étais à l'ouest dès le premier coup. Il m'en a filé vingt autres, histoire de ne pas faire les choses à moitié. Ensuite, pendant que j'étais recroquevillé par terre à cracher du sang, il a appelé les flics pour qu'ils viennent ramasser les ordures.

Les flics n'ont pas eu un mot de réprobation quand ils sont entrés. Après un salut à Jerry, ils ont baissé les yeux vers ma pitoyable carcasse.

« C'est lui ?

– Oui, m'sieur. Et elle n'a que quatorze ans. Je vous le dis, c'est un salopard de détraqué. »

Les flics m'ont remis sur mes pieds. Je crachais encore du sang et je ne tenais pas sur mes jambes, les paupières gonflées.

Alors Rachel est apparue. Elle a remonté l'allée, tout juste descendue du bus qui la ramenait du collège, perdue dans ses pensées. Puis elle s'est peu à peu aperçue que la porte d'entrée était déjà ouverte, que tout un attroupement d'hommes en uniforme se trouvait là. Nous avons tous vu la compréhension se peindre sur son visage.

Ensuite, en regardant mon nez enfoncé et mon œil qui enflait rapidement, elle s'est mise à crier, à crier, à crier.

J'aurais voulu lui dire que j'allais m'en sortir.

J'aurais voulu lui dire que j'étais désolé.

J'aurais voulu lui dire que je l'aimais et que ça en avait valu la peine. La douleur, tout. Je l'aimais à ce point-là.

Mais je n'ai jamais pu dire quoi que ce soit. Je suis tombé dans les pommes. Quand j'ai repris connaissance, j'étais en chambre de sûreté et je n'ai plus jamais revu Rachel.

J'ai plaidé coupable pour elle, pour lui épargner le traumatisme d'un procès, comme le procureur me l'a demandé. J'ai renoncé à ma liberté. J'ai renoncé à mon avenir.

Mais les tribunaux vous diront que ce n'était pas de l'amour.

Je sais ce que j'ai à faire ce soir et ça me fait vraiment chier. La jolie fliquette va revenir. Elle a cet air-là, l'air du chien qui a flairé l'os. Et les gars du garage vont venir aussi. Sauf qu'ils auront des battes de base-ball et des rouleaux de pièces de monnaie serrés dans les poings. Ils ont aussi cet air-là – vous savez celui des gros bras armés de fourches qui bavent d'excitation.

Même Wendell m'a appelé cet après-midi, le connard exhibitionniste du groupe de thérapie. Nous ne sommes pas censés connaître les coordonnées les uns des autres, mais Wendell a sans doute soudoyé un larbin pour pouvoir me cuisiner sur les dessous de l'affaire. Il avait vu la conférence de presse sur la disparition et il voulait tout savoir. Pas parce qu'il me croyait innocent, notez bien. Pas parce qu'il voulait me remonter le moral. Non, il voulait des détails. À quoi ressemblait Sandra Jones, quel était le son de sa voix, qu'est-ce que j'avais ressenti en lui faisant rendre son dernier souffle. Wendell ne doute aucunement que je l'ai assassinée. Et il s'en fout. Il veut juste que je partage ce grand moment avec lui pour alimenter ses fantasmes au moment de se branler.

Tout le monde a un avis sur moi et ça commence vraiment à me courir.

Alors je suis allé au magasin de spiritueux. Merde pour ma conditionnelle. De toute façon, je vais me faire arrêter alors que je n'ai rien fait. Donc, suivant la bonne vieille tradition qui dit que je ferais aussi bien de commettre la bêtise vu qu'apparemment je vais être puni, je vais me pinter. Pas de bière pour moi. Je vais y mettre les formes.

Du whisky Maker's Mark. C'était toujours ce qu'achetait mon beau-père. Je m'en suis servi le premier soir où j'ai séduit Rachel. Je nous en ai versé des bonnes rasades avec de la limonade. Que font deux gamins qui s'ennuient après les cours sinon piquer dans la réserve d'alcool ?

J'achète deux bouteilles et je rentre pratiquement en courant parce que maintenant que j'ai décidé de faire des conneries, je ne veux pas en perdre une miette. J'ouvre le premier litre et je bois direct au goulot. À la première gorgée, je manque de cracher mes poumons. Je n'ai jamais été un gros buveur, même quand j'étais un glandeur au lycée. J'ai oublié à quel point le whisky peut brûler.

« Merde ! » dis-je, la gorge nouée. Mais j'insiste. Oh, j'insiste.

Une demi-douzaine de lampées plus tard, j'ai bien chaud au ventre et je me sens déjà plus calme, décontract même. Parfait pour ce que j'ai à faire.

Je vais à mon placard. Je débarrasse tous mes vêtements et il se trouve là : une grosse boîte en métal. L'objet dont je suis pratiquement sûr que la blondinette l'a découvert et sur lequel elle a maintenant envie de me poser beaucoup de questions. Qu'elle y vienne. Qu'elle y vienne donc.

Je prends la boîte, dernier vestige de mon ancienne vie, et je la sors en titubant dans le jardin. La nuit est froide. Je devrais enfiler un pull. Quelque chose d'autre que mon affreux tee-shirt blanc habituel. Au lieu de ça, je prends encore du Maker's Mark. De quoi me réchauffer jusqu'au bout des pieds, oui ma p'tite dame.

J'ouvre la boîte. Elle est remplie de messages. J'ignore pourquoi Jerry ne les a pas jetés. À ce que je peux imaginer, Rachel a pris la boîte, peut-être cet après-midi-là. Elle l'a emportée. Elle l'a sauvée pour moi.

Et je ne sais pas comment, un après-midi où je travaillais chez Vito, elle l'a laissée devant ma porte pour moi. Je suis rentré et, boum, c'était là. Pas d'emballage. Pas de petit mot. Pas même de numéro de téléphone à rappeler. J'imagine que c'était forcément elle, pas vrai, parce que qui d'autre aurait fait une chose pareille ? Et ça m'a fait penser qu'elle devait avoir dix-sept ans maintenant, qu'elle était assez vieille pour conduire, assez intrépide pour affronter le voyage depuis Portland jusqu'à Boston.

Peut-être qu'elle avait découvert mon adresse sur les chèques que j'envoie à Jerry. Peut-être qu'une fois qu'elle avait su où j'habitais, elle avait voulu me rendre visite. Savoir comment j'allais.

A-t-elle lu les lettres ? L'ont-elles aidée à comprendre pourquoi j'avais fait ce que j'avais fait ?

Pendant les premières semaines, j'ai passé le contenu de la boîte en revue. Autant que je pouvais en juger, toutes les lettres que j'avais écrites s'y trouvaient, y compris les ébauches de mauvais poèmes, la carte de prompt rétablissement que j'avais fabriquée quand elle avait la mono, les bouts de vers auxquels je m'étais essayé alors que j'aurais vraiment mieux fait de m'en tenir à la mécanique. J'ai cherché si elle n'avait pas griffonné des réponses dans la marge, peut-être une touche de rouge à lèvres, une empreinte grasse laissée par sa main.

Un soir, pris d'une soudaine inspiration, j'ai aspergé les lettres de jus de citron parce que je venais de regarder un épisode des *MythBusters* où ils révélaient de l'encre sympathique avec de l'acide citrique. Rien.

Alors j'ai attendu qu'elle revienne, jour après jour. Elle savait où j'habitais, alors, mon Dieu, j'espérais, je priais pour la revoir. Rien que cinq minutes pour lui dire quelque chose, pour tout lui dire. Rien que pour... la voir.

Ce jeu de patience ne se révéla pas si différent de ma recherche de notes griffonnées dans la marge : au bout de tous ces mois, cela n'avait toujours rien donné.

Et je me demande aujourd'hui, comme je me le suis demandé chaque jour derrière les barreaux, si elle m'a jamais aimé ?

Je m'envoie une autre gorgée de Maker's Mark et ensuite, avant que ma gorge cesse de brûler, je craque l'allumette et je regarde la collection de lettres d'amour la plus coûteuse du monde s'embraser. Je les arrose de whisky pour faire bonne mesure et le feu approuve d'un grondement.

Mais au dernier moment, je ne peux pas. C'est trop dur.

J'y vais à mains nues. J'attrape tout ce que je peux comme petits morceaux même si le feu me lèche les poignets et fait fondre les poils sur mes mains. Les bouts de papier se replient, se désintègrent sous mes doigts, s'envolent comme des escarbilles incandescentes.

« Non. » Je pleure comme un imbécile. « Non, non, revenez. Non. »

Et je me retrouve à pourchasser des papillons de feu dans le jardin, les avant-bras brûlants, les jambes flageolantes, et alors cela me revient : les bruits.

Jamais on n'oublie les bruits de la prison.

Or je les entends en ce moment même, dans le jardin de devant.

Mes cheveux sont en feu. Je ne le remarque pas sur le coup et c'est probablement ce qui sauve la vie à mon voisin : je déboule à l'avant de la maison, battant frénétiquement des bras tandis que mes cheveux lancent des flammes orange vif.

Je tourne au coin de la maison et trois types me regardent en même temps.

« Aidan », dit le premier d'un air hébété. Il s'appelle Carlos ; je reconnais tout de suite sa voix : il bosse au garage.

Puis tous trois baissent les yeux vers la masse noire sur le trottoir. « Oh, merde », dit le deuxième.

« Mais alors, si c'est Aidan », commence le troisième, qui n'a manifestement pas inventé la poudre. Un pied botté sur le dos de l'homme à terre, il est penché en avant, le bras droit prêt à s'abattre, interrompu en plein coup de poing.

Je m'aperçois à cet instant que j'ai toujours la bouteille de Maker's Mark à la main, alors je fais ce qu'il y a de plus intelligent à faire et je la fracasse contre le coin de la maison recouverte de bardeaux en vinyle de Mme H. Ensuite, je brandis le tesson au-dessus de ma tête et, soûl de mauvais whisky et d'amour déçu, je me lance dans la mêlée en poussant des cris de harpie.

Trois ombres vêtues de noir s'écartent et Carlos montre l'exemple en prenant immédiatement la fuite à toutes jambes. Le candidat numéro trois se montre à nouveau stupide et lent. Je le touche en haut du bras avec mon arme improvisée et il pousse un cri de chat strident quand je fais couler le sang.

« Merde, merde, merde », ne cesse de répéter le candidat numéro deux. Je lui plante la bouteille dans le flanc. Il s'éloigne d'un bond. Je me fends et le touche à la cuisse. « Carlos, hurle-t-il à présent. Carlos, Carlos, qu'est-ce que c'est que ces conneries ? »

Je suis déchaîné. Je suis ivre, en colère et fatigué de servir de paillasson dans le grand jeu de la vie. J'essaie de frapper M. Stupide-et-lent, j'essaie de taillader M. Oh-merde. Je pète un câble et la seule chose qui les sauve, c'est que je suis déjà le bagarreur le plus nul du monde quand je n'ai pas bu, alors quand je suis ivre, je suis tout feu tout flamme mais je me disperse.

Rapidement, les deux types parviennent à échapper à mes moulinets enragés et déguerpissent dans la rue sombre à la suite de Carlos parti depuis longtemps. Il ne reste que moi, qui ferraille contre des ombres et hurle des menaces de mort obscènes jusqu'à enfin m'apercevoir que mon crâne me fait atrocement souffrir et que je sens une odeur épouvantable.

Instantanément, je laisse tomber le tesson de bouteille de whisky et je sautille au milieu de la rue en essayant d'étouffer les braises qui fument dans mes cheveux fondus.

« Merde. Oh, merde, merde, merde. » À mon tour d'être un crétin. Je me tapote frénétiquement la tête jusqu'à ce qu'il me semble que la chaleur diminue. Alors, le souffle irrégulier, petit à petit, je prends la mesure de mes turpitudes. Je suis soûl. J'ai fait cramer presque tous mes cheveux. Mes bras sont couverts de suie noire et de cloques. Tout mon corps me fait un mal de chien.

Le tas noir sur le trottoir revient enfin à lui avec un gémissement.

Je m'approche de lui, je le retourne sur le dos.

Et je retrouve mon voisin, Jason Jones.

« Mais qu'est-ce que vous foutez dehors à une heure pareille ? » demandé-je dix minutes plus tard. J'ai réussi à traîner Jones jusqu'à mon appartement, où je l'ai calé sur le canapé à fleurs de Mme H. avec un sac de glace sur la tête et un autre sur le côté gauche.

Son œil gauche est déjà à moitié enflé et la présence d'un pansement suggère que ce n'est pas sa première dérouillée de la journée.

« Vous êtes con ou quoi ? » demandé-je. Je suis en train de redescendre de mon pic d'adrénaline. Je tourne en rond devant la kitchenette en faisant claquer l'élastique vert ; je voudrais pouvoir rentrer sous terre.

« Qu'est-ce qui est arrivé à vos cheveux ? demande Jones d'une voix enrouée.

– Vous occupez pas de mes cheveux. Qu'est-ce que vous fabriquez à rôder dans le quartier déguisé en ninja de banlieue ? Le cirque en face de chez vous ne vous suffit pas ?

– Les journalistes, vous voulez dire ?

– Des cannibales.

– Étant donné que je suis l'un d'eux et qu'ils se repaissent de mon histoire, la métaphore est pertinente. »

Je me renfrogne encore davantage. Vu l'humeur dans laquelle je suis, j'en ai rien à foutre des *métaphores pertinentes*. « Qu'est-ce que vous fabriquez ? insisté-je.

– Je vous cherche.

– Pourquoi ?

– Vous avez dit que vous avez vu quelque chose le soir où ma femme a disparu. Je veux savoir ce que c'était.

– Vous ne pouviez pas prendre votre téléphone pour me poser la question ?

– Je n'aurais pas pu lire sur votre visage si vous mentiez en répondant.

– Ben voyons. Vous pouvez me regarder dans les yeux autant que vous voulez sans savoir si je mens.

– Essayez voir, murmure-t-il, et il y a dans son œil mi-clos une lueur qui m'inquiète davantage que les trois malabars qui lui sont tombés dessus sur le trottoir.

– Ah ouais, dis-je en essayant de jouer les machos. Si vous êtes tellement fort, pourquoi c'est moi qui ai chassé les voyeurs et qui vous ai ramassé en vrac sur le trottoir ?

– Ils se sont jetés sur moi par-derrière, dit-il d'un air contrit en replaçant le sac de glace. Qui c'était, des amis à vous ?

– Oh, juste des gens du coin qui ont découvert qu'il y avait un délinquant sexuel fiché dans le quartier. Revenez demain soir. Même heure, même endroit, vous aurez sans doute droit au même spectacle.

– On s'apitoie sur son sort ? demande-t-il posément.

– Et pas qu'un peu.

– Ça explique le whisky.

– J'en ai une autre bouteille pleine. Vous en voulez ?

– Je ne bois pas. »

Je ne sais pas pourquoi, mais ça me fait chier. Ça me fait penser à cette vieille chanson : « *Don't drink, don't smoke, what do you do ?... Goody two, goody two, goody goody two shoes.* »

Jones me regarde bizarrement.

« Putain. Adam Ant, m'énervé-je. Les années quatre-vingt ? Vous avez grandi où, dans le désert ?

– Dans une cave, pour être plus précis. Et vous êtes trop jeune pour vous souvenir des années quatre-vingt. »

Alors je hausse les épaules, gêné, m'apercevant trop tard que j'en ai trop dit. « Je connaissais une fille, murmuré-je. Elle adorait Adam Ant.

– C'est celle que vous avez violée ? demande-t-il avec flegme.

– Oh, la ferme ! La ferme, vous entendez. J'ai en plein le cul que tout le monde s'imagine qu'il sait tout de moi et de ma vie sexuelle. Ça n'est pas passé comme ça. Ça. Ne. S'est pas. Passé. *Comme ça.*

– Je me suis renseigné sur vous, continue-t-il sur un ton monocorde. Vous avez couché avec une fille de quatorze ans. C'est du détournement de mineur. Alors, si, ça s'est passé comme ça.

– Je l'aimais ! » explosé-je.

Il me dévisage.

« Il y avait quelque chose entre nous. Ce n'était pas qu'une histoire de cul. J'avais besoin d'elle. Elle avait besoin de moi. Nous étions les deux seuls à nous soucier l'un de l'autre. C'est quelque chose, merde. C'est de l'*amour.* »

Il me dévisage.

« Oui, c'est de l'amour ! On ne choisit pas de qui on tombe amoureux. C'est tout. »

Il finit par répondre : « Vous savez que le plus grand dénominateur commun chez les pédophiles dangereux, c'est qu'on leur a imposé leur première expérience sexuelle avec un adulte avant l'âge de quinze ans ? »

Je ferme les yeux. « Et puis, je vous emmerde ! » dis-je d'une voix lasse. Je trouve la bouteille de whisky rescapée sur le bar et je m'attaque à la capsule, même si je commence à me sentir tellement nauséeux que le cœur n'y est pas.

« Vous n'auriez pas dû la toucher, continue-t-il. Vous retenir, ça aurait été de l'amour. La laisser grandir, ça aurait été de l'amour. Ne pas profiter d'une collégienne isolée et vulnérable, ça aurait été de l'amour. Rester amis, ça aurait été de l'amour.

– Vous savez quoi, vous pouvez retourner vous allonger sur ce trottoir, lui réponds-je. Je suis sûr que quelqu'un d'autre viendra vite à votre secours. »

Mais apparemment, il n'a pas encore fini.

« Vous l'avez séduite. Comment vous y êtes-vous pris ? Drogue, alcool, mots doux ? Vous y avez réfléchi, vous avez organisé ça. Comme vous étiez plus âgé, vous aviez la maturité et la patience de votre côté. Vous avez peut-être attendu, choisi le bon moment. Elle se sentait triste et seule à cause de quelque chose et vous étiez là. Vous avez proposé de lui masser le dos. Vous lui avez peut-être servi un verre. "Rien qu'un petit verre, vous lui avez dit, ça t'aidera à te détendre." Et peut-être qu'elle était mal à l'aise, peut-être qu'elle a essayé de vous dire d'arrêter…

– Fermez-la », dis-je sur un ton dur et menaçant.

Il se contente de hocher la tête. « Ouais, elle vous a bel et bien demandé d'arrêter. Elle vous l'a demandé sans ambiguïté et vous n'avez pas écouté. Vous avez continué à la caresser et à la peloter, à pousser votre avantage. Que peut-elle faire ? Elle n'a que quatorze ans, elle ne comprend pas tout ce qui se passe en elle, elle a envie que vous arrêtiez et envie que vous continuiez, ce n'est pas bien, elle est gênée et embarrassée… »

Je traverse la pièce en trois enjambées et je lui envoie un revers de la main dans la figure. La claque retentit étonnamment fort. Sa tête part sur le côté. Le sac de glace tombe sur un napperon. Il se retourne lentement en se massant le menton d'un air presque pensif, puis ramasse le sac de glace et le replace sur son front.

Il me regarde droit dans les yeux et ce que je vois dans son regard me donne le frisson. Il ne bouge pas un cil. Moi non plus.

« Dites-moi ce que vous avez vu mercredi soir, demande-t-il tranquillement.

– Une voiture, qui descendait la rue.

– Quel genre de voiture ?

– Le genre avec plein d'antennes. Peut-être une limousine de location ; on aurait dit une berline noire.

– Qu'avez-vous dit à la police ?

– Que vous êtes un salopard d'assassin, lui craché-je au visage. Que vous essayez de me servir sur un plateau d'argent à la police pour sauver votre peau. »

Il regarde ma tête, mes mains, mes avant-bras. « Qu'est-ce que vous avez brûlé ce soir ?

– Tout ce que je voulais.

– Vous collectionnez les revues porno, Aidan Brewster ?

– Pas vos oignons ! »

Jones repose le sac de glace. Il se relève devant moi. Je recule. Je ne peux pas m'en empêcher. Des yeux si sombres, bordés de sang, de bleus et de Dieu sait quoi. J'ai un sentiment de déjà-vu, le sentiment d'avoir déjà croisé un tel regard. Peut-être en prison. Peut-être le premier gars qui m'a jeté par terre, en sang, et qui m'a tabassé à mort. Je réalise qu'il y a quelque chose de pas vraiment humain chez mon voisin.

Jones s'avance.

« Non, m'entends-je souffler. J'ai brûlé des lettres d'amour, merde. Mes propres messages. Puisque je vous dis que je ne suis pas un pervers ! »

Son regard explore la pièce. « Vous avez un ordinateur, Aidan ?

– Non, putain, je n'ai pas le droit. Pas en conditionnelle !

– N'allez pas sur Internet, me dit-il. Je vous préviens : une seule visite sur un seul forum pour dire un seul mot à une seule ado et je vous brise. Vous vous arracherez une main pour m'échapper.

– Mais qui vous êtes ? »

Il se penche au-dessus de moi. « Je suis celui qui sait que vous avez violé votre demi-sœur, Aidan. Celui qui sait exactement pourquoi vous donnez cent dollars par semaine à votre beau-père. Et celui qui sait combien votre *amour* coûtera toute sa vie à votre malheureuse victime devenue anorexique.

– Mais vous ne pouvez pas savoir, réponds-je comme un imbécile. Personne ne sait. J'ai réussi le test du détecteur de mensonges. C'est vrai, j'ai réussi le test du détecteur de mensonges ! »

Il sourit à présent, mais cette expression associée à ses yeux vides me donne froid dans le dos. Il se détourne, prend le couloir.

« Elle m'aimait, lancé-je faiblement derrière lui.

– Si elle vous aimait, elle serait revenue auprès de vous à l'heure qu'il est, vous ne croyez pas ? »

Jones tire la porte derrière lui. Je reste seul dans mon appartement, mes mains brûlées serrées en poings rageurs, et je me dis que je le hais. Puis je décapsule la seconde bouteille de Maker's Mark et je passe aux choses sérieuses.

25

*A*U DÉBUT, *je me suis inquiétée de deux choses : comment poser mes questions à Ethan Hastings sans trop en dévoiler et comment comploter contre mon mari étant donné mon emploi du temps très serré. La solution à ces deux problèmes s'est révélée d'une simplicité déconcertante.*

Je retrouvais Ethan tous les jours pendant mon heure de battement. Je lui avais dit que je créais un module d'enseignement sur la navigation Internet pour les sixièmes. Sous couvert de travailler à un projet de classe, Ethan a répondu à toutes mes questions et au-delà.

J'ai commencé par la sécurité sur Internet. On ne pouvait pas laisser des sixièmes aller sur des sites pornographiques, n'est-ce pas ? Ethan m'a montré comment gérer les autorisations des comptes et des navigateurs pour interdire certains sites aux utilisateurs.

Ce soir-là, après avoir couché Ree, j'ai allumé l'ordinateur familial et je me suis mise au travail. J'ai ouvert le menu « sécurité » sur AOL et je me suis attelée à supprimer les « autorisations ». Bien sûr, après m'être couchée, j'ai réalisé que Jason ne se servait peut-être pas d'AOL pour surfer. Peut-être qu'il utilisait Internet Explorer ou un autre navigateur.

Je suis revenue vers Ethan le lendemain.

« Est-ce qu'il y a un quelconque moyen de savoir exactement quels sites ont été visités par chaque ordinateur ? Tu vois, pour pouvoir vérifier si chaque élève va là où il est censé allé et si nos procédures de sécurité sur Internet sont efficaces. »

Ethan m'a expliqué qu'à chaque fois qu'un utilisateur clique sur un site, ce site génère un cookie et que des copies temporaires de

ses pages sont enregistrées dans la mémoire cache de l'ordinateur.
Celui-ci archive aussi un historique de navigation, si bien qu'en
consultant les bons fichiers, on peut savoir exactement où tel ordi-
nateur s'est rendu sur la toile.

J'ai encore dû attendre cinq soirs que Ree soit au lit et Jason
au travail. Ethan m'avait montré comment cliquer sur le menu
déroulant de la barre de recherche Internet pour faire apparaître
les derniers sites visités par l'ordinateur. J'ai sélectionné la barre
de recherche, trouvé le menu déroulant et découvert trois lignes :
www.drudgereport.com, www.usatoday.com et www.nytimes.com.

Ça m'a tout de suite paru trop peu parce que quand Ethan
l'avait fait dans la salle informatique, nous avions trouvé facile-
ment une douzaine ou une quinzaine de sites. Alors j'ai démarré
Internet Explorer et j'ai essayé son historique de navigation, qui
m'a donné exactement le même résultat.

J'étais bloquée.

Après ça, j'ai surveillé un petit moment l'historique de naviga-
tion. Tous les trois-quatre jours, au hasard, quand je pensais pou-
voir l'ouvrir rapidement sans que Jason ne s'en aperçoive. Je
trouvais systématiquement les trois mêmes sites, ce qui me parais-
sait aberrant. Jason passait des heures d'affilée devant l'ordina-
teur. Impossible qu'il lise simplement les journaux.

Trois semaines plus tard, j'ai eu une inspiration. J'ai élaboré
un questionnaire d'instruction civique pour que mes élèves fassent
des recherches sur les cinq libertés garanties par le Premier Amen-
dement. Puis j'ai allégrement surfé sur Internet. J'ai trouvé des
sites d'histoire, des sites gouvernementaux, Wikipédia, toutes sortes
de trucs bien. J'ai cliqué sur tout et, quand j'ai eu fini ce soir-là,
le menu déroulant affichait une belle liste de sites récemment visi-
tés.

Je suis allée au collège le lendemain et j'ai donné au pied levé à
mes élèves un cours sur la liberté d'expression, la liberté de religion,
la liberté de la presse, la liberté de réunion pacifique et la liberté de
pétition.

Puis je me suis hâtée de rentrer à la maison et j'ai eu du mal
à me contenir jusqu'à ce que Ree soit au lit et que je puisse une
nouvelle fois consulter l'historique de navigation d'Internet
Explorer.

Vous savez ce que j'ai trouvé ? Trois sites : Drudge Report, USA Today *et le* New York Times. *Tous les sites que j'avais visités vingt-quatre heures plus tôt avaient disparu. Supprimés. D'une manière ou d'une autre, mon mari effaçait ses traces sur Internet.*

Le lendemain, j'ai soumis ma question à Ethan à la seconde où il est entré dans la salle informatique.

« J'ai discuté avec une autre professeur après les cours hier et elle m'a laissé entendre que vérifier l'historique de navigation n'est pas suffisant. Qu'il est possible de le falsifier ou quelque chose de ce genre ? »

J'avais l'air désemparé et Ethan s'est immédiatement assis devant l'ordinateur le plus proche pour l'allumer.

« Oui, bien sûr, madame Jones. On peut vider la mémoire cache après la navigation. Ça fera comme si on n'était jamais allé sur le site. Regardez, je vais vous montrer. »

Ethan s'est connecté au site du National Geographic, *puis est ressorti et m'a montré quelles options utiliser pour effacer la mémoire cache de l'ordinateur. J'étais déconfite.*

« Alors en fait, je n'ai aucun moyen de savoir vraiment ce que font les enfants, si ? Enfin, si jamais l'un d'eux trouve comment vider la mémoire cache (et il suffit d'un clic), il pourra aller sur toutes sortes de sites quand j'aurai le dos tourné sans que je n'en sache jamais rien. »

Ethan a tenté de me rassurer :

« Ben, vous avez les paramètres de sécurité de base.

— Mais ils ne sont pas non plus infaillibles. Tu me l'as montré quand on les a installés la première fois. J'ai comme l'impression que je ne peux pas vraiment contrôler où vont les élèves et ce qu'ils font. Un module d'enseignement sur la navigation Internet n'est peut-être pas une si bonne idée que ça. »

Ethan a réfléchi un instant. C'était un enfant brillant. Sérieux, mais solitaire. J'avais le sentiment que ses parents l'aimaient mais ne savaient absolument pas quoi faire de lui. Il était trop intelligent, il intimidait même les adultes. Le genre de gamin destiné à souffrir pendant les vingt premières années de sa vie, mais qui plus tard introduirait sa société d'informatique en Bourse à l'âge de vingt et un ans et finirait marié à un top model et au volant d'une Ferrari.

Mais il n'en était pas encore là et j'avais pitié de sa timidité maladive, du regard éminemment analytique qu'il portait sur le monde entier et dont le commun des mortels ne serait jamais capable.

« Vous savez que quand on supprime quelque chose sur un ordinateur, ça ne s'efface jamais vraiment ? m'a-t-il dit.

— Non, je n'en avais aucune idée.

— Ah, mais si, a-t-il expliqué avec animation. Vous voyez, les ordinateurs sont foncièrement paresseux.

— Ah bon ?

— Oui. La fonction première d'un ordinateur est de stocker des données. Quand on y pense, le disque dur n'est qu'une gigantesque bibliothèque remplie d'étagères vides. Ensuite vous, l'utilisateur, vous arrivez et vous commencez à saisir des documents, à télécharger des informations, à surfer sur Internet, tout ce que vous voulez. Vous créez alors des "livres" de données, que l'ordinateur range ensuite sur les étagères.

— D'accord.

— Comme n'importe quelle bibliothèque, l'ordinateur doit pouvoir ressortir les livres à la demande. Donc il crée un répertoire, son catalogue à lui, dont il peut se servir pour retrouver chaque donnée sur les étagères. Vous comprenez ?

— Je comprends », lui ai-je assuré.

Ethan m'a adressé un sourire radieux. Manifestement, en plus d'être une bonne enseignante, j'étais une excellente élève. Il a continué son cours magistral : « Alors voilà où l'ordinateur devient paresseux : quand on efface un document, l'ordinateur ne prend pas le temps de retrouver les données elles-mêmes sur les étagères pour les supprimer. Ça ferait trop de travail. Au lieu de ça, il se contente d'enlever la référence au document dans le répertoire. Le livre est toujours là, mais le catalogue n'indique plus où il se trouve. »

Je suis restée un instant sans voix devant mon partenaire rouquin. « Tu veux dire que même si la mémoire cache est vide, ces fichiers Internet sont toujours quelque part dans l'ordinateur ? »

J'ai récolté un deuxième sourire pour cette question. « Tout compris ! »

Je n'ai pas pu résister. Je lui ai rendu son sourire. Cela l'a fait rougir et m'a rappelé à la prudence. Ce n'était pas parce que je me servais d'Ethan Hastings que je voulais le faire souffrir.

« Donc, si ça ne figure plus dans le catalogue, comment retrouver l'information ?

– Si vous voulez vraiment savoir ce qu'il y a dans l'historique de navigation de l'ordinateur, je vous recommande Pasco.

– Pasco ?

– C'est un logiciel d'investigation informatique téléchargeable sur Internet. Voilà comment ça se passe : quand quelqu'un "vide la mémoire cache", l'ordinateur la vide rarement complètement. Il oublie au moins quelques fichiers index.dat. Donc vous ouvrez les historiques, vous lancez Pasco et il vous sortira un fichier CSV…

– Un fichier CSV ?

– Un fichier qui ouvrira un tableau Excel indiquant toutes les adresses web visitées par l'ordinateur avec la date et l'heure. Vous pourrez copier-coller une des adresses directement dans le moteur de recherche et ça vous mènera au site pour jeter un œil. Et voilà, vous connaîtrez tous les endroits où l'ordinateur a été.

– Comment tu sais tout ça ? »

Je n'ai pas pu m'empêcher de poser la question.

Ethan a rougi jusqu'à la racine des cheveux. « Ma euh… famille.

– Ta famille ?

– Ma mère fait tourner Pasco sur mon ordinateur toutes les semaines. Ce n'est pas parce qu'elle ne me fait pas confiance ! a-t-il expliqué en devenant encore plus cramoisi. C'est, hum, par simple "mesure de vigilance", comme elle dit. Elle sait que je suis plus intelligent qu'elle, donc il faut bien qu'elle mette quelque chose de son côté.

– Ta mère a raison, Ethan. Tu es un génie et je ne te remercierai jamais assez de m'aider pour ce module d'enseignement. »

Ethan a souri, mais d'un air plus pensif cette fois-ci.

À la maison ce soir-là, je m'y suis mise pour de bon. Après deux histoires, une chanson et une demi-comédie musicale, Ree était couchée, Jason sorti et j'étais seule avec mes toutes nouvelles connaissances en informatique et des soupçons à la pelle. Premier point à l'ordre du jour : télécharger et installer le logiciel d'investigation Pasco de chez Foundstone.

Ensuite, j'ai exploré le répertoire système pour identifier d'éventuels fichiers historiques et faire analyser leur contenu par le logiciel. La tête rentrée dans les épaules, j'ai picoré sur le clavier, les

277

yeux rivés sur de minuscules caractères à l'écran, l'oreille tendue pour guetter l'arrivée de la voiture de Jason dans l'allée.

Je ne savais pas ce que j'étais en train de faire et tout prenait plus de temps que je ne m'y attendais. Avant que je ne m'en aperçoive, il était minuit passé et Jason allait rentrer d'une minute à l'autre. J'étais toujours en train de générer des rapports et je n'avais pas encore trouvé comment désinstaller Pasco, dont la simple présence sur le bureau alerterait Jason sur le fait que j'étais au courant de quelque chose.

J'étais surexcitée et nerveuse quand j'ai enfin obtenu la boîte de dialogue me demandant si je voulais ouvrir ou enregistrer le fichier CSV. Je ne savais pas ce que je devais faire, mais il ne me restait pas beaucoup de temps, alors j'ai cliqué sur Ouvrir et j'ai vu un tableau Excel envahir l'écran sous mes yeux.

Je m'imaginais découvrir des dizaines d'adresses Internet. Des sites porno ? Des forums ? De nouvelles photos atroces de petits garçons terrifiés ? Les preuves que l'homme que j'avais choisi pour élever mon enfant était un dangereux pédophile ou un de ces malades qui se promènent sur MySpace pour s'en prendre à des enfants de douze ans ? Je ne savais pas encore très bien ce que j'espérais ou ce que je redoutais. J'avais les yeux hermétiquement clos. Je pouvais à peine me résoudre à regarder.

Oh, que faisait, mais que faisait mon mari de toutes ces longues nuits ?

Trois lignes s'étaient affichées. Je savais de quoi il s'agissait avant même d'entrer les adresses dans le moteur de recherche : Drudge Report, USA Today et le New York Times.

Mon mari gardait bien ses secrets.

Le lendemain, à l'heure de battement, Ethan m'attendait déjà dans la salle informatique.

« Ça a marché ? » m'a-t-il demandé.

Je n'ai pas su quoi répondre.

« Alors, s'est-il impatienté, vous avez découvert ce que faisait votre mari sur Internet ? »

J'ai regardé mon premier de la classe, bouche bée.

Il est resté factuel. « Les sixièmes ne sont pas si calés que ça en Internet. Enfin, moi, je l'étais, mais vous n'en avez pas un seul comme moi dans votre classe, donc vous n'avez aucun souci à

278

vous faire. Reste votre travail, mais je m'introduis régulièrement dans l'ordinateur de l'école et il ne s'y passe rien d'intéressant...

– Ethan !

– Donc la dernière possibilité, a-t-il continué avec désinvolture, c'est que vous vous inquiétiez de quelque chose chez vous. Ree n'a que quatre ans, donc ça ne peut pas être elle. Il ne reste que votre mari. »

Je me suis assise. Ça semblait préférable à la station debout.

« C'est du porno ? a demandé Ethan avec ses yeux bleus candides. Ou bien il joue toutes vos économies ?

– Je ne sais pas, ai-je enfin répondu.

– Vous n'avez pas fait tourner Pasco ?

– Si. Ça ne m'a sorti que trois adresses, les trois que j'avais déjà vues auparavant. »

Ethan s'est redressé sur sa chaise. « Vraiment ?

– Vraiment.

– Waouh, ça doit être un destructeur de fichiers. Je les connais seulement de réputation. Cool !

– C'est bien, un destructeur de fichiers ?

– Oui quand on veut effacer ses traces. Un destructeur de fichiers, ou un nettoyeur de disque dur, c'est comme un râteau, il efface toutes les empreintes que vous avez pu laisser derrière vous dans la mémoire cache.

– Il efface des choses que l'ordinateur paresseux n'effacerait pas en temps normal ?

– Non. Les destructeurs sont aussi paresseux. Ils vident automatiquement la mémoire cache pour que vous ne soyez pas obligé de penser à le faire à la main. Donc un utilisateur peut aller dans toutes sortes d'endroits, puis "détruire" les preuves. Mais comme l'absence d'historique de navigation peut aussi donner l'alerte, votre mari essaie de se montrer plus malin en reconstituant un faux itinéraire sur Internet. Heureusement pour nous, il n'est pas trop bon à ce jeu-là. »

Je n'ai rien répondu.

« Mais voilà où ça devient marrant : les destructeurs ont des failles.

– D'accord, ai-je réussi à dire.

– Chaque fois que vous cliquez sur une page Internet, l'ordinateur génère tellement de fichiers temporaires que le destructeur n'arrive jamais à les retrouver tous. Et puis le destructeur ne tra-

vaille lui aussi que sur le répertoire. Donc les fichiers sont toujours là, il suffit de les trouver.

– Comment ?

– Avec un logiciel plus performant. Pasco est en accès libre. Il vous faut maintenant un remède de cheval sur ordonnance.

– Je ne connais pas de pharmacien, ai-je dit, désorientée.

– Moi si », a répondu Ethan Hastings avec un grand sourire.

26

D.D. RÊVAIT À NOUVEAU de rôti de bœuf. Elle était à son buffet préféré, hésitant entre les aubergines au parmesan et des tranches de rôti saignantes. Elle se décida pour les deux et plongea sa main droite directement dans le plat d'aubergines tout en attrapant de fines tranches de bœuf juteuses avec la gauche. Elle avait des fils de fromage fondu sur le bras et de la sauce lui dégoulinait sur le menton.

On s'en foutait. Elle monta sur la table recouverte d'une nappe blanche et posa ses fesses entre la couronne de gelée aux fruits verte et l'assortiment de crèmes dessert surmontées d'une cerise. Elle se servit à pleines mains de gelée spongieuse tout en lapant le tapioca onctueux à même la coupe réfrigérée.

Elle était affamée. Carrément morte de faim. Puis la nourriture disparut et elle se retrouva sur un immense matelas recouvert de satin. Elle était couchée sur le ventre, le visage dans les draps, et son corps dénudé s'étirait avec des ronronnements de chat tandis que des mains inconnues faisaient des choses divines le long de sa colonne vertébrale et sur ses hanches qui se tortillaient, trouvaient l'intérieur de ses cuisses. Elle savait où elle voulait qu'elles aillent. Où elle avait besoin d'être touchée, d'être prise. Elle souleva obligeamment les hanches, puis elle fut soudain retournée, ses jambes s'écartèrent pour recevoir des coups de boutoir et elle se retrouva nez à nez avec la grosse moustache de Brian Miller.

D.D. se réveilla en sursaut dans sa chambre. Les mains crispées sur ses couvertures, le corps recouvert d'un fin vernis de transpiration, elle s'efforça de maîtriser sa respiration. Elle resta un temps incalculable les yeux rivés sur ses murs gris, le matin s'imposant peu à peu dans l'obscurité pluvieuse.

Elle lâcha les draps. Repoussa les couvertures. Se stabilisa sur ses jambes le temps de se rendre à la salle de bains, où elle se regarda dans le miroir au-dessus du lavabo.

« Ça n'est jamais arrivé », dit-elle avec autorité à son reflet.

Cinq heures trente du matin, elle se brossa les dents et se prépara pour la journée qui commençait.

D.D. était une réaliste. On ne restait pas vingt ans dans le métier sans comprendre quelques cruelles vérités sur la nature humaine. Dans les affaires de disparition, pendant les premières vingt-quatre heures, elle accordait cinquante pour cent de chances de retrouver la personne en vie. Il y avait des adultes qui fuguaient. Des couples qui se disputaient. Certains arrivaient à laisser passer l'orage, mais d'autres avaient besoin de prendre l'air un jour ou deux. Donc, pendant vingt-quatre heures, peut-être même trente-six, elle avait été prête à croire que Sandra Jones était vivante et que les superenquêteurs qu'ils étaient allaient peut-être la ramener chez elle.

Cinquante-deux heures plus tard, D.D. ne songeait plus à localiser une mère de famille. Elle songeait à retrouver un cadavre et, même avec cet objectif en tête, elle savait que le temps était toujours compté.

Les crimes et les enquêtes obéissent à un certain rythme. Pendant les vingt-quatre premières heures, on peut non seulement espérer que la victime en réchappe, mais aussi que le criminel commette une bêtise. Enlèvement, agression, homicide provoquent tous des émotions fortes. Les individus aux prises avec de telles émotions font souvent des erreurs. Saturé d'adrénaline, rongé par l'angoisse ou même les remords, le criminel est en proie à la panique.

J'ai fait quelque chose de mal. Comment m'en sortir, m'en sortir, m'en sortir ?

Malheureusement, lorsque les jours passent sans que la police ne resserre son étau, l'individu a le temps de s'apaiser, de prendre ses marques. De commencer à envisager la suite des événements de manière plus rationnelle, d'élaborer un plan plus concret pour se couvrir. Le criminel se replie dans ses tranchées, se débarrasse de preuves, peaufine sa version des faits, voire influence des témoins clés, comme par exemple sa fillette de quatre ans. Autrement dit, le criminel, de l'amateur maladroit qu'il était, se mue en génie du crime.

D.D. n'avait pas envie de se colleter avec des génies du crime. Elle voulait un cadavre et une arrestation, le tout à temps pour les infos de dix-sept heures. Accentuer la pression, serrer la vis et résoudre une affaire en beauté. Voilà le genre de choses qui lui faisaient plaisir.

Malheureusement, il y avait un peu trop de gens sur lesquels elle devait faire pression. Prenez Ethan Hastings. Treize ans, brillant à faire peur et éperdument amoureux de son enseignante disparue. Casanova en herbe ? Ou adolescent dégénéré ?

Venait ensuite Aidan Brewster. Authentique délinquant qui avait par le passé commis des erreurs dans ses choix de partenaire sexuelle. Il prétendait ne pas connaître Sandra Jones, mais vivait à quelques maisons de la scène de crime. Agresseur sexuel repenti ou criminel sur la mauvaise pente et animé d'un nouvel appétit de violence ?

Le père de Sandy, l'honorable Maxwell Black, ne devait pas être omis du tableau. Père brouillé avec sa fille, il avait surgi comme par enchantement lorsque celle-ci avait disparu. D'après l'agent Hawkes, Black avait paru menacer Jones et avait manifestement l'intention de voir sa petite-fille d'une manière ou d'une autre. Père éploré ou grand-père opportuniste qui aurait fait n'importe quoi pour mettre la main sur Ree ?

Enfin, elle en revint à Jason Jones, le mari imperturbable qui n'avait pas encore esquissé le moindre geste pour retrouver son épouse disparue. Il prétendait ne pas être du genre jaloux. Mais aucun document administratif le concernant ne datait d'avant son mariage avec Sandy cinq ans plus tôt. Forcément un nom d'emprunt.

D.D. tournait en rond, mais elle en revenait toujours à Jones. Le récit de la soirée du mercredi par sa propre fille, son attitude déconnectée depuis que sa femme s'était volatilisée, l'emploi manifeste d'un pseudonyme. Jones cachait quelque chose – ce qui faisait de lui le meilleur suspect dans la disparition de sa femme.

Voilà. D.D. allait dès que possible faire venir la petite Ree pour une nouvelle audition. Elle allait s'organiser pour que deux agents enquêtent sur chacun de leurs autres suspects en reconstituant leur passé et en vérifiant les alibis. Mieux encore, elle allait demander à deux de ses meilleurs enquêteurs du service de la délinquance en col blanc de remonter la piste des comptes en banque de Jones. Suivre l'argent, découvrir son vrai nom, ses vrais antécédents, son vrai passé.

Démolir le pseudonyme. Démolir l'homme.

Satisfaite, D.D. sortit son carnet de notes et griffonna un grand mot d'ordre pour la journée : *Mettre la pression à Jason Jones.*

Le portable de D.D. sonna dix minutes plus tard. Il était à peine sept heures, mais sa vie n'était pas de celles où les gens n'appellent qu'aux heures ouvrables. Elle prit une nouvelle gorgée de café, ouvrit son téléphone et répondit : « J'écoute.

– Commandant D.D. Warren ?

– Aux dernières nouvelles. »

Son interlocuteur marqua un temps d'arrêt. Elle reprit une gorgée de cappuccino.

« Euh, je m'appelle Wayne Reynolds. Je travaille pour la police d'État du Massachusetts. Et je suis aussi l'oncle d'Ethan Hastings. »

D.D. considéra cette information. Le numéro qui s'affichait sur son écran lui semblait familier. Puis elle sut : « Vous n'auriez pas appelé hier matin ?

– J'ai essayé votre bip. J'avais vu la conférence de presse et j'ai pensé qu'on devrait se parler.

– À cause d'Ethan ? »

Nouveau silence. « Je crois que le mieux serait qu'on puisse se rencontrer. Qu'est-ce que vous en dites ? Je pourrais vous inviter à petit-déjeuner.

– Vous croyez que nous allons arrêter Ethan ?

– Je crois que, dans ce cas, vous feriez une grossière erreur.

– Donc vous allez jouer les gros bras de la police d'État, me demander de laisser tomber ? Parce que j'aime autant vous dire tout de suite que je prends plutôt mal ce genre de conversation et que m'offrir un bagel fourré à la crème n'y changera rien.

– Et si on commençait par se rencontrer avant que vous soyez hostile et indifférente ?

– C'est vous qui voyez. »

Elle donna le nom d'un café au coin de la rue et alla chercher un parapluie.

Le café de Mario était le repère des habitants du quartier. Tout petit, avec le bar originel en Formica qui datait de 1949 et un énorme bocal en verre rempli de biscotti frais à côté de l'antique caisse enregistreuse. Mario II, le fils, dirigeait maintenant l'établissement. Il servait des œufs, des toasts, de la pancetta et le meilleur café qu'on pouvait trouver hors d'Italie.

D.D. conquit de haute lutte une petite table ronde dans le coin près de la devanture. Elle arriva en avance, essentiellement pour siroter une deuxième tasse de café en paix tout en jouant du portable. Elle était fascinée par cette démarche de l'oncle. Alors qu'elle était là, à se dire qu'elle devrait accentuer la pression sur le mari, voilà que la famille du prétendant adolescent entrait dans la mêlée. Parents surprotecteurs ou sentiment de culpabilité ? Intéressant.

D.D. appuya sur la touche préprogrammée et porta son petit téléphone à son oreille. Et ce n'était pas parce qu'elle avait fait un rêve sexuel la nuit précédente qu'elle appelait Bobby Dodge.

« Allô, répondit une voix féminine.

– Bonjour, Annabelle », dit D.D. d'une voix où ne perçait pas l'anxiété qui la saisit aussitôt. Les autres femmes ne l'intimidaient pas. C'était une règle absolue qu'elle s'était fixée des années plus tôt, le jour où elle avait réalisé qu'elle était plus jolie que quatre-vingt-dix pour cent de la gent féminine et cent pour cent meilleure avec un pistolet chargé. Annabelle devait naturellement être l'exception à cette règle et elle avait mis le grappin sur Bobby Dodge. Ce qui faisait d'elle la bête noire de D.D., même si elles étaient toutes les deux raisonnablement aimables l'une avec l'autre. « Bobby est réveillé ?

– Tu ne l'as pas appelé au milieu de la nuit ?

– Si. Hé, il faut que je te félicite, au fait. Félicitations.

– Merci.

– Et, euh, tu te sens bien ?

– Oui, merci.

– C'est pour quand ?

– Août.

– Fille ou garçon ?

– On veut la surprise.

– C'est chouette. Alors, Bobby est là ?

– Il va encore te raccrocher au nez.

– Je sais. Ça fait partie de mon charme. »

Il y eut un lointain bruit de pas traînants, Annabelle qui apportait le téléphone à son mari, puis un grognement masculin, lorsqu'elle secoua Bobby pour le réveiller.

« Dis-moi que je rêve, maugréa celui-ci dans le téléphone.

– Je ne sais pas. Est-ce que je suis toute nue et couverte de Chantilly ?

– D.D., on s'est parlé il y a huit heures.

– Hé, c'est ça qui est bien avec une enquête. Ça ne s'arrête jamais.

– Mais les enquêteurs, si.

– Ah bon ? J'ai dû rater ce cours à l'école de police. Bon, j'ai une question à te poser à propos d'un collègue à toi dans la police d'État. Wayne Reynolds. Ça te dit quelque chose ? »

Il y eut un long silence, ce qui était mieux que l'habituel raccrochage. « Wayne Reynolds ? finit-il par répéter. Non, je ne vois aucun enquêteur de ce nom-là. »

D.D. hocha la tête, silencieuse. La police municipale de Boston comme la police d'État du Massachusetts étaient des administrations de taille respectable, mais il y régnait néanmoins un esprit plus ou moins familial. Même si vous ne travailliez pas directement avec tous les agents, il était probable que vous aviez entendu leur nom dans le couloir, que vous l'aviez lu en haut d'un rapport, voire que la dernière rumeur avait porté jusqu'à vous une histoire croustillante à leur sujet.

« Si, attends, reprit bientôt Bobby. Je connais ce nom en fait, mais ce n'est pas un enquêteur. Il bosse au labo informatique. Il s'est occupé de l'analyse des téléphones portables sur le braquage de banque l'an dernier.

– C'est un fondu d'électronique ?

– Je crois qu'ils préfèrent le terme d'"investigateurs numériques".

– Ouais.

– Tu as saisi des ordinateurs et tu sollicites la collaboration de l'État ?

– J'ai saisi des ordinateurs et j'ai sollicité la collaboration du BRIC, je te remercie. »

Installé dans les locaux du commissariat de Boston, le BRIC (Boston Regional Intelligence Center) était tout bonnement la brigade d'informaticiens de la police de Boston parce que, comme toute administration qui se respecte, celle-ci jugeait indispensable d'avoir ses propres joujoux et des spécialistes dans tous les domaines. Cela allait sans dire.

« Alors appelle quelqu'un du BRIC, grommela Bobby. Ils auront sans doute bossé avec Wayne. Pas moi.

– Okay. Bonne nuit, Bobby.

– Fais chier, c'est déjà le matin. Maintenant je vais être obligé de me lever.

– Alors bonne journée, Bobby. »

D.D. raccrocha avant qu'il puisse encore pester contre elle. Elle remit son portable à sa ceinture et contempla sa tasse vide. Wayne Reynolds était un as de l'informatique professionnel qui avait un as de l'informatique amateur comme neveu. Elle remplit sa tasse. Intéressant.

Wayne Reynolds franchit le seuil de Chez Mario à huit heures précises. D.D. le reconnut à ses beaux cheveux roux, assez semblables à ceux de son neveu. Toute ressemblance avec un gamin de treize ans s'arrêtait cependant à cette chevelure cuivrée.

Wayne Reynolds était grand, au moins un mètre quatre-vingt-cinq. Il se déplaçait avec aisance et agilité. Clairement quelqu'un qui se débrouillait pour caser un jogging tous les jours même s'il était très pris par diverses autopsies de disques durs. Il portait un blazer léger de couleur fauve qui mettait en valeur une chemise vert forêt et un pantalon sombre. Plus d'une tête se tourna à son arrivée et D.D. ressentit un léger frisson d'excitation lorsqu'il se dirigea vers elle et rien que vers elle. Si Ethan Hastings devait un jour ressembler à ça, Sandy Jones était peut-être sur un bon coup.

Wayne la salua en lui tendant la main.

« Commandant Warren. »

D.D. hocha la tête et accepta la poignée de main. Il avait des paumes calleuses. Des ongles courts et polis. Des doigts absolument admirables et dépourvus d'alliance.

Seigneur, il lui fallait du bacon.

« Vous voulez manger ? demanda-t-elle.

– D'accord.

– Super. Je vais commander pour nous deux. »

D.D. profita de l'attente au comptoir pour maîtriser sa respiration et se répéter qu'elle était une professionnelle chevronnée qui n'était *en aucun cas* affectée par le fait de prendre son petit déjeuner avec un sosie de David Caruso. Malheureusement, elle-même ne croyait pas à ce qu'elle disait ; elle avait toujours eu un faible pour David Caruso.

Elle regagna la petite table avec des serviettes et des couverts pour tous les deux, de même qu'une tasse de café noir pour lui. Wayne accepta l'énorme tasse en céramique blanche avec ses doigts admirables et elle se mordit les lèvres.

« Comme ça, commença-t-elle laconiquement, vous travaillez pour l'État ?

– Au service d'investigation informatique de New Braintree. Comme son nom l'indique, nous y réalisons l'essentiel des expertises numériques.

– Vous y êtes depuis combien de temps ? »

Il haussa les épaules, prit une gorgée de café noir et ouvrit un instant de grands yeux en avalant. « Cinq ou six ans. J'étais enquêteur avant ça, mais, passionné d'informatique comme j'étais, j'avais tendance à me focaliser sur le versant technologique des affaires. Étant donné qu'aujourd'hui, tout le monde, du dealer jusqu'au caïd de la Mafia, se sert d'ordinateurs, de téléphones portables et d'agendas électroniques, mes compétences techniques ont été de plus en plus demandées. Alors j'ai suivi la formation de quatre-vingts heures pour devenir ingénieur certifié en criminalistique numérique et j'ai été muté au labo informatique.

– Ça vous plaît ?

– Oui. Les disques durs sont comme des pochettes-surprises. Tous les trésors dont vous avez toujours rêvé s'y trouvent cachés quelque part. Il suffit de savoir les ouvrir. »

Les plats étaient arrivés. Œufs brouillés et pancetta grillée pour tous les deux. L'odeur était puissante et appétissante. D.D. attaqua.

« Comment on expertise un ordinateur ? » demanda-t-elle, la bouche pleine.

Wayne avait pris une fourchetée d'œufs ; il la regarda d'un air pensif, comme s'il voulait jauger la réalité de son intérêt. Il avait de profonds yeux noisette avec des paillettes vertes, alors elle prit bien soin d'avoir l'air intéressée.

« Prenez la règle des cinq cent douze. C'est le nombre magique en matière d'investigation informatique. Vous voyez, un disque dur est composé de plateaux ronds en rotation sur lesquels on lit ou on grave des données. Ces plateaux comportent des secteurs de données de cinq cent douze octets et tournent en permanence sous la tête d'écriture. Celle-ci doit donc diviser toutes les informations en blocs de cinq cent douze octets pour les stocker sur les plateaux.

– D'accord, dit D.D. qui se mit à couper sa pancetta.

– Maintenant, disons que vous enregistrez sur votre disque dur un fichier qui ne se divise pas parfaitement en blocs de cinq cent douze octets. Il ne fait pas mille vingt-quatre octets, il en fait huit cents. L'ordinateur va remplir tout un secteur, puis la moitié d'un autre secteur disponible. Et ensuite ? L'ordinateur ne reprend pas là où il s'est arrêté, au milieu d'un secteur. Au lieu de ça, un nouveau fichier commencera sur un nouvel espace de cinq cent douze octets, ce qui signifie que le fichier précédent dispose d'un excédent de capacité de stockage (ce que nous appelons un "espace chute") sur ce secteur. Souvent, on laisse subsister de vieilles données dans ces espaces chutes. Admettons que vous ouvriez ce fichier, que vous fassiez des modifications et que vous le réenregistriez. La nouvelle version pourrait ne pas écraser exactement les anciennes données comme la plupart des gens se l'imaginent. En fait, elle pourrait être gravée à un autre endroit sur le même secteur, secteur qu'un type comme moi pourrait ensuite fouiller. Dans l'espace chute, il se pourrait que je retrouve l'ancienne version de la lettre où vous avez demandé à votre amant d'assassiner votre mari, ainsi que le document modifié dans lequel vous avez effacé le paragraphe en question. Et voilà, preuve est faite de votre culpabilité.

– Je n'ai pas de mari, signala D.D. avant de reprendre une bouchée d'œuf, mais je me méfierai comme de la peste de mon ordinateur maintenant. »

Wayne Reynolds sourit. « Et sans doute avec raison. Les gens n'ont aucune idée de la quantité d'informations qui sont conservées à leur insu sur les disques durs. Je dis souvent qu'un ordinateur est comme une mauvaise conscience. Il se souvient de tout et on ne sait jamais quand il pourrait se mettre à parler.

– Vous avez appris ce que vous saviez à Ethan ? demanda D.D.

– Je n'ai pas eu besoin. Ce gamin apprend tout seul. Si j'arrive à lui faire mettre ses compétences au service du bien plutôt que du mal, il fera un sacré enquêteur un de ces quatre.

– Et quelle est la face sombre de l'informatique ?

– Piratage, décodage, exploitation illicite de données. Ethan est un bon gamin, mais il a treize ans, donc marcher sur les traces de son oncle ne lui paraît plus aussi excitant qu'à une époque. Entrer dans la police ou entrer dans la cyberdélinquance. À vous de voir.

– Il semble qu'il faisait grand cas de l'opinion de Sandra Jones. »

D.D. avait terminé son repas ; elle repoussa l'assiette en céramique blanche.

Wayne resta pensif un instant. « Ethan croit qu'il est amoureux de son professeur, concéda-t-il enfin.

– Il a couché avec elle ?

– Ça m'étonnerait.

– Pourquoi ?

– Elle ne le considérait pas comme ça.

– Comment pouvez-vous le savoir ?

– Parce que je voyais moi-même Sandra, tous les jeudis soir. Aux matchs de basket. »

« Ethan m'a contacté au sujet de Sandra », expliqua Wayne quelques instants plus tard. Ils avaient réglé l'addition, quitté le café. Discuter en marchant semblait une meilleure idée, étant donnée l'affaire qui les occupait. Ils se dirigèrent distraitement vers les quais en suivant la ligne rouge qui retraçait l'itinéraire suivi au dix-huitième siècle par le patriote Paul Revere.

« D'après ce que j'ai compris, continua Wayne, Sandra avait demandé à Ethan de l'aider à mettre au point un module d'enseignement sur Internet. Mais il n'avait pas fallu longtemps à Ethan pour comprendre que l'intérêt de Sandy pour la sécurité en ligne avait des origines plus profondes qu'un simple projet pédagogique. Ethan pensait que le mari se livrait à une activité quelconque, peut-être du côté de la pornographie enfantine, et que Sandra cherchait désespérément à connaître le fin mot de l'histoire.

– Vous n'avez pas ouvert une enquête ?

– Impossible. La première fois que j'ai rencontré Sandra, elle m'a bien précisé qu'elle n'accepterait mon aide qu'à titre personnel. Tant qu'elle ne saurait pas exactement ce qui se passait, elle ne voulait pas que la police intervienne. Elle devait penser à sa fille ; Ree serait traumatisée si son père allait en prison pour rien. »

D.D. parut étonnée. « Si Sandra soupçonnait de la pornographie enfantine, elle aurait dû s'inquiéter à l'idée que sa fille soit traumatisée par bien pire que l'arrestation de son cher papa. »

Wayne haussa les épaules. « Vous savez comment sont les familles. Même si vous montrez à une mère les sous-vêtements tachés de sperme de sa fille de sept ans, elle prétendra encore qu'il y a une explication logique. »

D.D. poussa un profond soupir. Il avait raison et ils le savaient tous les deux. En matière d'agression sexuelle sur mineurs, le déni n'était pas un vain mot.

« Bon, donc Ethan vous a passé un coup de fil. Et ensuite ?

– Pour rendre service à Ethan, qui semblait très inquiet pour son professeur, j'ai accepté d'assister à un des matchs de basket du jeudi soir pour discuter moi-même avec Sandra. J'avoue que je pensais avoir une brève conversation, lui donner les coordonnées d'un enquêteur si elle avait d'autres questions, ce genre de choses. Mais… »

Sa voix se perdit.

« Mais ? le relança D.D.

– Là, j'ai vu Sandra Jones, répondit Wayne d'un air presque dépité.

– Pas la prof de collège telle qu'on se l'imagine, observa D.D.

– Non. Pas du tout. J'ai tout de suite compris pourquoi Ethan s'était entichée d'elle. Vraiment, elle était plus jeune que je ne m'y attendais. Plus jolie aussi. Et assise sur ces gradins en bois, cette mignonne petite fille blottie contre ses jambes… je ne sais pas. Au premier regard, j'ai eu envie de l'aider. J'ai eu le sentiment que je *devais* l'aider. Qu'elle avait besoin de moi.

– Eh, ouais ! Mary Kay Letourneau, Debra Lafave, Sandra Beth Geisel. Que des jolies femmes. Ça ne vous paraît pas bizarre qu'il n'y ait que les mignonnes qui veuillent

coucher avec des gamins de douze ans ? C'est quoi, le problème ?

– Puisque je vous dis qu'elle n'entretenait pas ce genre
de relations avec Ethan.

– Mais avec vous ? »

Wayne la regarda, impassible. « Écoutez, vous voulez
savoir ce que j'ai à dire, oui ou non ?

– Allez-y, répondit D.D. en écartant les mains. C'est vous,
le chef.

– Ce premier soir, Ethan est resté avec Ree pendant que
Sandra et moi faisions un petit tour autour du collège
pour discuter. Elle m'a raconté qu'elle avait trouvé une
photo inquiétante dans la corbeille de l'ordinateur familial. Seulement cette image-là et seulement cette fois-là ;
elle n'avait rien découvert depuis. Mais, entre-temps, elle
s'était renseignée sur les historiques de navigation sur
Internet et le stockage de données et il était évident pour
elle que son mari trafiquait l'ordinateur, si bien qu'elle se
demandait ce qu'il avait d'autre à cacher.

– "Trafiquer" dans quel sens ?

– Ethan avait montré à Sandra comment retrouver les
sites visités par un ordinateur. Ces informations sont stoc-
kées dans l'historique du disque dur et devraient être récu-
pérables. Sandra avait fait plusieurs tentatives pour les
extraire du navigateur de l'ordinateur familial en se ser-
vant de différents outils en ligne qu'Ethan lui avait indi-
qués. Mais chaque fois, elle n'avait retrouvé les adresses
que de trois sites : le *Drudge Report*, *USA Today* et le *New
York Times*.

– Et en quoi c'est louche ? demanda D.D., déjà perdue.

– Parce que Sandra elle-même s'était rendue sur un
grand nombre de sites différents pour préparer des devoirs
pour sa classe. Tous ces sites auraient dû figurer dans l'historique, mais ce n'était pas le cas. Ce qui signifiait que
quelqu'un vidait la mémoire cache, puis reconstituait délibérément un faux historique en cliquant toujours sur les
trois mêmes sites quand il avait fini. Pure paresse, murmura Wayne, sans doute plus pour lui que pour D.D.
Comme tous les criminels, même les as des nouvelles tech-

nologies finissent toujours par faire une bêtise qui les tra-hit.

– Attendez un instant, revenons en arrière : Pourquoi quelqu'un créerait-il un faux historique ? »

Ils étaient arrivés sur le front de mer et suivaient les quais vers l'aquarium. Comme il bruinait encore, ceux-ci étaient beaucoup moins peuplés qu'à l'ordinaire. Wayne s'approcha de la rambarde, puis se tourna vers elle. « Pré-cisément. *Pourquoi* quelqu'un créerait-il un faux histo-rique de navigation ? C'est la question à un million de dollars. Ethan avait déjà conseillé un outil d'investigation numérique téléchargeable, mais il n'était pas assez puissant. Il a soupçonné que le mari de Sandra employait un programme qu'on appelle un destructeur, ou un nettoyeur, pour effacer ses traces. Donc il m'a passé un coup de fil, pour faire donner l'artillerie lourde, si on veut. »

D.D. le dévisagea. « Vous avez pu aider Sandra ?

– J'étais en train d'essayer. Ça se passait en décembre, voyez-vous, il y a seulement quelques mois et, comme elle soupçonnait son mari, nous avons dû agir avec prudence. Ethan et elle avaient déjà fait tourner le logiciel Pasco sur son ordinateur, mais Pasco ne trouve que ce qu'on lui demande de chercher. Il est loin d'être aussi puissant que, disons, EnCase, le logiciel que nous employons au labo. EnCase peut fouiller au cœur du disque dur, recen-ser les espaces chutes, analyser les secteurs non alloués, pleins de trucs sympa. Mieux encore, vu les inquiétudes de Sandra, EnCase possède une fonction qui recherche toutes les images sur un disque dur et peut littéralement recracher des centaines de milliers de photos. Et pour finir, EnCase a la capacité de sortir les historiques des navigateurs Internet...

– Donc vous avez fait tourner ce logiciel sur l'ordinateur de Sandra ?

– J'aurais bien voulu, dit-il en levant au ciel ses yeux noi-sette. Mais, primo, on ne travaille jamais sur la source. Ce serait une erreur de procédure. Deuzio, il fallait que San-dra soit discrète, or faire tourner EnCase sur l'ordinateur familial pendant trois ou quatre jours risquerait de se voir.

Saisir et analyser un ordinateur est facile. Tandis qu'en décortiquer un clandestinement...

– Alors qu'avez-vous fait ?

– J'essayais d'aider Sandra à faire une copie du disque dur familial qui soit exploitable à des fins d'analyse. Je lui ai donné des consignes sur le type de disque dur vierge à acheter, puis sur la façon de le connecter à l'ordinateur familial pour transférer les données. Malheureusement, Jason avait acheté peu de temps auparavant un nouveau disque dur de cinq cents gigaoctets et il faudrait plus de six heures rien que pour le copier. Elle avait fait plusieurs tentatives, mais n'était pas arrivée à finir avant que Jason revienne du travail.

– En résumé, Sandra Jones a passé les trois derniers mois à comploter contre son mari ?

– Elle a passé les trois derniers mois à essayer de déjouer ses manœuvres, répondit Wayne avec philosophie. Et comme elle n'a pas encore réussi à copier le disque dur, je n'ai pas encore pu faire tourner EnCase dessus. Donc, je ne peux pas vous dire si elle avait vraiment des raisons d'avoir peur de lui.

– Vous savez quoi ? répondit D.D. en souriant. Hier soir, la police de Boston est devenue l'heureuse détentrice de l'ordinateur des Jones. »

Wayne ouvrit de grands yeux. « J'adorerais...

– Voyons, votre neveu est impliqué dans l'affaire. Si vous touchez la moindre pièce à conviction, elle sera rejetée par le tribunal plus vite que vous ne pouvez dire "conflit d'intérêts".

– Est-ce que je pourrais avoir copie des rapports ?

– Je mettrai quelqu'un du BRIC en relation avec vous.

– Confiez ça à Keith Morgan. Si vous voulez éplucher un disque dur, c'est votre homme.

– Je vais considérer ça comme une suggestion, répondit D.D. avant de dévisager Wayne Reynolds quelques instants. Est-ce que Sandra pensait que son mari avait compris ce qui se tramait ? Elle y a travaillé pendant des mois. Ça fait long quand on vit avec quelqu'un qu'on pense peut-être secrètement pédophile. Elle devait être de plus en plus tendue... »

Wayne hésita et l'ombre d'un malaise passa pour la première fois sur son visage. « La dernière fois que j'ai vu Sandra, c'était il y a deux semaines, au match de basket. Elle semblait renfermée, elle n'avait pas envie de parler. Elle m'a dit qu'elle ne se sentait pas bien et elle est partie avec Ree. J'ai pensé qu'elle était vraiment malade. Elle n'avait pas bonne mine.

– Vous saviez qu'elle était enceinte ?

– Hein ? s'exclama Wayne qui sembla pâlir légèrement, réellement surpris. Je ne... Eh bien, pas étonnant qu'elle ait été tendue. Il n'y a pas mieux que d'avoir un deuxième enfant avec un homme dont on se demande déjà si ce n'est pas un pervers.

– Lui est-il arrivé de parler du passé de son mari ? De l'endroit où il avait grandi, de leur rencontre ? »

Wayne fit signe que non.

« A-t-elle fait allusion au fait que "Jones" pourrait être un nom d'emprunt ?

– Vous rigolez... ? Non, non, elle n'a jamais parlé de ça. »

D.D. réfléchit à la situation. « On dirait que Jason Jones est assez doué en informatique.

– Très doué.

– Assez pour se servir de l'ordinateur, soit pour dissimuler une précédente identité, soit pour s'en fabriquer une autre ?

– Absolument, confirma Wayne. On peut ouvrir des comptes en banque, s'abonner à l'eau ou l'électricité, se constituer un historique de crédit, tout ça en ligne. Un internaute averti pourrait à la fois créer et camoufler un grand nombre d'identités grâce à son ordinateur. »

D.D. acquiesça, retourna la chose dans sa tête. « De quoi aurait-il besoin, à part de l'ordinateur ?

– Heu, d'une adresse ou d'une boîte postale. Tôt ou tard, il faut donner une adresse postale. Par exemple, une boîte qu'il louerait dans un centre UPS. Et un numéro de téléphone associé à ce nom, quoique maintenant, il pourrait acheter un mobile jetable pour ça. Donc, il aurait besoin de quelques éléments tangibles pour étayer son identité, mais rien de bien sorcier. »

Une boîte postale. D.D. n'avait pas pensé à ça. Soit au nom des Jones, soit au nom de jeune fille de Sandy. Elle allait creuser un peu...

« Est-ce que Sandy a prononcé le nom d'Aidan Brewster ?

– Non.

– Et vous pouvez me jurer, en tant qu'enquêteur et membre des forces de l'ordre, qu'à votre connaissance, Sandra Jones n'a jamais été seule avec votre neveu ?

– Ethan ne m'a jamais parlé que de rencontres avec Sandra dans la salle informatique pendant l'heure de battement. Certes, ils étaient souvent seuls pendant ces séances, mais c'était en pleine journée, au beau milieu de l'école.

– Vous a-t-elle parlé de fuir son mari ?

– Elle n'aurait jamais abandonné sa fille.

– Même pas pour vous, Wayne ? »

Il lui lança à nouveau un regard offusqué, mais D.D. ne retira pas sa question. Wayne Reynolds était un homme séduisant et Sandra Jones une jeune femme très seule...

« Je pense que Jason Jones l'a tuée, déclara-t-il tout net. Il est rentré mercredi soir, il l'a surprise en train d'essayer de copier le disque dur et il a pété un plomb. Il mijotait quelque chose, sa femme s'en est rendu compte, alors il l'a tuée. C'est ce que je me dis depuis que j'ai vu la conférence de presse hier, alors si vous me demandez si je suis personnellement mêlé à cette affaire, oui, je suis personnellement impliqué dans cette affaire. J'ai essayé d'aider une jeune mère inquiète et, ce faisant, j'ai peut-être provoqué son assassinat. Ça me met hors de moi. Merde, ça me fait chier comme pas permis.

– D'accord. Vous comprenez que je vais avoir besoin que vous veniez faire une déposition en bonne et due forme ?

– Tout à fait.

– Cet après-midi, à trois heures ? Au commissariat central ?

– J'y serai. »

D.D. hocha la tête, commença à s'éloigner, puis une dernière question lui vint : « Hé, Wayne, combien de fois vous avez rencontré Sandra ?

– Je ne sais pas. Peut-être huit ou dix fois. Toujours aux matchs de basket. »

D.D. hocha la tête en songeant que cela faisait beaucoup étant donné que Sandra n'avait jamais eu de copie du disque dur à lui remettre.

27

J ASON FUT RÉVEILLÉ par un ronronnement qui croissait lentement, puis un trait de lumière vive dans ses yeux. À moitié sonné, il consulta sa montre, constata qu'il était cinq heures du matin, puis regarda ses stores éclairés par-derrière avec une perplexité accrue. Le soleil ne se levait pas à cinq heures du matin en mars.

Puis il comprit. Les projecteurs. Sur le trottoir d'en face. Les camionnettes des médias étaient revenues et s'allumaient pour le reportage du matin ; tout le monde filmait une nouvelle intervention depuis les lieux du crime, à savoir son jardin.

Il laissa retomber sa tête sur l'oreiller en se demandant s'il y avait eu, pendant ces trois dernières heures où il avait bel et bien dormi, des révélations dont il faudrait qu'il soit au courant. Il devrait allumer la télé. Prendre des nouvelles de sa vie. Il avait toujours eu un sens aigu de l'ironie. Il attendit que celui-ci se manifeste, pour jouir de cet instant. Mais il était sous le coup de la fatigue, écartelé entre le désir de protéger sa fille, de retrouver sa femme et d'éviter la prison.

Jason tendit ses bras et ses jambes, fit l'inventaire après le passage à tabac de la veille au soir. Il découvrit que ses quatre membres semblaient en état de marche, même si certains le faisaient souffrir plus que d'autres. Il mit ses mains sous sa tête, étudia le plafond de son seul œil valide et essaya de mettre au point un plan pour la journée.

Max allait revenir. Le père de Sandra n'avait pas fait le voyage jusque dans le Massachusetts pour rester les bras croisés dans sa chambre d'hôtel. Il allait continuer à exiger de voir Ree, à menacer… d'engager une procédure, de révéler le passé de Jason ? Celui-ci n'était même pas certain de ce que Max savait de son ancienne vie. Jason et lui n'avaient jamais vraiment discuté. Jason avait rencontré Sandra dans un bar et elle avait maintenu autant que possible cette habitude. Seules les filles sages ramènent les garçons chez elles pour les présenter à leur papa, lui avait-elle expliqué le premier soir, manifestement désireuse de poser d'emblée qu'elle n'était pas une fille sage. Jason l'emmenait dans le petit appartement qu'il louait où il lui préparait un dîner et où ils regardaient des films, jouaient à des jeux de société. Ils faisaient tout sauf ce à quoi elle se serait manifestement attendue et c'était pour cela qu'elle revenait, soir après soir.

Jusqu'au jour où Jason avait remarqué son ventre de plus en plus rond. Où il s'était mis à poser des questions. Jusqu'au soir où elle avait fondu en larmes et où la solution à tous leurs problèmes était apparue clairement à Jason. Pour une quelconque raison, Sandy voulait quitter son père. Lui voulait juste s'en aller. Ils étaient donc partis ensemble. Nouvelle ville, nouveau nom, nouveau départ. Jusqu'à ce mercredi soir, Jason aurait dit que ni l'un ni l'autre n'avaient jamais nourri de regrets.

Et voilà que Max était de retour dans leur vie. Un homme riche, intelligent et qui possédait des relations dans les tribunaux du coin. Il avait les moyens de nuire à Jason. Jason ne pouvait pourtant pas l'autoriser à voir Ree. Il avait promis à Sandy que son père ne toucherait jamais à elle. Il n'allait pas manquer à sa parole maintenant, alors que sa fille avait plus que jamais besoin de lui.

Max allait donc jeter de l'huile sur le feu pendant que des policiers continueraient à fliquer tous les déplacements de Jason. Ils étaient en train de charcuter son ordinateur. Probablement de fouiller dans ses archives financières. D'interroger son rédacteur en chef, peut-être même de faire un tour dans les bureaux du *Boston Daily*.

Allaient-ils repérer l'ordinateur qu'il y avait laissé, en tireraient-ils la conclusion qui s'imposait ?

Combien de temps pouvait encore durer ce jeu d'enfer ? Jason avait pris des mesures élémentaires quand il était devenu père de famille. Il se livrait à ses activités « annexes » sous une identité différente, avec un autre compte en banque, une autre carte de crédit, une boîte postale. Les confirmations de paiement et le relevé de la carte bancaire étaient envoyés dans un bureau de poste en banlieue, à Lexington. Il s'y rendait une fois par mois pour récupérer la paperasse, la trier, puis déchiqueter ces documents.

Mais tous les bons plans présentent au moins un défaut majeur. Dans ce cas précis, l'ordinateur familial contenait suffisamment de preuves accablantes pour l'envoyer derrière les barreaux pour vingt ans ou à vie. Certes, il avait utilisé un logiciel de destruction de fichiers correct, mais tous les sites Internet génèrent bien plus de fichiers temporaires qu'un seul programme ne peut en détruire. Trois jours, maximum quatre, conclut-il. Ensuite les criminologues comprendraient qu'il y avait quelque chose d'anormal avec l'ordinateur qu'ils avaient saisi, les flics reviendraient et ils ne plaisanteraient pas.

À supposer qu'ils n'aient pas déjà retrouvé le corps de Sandy et qu'ils ne soient pas en ce moment même devant sa porte, sur le point de l'arrêter.

Jason se leva, trop sur les nerfs pour se rendormir. Ses côtes protestèrent lorsqu'il bougea. Il ne voyait rien de l'œil gauche. Mais ses blessures lui importaient peu. Rien ne comptait, sauf une chose.

Il fallait qu'il s'assure que Ree était toujours bien au chaud dans sa chambre, petite silhouette couronnée de boucles recroquevillée avec un chat orange vif à ses pieds.

Il descendit le couloir à pas de loup, tous les sens en alerte. La maison avait la même odeur, semblait la même. Il entrouvrit la porte de la chambre de Ree et découvrit sa fille allongée droite comme un i dans son lit, cramponnée au haut de sa couette, ses grands yeux bruns tournés vers lui. Elle était réveillée et il s'aperçut après un instant qu'elle avait pleuré. Ses joues étaient sillonnées de traces humides.

« Coucou, ma chérie, dit-il doucement en entrant dans la chambre. Tu vas bien ? »

M. Smith leva les yeux vers lui, bâilla, tendit une longue patte orange. Ree regarda Jason sans répondre.

Il s'assit au bord du lit, d'où il put écarter des mèches brunes emmêlées du front moite de Ree.

« Je veux maman, dit-elle d'une petite voix.

– Je sais.

– Elle doit revenir à la maison avec moi.

– Je sais.

– Pourquoi elle ne revient pas, papa ? Pourquoi ? »

Il n'avait pas de réponse. Alors il s'allongea sur le lit à côté de sa fille et l'attira dans ses bras. Il lissa ses cheveux pendant qu'elle pleurait, blottie contre son épaule. Il mémorisa l'odeur de sa peau qui sentait le savon, la sensation de sa tête sur son épaule, le bruit de ses petits sanglots fatigués.

Ree pleura jusqu'à n'avoir plus de larmes. Alors elle posa ses mains sur celles de Jason, alignant chacun de ses petits doigts courts sur les doigts plus longs, plus larges, de Jason.

« On va s'en sortir », murmura Jason à sa fille.

Lentement, elle hocha la tête sur son épaule.

« Tu aimerais prendre un petit déjeuner ? »

Nouveau hochement de tête.

« Je t'aime, Ree. »

Préparer le petit déjeuner se révéla plus compliqué que prévu. Il n'y avait plus d'œufs. Même chose pour le pain, l'essentiel des fruits frais. Il ne restait plus beaucoup de lait, mais il se dit qu'il arriverait encore à faire deux bols de céréales. La boîte de Cheerios étant d'une légèreté suspecte, il opta pour les Rice Crispies. Ree aimait le jeu des céréales qui parlent et il faisait toujours mine de décoder leur crépitement :

« Comment, vous voulez que j'achète un poney à ma fille ? Ah non, vous voulez que je m'achète une Corvette. Aaaah, là, je comprends mieux. »

Jason réussit à arracher un sourire à Ree, puis un rire, et il les sentit se détendre tous les deux.

Il termina son bol de céréales. Ree mangea le sien à moitié, puis se mit à créer des motifs flottants sur le lait avec les grains de riz soufflés qui restaient. Cela la distrayait et donnait à Jason le temps de réfléchir.

Il avait mal partout. Quand il s'asseyait, quand il marchait, quand il se levait. Il se demanda dans quel état étaient les autres. Par ailleurs, ils s'étaient jetés sur lui par-derrière (il ne les avait pas vus venir), donc ils allaient sans doute très bien.

Il se ramollissait en vieillissant, se dit-il. D'abord se faire mettre la pâtée par un gosse de treize ans et maintenant ça. Merde, s'il était aussi doué que ça pour la bagarre, il n'allait pas tenir une semaine en prison. Réjouissant, comme pensée du jour.

« Papa, qu'est-ce qu'il a, ton visage ? demanda Ree lorsqu'il s'éloigna du bar et se leva pour faire la vaisselle.

– Je suis tombé.

– Ouille-ouille-ouille.

– Tu peux le dire. »

Il posa la vaisselle dans l'évier, puis ouvrit le réfrigérateur pour voir ce qu'ils pourraient manger pour le déjeuner. Plus de lait, il ne restait qu'un pack de six cannettes du cher Dr Pepper de Sandy, quatre yaourts allégés et de la salade flétrie. Deuxième pensée du jour réjouissante : être l'ennemi public numéro un ne vous dispense pas de sortir faire les courses. S'ils avaient l'intention de prendre un autre repas aujourd'hui, il allait falloir qu'ils aillent au magasin.

Il se demanda s'il devrait se mettre un bandana sur le visage. Ou porter un tee-shirt sur lequel il y aurait écrit *Innocent* devant et *Coupable* derrière. Ça pourrait être drôle.

« Hé, Ree, demanda-t-il négligemment en refermant le réfrigérateur avec un regard vers sa fille. Ça te dirait d'aller prendre un peu de bon temps au magasin ? »

Ree s'égaya immédiatement. Elle adorait faire les courses. C'était traditionnellement une tâche que père et fille accomplissaient ensemble au moins un après-midi par semaine en attendant le retour de Sandy. Lui s'efforçait de s'en tenir à la liste officielle préparée par son épouse. Ree essayait de le convaincre de faire un écart pour des achats aussi indispensables que des biscuits fourrés Barbie Princesse de l'Île merveilleuse ou des beignets recouverts de glaçage au sirop d'érable.

En général, il se rasait pour cette sortie, tandis que Ree préférait revêtir une toilette de bal complète et un diadème en diamants fantaisie. Parcourir vingt rayons de nourriture n'avait aucun intérêt si on ne pouvait pas en profiter pour se donner en spectacle.

Ce matin-là, elle se rua à l'étage pour se brosser les dents, puis redescendit dans la cuisine vêtue d'une robe à fleurs bleue agrémentée d'ailes de fée couleur arc-en-ciel et de chaussures à paillettes roses. Elle tendit à Jason un accessoire rose et vaporeux pour ses cheveux en lui demandant une queue de cheval. Il fit de son mieux.

Il rédigea la liste de courses, puis fit un effort d'hygiène personnelle. Raser sa barbe découvrit un vilain hématome. Coiffer ses cheveux en arrière souligna son coquard. Aucun doute, il avait une sale gueule. Ou, plus précisément, une gueule d'assassin. Troisième pensée du jour réjouissante.

Il renonça aux soins de beauté et descendit au rez-de-chaussée où Ree l'attendait avec impatience devant la porte, un sac à main jonquille au bras.

« Tu te souviens des journalistes ? lui demanda-t-il. Les gens avec des caméras et des micros sur le trottoir d'en face ? »

Ree hocha la tête d'un air solennel.

« Eh bien, ils sont encore là, chérie. Et quand on ouvrira la porte, ils vont sans doute se mettre à crier tout un tas de questions et prendre des photos. Ils essaient juste de faire leur travail, d'accord ? Ils vont être un peu comme des fous. Alors toi et moi, on va marcher tranquillement jusqu'à notre voiture pour aller au magasin. D'accord ?

– D'accord, papa. Je les ai vus quand je suis remontée. C'est pour ça que j'ai mis mes ailes de fée. Comme ça, s'ils crient trop, je pourrai m'envoler au-dessus d'eux.

– Tu es drôlement maligne », dit-il.

Puis, parce qu'il était inutile d'attendre, il ouvrit la porte. Les cris fusèrent dès que le bout de sa chaussure se profila.

« *Jason, Jason, des nouvelles de Sandy ?* »

« *Parlerez-vous à la police, aujourd'hui ?* »

« *Quand pouvons-nous espérer un point-presse officiel ?* »

Il fit sortir Ree et la garda près de lui pendant qu'il tirait la porte derrière eux, fermait à clé. Ses mains tremblaient. Il s'efforça d'agir avec lenteur et mesure. Ne pas se précipiter, ne pas se presser comme un coupable. Un mari éploré, qui emmenait sa petite fille acheter le lait et le pain qui leur faisaient cruellement défaut.

« *Participerez-vous aux recherches, monsieur Jones ? Combien de volontaires se sont présentés pour retrouver Sandy ?* »

« *Elles sont magnifiques, tes ailes, ma belle ! Tu es un ange ?* »

Ce commentaire retint l'attention de Jason, qui leva vivement les yeux. Il était résigné à être apostrophé, mais il ne voulait pas que cette bande de vautours s'en prenne à Ree.

« Papa ? murmura sa fille à côté de lui et, lorsqu'il baissa les yeux, il lut l'anxiété sur son visage.

– On va à la voiture et ensuite au magasin, répéta-t-il posément. Tout va bien, Ree. Ce sont eux qui se comportent mal, pas nous. »

Elle prit sa main et resta collée contre ses jambes pendant qu'ils descendaient le perron et traversaient la pelouse vers la voiture garée dans l'allée. Il comptait six camionnettes aujourd'hui, contre quatre seulement la veille. À cette distance, il ne distinguait pas les indicatifs des stations. Il faudrait qu'il vérifie plus tard, pour savoir si l'affaire était relayée par les médias nationaux.

« *Qu'est-il arrivé à votre visage, monsieur Jones ?* »

« *Ce sont les policiers qui vous ont fait un œil au beurre noir ?* »

« *Vous vous êtes battu ?* »

Il continua à les faire avancer dans le jardin, Ree et lui, lentement, régulièrement, vers la Volvo. Puis il sortit ses clés et les portières se déverrouillèrent avec un déclic.

Brutalité policière, se dit-il distraitement lorsque d'autres questions sur son visage arrivèrent et que ses côtes protestèrent parce qu'il ouvrait la lourde portière.

Puis Ree fut dans la voiture, la porte arrière fermée. Et il fut dans la voiture, la porte conducteur fermée. Il fit démarrer le moteur et, immédiatement, les questions stridentes des journalistes s'évanouirent.

« Bien joué, dit-il à Ree.

– Je n'aime pas les journalistes.

– Je sais. La prochaine fois, moi aussi, je prendrai des ailes de fée. »

Au magasin, il craqua. Ne trouva pas en lui la force d'âme nécessaire à un parent pour refuser à sa fille traumatisée des Oreo, des biscuits fourrés, des sachets de cookies au chocolat tout juste sortis de la boulangerie. Ree se rendit très vite compte de sa faiblesse et, à la fin de leur expédition, ils avaient un caddie à moitié rempli de cochonneries. Il se dit qu'il avait réussi à acheter du lait, du pain, des pâtes et des fruits, mais à dire vrai le cœur n'y était pas.

Il trompait le temps avec sa fille, prêt à tout pour leur offrir un moment de normalité dans un monde qui avait sombré dans la folie. Sandy avait disparu. Max était revenu. La police allait continuer à poser des questions, il avait été un imbécile de se servir de l'ordinateur familial…

Jason ne voulait pas de cette vie. Il voulait revenir en arrière de soixante heures, peut-être soixante-dix, et dire ce qu'il aurait dû dire, faire ce qu'il aurait dû faire pour que tout ça n'arrive jamais. Il aurait même été prêt à effacer les vacances de février.

La femme qui tenait la caisse sourit en découvrant l'élégance de Ree. Puis elle leva les yeux vers Jason et resta interloquée. Il haussa les épaules avec embarras en suivant le regard de la caissière vers le présentoir à journaux où il découvrit sa propre photo en noir et blanc à la une du *Boston Daily*.

« Le gentil reporter avait-il une face cachée ? » interrogeait le gros titre.

Ils avaient repris la photo de sa carte de presse, une photo recadrée au plus près, à peine mieux qu'une photo d'identité judiciaire. Il avait l'air morne, voire vaguement menaçant, les yeux juste au-dessus du pli de la page.

« C'est toi, papa ! » s'exclama Ree. Elle gambada vers le journal et l'examina de plus près. D'autres clients avaient remarqué la scène à présent et regardaient cette mignonne petite fille qui observait la photo inquiétante d'un adulte. « Pourquoi tu es dans le journal ?

— C'est le journal pour lequel je travaille, répondit-il sur un ton dégagé en regrettant qu'ils aient autant de courses et qu'ils ne puissent pas sortir en quatrième vitesse du magasin.

— Qu'est-ce que ça dit ?

— Que je suis gentil. »

La caissière ouvrit des yeux exorbités. Il la fusilla du regard sans plus se préoccuper de savoir s'il avait l'air menaçant ou non. C'était sa fille, bon sang.

« On devrait en ramener un, dit Ree. Maman voudra le voir. »

Elle prit le journal dans le présentoir et le lança sur le tapis roulant. Il remarqua la signature : « Greg Barr », son patron et rédacteur en chef. Il ne douta plus alors des citations qui figureraient dans l'article, à savoir à peu près tout ce qu'il avait dit la veille au téléphone.

Il prit son portefeuille dans sa poche arrière et l'ouvrit avant que la colère lui fasse perdre ses moyens. *Payer, monter en voiture. Payer, monter en voiture.*

Rentrer à la maison, pour y être de nouveau harcelé.

Il sortit sa carte de crédit, la tendit à la caissière, dont les doigts tremblaient si fort qu'elle dut s'y reprendre à trois fois pour la saisir. Avait-elle à ce point peur de lui ? Était-elle certaine d'accomplir une transaction avec un psychopathe qui avait selon toute probabilité étranglé sa femme avant de la découper en morceaux pour la jeter dans le port ?

L'absurdité de la chose lui donna envie de rire, mais son rire n'aurait pas été joli à entendre. Trop glaçant, trop amer. Sa vie était partie en vrille et il ne savait pas comment rétablir la situation.

« Est-ce que je pourrais avoir des biscuits dans la voiture ? demanda Ree. Dis oui, dis oui, dis oui. »

La femme lui rendit enfin la carte, avec son ticket de caisse. « Oui, oui, oui, murmura-t-il en signant le bout de papier et en rempochant sa carte de crédit, pressé de se sauver.

– Papa, je t'adore ! » s'écria Ree triomphalement.

Il espéra que tout le magasin avait entendu ça.

28

L E TEMPS DE REGAGNER la maison et d'essuyer une demi-douzaine de questions des journalistes en rentrant les courses, Jason était claqué. Il lança un film pour Ree sans écouter la petite voix qui lui disait que regarder autant la télé ne pouvait pas être bon pour elle, qu'il devrait faire plus d'effort pour dialoguer avec sa fille en cette période difficile, etc.

Ils avaient à manger. Le chat était revenu. Il n'avait pas encore été arrêté.

C'était ce qu'il pouvait faire de mieux pour l'instant.

Il était en train de sortir les œufs de leur boîte lorsque le téléphone sonna. Il décrocha distraitement, sans vérifier qui appelait.

« Qu'est-ce qui est arrivé à votre visage, fiston ? » L'accent du Sud de Maxwell Black fit traîner la phrase en longueur et rappela à Jason des souvenirs qu'il voulait oublier.

« Tu crois que tu commandes, petit ? Tu es à moi, petit. Des pieds à la tête. Tu m'appartiens. »

« J'ai fait une chute dans les escaliers », répondit Jason avec désinvolture en obligeant les images à retourner dans leur petite boîte dans un coin de sa tête. Il s'imagina refermer le couvercle, introduire la clé dans la serrure, la tourner soigneusement.

Max éclata de rire. Un petit rire chaleureux, celui dont il se servait sans doute lorsqu'il faisait des plaisanteries au tribunal ou qu'il était entouré d'une cour dans les cocktails du quartier. Peut-être même l'avait-il utilisé la première fois qu'une enseignante lui avait avec hésitation parlé de Sandy. *Vous savez, monsieur, je m'inquiète de voir que... Sandy semble... avoir souvent des accidents.* Et Max était parti de ce petit rire charmant. *Oh, inutile de vous inquiéter pour ma fille. Ne torturez pas votre jolie tête. Ma petite fille va très bien.*

Toute l'aversion de Jason pour le père de Sandra lui revint.

« Bon, fiston, on dirait que nous ne sommes pas partis sur de bonnes bases hier après-midi », dit Max.

Jason ne répondit rien. Le silence se prolongea. Après encore quelques instants, Max prit sur lui de le rompre en ajoutant sur un ton léger : « Alors, j'appelle pour m'excuser.

– Inutile, lui assura Jason. Retournez en Géorgie, ça suffira.

– Écoutez, Jason, il me semble que si quelqu'un avait le droit d'en vouloir à l'autre ici, ce serait moi. Vous avez séduit ma fille unique, vous me l'avez ravie pour l'emmener dans ce Nord épouvantable et ensuite vous ne m'avez même pas invité au mariage, sans parler de la naissance de ma petite-fille. Ce ne sont pas des façons de traiter la famille, fiston.

– Vous avez raison. À votre place, je ne nous adresserais plus la parole. »

À nouveau ce rire chaud et sirupeux. « Heureusement pour vous, fiston, continua Max avec ardeur, j'ai décidé de prendre un peu de hauteur. Il s'agit de mes uniques fille et petite-fille. Il serait stupide de laisser le passé nous barrer le chemin de l'avenir.

– Vous savez quoi ? Quand Sandra reviendra, je lui passerai le message.

– *Quand* ? reprit vivement Max. *Si*, vous voulez dire ?

– Je veux dire *quand*, répondit Jason avec fermeté.

– Votre femme est partie avec un autre, fiston ?

– C'est une théorie qui semble populaire.

– Vous ne la rendiez pas heureuse ? Je ne vous le reproche pas, notez bien. Je l'ai élevée tout seul après le décès de sa chère maman. Je sais à quel point elle peut être exigeante.

– Sandra est une épouse merveilleuse et une mère dévouée.

– J'avoue que j'ai été surpris d'apprendre qu'elle était devenue enseignante. Mais ce matin j'ai discuté avec ce sympathique principal. Comment s'appelle-t-il... Phil, Phil Stewart ? Il n'a pas arrêté de dire combien Sandy était formidable avec ses élèves. Somme toute, on dirait que vous vous êtes bien occupé de ma fille. Je vous remercie, fiston, vraiment.

– Je ne suis pas votre fiston.

– Très bien, Jason *Jones.* »

Jason entendit à nouveau cette inflexion, cette menace sous-entendue. Il serra le poing, refusa d'ajouter un mot.

« Vous ne m'appréciez pas beaucoup, n'est-ce pas, Jason ? »

Là encore, Jason ne répondit pas. Mais le juge semblait surtout s'adresser à lui-même. « Ce que je ne comprends pas, c'est pourquoi. Nous n'avons jamais eu de vraie conversation. Vous vouliez ma fille, vous l'avez eue. Vous vouliez quitter la Géorgie, vous avez pris ma fille et vous êtes parti. Il me semble que j'ai beaucoup de raisons de vous en vouloir. Si on dresse la liste de griefs que peut entretenir un père contre celui qui s'enfuit avec sa fille unique... Mais moi, qu'est-ce que je vous ai fait, fiston ? Qu'est-ce que je vous ai fait ?

– Vous avez trahi votre fille, s'entendit répondre Jason. Elle avait besoin de vous et vous l'avez trahie.

– Mais de *quoi* vous parlez, au nom du ciel ?

– Je parle de votre femme ! Je parle de votre cinglée et alcoolique de femme qui battait Sandy tous les jours sans que vous leviez le petit doigt pour l'en empêcher. Comment un père peut-il abandonner son enfant comme ça ? Comment un père peut-il la laisser torturer jour après jour sans réagir ? »

Il y eut un silence. « Ma femme battait Sandy ? C'est *ça* que Sandy vous a raconté ? »

Jason ne répondit pas tout de suite. Le silence se prolongea. Cette fois-ci, il craqua le premier : « Oui.

– Alors, écoutez, reprit le juge, l'air offensé. La maman de Sandy n'était pas parfaite, loin de là. Il est exact qu'elle buvait sans doute plus que de raison. J'avais des journées tellement chargées à l'époque que je laissais Missy bien trop souvent seule avec Sandra. Je ne doute pas que c'était éprouvant pour ses nerfs, qu'elle s'emportait peut-être plus vite qu'une mère ne le devrait. Mais battre… torturer… je crois qu'on donne un peu dans le mélodrame, là. Sérieusement.

– Votre femme n'a jamais fait de mal à Sandy ?

– Qui aime bien châtie bien. Je l'ai vue donner une ou deux fessées à Sandy, mais rien de plus que n'importe quel parent poussé à bout.

– Missy n'abusait jamais de l'alcool ?

– Bon, c'est vrai qu'elle avait un faible pour le gin. Peut-être qu'un ou deux soirs par semaine… Mais elle n'avait pas l'alcool violent. Si elle avait un peu forcé, elle allait se coucher. Elle n'aurait pas fait de mal à une mouche, encore moins à notre fille.

– Elle ne vous pourchassait pas dans toute la maison avec des couteaux ?

– *Je vous demande pardon* ? demanda le juge, apparemment sous le choc.

– Elle a fait souffrir Sandy. Elle lui a claqué des portes sur les doigts, elle l'a forcée à boire de l'eau de Javel, lui a fait avaler des objets ménagers pour le plaisir de la conduire à l'hôpital. Votre épouse était une femme très, très malade. »

Le silence dura plus longtemps cette fois-ci. Lorsque le juge reprit enfin la parole, il semblait réellement confondu. « C'est ce que Sandy vous a raconté ? C'est ce que Sandra dit de sa propre mère ? Et bien, pas étonnant que vous soyez aussi sec avec moi. Je retire tout ce que j'ai dit. Vraiment. Je comprends tout à fait votre position. Quelle histoire… Eh bien. Eh bien. » Le juge ne semblait plus savoir quoi dire.

Jason, déstabilisé, commençait à ne plus être aussi certain de son fait. Un premier frisson de malaise lui parcourut le dos.

« Puis-je dire quelque chose pour ma défense ? demanda le juge.

– Je pense.

– Premièrement, je vous jure que c'est la première fois que j'entends parler d'actes aussi abominables. Il est possible, j'imagine, qu'il se soit passé entre ma pauvre femme et Sandy des choses dont je n'ai jamais eu connaissance. Mais pour être franc, je ne crois pas que ce soit le cas. J'aime ma fille, Jason. Je l'ai toujours aimée. Mais je fais aussi partie des rares hommes qui peuvent dire qu'ils ont vraiment aimé leur femme comme des fous. J'ai rencontré Missy quand elle avait dix-neuf ans et j'ai su dans la seconde que j'allais l'épouser, la faire mienne. Ce n'était pas seulement parce qu'elle était belle (même si elle l'était). Ou parce qu'elle était gentille et bien élevée (même si elle l'était). Mais parce qu'elle était Missy et que je l'aimais pour cette seule raison.

» Vous croyez peut-être que je radote. Que tout ça n'a aucun rapport. Mais quand Sandy a eu douze ans, j'ai bien peur que ça ait eu un rapport. Voyez-vous, Sandy est devenue jalouse. De ma considération pour Missy, peut-être des fleurs que je rapportais sans raison à la maison ou des jolies babioles que je me plaisais à offrir à mon adorable épouse. À partir d'un certain âge, les filles entrent, consciemment ou non, en rivalité avec leur mère. Je crois que Sandy a cru le combat perdu d'avance. Elle est devenue hargneuse, hostile à sa mère.

» Et c'est là que sa mère est morte, avant que les choses aient pu s'arranger entre elles. Ça a été très dur pour Sandy. Ma gentille petite fille… Elle a changé du jour au lendemain. Elle s'est mise à faire les quatre cents coups, à fréquenter. Elle n'en faisait qu'à sa tête, ne voulait rien savoir. Elle s'est fait avorter, Jason. Vous le saviez, ça ? Ree n'est pas née de sa première grossesse, ni même peut-être de sa deuxième. Je parie qu'elle ne vous l'a jamais dit, n'est-ce pas ? Je ne suis même pas censé le savoir, mais la clinique a reconnu son nom et m'a contacté. J'ai donné mon consentement. Que pouvais-je faire d'autre ? Elle n'était encore elle-même qu'une enfant – bien trop jeune et instable pour être mère. J'ai prié, Jason, j'ai prié pour

313

ma fille comme vous n'avez pas idée, jusqu'au moment où vous l'avez fait sortir de ma vie. »

Le juge soupira. « En fait, ce que j'essaye de vous dire, c'est que j'avais toujours espéré que Sandy s'assagirait en grandissant. En discutant avec le principal ce matin, j'ai cru qu'elle avait peut-être enfin grandi, qu'elle faisait preuve d'une certaine maturité. Mais maintenant que j'entends ce que vous dites... je pense que ma fille est peut-être très perturbée, Jason. D'abord, elle m'a fui. Et peut-être serait-il temps d'admettre qu'elle vous a fui, vous aussi. »

Jason ouvrit la bouche pour protester, mais les mots refusèrent de sortir. Le doute prenait racine en lui. Que savait-il réellement de Sandy ou de sa famille ? Il avait toujours pris ce qu'elle racontait pour argent comptant. Quelles raisons aurait-elle eu de lui mentir ?

D'un autre côté, quelles raisons avait-il de mentir à Sandy ? Des milliards.

« Il serait peut-être temps que nous nous rencontrions, dit Maxwell. On pourrait s'asseoir autour d'une table, parler d'homme à homme, s'expliquer. Je n'ai rien contre vous, fiston. Je veux seulement ce qu'il y a de mieux pour ma fille et ma petite-fille.

– Comment Missy est-elle morte ? demanda tout à coup Jason.

– Pardon ?

– Votre femme. Comment est-elle morte ?

– Crise cardiaque, répondit le juge du tac au tac. Elle est tombée raide. Une vraie tragédie chez une femme si jeune. Nous étions anéantis. »

La main de Jason se crispa sur le combiné. « Où est-elle morte ?

– Euh, chez nous. Pourquoi cette question ?

– Est-ce que c'était dans le garage ? Au volant de sa voiture ?

– Eh bien oui, maintenant que vous le dites. J'imagine que Sandy vous a aussi raconté ça.

– Mais c'était une crise cardiaque ? Vous en êtes certain ?

314

– Absolument. Une épreuve terrible, terrible. Je pense que ma petite Sandy ne s'en est jamais vraiment remise.

– J'ai lu le rapport d'autopsie, insista Jason. Dans mon souvenir, Mme Black avait le visage rouge vif quand on l'a retrouvée. Clairement un symptôme d'intoxication au monoxyde de carbone. »

S'ensuivit un long silence à l'autre bout du fil ; pendant trente secondes, peut-être même une minute. Jason sentit son ventre se détendre, ses épaules se redresser. Sandy avait raison : son père mentait très, très bien.

« Je ne sais pas de quoi vous parlez, monsieur *Jones* », dit enfin Max Black. Il n'avait plus l'air aussi sympathique. Plutôt agacé. Un homme riche et puissant qui ne parvenait pas à ses fins.

« Vraiment ? Parce que aujourd'hui où toutes les archives sont numérisées, il me semble que vous devriez comprendre que toute information est accessible *in fine*, surtout quand on sait où chercher.

– Ça marche dans les deux sens, Jason. Vous vous renseignez sur moi, je me renseigne sur vous.

– Ne vous gênez surtout pas. Depuis quand êtes-vous à Boston ?

– À quelle date avez-vous rencontré ma fille ? riposta Max sans s'émouvoir.

– Vous avez loué une voiture avec ou sans chauffeur ?

– Vous allez fournir spontanément un échantillon d'ADN pour un test de paternité ou vous allez attendre l'ordonnance du juge aux affaires familiales ?

– Peu importe. On est dans le Massachusetts ici, où les mariages gays sont autorisés et où l'*in loco parentis* a plus de poids que la biologie pour décider de la garde d'un enfant.

– Vous vous figurez que, sous prétexte que vous connaissez un peu de latin, vous êtes plus fort que moi en droit, mon bonhomme ?

– Je me figure que j'ai récemment écrit un article sur un grand-père qui réclamait la garde de son petit-fils parce qu'il ne voulait pas qu'il soit élevé par un couple de lesbiennes. Le tribunal a statué que l'enfant devait rester avec les seuls parents qu'il avait jamais connus, même si elles n'étaient pas ses mères biologiques.

– Passionnant. Eh bien, j'ai une autre expression latine pour vous. Vous l'avez peut-être aussi entendue, en faisant vos petites recherches pour votre article, tout ça : *ex parte.* »

Jason se figea au milieu de la cuisine et son regard se dirigea vers la fenêtre. Il vit l'agent en tenue s'engager dans son allée, se diriger vers sa porte.

« Ça veut dire "en présence du seul demandeur", continua Max d'une voix mielleuse, avec un petit rire rentré. Par exemple, un grand-père peut déposer une requête *ex parte* auprès du juge aux affaires familiales et le juge peut émettre une ordonnance *ex parte* accordant un droit de visite, sans même que vous soyez au courant qu'une telle audience s'est tenue. Après tout, vous êtes le principal suspect dans une affaire de disparition. Rester avec le principal suspect dans la disparition de sa mère ne saurait être dans l'intérêt de l'enfant, si ?

– Espèce de… », jura Jason.

La sonnette retentit.

« Autant répondre, dit Max. Je vous vois, fiston. Et tout le pays avec moi. »

Ce fut alors que Jason aperçut Max, posté près de l'attroupement des camionnettes blanches de la presse, le portable collé à l'oreille. L'homme lui fit un signe de la main, plus chic dans un nouveau costume bleu qui mettait en valeur ses cheveux argentés. Ce coup de téléphone, la raison pour laquelle Max avait si volontiers bavardé, immobilisant Jason, le tout sous couvert de faire des excuses… La sonnette de Jason retentit à nouveau.

« J'y vais, papa », dit Ree.

Ça n'avait pas d'importance. Rien de tout cela n'avait d'importance. Jason était mort une fois, près de vingt-cinq ans plus tôt. Mais aujourd'hui, c'était pire. Aujourd'hui, c'était tout son monde qui s'écroulait. Ree, sur la pointe des pieds, défit le premier verrou, puis le deuxième.

Elle ouvrit la porte en grand pour laisser apparaître l'agent en tenue.

Celui-ci était porteur d'une feuille de papier blanc repliée. Son regard passa par-dessus la tête de Ree et trouva Jason sur le seuil de la cuisine, le téléphone encore à l'oreille.

« Jason F. Jones. »

Jason finit par reposer le combiné. En mode pilotage automatique, il s'avança, tendit la main.

« Remis en main propre », dit le fonctionnaire. Puis, sa mission accomplie, il fit brusquement volte-face et redescendit le perron. Pendant que, sur le trottoir d'en face, les photographes mitraillaient à tout-va.

Jason déplia la feuille. Il lut l'ordonnance du tribunal exigeant que le lendemain matin, à onze heures, il conduise sa fille sur l'aire de jeux la plus proche, où elle bénéficierait d'une heure de visite de son grand-père, le dénommé Maxwell M. Black. Une audience contradictoire concernant les droits de visite se tiendrait dans quatre semaines. En attendant, Maxwell Black se voyait accorder une heure par jour avec sa petite-fille, Clarissa Jane Jones. Ainsi en avait décidé le tribunal.

Tous les jours. Sans exception. Max et Ree ensemble. Max qui verrait Ree, qui lui parlerait, qui la toucherait. Et Jason n'aurait pas le droit de surveiller. Il serait contraint de laisser sa fille seule avec un homme qui avait contribué à la maltraitance de sa propre fille unique.

« Qu'est-ce que c'est, papa ? lui demanda Ree avec anxiété. Tu as gagné quelque chose ? Qu'est-ce qu'il t'a apporté, le monsieur ? »

Jason se ressaisit, replia le papier et le glissa dans sa poche arrière.

« Ce n'est rien, assura-t-il à sa fille. Rien du tout. Eh, si on jouait à Candyland ? »

Ree gagna trois fois de suite. Elle n'arrêtait pas de tirer la carte Princesse Frostine en moins de quatre coups, signe infaillible qu'elle trichait. Jason était trop absent pour la réprimander et Ree en devint encore plus maussade. Elle cherchait des limites. Le monde obéissait à des règles et c'étaient ces règles qui en faisaient un lieu sûr.

Jason renonça aux jeux de société et leur prépara des sandwichs grillés au fromage et un velouté à la tomate pour le déjeuner. Assise au bar, Ree fit la tête, trempa son sandwich dans la soupe. Lui la faisait surtout tourner dans son assiette en regardant les croûtons prendre une teinte rouge sang.

L'ordonnance du tribunal était toujours pliée et rangée dans sa poche arrière. Comme si la réduire à un simple petit bout de papier devait diminuer le pouvoir qu'elle détenait sur sa vie et sur celle de sa fille. Il comprenait enfin pourquoi Sandra avait quitté sa maison et son père avec une telle facilité, et pourquoi pas une seule fois elle n'avait eu la tentation d'appeler pendant ces cinq dernières années.

Maxwell Black voulait rafler la mise. Et, en tant que juge, il savait comment détourner la loi pour obtenir exactement ce qu'il voulait. L'ordure.

« Je veux chercher maman, annonça Ree.

– Quoi ? »

Elle arrêta de tremper son sandwich au fromage le temps de lui lancer un regard buté. « Tu as dit que des policiers et des amis allaient se rassembler au collège pour aider à retrouver maman. Alors, je veux aller au collège. Je veux retrouver maman. »

Jason regarda sa fille sans mot dire. Il se demanda quel guide de conseils aux parents pourrait avoir un chapitre sur le sujet.

La sonnette retentit. Jason se leva immédiatement pour aller ouvrir.

Le commandant D.D. Warren et le capitaine Miller se tenaient devant sa porte. D'instinct, Jason chercha du regard d'autres agents derrière eux. Ne voyant que les deux enquêteurs, il en conclut qu'on ne venait pas l'arrêter. Il ouvrit un peu plus largement la porte.

« Vous avez retrouvé ma femme ? demanda-t-il

– Vous avez commencé à la chercher ? » répondit D.D. d'une voix égale.

Il la préférait quand même à Max.

Il fit entrer les deux enquêteurs et expliqua à Ree qu'elle pouvait choisir un deuxième film parce que papa avait besoin d'un moment pour discuter avec les gentils policiers. En réponse, Ree lui lança un regard mauvais et cria : « Je vais retrouver maman et *tu pourras pas m'empê-cher* ! »

Elle entra comme un ouragan dans le salon et alluma la télé pour mettre un DVD, maintenant qu'elle avait eu le dernier mot.

« La journée a été longue, expliqua Jason à D.D. et Miller.

– Il n'est que onze heures trente, fit remarquer D.D.

– Oh, chouette, j'ai encore dix belles heures devant moi. »

Il invita les policiers à passer dans la cuisine pendant que sa fille s'installait pour regarder ses dinosaures préfé-rés dans *Le Petit Dinosaure et la vallée des merveilles*.

« Eau ? Café ? Soupe à la tomate froide ? » proposa-t-il sans enthousiasme.

D.D. et Miller déclinèrent la proposition et prirent cha-cun un siège au bar. Il s'adossa au réfrigérateur, bras croi-sés sur la poitrine. *Mari éploré. Père homicide. Mari éploré, putain.*

« Que vous est-il arrivé ? demanda D.D.

– Je me suis pris un mur.

– Des deux côtés du visage en même temps ?

– Je l'ai percuté deux fois. »

Elle le regarda d'un air sceptique. Il campa sur ses posi-tions. Qu'allaient-ils faire, le jeter en prison parce qu'il était salement amoché ?

« Je veux qu'il soit consigné que ce n'est pas nous qui avons fait ça, dit Miller.

– Qui ça, nous ?

– La police de Boston. Nous ne vous avons même pas encore convoqué au commissariat, alors c'est clair que, quel que soit le mur qui vous a frappé au visage, ce n'était pas nous.

– Je crois que vos murs préfèrent le Taser, donc, non, ce n'était pas vous. »

Cette riposte ne lui attira pas les bonnes grâces de Miller, mais de toute façon Jason était pratiquement sûr que le capitaine le considérait déjà comme coupable.

« *Quand* est-ce arrivé ? insista D.D., manifestement la plus maligne des deux. Nous vous avons vu après l'agression d'Hastings. En aucun cas, il n'a pu faire autant de dégâts.

– Peut-être que mes bleus mettent du temps à apparaître. »

Elle le regarda à nouveau d'un air sceptique. Il campa sur ses positions. Il pouvait continuer ce tango toute la journée. À bien y réfléchir, elle aussi, sans doute. Dans ce sens, ils étaient faits l'un pour l'autre. Voués à se faire chier mutuellement.

Sandy lui manquait. Il avait envie de demander à sa femme si elle attendait vraiment un enfant de lui. De lui dire qu'il ferait tout ce qu'elle voudrait si seulement elle acceptait de lui donner une deuxième chance. De lui dire qu'il était désolé, surtout pour février. Il avait beaucoup de regrets à avoir pour février.

« Sandra savait ce que vous faisiez », déclara D.D.

Il soupira, mordit à l'hameçon. « Et qu'est-ce que je faisais ?

– Vous savez, sur l'ordinateur. »

Jason ne se laissa pas impressionner. Il l'avait déjà deviné grâce à Ethan Hastings. Ils allaient devoir frapper plus fort s'ils voulaient attirer son attention.

« Je suis journaliste. Évidemment que je travaille sur l'ordinateur.

– D'accord, je vais m'exprimer autrement : Sandy a découvert ce que vous faisiez sur Internet. »

Légèrement plus intéressant. « Qu'est-ce qu'Ethan vous a dit exactement sur mes activités sur Internet ?

– Oh, ce n'était pas Ethan.

– Pardon ?

– Non, ce n'est pas avec Ethan que nous avons passé la matinée. Nous lui avons parlé hier soir et le gamin nous a appris deux-trois trucs intéressants, par exemple le fait qu'il a présenté Sandra à son oncle, qui est ingénieur certifié en criminalistique informatique pour la police d'État du Massachusetts.

– Nous avons examiné les mouvements sur votre compte, ajouta Miller, donc nous savons qu'il ne s'agissait pas de jeux d'argent. Ça nous laisse la pornographie enfantine et/ou la cyber-pornographie. Et si vous vous rendiez

320

un grand service en dissipant tout malentendu ? Si vous coopériez, nous pourrions peut-être vous aider.

– Je n'ai rien fait de mal », répondit Jason par automatisme en réfléchissant à toute allure, en essayant de prendre la mesure de la situation.

Sandra s'était intéressée à ses activités nocturnes. Depuis quand ? Qu'avait-elle compris ? Pas tout, sinon elle n'aurait pas eu besoin d'Ethan Hastings. Mais un professionnel de l'investigation numérique. Merde. Un expert de la police d'État qui avait accès à un vrai laboratoire informatique...

« Nous avons votre ordinateur, reprit D.D., fidèle à sa technique de harcèlement. Calé comme vous l'êtes en informatique, vous savez que nous pouvons tout retrouver. Et quand je dis tout, c'est tout. »

Il hocha vaguement la tête, parce qu'elle avait raison. Avec les outils d'analyse qui existaient aujourd'hui, il aurait dû rouler sur le disque dur avec sa voiture, broyer les composants et jeter les bouts de plastique dans une bonne chaudière avant de faire sauter toute la chaufferie. Pour plus de sécurité.

Il avait envie de foncer au *Boston Daily*. De s'emparer de son ancien ordinateur et, désespéré, de faire tourner ses propres outils de diagnostic. Qu'avait découvert Sandra au juste ? Combien de barrières de sécurité avait-elle réussi à lever ? Les forums de discussion ? Les transactions financières ? La page MySpace ? Ou peut-être les photos ? Mon Dieu, les photos.

Il ne pouvait pas retourner au *Boston Daily*. Il ne pourrait plus jamais prendre le risque de toucher à cet ordinateur. C'était fini, plié. Ce qu'il avait de mieux à faire, c'était prendre la boîte dans le grenier et passer au Canada avec Ree.

D.D. et Miller le regardaient. Il se força à pousser un grand soupir et à prendre l'air profondément déçu.

« Je regrette que ma femme ne m'en ait pas parlé », leur dit-il.

D.D. lui lança un regard ; manifestement, elle ne croyait pas.

« Je suis sérieux, insista-t-il, jouant les offensés. Si seulement elle m'avait parlé de ses craintes, de ses inquiétudes, je n'aurais pas demandé mieux que de tout lui expliquer.

– Comment ça, "tout" ? » demanda Miller.

Jason poussa un autre soupir. « D'accord. D'accord. J'ai un avatar.

– Un quoi ? demanda Miller avec un regard vers sa collègue en se caressant la moustache.

– Un avatar. Une identité virtuelle sur un site qui s'appelle Second Life.

– Oh, arrêtez de vous foutre de notre gueule, grommela D.D.

– Eh, les enfants de quatre ans ont des oreilles, la sermonna Jason en montrant le salon où Ree était sans doute encore en plein coma télévisuel.

– Vous n'avez pas d'avatar, affirma D.D. d'un air menaçant.

– Mais si, j'en ai un. Je me suis, euh, connecté à ce site pour un article que j'étais en train d'écrire. Je voulais juste me faire une idée. Mais… je ne sais pas. C'est sympa. Beaucoup plus élaboré que je ne l'aurais imaginé. Convivial. Un univers avec ses propres règles, ses coutumes, tout. Par exemple, la première fois qu'on se connecte, on commence avec un corps standard et une tenue standard. Alors, comme j'ignorais tout ça, j'ai commencé à aller dans des bars et dans des magasins, pour voir. Et j'ai remarqué tout de suite qu'aucune femme ne voulait parler avec moi. Parce que je portais encore la tenue standard. J'étais étiqueté "petit nouveau", comme l'élève qui change de lycée en cours d'année. Personne n'apprécie le nouveau, vous voyez. Il faut gagner ses galons. »

D.D. lui lança à nouveau ce regard sceptique. Mais Miller semblait intéressé. « Vous restez debout toute la nuit pour faire semblant d'être quelqu'un d'autre dans une société virtuelle ? »

Jason, penaud, mit ses mains dans ses poches. « Bon, ce n'est pas le genre de choses qu'un adulte a envie d'avouer, surtout à sa femme.

– Qu'est-ce que vous êtes sur Second Life ? demanda Miller. Beau, riche et célèbre ? Ou alors une blonde à forte poitrine qui craque pour les motards ?

– En fait, je suis écrivain. Je travaille sur un roman d'aventures qui pourrait bien être autobiographique. Un homme mystérieux, vous voyez. Ça plaît aux femmes.

– Ça ressemble à ce que vous êtes en réalité, dit D.D. avec ironie. Pas la peine de se brancher sur Internet pour ça.

– C'est exactement pour cette raison que je n'ai rien dit à Sandra. Vous voulez rire ? Elle travaille toute la journée et ensuite elle s'occupe de Ree tous les soirs pendant que je couvre l'actualité locale pour le journal. La dernière chose qu'elle ait envie d'apprendre, c'est que son mari passe son temps sur un jeu d'ordinateur quand il rentre le soir. Croyez-moi, ce n'est pas le genre de conversation entre époux qui se passera bien.

– Donc vous avez ressenti le besoin de le cacher », conclut D.D.

Jason esquiva.

« Je n'en ai pas parlé.

– Ah oui ? C'était tellement secret que vous effaciez l'historique de navigation chaque fois que vous alliez sur Internet ? »

Merde, Ethan et l'informaticien avaient bien fait l'éducation de Sandra. « Réflexe de journaliste », répondit Jason sans sourciller.

Il se fit la réflexion qu'il mentait avec la même facilité que Maxwell Black. Était-ce pour cette raison que Sandra l'avait épousé ? Parce qu'il lui rappelait son père ?

« Pardon ?

– J'efface l'historique pour protéger mes sources, expliqua Jason. C'est un truc appris en école de journalisme, le cours sur la déontologie à l'ère numérique. En théorie, je ne suis censé travailler que sur mon portable, mais l'ordinateur familial est plus confortable. Donc j'ai tendance à faire mes recherches sur Internet ici et ensuite à transférer les informations. Sauf qu'évidemment mon ordinateur n'est pas protégé contre les fouilles et les saisies, conclut-il avec un regard appuyé, donc je vide l'historique, c'est une procédure de routine.

– Vous mentez. »

L'air renfrogné, D.D. paraissait à deux doigts de frapper quelqu'un. Sans doute lui.

Il haussa les épaules, comme pour signifier qu'il ne pouvait rien de plus pour elle.

« Quelle école de journalisme ? demanda-t-elle tout à coup.

– Quelle école ?

– Où avez-vous suivi ce cours de déontologie ? » Dans sa bouche, « déontologie » avait l'air d'un gros mot.

« Oh, c'était il y a des années. Sur Internet.

– Donnez-moi le nom, insista-t-elle. Même les universités en ligne ont des archives.

– Je vous retrouverai ça. »

Mais elle secouait la tête. « Il n'y a pas eu de cours. Ou peut-être qu'il y en a eu un, mais que vous ne vous appeliez pas Jason Jones à ce moment-là, hein ? D'après ce que nous savons, ce nom de Jason ne remonte qu'à environ cinq ans. Comment vous appeliez-vous avant ? Smith ? Brown ? Et, dites-moi, quand vous prenez un nouveau nom, le chat change de nom aussi ?

– Je ne sais pas, répondit Jason. Il n'a que trois ans.

– Vous nous mentez, monsieur Jones », constata D.D. qui s'était levée de son tabouret et s'approchait de lui, comme si la proximité physique allait lui faire perdre son sang-froid, lui faire cracher des réponses qu'il n'avait pas. « Avatar, mon cul. La seule deuxième vie que vous ayez, c'est ici et maintenant. Vous fuyez quelque chose. Quelqu'un. Et vous vous êtes donné beaucoup de mal pour brouiller les pistes, hein ? Mais Sandra a commencé à s'en douter. Quelque chose lui a mis la puce à l'oreille. Alors, elle s'est adressée à Ethan et Ethan s'est adressé aux pros. D'un seul coup, voilà que la police d'État s'intéressait de près à vos activités en ligne. À quel point vous avez pris peur, Jason ? Qu'est-ce qui peut bien être assez monstrueux pour que ça mérite de tuer votre femme et votre enfant à naître ?

– Elle est vraiment enceinte ? » murmura Jason.

Il n'avait pas eu l'intention de poser cette question. Mais il attendit tout de même la réponse parce qu'il voulait l'entendre à nouveau. La ressentir à nouveau. C'était une douleur exquise, comme si quelqu'un lui avait décollé la peau avec un couteau à désosser.

« Vous l'ignoriez vraiment ?

– Depuis combien de temps ? Quoi, elle avait l'air un peu mal fichue. J'ai cru qu'elle avait la grippe... Elle n'en a jamais rien dit. »

D.D. semblait l'étudier. « On ne peut pas savoir depuis combien de temps à partir d'un test de grossesse, monsieur Jones. Mais vous pouvez être sûre que nous pratiquerons des analyses génétiques. Je serais curieuse de savoir si vous êtes le père. »

Il ne répondit pas. Il en fut incapable. Parce qu'il faisait pour la première fois un autre rapprochement. « L'informaticien... », commença-t-il.

D.D. le regarda.

« ... il est venu au collège ?

– C'est ce qu'il dit.

– Pendant les heures de classe ?

– Non, pendant les matchs de basket du jeudi soir. »

Et le regard de D.D. lui indiqua qu'elle pensait la même chose que lui : il n'avait cessé de prétendre que Sandra était trop occupée avec Ree pour avoir un amant. Mais elle avait quand même trouvé moyen de donner des rendez-vous. Le jeudi soir. Tous les jeudis soir. Sa femme allait au collège pour rencontrer un autre homme.

« Comment s'appelle-t-il ? » demanda Jason d'une voix qui était montée d'un cran dans les aigus. Encore un signe de faiblesse sur lequel il ne pourrait pas revenir.

D.D. refusa de répondre.

Alors, l'idée qui lui trotterait dans la tête toute la journée lui traversa l'esprit : « Quel genre de voiture conduit l'informaticien ? Une voiture de fonction ?

– Donnez-moi votre nom, Jason Jones. Votre *vrai* nom.

– Vous avez discuté avec Aidan Brewster ? Vous lui avez demandé ce qu'il a vu mercredi soir ? Il faut que vous lui parliez de la voiture. Que vous lui demandiez plus de détails.

325

– Dites-nous ce que vous faisiez sur l'ordinateur, monsieur Jones. Ce que vous cherchez désespérément à cacher.

– Mais rien ! » insista-t-il, envahi à présent par un sentiment d'anxiété, le sentiment d'être piégé, affolé. Il ne lui restait plus que quelques jours, peut-être même quelques heures. Il fallait qu'ils écoutent, qu'ils réfléchissent. Sa fille était en jeu. « Écoutez, à vous entendre, un expert de l'investigation numérique a travaillé avec Sandra sur le disque dur. De toute évidence, il n'a rien trouvé, sinon vous ne seriez pas là, à me tanner. Conclusion, je n'ai rien à cacher.

– Qu'est devenue votre vie secrète d'avatar ?

– C'est l'informaticien, tenta-t-il encore. Il faut que vous regardiez de ce côté-là. Peut-être que sa relation avec Sandra n'était pas d'ordre purement professionnel. Peut-être qu'il la voulait et que c'est lui qui a été pris de jalousie quand elle a refusé de quitter Ree.

– Quand elle a refusé de vous quitter, vous voulez dire ?

– Je n'ai fait aucun mal à ma femme ! Je n'aurais pas enlevé sa mère à Ree. Mais ce type de la police d'État, qu'est-ce qu'il en a à foutre ? Ou le père de Sandra, Maxwell Black. Vous saviez qu'il vient d'obtenir une ordonnance *ex parte* qui lui accorde un droit de visite sur Ree ? En pratique, ce n'est pas pour participer aux recherches concernant sa fille que Max a fait tout ce chemin, c'est pour lancer une procédure concernant la garde de sa petite-fille. Il ne pourrait pas le faire si Sandra était là. Il n'aurait aucune légitimité. Mais avec la disparition de Sandy et comme je suis le principal suspect... Vous ne trouvez pas que c'est sacrément commode pour lui ? Peut-être même trop pour être une simple coïncidence ? »

D.D. ouvrit de grands yeux. « C'est ça, votre défense ? C'est pas moi, c'est l'autre ? Je croyais que vous aviez jeté votre dévolu sur le pervers du quartier.

– Je ne suis pas sûr que Sandra le connaissait.

– Je vois. Donc son propre père et l'informaticien qu'elle a recruté pour enquêter sur vos activités en ligne font des coupables beaucoup plus logiques.

– Sans oublier Ethan Hastings. » Il savait qu'il creusait sa propre tombe, mais c'était plus fort que lui. « On a vu des enfants de treize ans faire pire.

– Oh vraiment ? Alors c'est qui, monsieur Jones ? Aidan Brewster, Ethan Hastings, Wayne Reynolds, Maxwell Black ? À moins que ce ne soit le Père Noël ?

– Wayne Reynolds ? »

D.D. rougit en s'apercevant trop tard que le nom de l'informaticien lui avait échappé. Elle conclut sur un ton sec : « Vous nous mentez, monsieur Jones. Vous nous mentez sur votre identité, vos activités sur Internet, votre vie tout entière. Et ensuite, vous faites volte-face pour nous expliquer que vous aimez votre femme et que vous voulez seulement qu'elle revienne. Eh bien, si vous l'aimez vraiment à ce point, commencez par jouer franc-jeu avec nous. Dites-nous ce qui lui est arrivé. »

Jason lui donna la seule réponse qu'il pouvait lui donner : « Franchement, commandant, je n'en ai aucune idée. »

29

*T*OUT A COMMENCÉ *par un simple rendez-vous pendant le match de basket. Ethan avait un oncle ingénieur certifié en criminalistique numérique ; il l'a amené au match pour qu'on se rencontre.*

Wayne Reynolds n'était pas comme je m'y attendais. Dans mon esprit, les informaticiens ressemblaient plus à la Revanche du binoclard *qu'à des vedettes de série policière. Les beaux cheveux roux de Wayne étaient légèrement décoiffés, sa cravate de travers. Ce côté négligé ne faisait qu'ajouter à sa séduction, lui conférait ce charme désordonné qui vous donne envie de lisser le col de sa chemise, d'écarter de son front les mèches folles. Il était grand, athlétique et en même temps accessible. Très accessible.*

J'ai passé les quarante-cinq minutes de notre première conversation les poings serrés pour ne pas avoir de geste qui m'aurait embarrassée.

Lui parlait d'ordinateurs. De la méthode pour copier un disque dur. Pour rechercher des contenus cachés sur des secteurs de données non utilisés. De l'importance d'employer l'outil d'analyse adapté.

Je regardais ses longues jambes arpenter le couloir du collège. Je me demandais si sous son pantalon beige, ses cuisses et ses mollets étaient aussi élégamment musclés qu'il y paraissait. Avait-il des poils tirant sur le roux sur tout le corps ou bien était-ce seulement ses cheveux ? Ceux-ci étaient-ils aussi soyeux qu'ils en donnaient l'impression ?

Lorsque nous sommes retournés au gymnase pour la fin du match de basket, j'étais légèrement essoufflée et Ethan m'a lancé un regard soupçonneux. J'ai pris bien soin de ne pas regarder son oncle. Ethan était un garçon extrêmement intuitif, j'avais déjà eu l'occasion de m'en apercevoir.

Wayne m'a quittée en me laissant le nom d'un disque dur à acheter. J'ai rangé le bout de papier avec sa carte de visite dans mon sac à main et j'ai ramené Ree à la maison.

Plus tard ce soir-là, après avoir couché Ree, j'ai appris par cœur l'adresse Internet et le numéro de téléphone de Wayne. Après quoi j'ai déchiré sa carte de visite en mille morceaux et je les ai jetés dans les toilettes. J'ai fait la même chose avec la référence du disque dur. À ce stade, je ne pouvais pas me permettre d'être négligente.

Jason est rentré à plus de deux heures du matin. J'ai entendu le bruit de ses pas dans le salon, le craquement de la vieille chaise en bois qu'il tirait devant la table de cuisine pour s'installer comme d'habitude à l'ordinateur.

Je me suis de nouveau réveillée à quatre heures du matin, quand il est entré dans la chambre. Il n'a allumé aucune lumière, mais s'est déshabillé dans un coin d'ombre. Cette fois-ci, je me suis posé des questions sur mon mari. Quels muscles bien dessinés pouvaient-ils se cacher sous les pantalons et les chemises qu'il portait toujours ? Avait-il d'épais poils noirs ondulés sur le torse ? Formaient-ils une ligne soyeuse jusqu'à son entrejambe ?

Après Brokeback Mountain, je m'étais raconté que Jason était homosexuel, que c'était pour cette raison qu'il refusait de me toucher. Ce n'était pas moi, me disais-je. Il préférait tout simplement les hommes. Mais de temps à autre, je le surprenais à me regarder, une lueur intense dans ses yeux mi-clos. Il n'était pas totalement insensible à mes charmes, j'en étais sûre. Hélas, c'était suffisant pour qu'il me garde, mais pas pour qu'il m'aime.

J'ai fermé les yeux lorsque mon mari s'est glissé dans le lit. J'ai fait semblant d'être endormie.

Plus tard, à quatre heures et demie, cinq heures moins le quart, je me suis retournée et j'ai touché son épaule. J'ai posé mes doigts sur le tee-shirt chaud qui recouvrait son dos. J'ai senti les muscles rouler sous mes doigts et je me suis dit qu'il me devait bien ça.

Puis ses doigts se sont refermés autour de mon poignet. Il a retiré ma main de son épaule.

« Arrête, a-t-il dit.

– Pourquoi ?

– Rendors-toi, Sandy. »

329

– Je veux un autre bébé », ai-je affirmé.

Ce qui était en partie vrai. J'avais vraiment envie d'un autre enfant, ou en tout cas de quelqu'un d'autre qui m'aimerait.

« On pourrait adopter, a-t-il répondu.

– Bon sang, Jason. Tu me détestes à ce point-là ? »

Il n'a rien répondu. Je me suis levée, furieuse, j'ai descendu bruyamment les escaliers, je me suis installée devant l'ordinateur. Et juste histoire d'être un peu puérile, j'ai vérifié la corbeille vide et les trois adresses qui restaient dans l'historique de navigation : New York Times, USA Today et le Drudge Report.

À cet instant, j'ai méprisé mon mari. Je lui en ai voulu de m'avoir emmenée, mais de ne jamais m'avoir vraiment sauvée. De me montrer du respect, mais de ne jamais me donner l'impression d'être désirée. De ses silences et de ses secrets, de l'image en noir et blanc d'un petit garçon terrifié qui me hantait encore.

« Mais quel genre de monstre es-tu ? » ai-je demandé à voix haute. Mais l'ordinateur ne pouvait pas me répondre.

Alors je me suis connectée sur mon compte AOL. Puis, de mémoire, j'ai écrit : Cher Wayne, Merci d'avoir accepté de me rencontrer. Je travaille à notre projet. J'espère vous revoir, au match de basket de jeudi prochain…

30

« COMMENT ÇA, vous ne retrouvez pas l'argent ? Il y en a pour quatre millions de dollars, merde. Ça ne se trimballe pas dans une tirelire. » D.D. vitupérait dans son téléphone portable, bien collé à l'oreille. Ils sortaient de chez les Jones et une demi-douzaine de photographes les mitraillaient. Le cours qui leur manquait à l'école de police : comme être toujours bien coiffé pour les photos.

« Non, je ne veux pas demander aux fédéraux. Retrouver de l'argent, on a déjà fait ; on peut le faire encore… D'accord, d'accord, il y en a pour plusieurs jours. Je vous donne deux heures… Je sais, alors bougez-vous. »

D.D. referma son téléphone, l'air grincheux.

« Mauvaise nouvelle ? » demanda Miller. Il se caressait la moustache sans trop savoir comment se tenir, n'appréciant visiblement pas plus qu'elle les feux des médias. Ils s'arrêtèrent au pied du perron car ils ne voulaient pas avoir cette conversation à portée d'oreilles des journalistes qui vociféraient déjà des questions.

« Cooper s'est heurté à un mur en cherchant l'origine de la fortune de Jones, expliqua D.D. Un truc comme quoi l'argent aurait été viré à sa banque actuelle depuis un compte off-shore et que les banques off-shore renâclent un peu à donner des infos. D'après Cooper, il faudrait qu'on commence par inculper Jones pour un premier délit pour que peut-être ensuite ils se rangent à notre point de vue. Évidemment, pour qu'on puisse inculper Jones, il faudrait encore qu'on sache d'où vient l'argent afin de découvrir sa véritable identité. À ce stade, c'est le serpent qui se mord la queue.

– Pas de bol, popol », dit Miller.

Elle leva les yeux au ciel, se mordilla la lèvre inférieure. « J'ai l'impression d'être coincée dans un mauvais épisode de *New York Police Judiciaire*.

– Comment ça ?

– Regardez notre éventail de suspects : nous avons le mystérieux mari sans doute adepte de la pornographie sur Internet, le voisin délinquant sexuel fiché, un élève de treize ans amoureux de son enseignante disparue, un flic informaticien qui paraît prendre un intérêt tout personnel à l'enquête et, pour couronner le tout, le père de la victime qui était brouillé avec elle, qui savait ou ne savait pas qu'elle avait subi des mauvais traitements dans son enfance et qui avait beaucoup de raisons de vouloir étouffer l'affaire. Tout ça m'a l'air "inspiré de faits réels", sauf que j'ignore complètement de quels faits réels ça s'inspire.

– Peut-être que c'est comme dans ce vieux film. *Le Crime de l'Orient-Express*. Ils sont tous coupables. Ce serait marrant. »

Elle lui lança un regard. « Vous avez un curieux sens de l'humour, Miller.

– Eh, c'est le métier qui veut ça. »

En cas de doute, continuer à faire parler tout le monde. D.D. voulait interroger Ree une nouvelle fois, mais la spécialiste Marianne Jackson lui opposa un refus. Trois auditions en trois jours, ce serait non seulement excessif pour l'enfant, mais ça ressemblerait à du harcèlement. À supposer que Ree leur donne réellement une indication utile, un bon avocat de la défense plaiderait qu'on lui avait soutiré des révélations. Il fallait laisser une journée de plus à la fillette ; ou, mieux encore, découvrir un nouvel indice qui justifierait une troisième audition. Là, ce serait moins risqué.

D.D. et Miller se tournèrent donc vers leur casting de suspects. Au cours des dernières quarante-huit heures, ils avaient interrogé Jason Jones, Ethan Hastings, Aidan Brewster et Wayne Reynolds, ce qui leur laissait le juge Maxwell Black. À l'heure qu'il était, celui-ci se tenait sur le trottoir d'en face et passait de groupe en groupe dans la foule des journalistes, un peu comme le ferait un politicien dans une salle de donateurs aux portefeuilles bien garnis.

Déjà, D.D. ressentait un malaise. Ce type n'avait pas vu sa fille depuis cinq ans et, apprenant sa disparition, il sautait dans un avion pour Boston pour sourire devant les caméras et serrer la pince aux vedettes de l'info locale ?

Le juge n'avait pas l'air de s'en faire, d'ailleurs. Il était vêtu d'un pimpant costume bleu clair agrémenté d'une cravate rose pastel et d'une pochette en soie rose coordonnée, très gentleman du Sud. Et puis il y avait évidemment cet accent traînant qui semblait tellement suave dans cette région où l'on ne prononçait pas les *r*.

Lorsqu'ils s'approchèrent des camionnettes, Miller resta en retrait pour laisser la direction des opérations à D.D., qui se fraya un chemin dans la mêlée.

« *Capitaine, capitaine*, commença la nuée des journalistes.

– Commandant, corrigea brusquement D.D. parce qu'ils pouvaient au moins lui accorder ça.

– *En sait-on davantage sur l'endroit où se trouve Sandy ?*

– *Allez-vous arrêter Jason ?*

– *Comment la petite Ree tient-elle le coup ? D'après sa maîtresse de maternelle, elle n'a pas été à l'école depuis mercredi.*

– *Est-il exact que Jason Jones refusait à Sandy le droit de parler à son père ?* »

D.D. lança un regard sévère à Maxwell Black. Clairement, c'était au bon juge qu'ils devaient ce petit détail croustillant. Elle ignora les journalistes, posa une main ferme sur l'épaule de Maxwell et l'entraîna à l'écart de la forêt de micros et de caméras qui s'était brusquement dressée.

« Commandant D.D. Warren, accompagné du capitaine Brian Miller. Nous aimerions discuter un peu avec vous, si vous n'y voyez pas d'inconvénient. »

Le juge ne protesta pas. Il se contenta de hocher la tête avec élégance en saluant de la main ses nouveaux copains journalistes. Il devait être un vrai rigolo dans sa salle d'audience, songea D.D. avec irritation. Le Monsieur Loyal d'un grand cirque.

Elle l'accompagna jusqu'à Miller, puis jusqu'à leur voiture, et les journalistes leur emboîtèrent avidement le pas dans une tentative désespérée pour surprendre une bribe de conversation, une révélation sensationnelle. Que Sandra était morte. Qu'on allait arrêter le mari. Ou peut-être que la police voulait interroger le père de Sandy considéré comme un nouveau suspect. D'une manière ou d'une autre, cela entretiendrait la fièvre journalistique, ferait croître l'intérêt de manière exponentielle.

Maxwell s'installa à l'arrière de la voiture de D.D. et ils démarrèrent ; D.D. joua du klaxon et, dans sa meilleure imitation de Britney Spears, visa le pied du photographe le plus proche. Les cameramen s'écartèrent aussitôt et elle parvint à s'engager dans la rue sans incident. Elle était presque déçue.

« C'est vous qui êtes chargés de l'enquête sur ma fille, dit Maxwell de sa voix traînante depuis la banquette arrière.

– Oui, monsieur.

– Parfait. J'avais hâte de discuter avec vous. Je possède quelques informations sur mon gendre. À commencer par le fait qu'il ne s'appelle *pas* Jason Jones. »

Ils conduisirent le juge au commissariat. C'était la méthode orthodoxe pour auditionner quelqu'un et Jason Jones les avait tellement envoyés voir ailleurs sur ce point que D.D. était contente de respecter la procédure au moins pour une personne. La salle d'interrogatoire était exiguë et le café immonde, mais Maxwell Black conserva son sourire charmant même en s'asseyant sur la chaise pliante métallique coincée entre la table et le mur blanc cassé. On aurait dit qu'il était invité à une partie de campagne.

Le juge ne plaisait pas à D.D. Trop d'assurance, trop de bonhomie. Sa fille avait disparu. Il se trouvait dans un grand commissariat dans une pièce pas ventilée. Il aurait dû transpirer un peu. C'était ce que faisaient les gens normaux, même les innocents.

D.D. prit son temps pour s'asseoir, sortir un calepin jaune, puis installer le dictaphone au milieu de la table. Miller s'adossa dans sa chaise métallique, bras croisés sur la poitrine. L'air de s'ennuyer. C'était toujours une bonne stratégie face à quelqu'un qui appréciait manifestement qu'on s'intéresse à lui autant que le juge Black.

« Donc vous êtes arrivé quand à Boston ? demanda D.D. sur un ton neutre – simple bavardage poli.

– Hier en début d'après-midi. Je regarde toujours les infos en prenant mon café le matin. Imaginez-vous ma surprise quand j'ai vu la photo de Sandy à l'écran. J'ai tout de suite su que son mari avait fait quelque chose d'épouvantable. Je suis sorti en coup de vent de mon bureau et j'ai filé direct à l'aéroport. En laissant mon café et le reste sur la table. »

D.D. s'appliquait avec un soin exagéré à disposer ses stylos. « Vous voulez dire que vous portiez déjà ce costume hier ? demanda-t-elle parce que ça ne concordait pas avec ses souvenirs des images télé.

– Je suis passé en vitesse prendre quelques affaires chez moi, corrigea le juge. Je me doutais déjà que ça risquait de se prolonger.

– Je vois. Donc vous avez vu la photo de votre fille à la télévision, vous êtes rentré chez vous faire vos valises, peut-être mettre quelques affaires en ordre…

– J'ai une gouvernante qui s'occupe de tout ça, commandant. Je l'ai appelée sur la route, elle a tout préparé pour moi et me voilà.

– À quel hôtel êtes-vous descendu ?

– Au Ritz-Carlton, bien sûr. J'ai un faible pour leur thé. »

D.D. ouvrit de grands yeux. Elle ne devait pas être assez du Sud parce que, parmi les critères pour choisir un hôtel, elle n'avait jamais songé au thé. « Sur quelle compagnie, votre vol ?

– Delta.

– Numéro de vol ? Heure d'atterrissage ? »

Maxwell lui lança un regard étonné, mais fournit les renseignements. « Pourquoi ces questions ?

335

– Procédure de routine, lui assura-t-elle. Vous vous rappelez cette vieille série, *Badge 714* : "Juste les faits, madame." »

Il s'illumina. « J'adorais cette série.

– Alors, vous y êtes. Police de Boston, pour vous servir.

– Est-ce qu'on va parler de mon gendre, maintenant ? Parce que je peux vous dire qu'il y a certaines choses que vous devriez savoir...

– Chaque chose en son temps », répondit D.D., polie, mais directive.

À côté d'elle, Miller se mit à faire tourner son stylo autour de son doigt pour détourner l'attention de Maxwell.

« Quand avez-vous parlé pour la dernière fois à votre fille, Sandra Jones ? » demanda D.D.

Maxwell la regarda sans comprendre, l'air momentanément distrait. « Hein ? Oh, il y a des années. Sandra n'était pas du genre à passer un coup de fil.

– Vous ne l'avez pas appelée pendant tout ce temps ?

– Eh bien, si vous voulez savoir, nous avons eu un différend juste avant son départ. Ma fille n'avait que dix-huit ans, elle était bien trop jeune pour traîner avec des types comme Jason et c'est ce que je lui ai dit. » Black poussa un profond soupir. « Malheureusement, Sandy a toujours été du genre têtu. Elle s'est enfuie en pleine nuit. Enlevée, j'imagine. Et depuis, j'attends toujours un coup de fil ou au moins une carte postale.

– Avez-vous signalé la disparition de votre fille après son départ ?

– Non. Je ne l'ai pas considérée comme disparue. Je savais qu'elle s'était enfuie avec ce garçon. C'était le genre de choses qu'elle faisait.

– Vraiment ? Elle avait déjà fugué ? »

Black rougit. « Les parents sont payés pour connaître les défauts de leurs enfants, expliqua-t-il d'un air guindé. Ma fille... enfin, Sandy a très mal vécu la mort de sa mère. Elle a eu une période de rébellion, tout ça. Elle buvait, elle découchait. Elle se montrait une adolescente, disons... très *délurée*.

– Sexuellement, vous voulez dire, précisa D.D.

– Oui.

– Comment le savez-vous ?

– La gamine ne se gênait pas. Elle revenait au petit matin, empestant la cigarette, l'alcool et le sexe. Moi aussi, j'ai été adolescent, commandant. Je sais ce que font les jeunes.

– Combien de temps ça a duré ?

– Sa mère est morte quand elle avait quinze ans.

– Comment ?

– Crise cardiaque », dit Black, puis il parut se raviser. Il regarda D.D., puis Miller, qui faisait toujours tourner son stylo, puis reporta à nouveau son attention sur D.D. « En fait, ce n'était pas une crise cardiaque. C'est la version que je donne depuis si longtemps qu'elle a pris les apparences de la réalité, comme ça arrive avec les mensonges. Mais autant que vous le sachiez : ma femme, la mère de Sandra, s'est suicidée. Au monoxyde de carbone. C'est Sandra qui a découvert le corps dans le garage.

– Votre femme s'est tuée chez elle ?

– Dans sa propre Cadillac.

– Votre femme avait des antécédents de dépression ? »

À nouveau cette hésitation à peine perceptible. « Ma femme buvait des doses qu'on ne pourrait sans doute plus considérer comme thérapeutiques, commandant. Mon travail est très prenant, vous comprenez. J'imagine que la solitude lui a pesé.

– Votre femme s'entendait bien avec Sandra ?

– Ma femme n'était peut-être pas la mère idéale, mais elle a fait de son mieux.

– Et vous ?

– Comme je l'ai dit, j'étais probablement trop souvent absent, mais j'aime ma fille, moi aussi.

– À tel point que vous n'avez pas essayé une seule fois de la retrouver au cours des cinq dernières années ?

– Oh, mais si. J'ai essayé.

– Comment ça ?

– J'ai engagé un détective privé. Un des meilleurs du pays. Mais c'est là que ça devient intéressant : celui que Sandra m'a présenté comme son futur mari ne s'appelait pas Jason *Jones*, mais Jason Johnson. »

D.D. s'excusa pour aller chercher un verre d'eau. Pendant qu'elle était sortie, elle fit un détour par le bureau du capitaine Cooper et l'avisa qu'il fallait qu'il lance des recherches sur le passé de Jason Johnson, en plus de Jason Jones.

Cooper lui lança un regard lourd de sens. Il était le meilleur de la brigade pour ce genre de travail, mais s'il n'avait pas au moins l'initiale du deuxième prénom ou un autre détail, faire le tri entre les tombereaux de Jason Johnson n'allait pas être plus facile que de faire le tri dans les listes de Jason Jones.

« Je sais, lui assura-t-elle. Tu adores ton boulot et chaque journée est plus gratifiante que la précédente. Amuse-toi bien. »

D.D. regagna la salle d'interrogatoire, mais plutôt que de rentrer, elle choisit de profiter du spectacle de l'autre côté du miroir sans tain. Le juge Black était bien trop à l'aise avec les femmes. Transpirant le charme du Sud, il pourrait leur raconter de belles histoires jusqu'à la saint-glinglin. Elle se dit donc qu'il serait peut-être plus productif de laisser Miller le cuisiner un peu.

Jusque-là, Miller n'avait pas fait un geste pour quitter sa posture avachie et Maxwell donnait déjà des signes d'impatience devant le constant manque d'intérêt de l'enquêteur. Le juge joua avec sa cravate, lissa sa pochette, prit quelques gorgées de café. Sa main tremblait légèrement lorsqu'il souleva la tasse. Sous cet angle, D.D. voyait les taches de vieillesse sur le dos de sa main. Mais son visage était relativement dépourvu de rides et séduisant.

C'était un bel homme. Riche, charmant, puissant. Si bien qu'elle se demandait pourquoi il n'y avait pas encore de deuxième Mme Black.

« Vous saviez que Sandra s'était fait mettre en cloque ? demanda soudain Miller. Avant de s'enfuir ? »

Le juge cligna plusieurs fois des yeux, sembla fixer son attention avec un temps de retard sur l'enquêteur. « Je vous demande pardon ?

– Sandy vous a dit que ce Jason Johnson ou Jones ou je ne sais quoi l'avait mise enceinte ?

– Je... je savais qu'elle était enceinte.

– Ça, ça me ferait chier, dit Miller comme pour faire la conversation. Qu'un mec de trente ans fasse un gosse à ma fille de dix-huit. J'aurais eu la rage à votre place.

– Je, hum... Bon, comme je disais, il faut connaître son enfant. Sandra filait un mauvais coton. Ce n'était qu'une question de temps avant qu'elle tombe enceinte... voire pire. D'ailleurs, je ne crois pas que ce soit Jason qui l'ait mise enceinte. »

Miller arrêta de faire tourner son stylo. « Ah bon ?

– Non. Je me souviens comment était la maman de Sandy pendant sa grossesse. Les trois premiers mois, Missy arrivait à peine à s'extirper du lit tellement elle était fatiguée et nauséeuse. Il est arrivé la même chose à Sandra. D'un seul coup, elle est tombée malade, suffisamment pour rester à la maison et dormir tout le temps. J'ai cru qu'elle avait attrapé un virus, mais ça a duré assez longtemps pour que je soupçonne la vérité. Peu de temps après, elle a paru se rétablir. Elle s'est même remise à sortir. C'est après cette période qu'elle m'a parlé pour la première fois de cet homme qu'elle venait de rencontrer, Jason Johnson.

– Attendez une seconde. Vous êtes en train de me dire que Sandy s'est fait mettre en cloque et qu'ensuite elle a mis le grappin sur un homme riche et plus âgé pour qu'il l'épouse ?

– J'imagine que c'est une façon de voir les choses.

– Euh, excusez-moi, mais il y aurait plutôt de quoi se réjouir, non ? Votre fille est passée du statut de fille-mère à celui de riche femme mariée en moins de six mois. Vous ne pouvez pas en vouloir à Jason pour ça.

– Jason Johnson m'a enlevé ma fille.

– Vous lui aviez dit qu'elle ne pouvait pas se marier. Hé, faut connaître son enfant, pas vrai ? À partir du moment où vous lui disiez non, c'était sûr qu'elle allait filer.

– Elle était trop jeune pour se marier !

– Racontez ça à celui qui l'avait mise enceinte. Vu de chez moi, elle a eu de la veine de trouver Jason pour réparer les erreurs d'un autre.

339

– Johnson a profité de sa vulnérabilité. Si elle n'avait pas eu aussi peur, jamais elle ne m'aurait quitté pour un inconnu.

– Vous quitter ?

– Quitter la sécurité de sa maison, corrigea Maxwell. Pensez à ça, capitaine. Ce type de trente ans débarque de nulle part, fait tourner la tête de ma vulnérable petite fille et l'emmène sans même me demander ma permission.

– Vous êtes furieux qu'il ne vous ait pas demandé la main de votre fille ?

– Là où nous vivons, ces choses-là comptent, capitaine. C'est une question de convenances. Plus que ça, c'est... une question de savoir-vivre.

– Vous aviez rencontré Jason Johnson ?

– Une fois. J'étais encore réveillé quand ma fille est rentrée un soir. Je suis sorti en entendant le véhicule dans l'allée. Jason est descendu de voiture et l'a raccompagnée jusqu'à la porte.

– Pas si dépourvu de savoir-vivre, on dirait.

– Il lui serrait le bras, capitaine, fermement, juste au-dessus du coude. Ça m'a frappé sur le coup, cette façon de la toucher. Possessive. Comme si elle lui appartenait.

– Qu'avez-vous dit ?

– Je lui ai demandé s'il avait conscience du fait que ma fille n'avait que dix-huit ans.

– Et ?

– Il a dit, et je cite : "Bonsoir, monsieur." Il n'a jamais répondu à ma question. Il n'a même jamais paru l'entendre. Il est passé à côté de moi, a raccompagné ma fille jusqu'à la porte, puis a tranquillement redescendu les marches pour remonter en voiture. Au dernier moment, avec un signe de tête, il a dit : "Bonne nuit, monsieur", et voilà. Ce connard arrogant est parti comme s'il avait absolument le droit de s'afficher en ville avec une lycéenne. » Maxwell remua sur sa chaise. « Et je vais vous dire autre chose, capitaine. À l'époque, quand Jason parlait, il avait l'accent de chez moi. Peut-être qu'il a viré Yankee maintenant, mais c'est un gars du Sud, aucun doute dans mon esprit. Si vous voulez rigoler un peu avec lui, emmenez-le donc manger

340

du gruau de maïs. Je vous parie qu'il y met autant de beurre que n'importe qui. »

De l'autre côté du miroir, D.D. nota dans sa tête : *Jason Johnson, peut-être né en Géorgie ou dans un État voisin.* Intéressant. Parce que maintenant que le bon juge en parlait, il lui était arrivé de surprendre une inflexion dans la voix de Jason. Il la réprimait toujours, adoptait un ton monocorde. Mais quelque chose persistait en toile de fond. Apparemment, leur principal suspect pouvait prendre un accent traînant.

« C'est à peine deux semaines plus tard que Sandy a disparu, expliquait le juge. J'ai retrouvé son lit soigneusement fait et son placard à moitié vide. Voilà, elle était partie.

– Elle vous a laissé un message ?

– Rien », répondit le juge avec énergie, mais sans regarder Miller.

Le premier mensonge flagrant de Maxwell Black.

« Alors, dites-moi un peu, enchaîna rapidement le juge, quel genre d'homme fait disparaître une jeune fille vers une toute nouvelle vie sous un tout nouveau nom ? Qui ferait une chose pareille ? Et pourquoi ? »

Miller haussa les épaules. « Je vous écoute. Pourquoi croyez-vous que Jason Johnson est devenu Jason Jones ?

– Pour isoler ma fille ! répondit immédiatement Maxwell. Pour la couper de son foyer, de sa ville, de sa famille. Pour s'assurer que Sandy n'aurait personne à qui demander de l'aide quand il commencerait à faire ce qu'il voulait réellement.

– Et que voulait-il réellement ?

– Comme vous l'avez dit avec éloquence, capitaine, pour quelle raison un homme pourrait-il vouloir "réparer" les erreurs d'un autre ? Sinon parce qu'il veut le bébé. Ou plutôt mettre la main sur un enfant dont la mère était trop jeune, trop dépassée, trop perturbée pour essayer de le protéger. Voilà plus de vingt ans que je suis magistrat, suffisamment pour avoir vu cette triste histoire un nombre de fois incalculable. Jason Johnson n'est rien d'autre qu'un pervers. Il a pris ma fille pour cible. Aucun doute qu'il est déjà en train de préparer la petite Clarissa pour ce qui va

341

arriver. Il avait juste besoin de se débarrasser une fois pour toutes de Sandy. »

Putain de merde, se dit D.D. Elle s'approcha du miroir. Le bon juge était-il en train de dire ce qu'elle pensait qu'il était en train de dire ?

« Jason Jones est pédophile ? demanda Miller pour l'enregistrement.

– Et comment ! Vous connaissez le profil comme moi, capitaine. Une jeune épouse épuisée, avec des antécédents de dépression, de débauche, de consommation d'alcool, de drogue. Isolée par un homme plus âgé et dominateur qui, lentement mais sûrement, la rend toujours plus dépendante de lui. Jason et la petite Clarissa passent tous leurs après-midi seuls ensemble. Ça ne vous fait pas froid dans le dos ? »

Miller sembla considérer la question, mais ne fit aucun commentaire. Pendant ce temps, D.D. avait l'impression qu'une demi-douzaine d'ampoules électriques explosaient dans sa tête. Le profil défini par le juge était parfaitement correct. Et il permettrait de mettre à leur place quantité de pièces du puzzle : le goût de Jason pour les noms d'emprunt, le contrôle étroit qu'il exerçait sur les fréquentations de sa fille et de sa femme, son évidente panique à l'idée que Sandy s'était mise à fouiner dans l'ordinateur familial.

Il fallait que D.D. fasse tout de suite faxer la photo de Jason au Centre national pour les enfants disparus et exploités. Ils la confronteraient à leur banque d'images, constituée à partir de photos de sévices recueillies sur Internet ou lors d'autres affaires d'abus sexuel. S'ils trouvaient une corrélation, elle aurait de quoi justifier une arrestation, sans parler d'une nouvelle audition de Clarissa Jones. D'un seul coup, ils tenaient une piste.

Sauf qu'elle ressentit à nouveau le même malaise. Elle se souvenait de la façon dont Ree s'était jetée dans les bras de son père après l'audition, de la tendresse qui se lisait ouvertement sur le visage de ce dernier. À cet instant, D.D. avait cru à la réalité de leur amour, mais peut-être était-ce seulement parce que Ree n'avait pas trahi leur secret ?

Il y avait des jours où ce métier était un peu merdique ; et des jours où il l'était carrément.

Miller questionnait toujours le juge : « Vous pensez que votre fille est morte ? »

Maxwell lança à l'enquêteur un regard méprisant. « Est-ce qu'on a jamais retrouvé une de ces femmes en vie ? Voyons, Jason Jones a tué ma fille ; il n'y a aucun doute dans mon esprit. Aujourd'hui, je réclame justice.

– C'est pour ça que vous avez fait des démarches pour obtenir un droit de visite auprès de votre petite-fille ?

– Évidemment ! J'ai mené la même petite enquête que vous, capitaine, et le résultat n'est pas reluisant. Ma petite-fille n'a aucun ami proche, pas de famille élargie, personne d'autre qui s'occuperait d'elle. Son père a très probablement assassiné sa mère. S'il y a jamais eu un cas de figure où une fillette avait besoin de son grand-père, c'est bien celui-là.

– Vous allez réclamer la garde ?

– Je suis prêt à me battre.

– Jason Jones nous affirme que Sandy n'aurait pas approuvé.

– Voyons, capitaine… Jason Jones est un menteur. Prenez des renseignements sur Jason Johnson. Que vous sachiez au moins à qui vous avez affaire.

– Vous avez loué une voiture, juge Black ?

– Je vous demande pardon ?

– À l'aéroport. Vous avez loué une voiture ou peut-être fait appel à un service de voiture avec chauffeur ?

– Oh, euh, j'ai loué une voiture, naturellement. Je me suis dit que j'aurais besoin de me déplacer en ville.

– Il va me falloir le nom de l'agence de location. L'heure à laquelle vous avez pris le véhicule, l'heure à laquelle vous devez le rendre.

– Bien, bien, bien. Mais pourquoi me harcelez-vous comme ça ? Ce n'est pas moi, le suspect. C'est Jason Johnson.

– Jason Jones, alias Jason Johnson. J'ai compris. Alors pourquoi n'avez-vous pas recherché votre fille ?

– Je vous l'ai déjà dit : la seule manière de retrouver Sandy, c'est de démasquer son mari.

– C'est triste de perdre sa fille et sa femme, si jeunes toutes les deux.

– Je me concentre sur ma petite-fille. Je ne peux pas m'apitoyer sur mes propres tragédies. Ma petite-fille est la seule chose qui compte à présent.

– Et détruire Jason Jones.

– Il m'a pris ma fille.

– Avez-vous été surpris d'apprendre que votre fille se débrouillait très bien ici ? Mère dévouée, enseignante respectée, bonne voisine. Nous n'avons vraiment rien découvert qui évoque la dépression, l'alcoolisme ou l'autodestruction d'une manière générale. Peut-être que depuis la naissance de votre petite-fille, Sandra s'était enfin assagie. »

Maxwell se contenta de sourire : « Visiblement, capitaine, vous ne connaissez pas du tout ma Sandy. »

31

VOUS VOUS RAPPELEZ ce moment où vous tombez amoureuse ? Le tremblement qui vous prend si vous vous tenez trop près ? Ou le fait que vous êtes obligée de regarder un point juste derrière son épaule parce que si vous le regardiez vraiment dans les yeux (ses beaux yeux noisette émaillés de vert), vous rougiriez comme une idiote ?

Le jeudi soir est devenu mon soir préféré. L'aboutissement de la lente accumulation de courriels que Wayne et moi échangions dans l'intervalle. Rien de torride. Rien de flagrant. Je lui racontais des anecdotes sur Ree, sur le fait qu'elle venait d'apprendre à se servir du couteau à beurre et ne voulait plus manger que des aliments qu'elle pouvait couper en deux, beignets de poulet ou raisin blanc. Il me parlait de sa dernière mission, par exemple l'analyse du portable d'un braqueur de banque ou encore un projet en cours visant à aider le grand public à sécuriser ses réseaux wifi. Je lui racontais un épisode amusant, la fois où mes élèves de sixième avaient essayé de situer la Bulgarie sur une mappemonde. Il me parlait de son dîner chez sa sœur, où Ethan s'était approprié le BlackBerry de son père et avait passé l'essentiel du repas à pirater le site Internet d'une grande banque.

Dès le mercredi, je me surprenais à fredonner d'impatience. Plus qu'une nuit. Vingt-quatre heures. Ree et moi nous déguisions, mettions du Loreena McKennit à fond et nous pavanions dans toute la maison, telles deux fées se rendant à une fête dans la Vallée magique. Ensuite, nous prenions notre dîner servi sur deux assiettes à fleurs de couleurs vives et du lait versé dans de petits verres à jus de fruits et nous trinquions avec le petit doigt en l'air.

Tomber amoureuse de Wayne Reynolds me donnait l'impression d'être plus jeune. Plus légère, plus en accord avec moi-même. Je portais davantage de jupes et moins de pantalons. Je me vernissais les ongles des doigts de pied en rose vif. Je me suis acheté des sous-vêtements tout neufs, notamment un Wonderbra à motifs léopard de chez Victoria's Secret.

Je suis devenue une meilleure mère. Plus patiente devant la sempiternelle routine, nourrir, laver et faire jouer une petite fille. Davantage prête à rire des exigences de Ree qui réclamait déjà telle fourchette dans telle position sur une assiette de telle couleur.

Curieusement, je suis même devenue une meilleure épouse. D'un côté, je me débrouillais pour acheter un disque dur vierge sur lequel j'étais censée copier le contenu de l'ordinateur familial. De l'autre, j'essayais de moins en moins souvent de passer à l'acte, parce qu'une fois que j'aurais cette copie « exploitable à des fins d'analyse », je n'aurais plus de raison de voir Wayne.

Alors, je trouvais des excuses à mon mari. Une seule photo égarée sur une période de plusieurs mois ne faisait pas de vous un accro au porno. Cette image avait très probablement été téléchargée par erreur. Il s'était trompé de site, de fichier à copier. Mon mari ne pouvait pas être un pédophile. Il n'y avait qu'à le voir sourire à sa fille, supporter avec une patience infinie ses tentatives pour natter ses épais cheveux ondulés ou passer la première journée de neige de la saison à la tirer dans tout le quartier sur sa petite luge violette. Cette photo n'était qu'une anomalie étrange et vaguement terrifiante.

Je lui préparais ses petits plats préférés. Je faisais l'éloge de ses articles dans le journal. Et je le mettais littéralement dehors pour qu'il aille au travail parce que, plus vite il partait, plus vite je pouvais me connecter sur Internet et discuter avec Wayne.

Jason ne posa aucune question sur cette amélioration de mon humeur. Je savais qu'il se souvenait encore que je lui avais demandé un autre enfant au milieu de la nuit et il m'était reconnaissant de lui ficher la paix.

Je n'essayais plus de toucher mon mari et il en était heureux.

Ree et moi avons pris de nouvelles habitudes le jeudi. Je passais la chercher à la maison et nous allions au petit restaurant du coin pour prendre avec un peu d'avance un dîner entre filles. Après quoi, nous retournions au collège pour le match de basket, où Ree s'asseyait à côté d'Ethan et où, dès la partie commencée, je m'éclipsais avec Wayne.

« On va juste faire une petite promenade », indiquais-je à Ree, qui acquiesçait placidement, déjà trop occupée à asticoter Ethan pour s'en soucier.

Nous commencions toujours par parler informatique. Wayne me demandait si j'avais copié le disque dur. Je relatais mes diverses tentatives avortées. L'emploi du temps de Jason était hautement imprévisible, expliquais-je. Il pouvait rentrer à n'importe quelle heure après onze heures du soir et, comme je devais d'abord mettre Ree au lit et corriger des copies, le temps que tout soit fini, je craignais déjà que Jason ne soit là d'un instant à l'autre. J'avais essayé. Échoué. J'avais du mal à me concentrer...

« C'est très dur, nerveusement », disais-je.

Wayne me serrait la main en signe de soutien et le frisson provoqué par le contact de ses doigts me remontait tout le long du bras.

Nous ne nous tenions pas par la main. Nous ne trouvions pas des recoins sombres. Nous ne nous réfugiions pas à l'arrière de sa voiture pour nous bécoter comme des adolescents. J'avais trop conscience que nous nous trouvions encore sur mon lieu de travail et que les murs avaient des oreilles. Et j'avais encore plus conscience de la présence de ma petite fille, jamais bien loin et qui pouvait avoir besoin de moi à tout instant.

Donc nous déambulions dans les couloirs. Nous discutions – en toute innocence, vraiment. Et plus Wayne ne me touchait pas, plus ses mains ne caressaient pas mes seins, plus ses lèvres n'effleuraient pas mon épaule, plus j'avais envie de lui. Comme une insensée, comme une folle, jusqu'au moment où, chaque fois que je le regardais, je me disais que mon corps pourrait prendre feu spontanément.

Lui aussi avait envie de moi. Je le devinais à la façon dont sa main s'attardait au creux de mes reins lorsqu'il m'aidait à remonter dans les gradins. À sa façon de s'arrêter au bout d'un couloir désert, sans jamais dire un mot, mais avec des yeux de braise, avant qu'enfin, à contrecœur, nous fassions tous les deux demi-tour pour rejoindre des lieux plus peuplés.

« Tu l'aimes ? » m'a-t-il demandé un soir. Inutile de préciser de qui il parlait.

« C'est le père de ma fille, ai-je répondu.

347

– Ce n'est pas une réponse.

– Si, je crois. »

Je ne lui parlais pas de ma vie sexuelle, ni de mon absence de vie sexuelle. J'aurais eu trop l'impression de violer le code familial. Je pouvais flirter avec un inconnu, lui dire que je soupçonnais mon mari de se livrer à des activités illégales sur Internet, mais pas que mon mari ne m'avait jamais touchée. Ça aurait été trop loin.

Or je ne voulais pas faire souffrir Jason. Je voulais seulement… je voulais Wayne. Je voulais me sentir comme je me sentais quand j'étais avec lui. Jeune. Jolie. Désirable.

Puissante.

Wayne avait envie de moi et, comme il ne pouvait pas m'avoir, cela ne faisait qu'accroître son désir.

Fin janvier, les courriels sont devenus des textos. Uniquement pendant les heures de cours ; Wayne n'était pas stupide. Il m'envoyait un smiley. Ou une photo de fleur prise avec son portable au supermarché. Ensuite, les questions ont commencé…

Peut-être que je pourrais trouver une baby-sitter pour Ree ou dire à mon mari que je m'étais inscrite à un club de lecture. Combien de temps durait ma pause-déjeuner ?

Il n'a jamais demandé à faire l'amour avec moi. Ne m'a jamais fait de compliments sur mon corps ni de remarques trop suggestives. Mais il a commencé à militer pour obtenir un rendez-vous en tête à tête. Ce que nous ferions pendant ce temps-là allait sans dire.

J'ai opposé mon veto à l'heure du déjeuner. Trop court, trop d'impondérables. Et si Jason passait avec Ree ou qu'un élève me cherchait ? Et si Ethan nous voyait quitter l'établissement ensemble ? Il ne manquerait pas de poser des questions.

Prendre une baby-sitter était exclu. Après toutes ces années, je ne connaissais personne dans le quartier. Et puis Ree était à un âge où elle parlerait et Jason voudrait immédiatement savoir ce que j'avais à faire de plus important que de surveiller notre enfant.

Quant à adhérer à un club de lecture… Ces choses-là sont plus faciles à dire qu'à faire. Chez qui se passeraient les réunions de ce club ? Quelles coordonnées laisserais-je à Jason et qu'arriverait-il s'il essayait réellement d'appeler aux heures dites ? Je prédisais qu'il le ferait, au moins une fois. Il avait tendance à vérifier ce que je faisais.

J'aurais pu m'organiser une soirée au spa. Mais là encore, je n'avais jamais parlé à Wayne de mon insolite petit arrangement conjugal et je n'allais pas commencer maintenant. Les soirées spa étaient réservées aux inconnus. Et là, ça n'aurait pas été avec un inconnu. Ç'aurait été différent.

Donc, nous avons tourné en rond. À coup de courriels et de textos, mais surtout dans l'attente de nos chastes promenades du jeudi soir dans le collège de South Boston, pendant lesquelles cet homme me regardait avec un désir implacable, voulait, réclamait, exigeait...

Et je le laissais faire.

La deuxième semaine de février, Jason m'a fait une surprise. Les vacances scolaires approchaient et il m'a annoncé qu'il était temps que la famille parte en vacances. Je me trouvais devant la cuisinière à ce moment-là, je faisais revenir de la viande hachée. J'étais sans doute en train de penser à Wayne parce que je souriais. Mais l'annonce de Jason m'a brutalement ramenée à la réalité.

« Youpi ! s'est écriée Ree, assise sur le bar. Des vacances en famille ! »

J'ai lancé un regard dur à Ree : nous n'avions jamais pris de vacances en famille, comment savait-elle que ce serait si bien ?

Mais Jason ne regardait pas notre fille. Il me regardait, moi, d'un air songeur, il attendait. Il mijotait quelque chose.

« On irait où ? demandai-je sur un ton désinvolte en retournant à ma poêle.

– À Boston.

– On vit à Boston.

– Je sais. Je me disais qu'on pourrait commencer petit. Je nous ai pris une chambre en ville. Il y a une piscine, un atrium, plein de trucs marrants. On pourra jouer les touristes quelques jours dans notre propre ville.

– Tu as déjà réservé ? Choisi l'hôtel et tout ? »

Il a hoché la tête, sans me quitter des yeux. « J'ai pensé que ça nous ferait du bien de passer du temps ensemble, a-t-il dit, le visage impénétrable. J'ai pensé que ça serait bon pour nous. »

J'ai versé le paquet de sauce pour la viande. Des vacances en famille. Que pouvais-je dire ?

J'ai appris la nouvelle à Wayne par courriel. Il n'a pas répondu pendant deux jours. Et quand il l'a fait, il n'a écrit qu'une ligne : Tu crois que c'est prudent ?

La question m'a heurtée. Pourquoi ne serais-je pas en sécurité avec Jason ? Alors, j'ai repensé à cette photo et aux recherches que j'étais censée mener sur l'ordinateur familial, sauf que j'avais été tellement occupée à flirter avec l'oncle d'Ethan que j'en avais oublié que celui-ci était supposé me faire profiter de son expertise.

Nous avons un chaperon de quatre ans, *ai-je fini par répondre.* Que pourrait-il arriver ?

Mais j'ai vu que Wayne désapprouvait parce que les textos se sont faits plus rares. Je me suis rendu compte qu'il était jaloux et j'ai été assez naïve pour en être flattée.

Le dimanche soir, je lui ai envoyé une photo prise avec mon portable : Ree en maillot de bain rose vif avec un tuba violet, un masque bleu et des palmes bleues trop grandes. Le chaperon se prépare pour sa mission, *ai-je écrit en incluant une seconde photo de la valise de Ree débordant des quelque cinq cents choses dont elle croyait avoir besoin pour un séjour de quatre nuits à l'hôtel.*

Wayne ne m'a pas répondu. Alors, j'ai vidé la messagerie de mon portable, purgé mon compte AOL et je me suis préparée pour quatre jours de vacances en famille.

Jamais mon mari ne me fera de mal, *me disais-je. Je crois que, jusqu'à cet instant, je n'avais jamais réalisé à quel point nous vivions tous les deux dans le mensonge.*

32

D.D. AVAIT LE VENT EN POUPE. Elle le sentait. D'abord la conversation avec Wayne Reynolds, puis l'audition de Maxwell Black. L'enquête se nouait, des pièces maîtresses du puzzle se mettaient en place.

Dès qu'ils avaient eu fini de parler avec le père de Sandy Jones, D.D. avait balancé la photo de Jason Jones au Centre national pour les enfants disparus et exploités, de même qu'au GBI, l'antenne du FBI en Géorgie. Elle commençait à avoir un profil solide : pseudonymes connus, origines géographiques possibles, données financières et dates clés. Jason avait laissé beaucoup de traces écrites ces cinq dernières années, après avoir disparu de l'écran radar. À présent, ils étaient en train de réunir les bribes d'informations nécessaires pour mettre son identité au jour et, en particulier, découvrir l'origine de ses placements offshore.

À l'heure qu'il était, D.D. aurait parié qu'un autre service de police dans une autre circonscription avait exactement le même dossier qu'elle, mais pas sous le même nom. Dès qu'elle entrerait en contact avec ce service, Jason Jones/Johnson serait enfin démasqué et D.D. tiendrait son arrestation. De préférence à temps pour les infos de vingt-trois heures.

En attendant, ils continuaient bien sûr à creuser les pistes classiques. D.D. était d'ailleurs en train de parcourir plusieurs rapports sur les pièces à conviction, notamment les premières conclusions concernant du sang retrouvé à l'état de traces sur l'édredon qu'ils avaient retiré de la machine à laver des Jones. Malheureusement, du sang « à l'état de traces » ne faisait pas bien sur un mandat. Cet état de traces signifiait-il que le reste était parti à la machine ? Ou que Sandra Jones avait saigné du nez au cours des dernières semaines ? Le groupe sanguin correspondait à celui de Sandra, mais comme on ne connaissait pas celui de Jason et Clarissa, théoriquement ce sang pouvait aussi bien être le leur.

Autrement dit, le rapport en lui-même ne les avançait guère, mais peut-être que plus tard, associé à d'autres éléments probants, il deviendrait un barreau de plus de la prison qu'ils commençaient, lentement mais sûrement, à ériger autour de Jason Jones.

D.D. contacta l'équipe du BRIC chargée d'analyser l'ordinateur des Jones. Vu l'urgence, l'équipe travaillait vingt-quatre heures sur vingt-quatre. Créer une copie du disque dur exploitable à des fins d'analyse avait pris la majeure partie de la nuit. À présent, ils sortaient rapport après rapport en se concentrant sur la messagerie électronique et la navigation sur Internet. Ils espéraient rendre leurs premières conclusions dès potron-minet. D.D. eut alors bon espoir, si elle ratait le journal de vingt-trois heures, d'être prête pour le cycle d'informations du matin.

C'était le genre de dynamique qui faisait plaisir à un commandant de la criminelle et donnait à toute la brigade la motivation nécessaire pour travailler encore une longue nuit après déjà deux soirées très prolongées. Mais cela n'expliquait pas forcément l'intérêt soudain de D.D. pour Maxwell Black ni le besoin qu'elle éprouvait de se pencher sur la mort de Missy Black qui avait eu lieu huit ans plus tôt. Le bureau du shérif l'informa qu'il n'y avait pas eu d'ouverture de dossier dans cette affaire, mais lui donna les coordonnées du médecin légiste du comté, qui serait joignable le lendemain matin. Le verdict officiel avait été le suicide, mais le soupçon d'hésitation du shérif avait entretenu la curiosité de D.D.

Elle avait un problème avec Maxwell Black. Sa voix traînante, son charme, sa manière terre à terre de décrire sa fille unique comme une jeune femme irresponsable, menteuse invétérée et dévergondée. D.D. était frappée du fait que Sandy avait passé les deux premiers tiers de sa courte existence avec un père extraverti qui en disait trop et le dernier tiers avec un mari qui menait une vie très cloisonnée et n'en disait pas assez. Le père accusait le mari d'être pédophile. Le mari suggérait que le père avait été complice de maltraitance d'enfant.

D.D. se demandait si Sandra Jones avait aimé son mari. Si elle l'avait vu comme son chevalier blanc, son vaillant sauveur, jusqu'à ce mercredi soir où elle avait été violemment et tristement dépouillée de ses illusions.

Sandra Jones avait disparu depuis maintenant trois jours.

D.D. ne croyait pas retrouver la jeune mère vivante.

À ce stade, elle espérait surtout sauver Ree.

Ethan Hastings était en pleine crise de conscience. Cela ne lui était jamais arrivé. Comme il était plus intelligent que tous les adultes qu'il connaissait, l'adolescent portait sur eux un regard naturellement condescendant. Ce qu'ils n'étaient pas capables de comprendre, ils n'avaient pas besoin de le savoir.

Mais là, assis par terre avec l'iPhone de sa mère (l'incident de la veille au collège avait entraîné une privation totale d'ordinateur pendant un mois, mais, concrètement, personne ne lui avait interdit de fouiller dans le sac de sa mère), il lisait des courriels en se demandant s'il devrait prévenir la police.

Ethan s'inquiétait pour Mme Sandra. Il s'inquiétait depuis le mois de novembre, depuis qu'il avait compris que son intérêt pour la sécurité sur Internet allait bien au-delà de ce qu'il pourrait être nécessaire de savoir pour un cours de technologie en sixième.

Elle ne lui avait jamais dit qu'elle soupçonnait son mari, ce qui signifiait bien sûr qu'il était le coupable le plus vraisemblable. De la même façon, elle n'avait jamais prononcé le mot de cyber-pornographie, mais là encore, qu'est-ce qui pourrait inciter une jolie enseignante à passer toutes ses heures de battement à travailler avec un garçon comme lui ?

Oh, elle se montrait gentille. Elle savait qu'il la vénérait parce qu'il n'était pas trop doué pour cacher ces choses-là. Mais il avait reçu son message cinq sur cinq : les sentiments qu'il avait pour elle n'étaient pas réciproques. Mais elle avait besoin de lui. Elle respectait ses compétences. Elle appréciait son aide. Cela suffisait à Ethan.

Mme Sandra lui parlait comme à une personne. Peu d'adultes en faisaient autant. Soit ils essayaient de le prendre de haut, soit ils étaient tellement terrifiés par son génie époustouflant qu'ils évitaient carrément d'engager la conversation avec lui. Ou alors, ils ressemblaient à ses parents : tous deux essayaient de discuter avec lui, mais avec l'air de serrer les dents en permanence.

Pas Mme Sandra. Elle parlait avec chaleur, avec ces inflexions mélodieuses dont il ne se lassait pas. Et elle sentait l'orange. Il n'en avait jamais parlé à personne, mais il avait réussi à lui faire dire le nom de la lotion qu'elle utilisait. Après quoi, il en avait acheté un plein carton sur Internet, rien que pour pouvoir sentir son odeur quand elle n'était pas là. Il avait caché le carton dans le placard de son père, derrière tous les costumes que ce dernier ne portait jamais, parce qu'il avait depuis longtemps compris que sa mère fouillait quotidiennement sa chambre.

Elle se donnait beaucoup de mal, sa mère. Avoir un enfant aussi brillant ne pouvait pas être facile. Cela dit, ce n'était pas sa faute s'il était aussi intelligent. C'était de naissance.

En novembre, après avoir déduit que Mme Sandra s'inquiétait des agissements de son mari sur Internet, puis s'être aperçu que le mari était étonnamment calé en informatique, Ethan avait estimé qu'il devait aller plus loin pour protéger son enseignante préférée.

Dans un premier temps, il avait pensé à son oncle, le seul adulte qu'il jugeait intelligent. S'agissant d'ordinateurs, oncle Wayne était une pointure. Mieux encore, il travaillait dans la police d'État, de sorte que, si le mari de Mme Sandra se livrait à des activités illégales, l'oncle Wayne pourrait le mettre en état d'arrestation et le mari

354

de Sandra disparaîtrait. Une excellente idée, dans la tête d'Ethan. Un de ses meilleurs plans.

Sauf que le mari de Sandra n'avait pas disparu. Ni, d'ailleurs, l'oncle Wayne. Celui-ci avait soudain été pris d'un engouement persistant pour les compétitions de basket inter-écoles. Tous les jeudis soir, l'oncle Wayne se pointait au collège et Mme Sandra et lui s'éloignaient, le laissant seul avec cette peste de Ree.

Ethan avait commencé à être contrarié par les jeudis soir. Il ne fallait pas trois mois de rencontres hebdomadaires pour pirater un ordinateur. Lui aurait fait ça en moins de cinq minutes, zut.

Alors l'idée avait germé : peut-être après tout qu'il n'avait pas besoin de son oncle ou d'une intervention de la police d'État. Peut-être qu'il lui suffisait de créer un petit programme. Un cheval de Troie, on appelait ça. Il pourrait le planquer dans un courriel. Qu'il enverrait à Mme Sandra. Et le cheval de Troie ouvrirait un accès à son ordinateur rien pour lui.

Il pourrait rentrer dedans.

Il pourrait voir ce que le mari de Sandra fabriquait réellement.

Il pourrait sauver la mise.

Sauf qu'Ethan n'avait jamais vraiment rédigé un tel programme. Alors, il avait dû commencer par étudier. Puis tester. Puis amender.

Trois semaines plus tôt, il avait été prêt pour le lancement. Il avait écrit à Mme Sandra un petit message innocent avec quelques liens dont il pensait qu'ils pourraient lui être utiles pour ses cours. Puis il avait inséré le programme et attendu.

Il avait fallu deux jours avant que Sandra n'ouvre le message, ce qui l'avait un peu agacé. Les enseignants ne sont-ils pas censés être plus réactifs que ça ?

Mais le cheval de Troie avait franchi les portes et le virus informatique s'était immédiatement installé sur le disque dur de Mme Sandra. Ethan l'avait testé le troisième jour et, victoire, il avait accès à l'ordinateur des Jones. Désormais, il pourrait tranquillement prendre M. Jones sur le fait – littéralement.

Ethan était surexcité. Il allait passer à la télé. Toute une émission sur le petit génie qui avait coincé un pédophile notoire. Il donnerait une interview à Lesley Stahl, des sites sociaux voudraient le recruter. Il deviendrait à lui tout seul une brigade d'élite assurant la sécurité sur Internet. Un cyber-soldat des temps modernes.

De fait, les trois premières nuits, Ethan avait appris des choses sur M. Jones. Beaucoup de choses. Plus qu'il ne voulait réellement en savoir.

Mais Ethan ne s'était pas attendu à en apprendre également beaucoup sur Mme Sandra.

Et maintenant il était coincé. Il ne pouvait pas dénoncer M. Jones sans dénoncer Mme Sandra, et l'oncle Wayne.

Il en savait trop ou trop peu.

Or Ethan Hastings était assez malin pour savoir que c'était très dangereux.

Il prit l'iPhone de sa mère, relut les messages. Se dit qu'il devrait appeler les secours, reposa le téléphone. Peut-être qu'il pouvait appeler cette policière, la blonde. Elle avait l'air assez cool. Cela dit, comme lui disait toujours sa mère, les mensonges par omission restent des mensonges et il était relativement persuadé que mentir à la police lui causerait des problèmes encore plus graves qu'une exclusion temporaire de l'école et une privation d'ordinateur pendant un mois.

Ethan ne voulait pas aller en prison.

Mais il se faisait un sang d'encre pour Mme Sandra.

Il reprit l'iPhone, relut les messages, poussa un profond soupir. Pour finir, il fit la seule chose qu'il pouvait se résoudre à faire. Il ouvrit une nouvelle messagerie et écrivit : *Cher oncle Wayne...*

Wayne Reynolds n'était pas un homme patient. Sandra Jones avait disparu depuis plusieurs jours et, pour autant que le criminologue pouvait en juger, les chargés d'enquête arrivaient de Chine à la rame pour la retrouver. Bordel, il avait pratiquement été obligé de leur servir Jason Jones sur un plateau et pourtant, à voir les infos de dix-sept heures, il n'y avait eu aucune arrestation.

Au lieu de cela, les journalistes avaient flairé la piste d'un délinquant sexuel fiché qui habitait dans la même rue que Sandra. Un jeune mec bizarre et livide avec le cuir chevelu couvert de cloques qu'ils avaient surpris dans la rue et littéralement pourchassé jusqu'à une vieille maison de plain-pied des années 1950. « *Ce n'est pas moi*, criait-il par-dessus son épaule. *Demandez à ma conseillère d'insertion. Ma petite copine était mineure, c'est tout, c'est tout, c'est tout.* »

Le pervers s'était rué dans la maison et ceux qui, dans une autre vie, avaient été journalistes avaient pris une demi-douzaine de photos d'une porte close et de fenêtres aux stores baissés. Beau boulot, les gars.

Au moins, le père de Sandra était-il entré dans la danse pour dresser de Jason Jones le portrait méprisant d'un homme éminemment dangereux et manipulateur qui avait coupé sa belle et jeune épouse de sa famille. Le grand-père demandait la garde de Ree et avait déjà obtenu un droit de visite qui devait commencer bientôt. Le vieil homme réclamait justice pour sa fille et protection pour sa petite-fille.

Les médias gobaient tout ça. Et toujours aucune arrestation !

Wayne ne comprenait pas. Le mari était toujours le premier soupçonné et, pour un suspect, Jason Jones avait le profil idéal. Visiblement incapable de fournir des informations crédibles sur son passé. Soupçonné par sa propre épouse d'activités peu recommandables sur Internet. Connu pour disparaître pendant de longues heures après minuit, dans le cadre d'un travail qui ne lui fournissait pas d'alibi vraiment concret. Mais qu'attendait donc le commandant Warren – un joli paquet-cadeau enrubanné ?

Il fallait que Jason soit arrêté. Pour que Wayne Reynolds puisse enfin dormir la nuit. Dieu savait qu'au cours des derniers jours il avait fébrilement purgé son ordinateur personnel de même que son Treo. Ce qui était comique parce qu'il était bien placé pour savoir qu'il ne pourrait jamais nettoyer complètement ces appareils. Il aurait fallu qu'il achète un nouveau disque dur pour son ordinateur et qu'il « égare » son Treo, si possible en passant dessus avec sa tondeuse. Ou alors il pourrait l'écraser avec sa voiture ? Le balancer dans le port ?

Le plus drôle, c'était que les profanes s'imaginent toujours que les policiers ont un avantage : c'est leur boulot, donc ils savent exactement quel genre de faux pas peut faire tomber un type. Sauf que c'était bien le problème. Wayne savait mieux que quiconque à quel point il est difficile d'effacer ses traces électroniques et, le sachant, il avait conscience de la minutie avec laquelle ses faits et gestes seraient examinés au microscope.

Il avait passé trois mois à se promener avec Sandra Jones, rien de plus, rien de moins, mais s'il ne faisait pas attention, il allait se retrouver étiqueté comme amant et mis en disponibilité, soumis à une enquête interne. Surtout si le spécialiste en investigation numérique « égarait » son Treo ou « renouvelait » son ordinateur personnel. Ça ne passerait pas, tout simplement.

À ce propos, il se demandait pourquoi la police de Boston n'avait pas encore fait parler l'ordinateur des Jones. Ils l'avaient depuis près de vingt-quatre heures. Environ cinq ou six heures pour faire une copie exploitable, ensuite lancer EnCase...

Encore un ou deux jours, conclut-il en soupirant. Il ne pensait pas pouvoir survivre nerveusement à une ou deux journées supplémentaires.

Sans parler des conséquences qu'un tel laps de temps pourrait avoir pour Sandy.

Il essaya de ne pas penser à ça. Aux affaires sur lesquelles il avait travaillé dans le passé. Aux photos de scènes de crime qu'il voyait souvent dans son métier. Strangulation ? Agression au couteau ? Balle dans la tête ?

Il avait essayé de mettre Sandy en garde : jamais elle n'aurait dû partir pour les vacances en février.

Wayne poussa un profond soupir. Consulta à nouveau l'horloge. Décida de rester un peu plus tard au labo, de travailler encore un peu. Mais son Treo sonna. Il regarda, trouva un message en provenance de l'adresse Internet de sa sœur.

Il fronça les sourcils, ouvrit le message.

À dix-sept heures quarante-cinq, Wayne lut la stupéfiante confession de son neveu.

Et commença à se faire vraiment du souci.

À dix-huit heures, Maxwell Black était assis à une table recouverte d'une nappe blanche dans un angle de la salle de restaurant du Ritz. Son canard, accompagné d'une compote de baies sauvages, venait d'arriver et il dégustait un pinot noir de l'Oregon particulièrement savoureux. Bonne chère, excellent vin, service impeccable. Il aurait dû être comblé.

Mais non. Après sa conversation avec les enquêteurs, le juge était rentré à l'hôtel pour demander sur-le-champ à son homme de loi de procéder à quelques recherches pour lui. Malheureusement, la jurisprudence que celui-ci avait dénichée n'annonçait rien de bon.

La plupart des tribunaux (et le Massachusetts ne faisait pas exception) reconnaissaient les parents déclarés à la naissance comme les titulaires de l'autorité parentale en cas de conflit pour la garde d'un enfant. De sorte que les grands-parents se lançaient dans la procédure sans détenir aucun droit *a priori* et que les juges se pliaient à la décision des parents en la matière.

Néanmoins, Max avait supposé que la disparition de Sandra (et le statut de suspect crédible qui en avait résulté pour Jason) pourrait influencer le tribunal en sa faveur. Max était, en outre, convaincu que Jason n'était pas le père biologique de Clarissa, de sorte que, avec la disparition de Sandra, lui-même se trouvait être le plus proche parent vivant de Clarissa. Ça ne pouvait tout de même pas compter pour rien.

Et pourtant. On pouvait faire confiance à l'État qui avait légalisé le mariage homosexuel pour considérer l'*in loco parentis*, autrement dit, la personne qui avait rempli le rôle de parent, comme le véritable tuteur légal. Max était donc ramené à la nécessité de prouver que Jason représentait une menace immédiate pour Clarissa afin de pouvoir remettre en cause le mode de garde actuel. Et cela, croyez-en l'expérience d'un juge, c'était presque impossible à prouver.

Pour Max il fallait qu'on retrouve le corps de Sandy. Qu'on arrête Jason. Alors l'État prendrait Clarissa en charge et il pourrait plaider qu'il était dans l'intérêt de l'enfant de vivre avec son grand-père biologique. Ça, ça devrait marcher.

Sauf qu'il n'avait aucune idée du temps que cela risquait de prendre avant de retrouver le corps de Sandra. Franchement, il avait déjà longé ce port en voiture quatre fois et, pour autant qu'il pouvait en juger, Jason Jones aurait pu balancer le corps de Sandy à peu près n'importe où. Il y en avait peut-être pour des semaines, sinon des mois ou des années.

Max en vint même à envisager d'attaquer Jason au civil, où la charge de la preuve était moins lourde. Sauf que même au civil, on peut difficilement engager des poursuites en l'absence de cadavre. Sans cadavre, il était possible que Sandra Jones se soit bel et bien enfuie avec le jardinier et qu'elle coule des jours heureux au Mexique.

On en revenait toujours au cadavre.

Max avait besoin d'un cadavre.

C'est alors qu'il eut une idée. Certes, il lui fallait un cadavre. Mais fallait-il nécessairement que ce soit celui de Sandra ?

À dix-neuf heures quarante-cinq, Aidan Brewster se trouvait à la laverie automatique où il finissait de plier sa dernière fournée de linge. Devant lui, quatre piles de tee-shirts blancs, deux piles de jeans et une demi-douzaine de piles plus petites, slips blancs et chaussures de sport à bandes bleues. Il avait commencé à dix-huit heures, quand sa conseillère d'insertion avait eu la bonté de passer le prendre dans sa maison infestée de journalistes pour l'emmener discrètement. Colleen avait proposé de le conduire dans un hôtel pour la nuit, le temps que ça se tasse. Au lieu de cela, il lui avait demandé de le déposer dans une laverie en banlieue, quelque part loin de South Boston, un endroit où les journalistes n'auraient aucune raison de le chercher et où un homme pourrait laver ses slips tranquille.

Il avait vu que cette requête avait mis Colleen mal à l'aise. À moins que ce ne soit la quantité de sacs-poubelle remplis de linge sale qu'il avait chargés dans le coffre de sa voiture pendant que trois cameramen filmaient depuis le trottoir d'en face. Au moins, quand Colleen avait démarré, les photographes avaient eux aussi abandonné leur poste. Inutile de faire le pied de grue devant une maison quand on savait que la cible ne s'y trouvait pas.

« Qu'est-il arrivé à ta tête ? demanda Colleen en descendant la rue.

– Feu de cuisine. J'avais laissé une assiette en carton trop près d'un brûleur. Des morceaux enflammés se sont envolés et ont mis le feu à mes cheveux, mais j'étais trop occupé à balancer de la farine sur la cuisinière pour m'en apercevoir. »

Elle n'avait pas l'air convaincu. « Tu tiens le choc, Aidan ?

– J'ai perdu mon boulot. Je me suis brûlé à la tête. Je suis passé dans les journaux du soir. Non, on peut pas dire, mais merci de poser la question.

– Aidan… »

Il la regarda pour la mettre au défi de le dire. Qu'elle était désolée. Que c'était dommage. Que ça allait s'arranger. Qu'il fallait s'accrocher.

Choisir un lieu commun, n'importe lequel. Les formules toutes faites sont toujours de la foutaise. Colleen et lui le savaient tous les deux.

Elle garda le silence pendant le reste du trajet, le plus grand service qu'elle lui ait jamais rendu.

Il finit de plier ses serviettes, ses draps, plusieurs dessus-de-lit et même trois napperons. Si c'était en tissu et que ça se trouvait chez lui, il l'avait lavé à l'eau de Javel.

Que les policiers ruminent un peu là-dessus. Qu'ils le haïssent un peu.

Après ça, il avait l'intention de retourner chez lui pour faire ses bagages. Il allait fourrer tout ce qu'il possédait en ce bas monde dans quatre sacs-poubelle noirs et mettre le cap au large. Voilà. Rideau. Fini. Que sa conseillère d'insertion lui courre après. Que la police s'arrache les cheveux pour trouver un autre délinquant sexuel fiché.

Il avait suivi les règles et voilà où ça l'avait mené : il avait la police sur le dos ; ses anciens collègues avaient essayé de le démolir ; et son voisin, Jason Jones, lui foutait carrément les jetons. Sans parler des journalistes... Aidan voulait se casser. Salut. Adios. Bye-bye.

Ce qui n'expliquait pas pourquoi il restait là, assis par terre dans une laverie cradingue à faire claquer son élastique vert, cramponné à un stylo-bille bleu. Déjà trois minutes qu'il regardait la feuille de calepin vierge. Il finit par écrire :

Chère Rachel,
Je suis un con. Tout est de ma faute. Tu devrais me détester.

Il s'interrompit. Mâchonna à nouveau le bout de son stylo. Fit claquer l'élastique.

Merci de m'avoir fait parvenir les lettres. ~~Peut-être que tu les détestes. Peut-être que tu ne supportais plus de les voir. J'imagine que je ne peux pas t'en vouloir.~~

Il barra des mots. Essaya à nouveau. Barra encore.

~~Je t'aime.~~
Je t'aimais. J'avais tort. Je suis désolé.
Je ne t'embêterai plus.

À moins que, se dit-il. Mais il ne l'écrivit pas. Il se força à ne pas l'écrire. Si elle avait eu envie de le voir, elle aurait pu le faire, depuis le temps. Alors ne te le fais pas dire deux fois, Aidan, sois grand. Elle ne t'aimait pas. Elle ne t'aime pas. Tu es allé en prison pour rien, misérable petit abruti de merde...

Il reprit le stylo.

Je t'en prie, ne te fais pas de mal.

Puis, comme une idée de dernière minute :

Et ne laisse pas non plus Jerry te faire du mal. Tu mérites mieux. Vraiment, vraiment.

362

Désolé d'avoir tout foutu en l'air. Je te souhaite une belle vie.

Aidan

Il reposa le stylo. Relut la lettre. Hésita à la déchirer en mille morceaux et à tenter un autre feu de joie. Il la garda tout de même en main. Il ne l'enverrait pas. Dans le groupe, l'exercice consistait simplement à rédiger le message. Pour leur enseigner la compassion et le remords. Des sentiments qu'il éprouvait, supposa-t-il, parce qu'il avait la gorge nouée, du mal à respirer et plus envie d'être assis au milieu d'une laverie minable. Il voulait être chez lui, pelotonné sous des couvertures. Dans un endroit où il pourrait se perdre dans le noir sans repenser à cet hiver-là, au plaisir de sa peau contre la sienne, aux dégâts qu'il avait causés dans leurs deux existences.

Il l'aimait encore, pauvre de lui. Réellement. Elle était la seule bonne chose qui lui soit jamais arrivée, mais elle était sa demi-sœur, et il était la pire sorte de monstre qui soit et peut-être que les gars du garage devraient le démolir. Peut-être que c'était la seule solution avec une tête de nœud comme lui. Il était pervers. Il ne valait pas mieux que Wendell, l'exhibitionniste psychotique. Il fallait le détruire.

Sauf que, comme tout pervers, il n'avait pas réellement envie de mourir. Il voulait seulement passer cette nuit et peut-être la journée suivante.

Alors il rassembla son linge et héla un taxi.

« À la maison, James », dit-il au chauffeur.

Puis, assis à l'arrière du taxi, il déchira la lettre en tout, tout petits morceaux qu'il jeta par la fenêtre pour regarder le vent de la nuit les emporter.

À vingt et une heures cinq, Jason avait enfin couché Ree. Cela n'avait pas été facile. Avec les journalistes qui campaient là, de plus en plus nombreux, ils étaient restés confinés l'essentiel de la journée et Ree, privée d'air et d'exercice, avait besoin de se défouler. Puis, après le dîner, les premiers spots s'étaient allumés et toute leur maison était maintenant suffisamment éclairée pour être vue de la lune.

Ree s'était plainte des projecteurs. Elle avait gémi à cause du bruit. Elle avait exigé qu'il fasse partir les journalistes et ensuite, comme cela n'avait pas suffi, elle avait tapé du pied et sommé Jason de l'emmener chercher sa mère *tout de suite.*

En réponse, il avait proposé de faire du coloriage avec elle. Ou alors ils pourraient faire de l'origami. Voire une stimulante partie de dames.

Il ne la blâmait pas de le bouder et de faire les quatre cents coups dans la maison. Lui aussi, il voulait que les journalistes s'en aillent. Il aimerait reprendre d'un instant à l'autre le cours de leur ancienne vie, merci beaucoup.

Il avait lu tout un roman sur les fées à sa fille, les cent pages, de la première à la dernière. Il avait mal à la gorge, ne savait plus aligner trois mots, mais sa fille était enfin endormie.

Et il se trouvait donc seul dans le séjour, les stores et les rideaux soigneusement fermés, à essayer de décider quoi faire ensuite. Sandra restait introuvable. Maxwell avait une ordonnance du tribunal pour venir voir Ree. Et lui était toujours le principal suspect dans la disparition de sa femme enceinte.

Il avait espéré, d'une certaine manière, que sa femme s'était enfuie avec un amant. Il ne l'avait pas vraiment cru, mais il l'avait espéré parce que, de toutes les possibilités, celle-là permettait à Sandy d'être saine et sauve. Et peut-être qu'un jour elle aurait changé d'avis et lui serait revenue. Il l'aurait reprise. Pour Ree, pour lui. Il savait qu'il n'était pas le mari idéal, il savait qu'il avait commis une terrible erreur pendant ces vacances en famille. Si elle avait éprouvé le besoin de le punir pour ça, il pouvait encaisser.

Mais maintenant, alors que le troisième jour s'achevait et que les heures s'écoulaient avec lenteur, il était contraint d'envisager d'autres éventualités. Que sa femme ne se soit pas enfuie. Qu'un drame se soit produit, ici même, dans sa propre maison, et que, par une sorte de miracle, Ree ait survécu. Peut-être qu'Ethan Hastings s'était irrité de voir que son amour n'était pas payé de retour. Peut-être que Maxwell avait fini par les retrouver et que l'enlèvement de Sandy était un stratagème pour obtenir sa petite-fille. Ou bien peut-être que Sandy avait un autre admirateur, ce mystérieux informaticien, qui s'était lassé d'attendre qu'elle quitte Jason.

Elle était enceinte. De lui ? D'un autre ? Est-ce que c'était ça qui avait tout déclenché ? Peut-être qu'avec l'aide d'Ethan Hastings, elle avait découvert qui il était exactement et qu'elle avait reculé devant la perspective de porter l'enfant d'un monstre. Il ne pouvait pas vraiment lui en vouloir. Lui aussi aurait dû être terrifié à l'idée de se reproduire.

Mais ce n'était pas le cas. Il avait voulu... Il avait espéré...

S'il leur avait été donné de connaître cet instant où Sandy lui aurait confié avec nervosité qu'ils attendaient un enfant, il en aurait été touché, rempli de respect, d'humilité. Il en aurait été éternellement reconnaissant.

Mais cet instant ne leur avait jamais été donné. Sa femme avait disparu et il ne lui restait que le fantôme de ce qui aurait pu être.

Et le spectre d'une arrestation imminente.

Il allait prendre sa fille et s'enfuir. C'était la seule chose qu'il pouvait faire parce que, tôt ou tard, le commandant Warren se présenterait chez lui avec un mandat d'arrêt et un représentant du juge aux affaires familiales. Il irait en prison. Pire encore, Ree serait placée.

Il ne pouvait pas laisser une telle chose se produire. Ni pour lui, ni pour sa fille.

Il monta au grenier.

La trappe s'ouvrait dans la penderie de la grande chambre. Il attrapa la poignée au plafond et descendit l'escalier télescopique branlant. Puis il alluma une lampe-torche et monta dans les ténèbres absolues.

Les combles, prévus pour le stockage, mais pas pour le confort, n'avaient qu'un mètre de hauteur sous plafond. Jason, progressant à quatre pattes sur le sol en contreplaqué, contourna des cartons de décorations de Noël jusqu'au coin opposé. Il compta deux chevrons vers la gauche, puis repoussa la couche d'isolation apparente et attrapa la boîte métallique plate.

Il la dégagea et la trouva plus légère que dans son souvenir. Il posa la lampe au sol, souleva le couvercle…

La boîte était vide. Billets, pièces d'identité, tout avait disparu. Envolé.

La police ? Sandy ? Quelqu'un d'autre ? Il ne comprenait pas. Jamais il n'avait parlé à quiconque de son kit d'évasion d'urgence. C'était son petit secret, celui qui l'empêchait de se réveiller en hurlant toutes les nuits. Il n'était pas pris au piège. Il avait une porte de sortie. Il avait toujours une porte de sortie.

Et là, pendant qu'il essayait encore fiévreusement de comprendre ce qui venait de lui arriver et comment ça avait pu lui arriver, il prit conscience d'autre chose. Un bruit, pas très loin en dessous de lui.

Une planche de parquet qui craquait.

Dans la chambre de sa fille.

33

POUR DES VACANCES EN FAMILLE, j'ai été époustouflée par le choix d'hôtel de Jason. Je m'attendais à un établissement familial de milieu de gamme. Au lieu de ça, nous sommes arrivés dans un hôtel cinq étoiles avec spa complet et immense piscine intérieure. Un chasseur en livrée rouge galonnée d'or nous a conduits jusqu'au tout dernier étage, auquel on n'accédait qu'en insérant la clé de la chambre dans la serrure de l'ascenseur. Ensuite, il nous a accompagnés dans une suite à double exposition avec deux pièces.

La première chambre comprenait un lit king-size avec une somptueuse literie blanche et suffisamment de coussins au riche brocart pour meubler un harem. Nous avions vue sur le port de Boston. La salle de bains était entièrement carrelée de marbre rose.

Dans le salon adjacent, nous avons découvert un canapé-lit, deux fauteuils bas de couleur fauve et la plus grande télé à écran plat du monde. Quand Jason a annoncé à Ree que ce serait sa chambre, les yeux de celle-ci ont failli lui sortir de la tête. Les miens aussi.

« Je l'adore ! » s'est-elle écriée avant de faire aussitôt rendre son contenu à sa valise pleine à craquer dans sa chambre grand luxe. En moins de cinq secondes, la pièce avait disparu sous des couvertures de princesse rose vif, une demi-douzaine de Barbie et, bien sûr, Doudou Lapine, qui s'était vu accorder la place d'honneur au milieu du canapé. « On peut regarder un film ?

– Plus tard. D'abord, je me disais qu'on se ferait beaux et que j'emmènerais mes deux petites femmes dîner. »

Le cri de joie de Ree a manqué faire voler en éclats la baie vitrée. Je continuais de regarder mon mari, sous le choc. « Mais je n'ai rien emporté d'habillé… Je ne m'attendais pas…

– J'ai pris la liberté d'ajouter une robe et tes bottes. »

J'ai ouvert de grands yeux, mais le visage de Jason est resté impénétrable. Il mijotait quelque chose. Je le savais. Et, un instant, la mise en garde de Wayne m'est revenue. Peut-être Jason savait-il ce que j'avais fait. Il avait deviné que j'avais épié ses activités sur Internet, donc il… voulait me faire boire et manger jusqu'à ce que mort s'ensuive ? Il essayait de me mater à coups de spa dans des hôtels somptueux ?

Je me suis retirée dans notre moitié de suite, où j'ai enfilé la robe bleue chatoyante que Jason avait emportée pour moi, de même que des bottes en cuir noir. Je n'avais pas encore porté cette robe pour Wayne. Je me suis demandé si Jason le savait et j'ai ressenti le même malaise.

Puis Ree s'est engouffrée dans la chambre, tournoyant dans une robe rouge groseille parsemée de fleurs brodées et complétée par un énorme nœud dans le dos. « Maman, tu me coiffes. C'est l'heure du coiffeur, maman. Je veux être fabuleuse ! »

J'ai donc coiffé les cheveux de Ree en un chignon haut dont des mèches bouclées retombaient de part et d'autre de son visage. Et j'ai moi aussi vaporisé et coiffé mes boucles blondes, et même déniché un peu de maquillage emporté par mon astucieux mari pour notre escapade familiale. Je me suis maquillé les yeux, les joues et j'ai mis du brillant à lèvres. Seulement du brillant à lèvres à Ree, qui a fait la moue parce qu'elle était intimement persuadée que plus on mettait de maquillage, plus on avait de chances d'être « fabuleuse ».

Jason est apparu sur le seuil de la salle de bains. Il portait un pantalon noir que je n'avais jamais vu, une chemise lie-de-vin et une veste sport sombre. Pas de cravate. Les deux premiers boutons de sa chemise impeccablement repassée étaient ouverts et laissaient apparaître la colonne puissante de son cou. Et j'ai ressenti un frémissement au bas-ventre que je n'avais pas ressenti ces quatre derniers mois.

Mon mari est un homme séduisant. Très, très séduisant.

J'ai levé les yeux. Nos regards se sont croisés et j'ai à nouveau éprouvé ce sentiment bien réel, glaçant, viscéral.

J'avais peur de lui.

Jason avait envie de marcher. Il faisait un froid vivifiant en cette soirée de février, mais il ne pleuvait pas et les trottoirs étaient dégagés. L'idée a beaucoup plu à Ree, comme lui plaisait jusqu'à présent tout ce qui avait trait aux vacances en famille. Elle marchait entre nous, sa main gauche dans celle de Jason, la droite dans la mienne. Elle comptait jusqu'à dix, puis nous devions la soulever pour qu'elle puisse pousser des petits cris face aux passants que nous croisions.

Eux souriaient à cette famille sur son trente et un en vadrouille dans la grande ville.

Nous avons suivi la ligne rouge qui matérialisait la chevauchée de Paul Revere en direction de l'ancien parlement, puis nous avons tourné à gauche et longé le parc de Boston Common vers le quartier des théâtres. J'ai reconnu le Four Seasons où je passais mes nuits au spa et, en m'approchant, la main de ma fille dans la mienne, je n'ai pas pu regarder ses portes vitrées. J'avais trop l'impression de contempler une scène de crime.

Heureusement, Jason a tourné et nous sommes bientôt arrivés à un charmant petit restaurant où régnait une odeur d'huile d'olive fraîchement pressée et de chianti rouge rubis. Un maître d'hôtel en smoking nous a conduits à une table et un autre jeune homme en veste noire nous a demandé si nous désirions de l'eau plate ou gazeuse. J'allais dire de l'eau du robinet *quand Jason a répondu avec naturel que nous aimerions une bouteille de Perrier et, bien sûr, la carte des vins.*

J'ai regardé, éberluée, celui avec qui j'étais mariée depuis cinq ans, une nouvelle fois muette de stupeur, pendant que Ree se tortillait sur son siège en bois avant de découvrir la corbeille de pain. Elle a passé la main sous le linge qui le recouvrait et en a sorti un long gressin. Elle l'a cassé en deux, a visiblement apprécié le bruit et commencé à le dévorer à belles dents.

« Tu devrais mettre ta serviette sur tes genoux, lui a dit Jason. Comme ça. »

Il lui a montré l'exemple avec sa serviette et Ree a été assez impressionnée pour en faire autant. Puis Jason l'a aidée à rapprocher sa chaise de la table et lui a expliqué l'usage des différents couverts.

Le serveur s'est présenté. Il a versé d'élégantes flaques d'huile d'olive sur nos assiettes à pain, un rituel que Ree a reconnu pour l'avoir déjà vu dans les restaurants du North End que nous fréquentions habituellement. Elle s'est attelée à y tremper chaque morceau de pain du panier, pendant que Jason se retournait vers le serveur pour lui commander très posément une bouteille de dom-pérignon.

« Mais tu ne bois pas, ai-je protesté tandis que le serveur disparaissait une nouvelle fois après un hochement de tête approbateur.

– Est-ce qu'un verre de champagne te ferait plaisir, Sandra ?

– Peut-être.

– Alors j'aimerais en prendre un peu avec toi.

– Pourquoi ? »

Il s'est contenté de sourire et s'est replongé dans le menu. Pour finir, j'en ai fait autant, même si les idées se bousculaient dans ma tête. Peut-être qu'il allait m'enivrer. Et qu'ensuite, pendant que Ree aurait le dos tourné, il me pousserait dans le port. Pas de promenade au bord de l'eau en revenant à l'hôtel, me suis-je dit en sentant confusément l'hystérie monter en moi. Il fallait que je reste sur l'autre trottoir.

Ree a décidé qu'elle voulait des cheveux d'ange avec du beurre et du fromage. Elle a fait la fierté de ses parents en commandant d'une jolie voix claire et sans oublier de dire à la fois s'il vous plaît et merci. Moi, en revanche, j'ai bégayé comme une idiote, mais j'ai réussi à commander des Saint-Jacques avec un risotto aux champignons.

Jason a pris du veau.

Le champagne est arrivé. Le serveur l'a débouché discrètement avec une petite détonation délicate. Il l'a versé dans deux flûtes d'une extrême finesse qui mettaient en valeur les bulles pétillantes. Ree a déclaré que c'était la plus jolie boisson qu'elle ait jamais vue et qu'elle en voulait.

Jason lui a répondu qu'elle pourrait en avoir quand elle aurait vingt et un ans.

Ree a fait la moue, puis s'est remise à tremper du pain dans l'huile d'olive.

Jason a levé la première flûte. J'ai pris la seconde.

« À nous, a-t-il dit, et à notre bonheur à venir. »

370

J'ai hoché la tête et bu docilement une gorgée. Les bulles m'ont chatouillé le nez et je me suis dit, c'était complètement ridicule, que j'allais pleurer.

Jusqu'à quel point connaît-on la personne qu'on a épousée ? On échange des serments, des alliances, on construit une maison, on élève une famille. On dort côte à côte toutes les nuits, on voit si souvent le corps dénudé de son conjoint qu'il nous devient aussi banal que le nôtre. Parfois, on fait l'amour. Parfois, on sent les doigts de son mari dans son sexe, il nous pousse à nous rapprocher, nous montre d'aller plus vite, nous demande d'une voix grave : « Ça te plaît, ça ? C'est bon pour toi ? » Et pourtant, c'est le même homme qui se lèvera discrètement dans six heures pour faire des gaufres, le tablier à froufrou préféré de votre fille noué à la taille, avec peut-être même dans les cheveux une barrette en forme de papillon gracieusement fournie par l'enfant de quatre ans.

Si vous vous émerveillez d'autant de gentillesse, de la capacité de votre mari à être à la fois votre amant lubrique et le papa gâteau de votre fille, il n'y a qu'un pas à faire pour vous demander quels autres rôles il pourrait jouer, n'est-ce pas ? Quelles autres facettes de sa personnalité n'attendent qu'un signe pour s'exprimer ?

Pendant tout le dîner, Ree riait, Jason souriait et je sirotais du champagne. Je pensais à mon mari et à son absence de famille ou d'amis. Et je rebuvais du champagne. Je me souvenais de la facilité avec laquelle il m'avait convaincue de prendre un nouveau nom lorsque nous nous étions installés à Boston – tout cela dans le but de me protéger de mon père, avait-il prétendu à l'époque. Et je rebuvais du champagne. Je repensais à ses longues nuits devant l'ordinateur. Aux sites qu'il fréquentait et qu'il s'était donné tant de mal pour cacher. Et je me rappelais cette photo. Finalement obsédée, avec six mois de retard, par cette unique photo en noir et blanc d'un petit garçon terrifié, l'araignée noire et velue bien visible sur le torse dénudé de l'enfant.

Et je rebuvais du champagne.

Mon mari allait m'assassiner.

C'était maintenant tellement clair dans mon esprit que je ne comprenais pas pourquoi je ne l'avais pas vu plus tôt. Jason était un monstre. Peut-être pas un pédophile, peut-être quelque chose de pire. Un prédateur tellement détraqué qu'il restait indifférent à sa belle et jeune épouse, tout en collectionnant lascivement d'horribles images d'enfants terrorisés.

J'aurais dû écouter Wayne. J'aurais dû lui dire où nous allions, sauf que je n'avais jamais pensé à le demander. Non, j'avais fait confiance à mon mari, je l'avais laissé me conduire à l'abattoir sans chercher à connaître le moindre détail. Moi qui avais passé toute mon enfance à apprendre qu'on ne peut se fier à personne.

J'ai rebu du champagne, promené les Saint-Jacques grillées dans mon assiette. Je me demandais ce qu'il dirait à Ree quand tout serait fini. Un accident se serait produit. Maman ne reviendrait plus à la maison. Je suis désolé, chérie, vraiment désolé.

J'ai servi un deuxième verre de champagne à Jason. Il ne buvait pas souvent. Peut-être que si j'arrivais à l'enivrer assez, il raterait son coup et tomberait lui-même dans le port. Ce ne serait que justice, non ?

Jason a terminé son plat. Ree aussi. Le serveur en veste noire s'est présenté, prêt à emporter nos assiettes. Il m'a regardée avec une grande consternation.

« Ce n'était pas à votre goût ? Puis-je vous proposer autre chose ? »

Je l'ai renvoyé en prétextant vaguement que j'avais beaucoup mangé au déjeuner. Jason m'observait, mais n'a pas relevé ce mensonge. Ses cheveux bruns étaient tombés sur son front. Il avait un air canaille avec le col de sa belle chemise ouvert, les boucles ébouriffées de ses cheveux épais, ses yeux sombres et impénétrables. D'autres femmes l'admiraient sans doute quand elles croyaient que je ne regardais pas. Peut-être que tout le monde nous admirait. Regardez-moi cette famille magnifique avec cette belle petite fille si bien élevée.

Ne formions-nous pas un charmant tableau ? La petite famille idéale, si seulement nous survivions à la nuit.

Ree a voulu de la glace pour le dessert. Le serveur l'a accompagnée au présentoir pour choisir un parfum. J'ai rempli la flûte de Jason à ras bord avec la fin de la bouteille de champagne. Il avait à peine touché son deuxième verre. Très déloyal de sa part, me suis-je dit.

« Je propose un toast », ai-je déclaré, tout à fait pompette à présent et d'humeur à faire des bêtises.

Il a hoché la tête, levé son verre.

« *À nous, ai-je dit. Pour le meilleur et pour le pire, dans la richesse ou la pauvreté, la santé ou la maladie.* »

Je m'en suis jeté un coup derrière la cravate. Et j'ai regardé mon mari prendre une gorgée plus mesurée.

« *Alors, qu'est-ce qu'on va faire d'autre pendant ces vacances en famille ? ai-je demandé.*

– Je me disais qu'on pourrait visiter l'aquarium, peut-être faire un tour de la ville en tramway, jeter un œil à Newbury Street. Ou, si tu préfères, on pourrait aller au musée, ou encore réserver un ou deux soins au spa.

– Pourquoi tu fais ça ?

– Qu'est-ce que tu veux dire ?

– Pourquoi tu fais ça *? ai-je demandé en désignant le restaurant d'un geste de la main, ce qui m'a fait renverser du champagne. L'hôtel hors de prix, le grand restaurant. Les vacances en famille. On n'avait jamais fait ce genre de choses.* »

Il n'a pas répondu tout de suite, mais tourné sa flûte de champagne entre ses doigts.

« *Peut-être qu'on aurait dû le faire plus tôt, a-t-il enfin expliqué. Peut-être qu'on passe trop de temps à survivre, toi et moi, et pas assez à profiter de la vie.* »

Ree est revenue, tenant d'une main le bras du serveur et de l'autre la plus grosse coupe de glace du monde. Apparemment, s'arrêter sur un parfum avait été trop difficile, alors elle en avait choisi trois. Le serveur nous a fait un clin d'œil et a distribué trois cuillères avant de s'éclipser sans un mot.

Jason et Ree se sont jetés dessus. Je me suis contentée de les regarder, l'estomac retourné, avec le sentiment d'une femme condamnée qui monte à la guillotine et attend que le couperet tombe.

Jason a appelé un taxi pour rentrer à l'hôtel. Ree en était au point où le sucre de la glace se télescopait avec l'heure tardive pour produire une enfant hyper-grincheuse. Je n'étais plus très stable sur mes pieds à ce moment-là. Les trois verres de champagne m'étaient directement montés à la tête.

Jason ne m'a pas semblé très vif quand il a ouvert la porte du taxi et essayé de faire monter Ree, mais je n'étais pas sûre. C'était l'homme le plus maître de lui-même que je connaissais et deux verres d'alcool semblaient produire peu d'effet sur lui.

Nous avons réussi à regagner l'hôtel, à retrouver notre chambre. J'ai enlevé sa jolie robe à Ree pour lui passer sa chemise de nuit Ariel. Une femme de chambre avait comme par enchantement transformé le canapé en lit, puis l'avait recouvert d'épaisses couvertures, de quatre oreillers et de deux chocolats dans du papier doré. Ree a mangé les chocolats pendant que je partais à la recherche de sa brosse à dents, puis elle a essayé de planquer les emballages sous l'oreiller. Sa supercherie aurait mieux marché si elle ne s'était pas barbouillé du chocolat tout autour de la bouche.

Je l'ai conduite dans la salle de bains pour se laver le visage, se brosser les dents et les cheveux. Elle n'a presque pas arrêté de pousser des petits cris, de geindre et de râler. Puis je l'ai raccompagnée dans ses appartements et couchée avec Doudou Lapine bien au chaud dans les bras. Ree avait mis douze livres dans la valise. Je lui en ai lu deux et ses paupières étaient déjà bien lourdes quand j'ai fini la dernière phrase.

J'ai mis la lampe du bureau en veilleuse, puis je suis sortie de la chambre à pas de loup en laissant la porte à peine entrouverte derrière moi. Elle ne s'est pas plainte, signe infaillible de succès.

Dans la grande chambre, j'ai trouvé Jason paresseusement allongé sur le lit. Il avait enlevé ses chaussures, jeté sa veste sur une chaise. Il regardait la télé, mais l'a éteinte à mon arrivée.

« Comment elle est ? a-t-il demandé.

– Fatiguée.

– Elle s'est très bien tenue ce soir.

– C'est vrai. Merci.

– Tu as passé une bonne soirée ?

– Oui. Vraiment. »

Je me suis approchée du lit, gênée, incertaine de ce que je devais faire, de ce qu'on attendait de moi. Le champagne m'avait rendue lasse. Mais ensuite j'ai regardé mon mari, son long corps mince étendu sur le luxueux édredon blanc, et ce que j'ai ressenti n'avait rien à voir avec de l'épuisement. Ne sachant quoi faire de moi-même, je suis restée plantée là, à me tordre les mains.

« Assieds-toi, m'a-t-il dit. Je vais t'aider à enlever tes bottes. »

Je me suis assise au bord du lit. Il s'est levé, s'est agenouillé devant moi et a pris la première botte entre ses mains. Ses doigts ont lentement fait coulisser la fermeture Éclair le long de mon mol-

let en prenant soin de ne pas accrocher la peau. Il m'a délicate-
ment enlevé la botte droite, est passé à la gauche.

Penchée en arrière, je sentais ses doigts chuchoter sur mes mol-
lets, ses mains prendre le talon de mon pied nu pour m'enlever mes
bas voiles. M'avait-il jamais touché les jambes ? Peut-être quand
j'étais enceinte de neuf mois et que je ne voyais plus mes pieds.
Mais je peux vous dire que ça ne m'avait pas fait le même effet. Je
m'en serais souvenue.

Je n'avais plus de bas et pourtant il laissait ses doigts sur ma
peau. Il a passé son pouce sur ma voûte plantaire. J'en ai presque
sursauté, mais son autre main maintenait mon pied en place.
Puis ses deux pouces se sont mis à bouger, à faire des choses abso-
lument délicieuses et je me suis cambrée, j'ai poussé un petit gémis-
sement sous la volupté de ce massage des pieds après une longue
soirée en bottes de cuir serrées.

Il est passé de mon pied droit à mon pied gauche, puis ses doigts
sont remontés sur mes mollets, ont trouvé de petits nœuds, massé.
Je sentais son souffle derrière mon genou, le murmure de sa bouche
qui effleurait l'intérieur de ma cuisse. Ces sensations me laissaient
paralysée, incapable de bouger, de crainte de rompre le charme.

Si j'ouvrais les yeux, il allait disparaître et je me retrouverais de
nouveau seule. Si je prononçais son nom, il reviendrait à lui et se
précipiterait au rez-de-chaussée vers ce foutu ordinateur. Il ne fal-
lait pas que je bouge. Pas que je réagisse.

Et pourtant mes hanches commençaient à remuer toutes seules
et j'avais une conscience aiguë de chaque contact de ses doigts
rugueux, du chatouillis de ses cheveux ondulés, de la douceur
soyeuse de ses joues rasées de frais. Le champagne me réchauffait
le ventre. Ses mains me réchauffaient la peau.

Alors il s'est levé et s'en est allé.

Je me suis mordu les joues pour arrêter de gémir. Des larmes
m'ont picoté le coin des yeux et, à cet instant, j'ai éprouvé ma soli-
tude de manière plus cuisante que pendant toutes ces nuits où il
quittait notre lit. Ce n'est pas juste, *ai-je eu envie de hurler.*
Comment tu peux faire ça ?

Mais alors j'ai entendu le déclic de la porte qui se fermait entre
notre chambre et celle où dormait Ree. Le raclement de la chaînette
de la porte principale qu'il tirait.

Puis le lit s'est creusé quand il est revenu vers moi, qu'il s'est
allongé à côté de moi. En ouvrant les yeux, j'ai découvert celui

avec qui j'étais mariée depuis cinq ans qui me regardait. Ses yeux sombres n'étaient plus si calmes, si impénétrables. Il semblait nerveux, peut-être même timide.

Mais il m'a demandé, de cette voix posée que je connaissais si bien : « Est-ce que je peux t'embrasser, Sandra ? »

J'ai fait signe que oui.

Mon mari m'a embrassé, avec lenteur, avec prévenance, avec douceur.

J'ai enfin compris que mon mari m'avait entendue l'autre nuit. Il n'essayait pas de me tuer. Au contraire, il m'offrait un deuxième enfant.

Il y a des choses qu'on regrettera toujours de ne pas avoir su avant. Si on avait parlé plus tôt, avant que le mensonge ne prenne trop de place. Ou si on avait eu le courage d'avoir cette conversation dès le début, avant que, du fait même qu'elle n'avait pas eu lieu, elle ne devienne insurmontable.

J'ai fait l'amour avec mon mari. Ou plutôt, nous avons fait l'amour l'un avec l'autre. Et ce fut lent, délicat, attentionné. Au bout de cinq ans, il nous fallait encore apprendre à connaître le corps de l'autre, à savoir que tel soupir signifiait que j'avais fait quelque chose de bon tandis que tel autre indiquait qu'il était temps de calmer le jeu.

J'ai eu l'impression que, de nous deux, c'était moi qui avais le plus d'expérience. Et pourtant, il était important que ce soit lui qui dirige. Si j'allais trop fort, trop vite, ce serait fini. Un interrupteur serait actionné et nous reviendrions à la case départ, deux étrangers qui partageaient un lit.

J'ai donc laissé ses doigts danser sur ma peau tout en découvrant les contours secs de ses côtes sous mes doigts, ses flancs musclés, la fermeté de ses fesses. Il y avait des balafres dans son dos, des sortes de cicatrices. Mais si j'essayais de les toucher, il avait un mouvement de recul, alors je me suis contentée de passer mes doigts dans les tourbillons de poils légers sur son torse, sur ses épaules, larges et solides.

Je me délectais du contact de son corps et j'espérais qu'il trouvait une satisfaction quelconque dans le mien. Puis il s'est approché du haut de mes cuisses et j'ai écarté les jambes avec bonheur, je me suis cambrée, je l'ai pris en moi. Au premier instant de pénétration, il se peut que j'aie crié, il se peut que je l'aie désiré à ce point-là.

Ensuite, il bougeait, je bougeais et nous n'avions plus besoin de faire attention, plus besoin d'être gênés. Tout était comme cela devait être et tout semblait bien.

Je l'ai serré dans mes bras, après. J'ai posé ma tête sur son épaule et j'ai caressé ses cheveux. Il n'a pas parlé et ses joues étaient mouillées, de sueur ou peut-être d'autre chose. J'ai aimé rester allongée comme ça avec lui, nos jambes entrelacées, nos souffles mêlés.

J'ai peut-être couché avec beaucoup d'hommes, mais j'ai dormi avec très peu et j'ai eu l'impression que je devais bien cela à mon mari.

Je me suis endormie en me disant que ces vacances en famille étaient une idée épatante.

Et j'ai été réveillée par un cri rauque.

Mon mari se balançait d'avant en arrière à côté de moi. Dans le noir, je sentais ses mouvements plus que je ne les voyais. Il semblait étroitement roulé en boule, en proie à un cauchemar. Je lui ai touché l'épaule. Il a eu un sursaut.

« Jason ? » ai-je murmuré.

Il a gémi plus bas, en s'éloignant de moi.

« Jason », ai-je essayé à nouveau, plus fort maintenant, mais pas trop pour ne pas réveiller Ree. « Jason, réveille-toi. »

Il se balançait sans fin.

J'ai posé les deux mains sur son dos et je l'ai secoué violemment. Il est sorti du lit comme une flèche et a traversé la pièce, heurté un fauteuil à oreillettes, trébuché sur un lampadaire.

« Ne t'avise pas de me toucher ! a-t-il crié en se jetant dans un coin. Je t'ai tuée ! Tu es morte, morte, morte. »

J'étais sortie du lit, les mains tendues comme pour prendre appui. « Chut, chut, Jason, ce n'est qu'un rêve. Réveille-toi, chéri, je t'en prie. Ce n'est qu'un rêve. »

Je me suis penchée pour allumer la lampe de chevet en espérant que la clarté soudaine lui rendrait ses esprits.

Il a détourné le visage et attrapé le rideau qu'il a mis devant son corps comme pour masquer sa nudité.

« Va-t'en, a-t-il gémi. S'il te plaît, va-t'en, va-t'en. »

Mais je suis restée. J'ai fait un pas vers lui. Puis un autre. Je voulais à toutes forces que mon mari se réveille, et que ma fille continue à dormir.

Enfin, très lentement, il s'est tourné vers moi.

J'ai eu le souffle coupé en regardant ses yeux sombres immenses, encore dilatés par la peur, effarés de terreur. Quelque chose a fait tilt dans un coin de ma tête et toutes les pièces du puzzle ont enfin trouvé leur place.

« Oh, Jason », ai-je murmuré.

Je venais de comprendre que j'avais commis une terrible, terrible erreur.

34

L E TAXI S'ARRÊTA devant chez Aidan peu après dix heu-res du soir. Aidan ne descendit pas immédiatement. Il prit le temps de compter une liasse de billets froissés tout en observant à la dérobée les buissons alentour, à l'affût des ennuis. Cette ombre imposante était-elle le rhododen-dron de Mme H. ou un autre gros dur du garage de Vito ? Et ce recoin sombre sur la droite ? Encore des paparazzis planqués dans les arbres ? Et toute cette rue plongée dans l'ombre qui s'ouvrait derrière lui. Peut-être que quelque part, de ce côté, Jason Jones était prêt à l'achever.

Et merde. Vas-y.

Aidan balança douze dollars au chauffeur, attrapa son linge et descendit tant bien que mal du taxi, les clés de la maison en main. Il remonta l'allée tandis que le taxi tour-nait encore au ralenti à sa place. Aidan lâcha les sacs-pou-belle, inséra la clé dans la serrure et réussit à ouvrir la porte du premier coup, même s'il avait les mains qui trem-blaient et qu'il était saturé d'adrénaline et de peur au point de ne pratiquement plus se maîtriser.

Il entendit le taxi accélérer, s'éloigner. *Bouge, bouge, bouge.*

Il poussa la porte, jeta les sacs de linge à l'intérieur, referma d'un coup de pied derrière lui, s'y adossa pour faire bonne mesure tout en se débattant avec la serrure qu'il finit par refermer.

Il s'affaissa alors, se laissa glisser le long de la porte, ter-rassé de soulagement. Il était encore en vie. Aucun gros dur ne l'avait agressé, aucun voisin ne manifestait devant chez lui et aucun paparazzi n'épiait par ses fenêtres. Les lyncheurs n'étaient pas encore là.

Il se mit à rire, un rire rauque, peut-être un tantinet hystérique, parce que, sérieusement, il n'avait pas été dans un tel état de nerfs depuis la prison. Alors qu'il était maintenant un homme libre – que pouvait-il encore attendre ? Quand aurait-il jamais fini de purger sa peine ?

Il s'obligea à se relever, prit son linge, se coltina les sacs dans le couloir. Il fallait qu'il fasse ses valises. Qu'il dorme. Qu'il se tire de là. Qu'il devienne quelqu'un d'autre. De préférence quelqu'un de meilleur. Le genre de type honnête et droit qui peut dormir la nuit.

Il entra dans le séjour, laissa tomber les sacs-poubelle sur le canapé à fleurs. Il se tournait vers la salle de bains lorsqu'il prit conscience du vent sur son visage. Il sentit un courant d'air traverser le petit salon.

La porte vitrée coulissante était ouverte.

Aidan réalisa qu'il n'était pas seul.

D.D. finissait d'expédier de la paperasse lorsque son portable carillonna à sa ceinture. Elle reconnut le numéro de Wayne Reynolds et porta le téléphone à son oreille.

« Commandant Warren.

– Vous n'avez pas le bon ordinateur, dit Wayne d'une voix légèrement essoufflée, comme s'il courait.

– Pardon ?

– J'ai reçu un message d'Ethan. Ce gamin est plus fort qu'on ne croyait. Il a envoyé à Sandy un message infecté avec un cheval de Troie...

– Un quoi ?

– C'est une sorte de virus qui permet d'accéder au disque dur de quelqu'un d'autre. Vous savez, un petit message sympa grâce auquel l'expéditeur franchit les portes...

– Oh, merde, dit D.D.

– C'est mon neveu. Apparemment, il trouvait que je ne réagissais pas assez vite pour protéger Sandy de son mari, alors il a pris des mesures pour découvrir lui-même les activités de Jason sur Internet. »

D.D. entendit des bruits de pas saccadés dans un escalier. « Mais vous êtes où, Wayne ?

– Au labo. Mais je viens de raccrocher avec Ethan et je file à ma voiture. Je lui ai dit que je passais le prendre et qu'on vous retrouvait là-bas.

– Où ça, là-bas ? demanda D.D., éberluée.

– Voilà ce qui se passe : Ethan a toujours accès à l'ordinateur de Sandy et, d'après lui, au cours de ces dernières quarante-huit heures, plus d'une douzaine d'utilisateurs se sont servis de cet ordinateur pour effectuer diverses recherches en ligne.

– Ça fait partie des investigations sur le disque dur ? Les techniciens ont refait les itinéraires de Jason sur Internet ?

– En aucun cas. Jamais on ne travaille sur la source. Si vos types avaient l'ordinateur de Jason, on ne devrait voir aucune activité.

– Je ne comprends pas.

– Vous n'avez pas son disque dur. Il a fait un échange sous votre nez. Il a remplacé soit les entrailles de l'ordinateur, soit peut-être tout le bazar. Je ne sais pas ; faut le voir pour le croire. En attendant, il a planqué le véritable ordinateur dans un endroit carrément génial.

– Où ça ? Bon sang, je vais obtenir un mandat dans les vingt minutes qui viennent !

– Au *Boston Daily*. Ethan peut lire les adresses Internet des utilisateurs, ils ont tous des comptes au *Boston Daily*. A *priori*, Jason a planqué son ordinateur dans la salle de rédaction, probablement sur un poste de travail collectif. Je dois reconnaître que ce salaud est malin. »

En bruit de fond, le gémissement d'une porte coupe-feu métallique poussée avec vigueur et qui se refermait en claquant : Wayne quittait le bâtiment.

D.D. entendit un cliquetis de clés, les pas lourds de Wayne sur le parking. Elle ferma les yeux, essaya d'analyser cette information, d'en prévoir les conséquences juridiques. « Merde, conclut-elle. Je ne vois pas un seul juge qui m'autoriserait à saisir tous les ordinateurs d'un grand média.

– Inutile.

– Inutile ?

– En ce moment même, Ethan surveille l'activité de l'ordinateur depuis l'iPhone de sa mère. Dès qu'un utilisateur se connecte, il peut lire l'adresse mail. Donc la seule chose qu'on ait à faire, c'est d'être sur place, de localiser l'utilisateur à qui appartient cette adresse mail et là où cette personne sera assise, vous aurez votre ordinateur. » Il y eut un autre bruit assourdi, puis un bref : « Un instant, j'ouvre ma portière. »

En bruit de fond, un grincement de portière qui s'ouvre, puis claque. D.D., debout, attrapait son blouson. Il fallait qu'elle prépare un mandat en quatrième vitesse, qu'elle trouve une manière concise de définir un périmètre de perquisition aussi avant-gardiste, puis décide quel juge appeler à cette heure tardive...

« Bon, reprit Wayne. Je passe prendre Ethan. Vous passez prendre le mandat. On se retrouve là-bas.

– *Je* passe prendre Ethan, corrigea-t-elle en sortant du bureau. Miller ira chercher le mandat. Vous, vous ne devez pas être là.

– Mais...

– Vous ne pouvez pas rester seul avec un témoin, ni dans la même pièce que l'ordinateur du suspect. Conflit d'intérêts, falsification de preuves, subornation de témoin. Il faut que je continue ?

– Bordel, explosa Wayne. Je n'ai rien fait à Sandra ! C'est moi qui vous ai appelée, vous vous souvenez ? Et puis, c'est de mon neveu qu'il s'agit. Le gosse est carrément terrorisé !

– Dites-moi que vous n'avez jamais couché avec Sandra Jones, répondit D.D. sans s'émouvoir.

– Allez, je suis déjà en voiture. Laissez-moi au moins accompagner Ethan. Il n'a que treize ans, bon sang. C'est un enfant.

– Je ne peux pas.

– Vous ne *voulez* pas.

– Je ne peux pas.

– Trop dur. Mais j'ai encore le droit d'aller chez ma sœur.

– Ne vous avisez pas... », commença D.D. Mais elle n'eut jamais l'occasion de finir.

Elle entendit le grondement du moteur qui démarrait lorsque Wayne tourna la clé. Puis un étrange petit déclic.

Lui aussi l'entendit.

« *Non, merde !* » hurla le criminologue.

Puis sa voiture explosa au milieu du parking du laboratoire d'analyses.

D.D. laissa son téléphone tomber par terre. Figée, elle tenait son oreille qui bourdonnait en criant à Wayne de sortir, sortir, même s'il était bien sûr beaucoup trop tard.

Effervescence dans le service. Quelqu'un dit à D.D. de s'asseoir. Puis leurs bipers commencèrent à sonner. *Officier à terre, officier à terre.*

Ethan, pensa-t-elle.

Il fallait qu'ils aillent chercher Ethan. Avant que Jason Jones ne s'en charge.

Aidan Brewster n'implora pas.

Peut-être l'aurait-il fait à une époque. Il se serait battu pour vivre, il aurait expliqué qu'il valait encore quelque chose, qu'il était un jeune homme plein de potentiel. Mince, dès qu'il passait sous le capot d'une voiture, les mains dans le moteur...

Mais il était las. Las d'avoir peur, de se sentir traqué. Mais surtout las de regretter une fille dont il n'aurait pour commencer jamais dû tomber amoureux.

Alors, il resta au milieu du séjour. Juste à côté du canapé à fleurs, la main sur le napperon au crochet préféré de Mme H.

Le pistolet apparut devant lui, visa son ventre.

Finis les soucis, se dit Aidan.

Il pensa à Rachel. Dans sa tête, elle souriait. Elle lui tendait les bras et, cette fois-ci, quand il lui prenait les mains, elle ne pleurait pas.

Le pistolet tira.

Aidan tomba par terre.

Mourir prenait plus de temps qu'il ne l'aurait cru. Cela l'énerva alors, au dernier moment, il se retourna sur le ventre, essaya de ramper vers le téléphone.

La deuxième balle l'atteignit dans le dos, entre les omoplates.

Eh ben, merde, se dit Aidan. Et il ne bougea plus.

Jason éteignit sa lampe-torche. Il prit le lourd objet métallique en guise d'arme et se dirigea prudemment vers l'escalier branlant. Le couloir allumé projetait une nappe de lumière sur le sol de la chambre. Il s'en servit comme d'une cible en posant son pied gauche sur le premier barreau de l'échelle, puis le droit. La première marche craqua, l'échelle du grenier tremblait, instable sous son poids.

Tant pis. Il descendit précipitamment en se laissant glisser, atterrit avec un bruit mat et roula au sol dans la grande chambre plongée dans l'obscurité. Puis il se releva, prêt à se ruer dans la chambre de sa fille et à se battre pour la sauver.

Et se retrouva nez à nez avec sa femme.

« J E NE COMPRENDS PAS, bredouilla-t-il.
– Je sais.
– Tu es vivante ? Je ne rêve pas ? Où tu étais ? »

Elle lui prit la lampe-torche. Jason s'aperçut après coup qu'il la brandissait devant lui et menaçait ainsi sa femme qui, apparemment, venait de ressusciter.

Elle était entièrement vêtue de noir. Pantalon noir, chemise noire. C'étaient des vêtements qu'il ne lui connaissait pas, de mauvaise qualité, mal ajustés. Il vit alors qu'il y avait aussi une casquette de base-ball noire sur le lit. La tenue idéale pour se déplacer furtivement. Mais est-ce qu'elle arrivait ou est-ce qu'elle partait ? Pourquoi n'arrivait-il pas à comprendre ce qui se passait ?

« J'ai vu les infos », expliquait-elle.

Jason la regarda sans rien dire.

« Mon père est passé au journal de dix-sept heures en disant qu'il méritait qu'on lui attribue la garde de Ree. J'ai compris qu'il fallait que je revienne.

– Il prétend que tu es une menteuse, murmura Jason. Que ta mère était une femme bien sous tous rapports et que le seul défaut de ton père était d'aimer sa femme davantage que sa fille.

– Il a dit *quoi* ? demanda Sandy vivement.

– Que tu étais perturbée, que tu buvais, que tu couchais avec n'importe qui, que tu as peut-être subi plusieurs avortements. »

Elle rougit, mais ne dit pas un mot.

« Que tes parents étaient des gens respectables. Que tu étais simplement jalouse de ta mère, et ensuite furieuse de sa mort prématurée. Donc, tu as fui ton père et plus tard… tu m'as fui, moi. Tu nous as quittés. » Il était surpris, maintenant qu'il prononçait ces mots à voix haute, de constater à quel point ils lui faisaient mal. « Tu m'as quitté et tu as quitté Ree.

– Je ne voulais pas partir, répondit immédiatement Sandy. Il faut que tu me croies. Il s'est passé quelque chose d'affreux. Il ne m'a peut-être pas tuée mercredi soir, mais ce n'était qu'une question de temps. Si j'étais restée, s'il avait su où me trouver. Je… je ne savais pas quoi faire. Le mieux semblait de disparaître un moment. Si je disparaissais, il ne pourrait plus me vouloir. Cela résoudrait tout.

– Qui ? Comment ? Mais de quoi tu parles ?

– Chut. »

Elle lui prit les mains et ce premier contact le fit sursauter. Il ignorait si cette sensation de ses doigts sur sa peau était la pire ou la meilleure chose qui lui soit jamais arrivée. Il avait eu envie d'elle. Il avait prié pour qu'elle rentre. Il avait désespéré qu'elle revienne. Et voilà qu'il avait envie de serrer ses doigts autour de sa gorge blanche pour la faire souffrir autant que son départ l'avait fait souffrir, lui…

Elle dut le lire en partie dans ses yeux parce qu'elle resserra son étreinte sur ses mains, au point de lui faire mal. Elle l'attira vers le lit et, après un instant, il la suivit. Ils s'assirent au bord du matelas, un couple qui retrouvait son lit conjugal, et rien de tout cela n'avait encore de sens pour lui.

« Jason, j'ai fait une connerie.

– Tu es enceinte ?

– Oui.

– De moi ?

– Oui.

– Depuis… les vacances en famille ?

– Oui. »

Il respira enfin. Ses épaules se détendirent. Il était dérouté, mais moins blessé. Il repoussa les mains de Sandy parce qu'il avait besoin de la toucher. Voilà ce qu'il avait rêvé de faire, ce qu'il avait voulu faire depuis qu'il avait appris la nouvelle.

Il posa ses doigts sur la taille fine de sa femme, en quête d'un signe qu'elle s'arrondissait. Qu'il y avait là un petit miracle. Une vraie vie. Une vie qu'ils avaient conçue ensemble et, du moins de son côté, avec amour.

« Tu as toujours le ventre plat, murmura-t-il.

– Chéri, ça ne fait que quatre semaines. »

Il leva finalement les yeux. Il la regarda et remarqua ses yeux bleus cernés, ses pommettes émaciées. Il vit une trace d'hématome au-dessus de sa tempe droite. Une coupure enflée sur sa lèvre supérieure. Les mains de Jason bougeaient toutes seules, passaient de son ventre à sa taille, à ses épaules, ses bras, ses jambes. Il fallait qu'il tâte chaque partie de son corps pour s'assurer qu'elle était là tout entière, intacte, en bonne santé. Qu'elle était saine et sauve.

« Il a fallu que j'apprenne que tu étais enceinte par la police. D'un commandant qui est à deux doigts de m'envoyer au peloton d'exécution.

– Je suis désolée. »

Il appuya encore un peu plus là où ça faisait mal. « Si on m'avait arrêté, Ree serait devenue pupille de l'État. Elle aurait été placée.

– Jamais je n'aurais laissé une chose pareille se produire. Jason, il faut que tu me croies. Je savais que je prenais un risque en disparaissant. Mais je savais aussi que tu t'occuperais bien de Ree. Tu es la personne la plus solide que je connaisse. Je n'aurais jamais fait ça, autrement.

– De me laisser accuser du meurtre de ma femme enceinte ? »

Elle eut un pauvre sourire. « Quelque chose de ce genre.

– Tu me détestes ? murmura-t-il.

– Non.

– Notre petite famille t'est à ce point odieuse ?

– Non.

– Tu préfères l'autre ? »

Elle hésita et ça aussi, il le sentit – une autre meurtrissure qu'il faudrait soigner dans les jours et les nuits à venir.

« Je l'ai cru, dit-elle enfin. Mais ensuite, je me suis dit que mon mari s'appelait Jason Jones. Alors, j'imagine que nous sommes tous les deux très doués pour vouloir ce que nous ne pouvons pas avoir. »

Il grimaça, puis se força à hocher la tête. Voilà à quoi ça se résumait finalement. Il avait inauguré leur mariage par un mensonge, alors si elle choisissait d'y mettre fin par un autre, comment pouvait-il lui jeter la pierre ?

Il éloigna ses mains du corps de Sandra. Il se leva, redressa les épaules, s'arma de courage pour ce qui allait forcément suivre. « Tu es revenue pour Ree, conclut-il. Pour que ton père ne puisse pas l'avoir. »

Mais Sandra secoua la tête. Elle leva la main vers la joue de Jason pour l'essuyer.

« Non, Jason. Tu ne comprends toujours pas. Je suis revenue pour vous deux. Je t'aime, Joshua Ferris. »

D.D. quitta Roxbury en un temps record. Toutes sirènes hurlantes et gyrophares allumés, la totale. En même temps, elle demandait par radio que des agents se rendent immédiatement chez les Hastings. Elle voulait qu'Ethan Hastings soit placé sous bonne surveillance policière et plus vite que ça.

Elle voulait en outre qu'on dépêche des enquêteurs sur l'attentat au laboratoire de police criminelle, même si ça faisait chier l'État. Wayne Reynolds était certes un de leurs agents, mais il était aussi témoin pour la police de Boston et c'était sans aucun doute à cause de ce qu'il savait sur Sandra Jones qu'il s'était fait descendre.

Par ailleurs, elle voulait qu'on envoie des agents dans les locaux du *Boston Daily*. Pas un ordinateur ne devait être touché avant qu'ils aient reparlé avec Ethan Hastings.

Enfin, elle avait des consignes formelles à transmettre aux deux agents qui surveillaient la maison des Jones. Si Jason Jones faisait ne serait-ce qu'entrouvrir sa porte, il fallait l'arrêter. Pour vagabondage, contraventions impayées, peu importe. Mais il ne devait pas quitter l'enceinte de sa maison sans une paire de menottes aux poignets.

Ils venaient de perdre un homme et elle était hors d'elle.

Ce qui ne s'arrangea pas vraiment lorsque le central reprit contact pour l'informer que deux agents étaient arrivés chez les Hastings, mais que l'enfant de treize ans ne se trouvait malheureusement pas dans sa chambre et que ses parents n'avaient aucune idée de l'endroit où il avait pu aller.

Vingt-trois heures passées de trois minutes : Ethan Hastings s'était volatilisé.

« Comment tu as finalement compris ? demandait Jason à sa femme.

– Ton anniversaire. En installant le logiciel pour l'iPod sur l'ordinateur, je suis tombée sur une photo dans la corbeille.

– Laquelle ?

– Tu étais tout nu, tu avais été tabassé. Tu avais une mygale sur la poitrine. »

Jason hocha la tête. Il regardait par terre. « C'est ça, le plus dur, souffla-t-il. D'un côté, ça fait plus de vingt ans. Je me suis enfui. Le passé appartient au passé. Mais, d'un autre côté, ce type a fait tellement de photos... et de films. Il les vendait. C'était sa façon de gagner de l'argent. Vendre de la pornographie enfantine à d'autres pédophiles qui continuent bien sûr à revendre les images, indéfiniment. Il y a tellement d'images en circulation, dans des centaines de pays, sur des dizaines de milliers de serveurs. Je ne sais pas comment les récupérer. Je ne pourrai jamais les récupérer toutes.

– Tu as été enlevé, dit-elle doucement.

– En 1985. Pas la bonne année pour moi.

– Quand t'es-tu enfui ?

– Trois ou quatre ans plus tard. Je me suis lié d'amitié avec une vieille voisine, Rita. Elle me laissait venir chez elle.

– Et l'homme a accepté de te laisser partir ?

– Oh, non ! Il est venu me chercher. Il a ligoté Rita et m'a tendu le pistolet en m'ordonnant de la tuer. C'était ma punition pour lui avoir désobéi.

– Mais tu ne l'as pas fait.

– Non, répondit-il en levant finalement les yeux vers elle. J'ai tiré sur lui. Et ensuite, quand il est tombé, j'ai continué à le cribler de balles, histoire d'enfoncer le clou.

– Je suis désolée. »

Il haussa les épaules. « Ça fait longtemps. J'ai tué le type. La police m'a rendu à ma famille. Le dossier a été clos et on m'a dit de reprendre le cours de ma vie

– Est-ce que ta famille a été dure avec toi ? Est-ce que ce qui était arrivé, ce que tu avais été obligé de faire les avait rendus amers ?

– Non. Mais ils étaient normaux. Et moi... non. »

Il la regarda d'un air songeur. À l'intérieur, la chambre était plongée dans les ténèbres. À l'extérieur, les journalistes bombardaient la façade de leur maison avec mille watts de projecteurs. Il trouvait que c'était en quelque sorte une bonne image de la situation. Ils étaient comme deux gamins planqués sous les couvertures qui se racontent d'effrayantes histoires de fantômes bien après le coucher des adultes. Ils auraient dû faire cela le premier soir, il le comprenait à présent. Les autres couples partent en lune de miel. Eux auraient dû faire exactement cela.

Il sentait la jambe de Sandy contre la sienne, leurs doigts entrelacés. Sa femme, assise à côté de lui. Il avait envie de la garder là.

Il reprit : « Un jour, tu m'as dit qu'on ne peut pas effacer le passé. Qu'on ne peut plus oublier ce qu'on sait. Tu avais raison. Nous sommes marqués, toi et moi. Même au milieu d'une pièce pleine de gens, nous aurons toujours l'impression d'être seuls. Parce que nous savons des choses que les autres ne savent pas, parce que nous avons un jour fait des choses ou on nous a fait faire des choses que les autres n'ont jamais eu à faire.

» La police m'a renvoyé chez moi, mais, même pour mes parents, je ne pouvais pas d'un coup de baguette magique redevenir un vrai petit garçon. C'était une source de détresse pour eux. Alors, au matin de mon dix-huitième anniversaire, quand j'ai touché l'héritage que Rita m'avait laissé, je suis parti. Être Joshua Ferris ne paraissait pas une bonne idée. Alors j'ai pris un autre nom. Puis un autre, et un autre. Je suis devenu une sorte d'expert en création de nouvelle identité. Ça me tranquillisait. »

Sandra lui caressa le dos de la main. « Joshua… »

– Jason, s'il te plaît. Si j'avais voulu être Joshua, je serais resté en Géorgie. Je suis venu ici, nous sommes tous les deux venus ici, et ce n'est pas pour rien.

– Mais c'est ça que je ne comprends pas ! s'exclama-t-elle. Tu dis toi-même que nous avons beaucoup en commun. Alors pourquoi ne m'as-tu jamais raconté tout ça ? Surtout quand tu as su pour ma mère. Tu aurais bien pu m'en parler à ce moment-là. »

Il hésita. « C'est que je ne me contente pas de retirer des photos pornographiques d'Internet. Je, euh… bon, disons que j'ai tenté une thérapie, mais que ça n'a pas marché pour moi. Alors une nuit, je me suis connecté sur l'ordinateur de mes parents et j'ai commencé à aller sur des forums. J'ai… exploré et je suis tombé sur le genre de types qui aiment s'en prendre à des enfants comme moi. Alors, j'ai mis au point une méthode : je les amène à me communiquer leur numéro de carte de crédit et d'autres informations personnelles en échange de mes vieilles photos pornographiques. Ensuite, je les cloue au mur. Je liquide leurs comptes, je tire au maximum sur leurs cartes de crédit, j'ouvre à leur nom des lignes de crédit sur valeur domiciliaire, je vire tous leurs avoirs au Centre national pour les enfants disparus et exploités. Je les prends dans ma toile et je les vide de leur substance. Comme une araignée. J'imagine que je suis devenu un prédateur aussi habile que celui qui m'a piégé à l'époque.

» Tout ça est parfaitement illégal, conclut-il. Et c'est la seule chose qui m'empêche de devenir fou.

– C'est ça que tu fais la nuit ? C'est pour ça que tu passes ta vie sur Internet ? »

Jason haussa les épaules. « Je ne dors pas bien. Ce sera probablement toujours comme ça. Autant mettre ces heures-là à profit.

– Et ta famille ?

– Ma famille voulait Joshua et Joshua n'existe plus. En revanche, Jason Jones a une femme magnifique et une adorable petite fille. Il n'aurait pas pu demander une plus belle famille.

– Je ne comprends pas, dit-elle. Pourquoi m'as-tu épousée ? Si tu voulais seulement un enfant, il y avait sûrement des moyens plus faciles que de t'encombrer d'une femme... »

Il posa deux doigts sur la bouche de Sandy pour la faire taire. « C'est toi, Sandy, murmura-t-il. Ça a toujours été toi. Dès l'instant où je t'ai vue, tu as été celle que je voulais. Je ne suis pas un bon mari. Je ne... peux pas faire... tout ce qu'un mari devrait faire. Je ne peux pas dire tout ce qu'un mari devrait dire. J'en suis désolé. Si je pouvais revenir en arrière et ne pas me trouver sur mon vélo ce jour-là, à filer sur la route, quand ce type m'a fait une queue de poisson pour me faire tomber et qu'ensuite il est arrivé au-dessus de moi... »

Il secoua la tête. « Je sais que je ne suis pas parfait. Mais quand je suis avec toi, quand je suis avec Ree, j'ai envie d'essayer. Je ne pourrai peut-être plus jamais être Joshua Ferris. Mais je me donne beaucoup de mal pour être Jason Jones. »

Elle pleurait. Il sentait ses larmes sur ses doigts. Il leva son autre main vers le visage de Sandy et essuya ses joues avec ses pouces. Il était doux, cruellement conscient de la coupure de sa lèvre, du bleu sur sa tempe, du reste de l'histoire qui lui restait à entendre mais qui allait sans doute lui briser le cœur.

Sa femme avait été battue et il n'avait pas été là pour elle. Sa femme avait été blessée et il ne l'avait pas protégée.

« Je t'aime, murmura-t-elle sur le bout de ses doigts. Je suis tombée amoureuse de toi le jour de la naissance de Ree et depuis j'attendais que tu m'aimes. »

Il la regarda avec perplexité. « Alors pourquoi m'as-tu quitté ? À cause d'Aidan Brewster ? »

Au tour de Sandra de ne pas comprendre. « Aidan Brewster ? Qui est-ce ? »

D.D. arrivait tout juste à Southie lorsque le central intervint à nouveau : *Coups de feu signalés, appel aux unités les plus proches.* Le central donna l'adresse et D.D. fit immédiatement le rapprochement.

Elle prit immédiatement la ligne. « S'agit-il du domicile de Mme Margaret Houlihan ? Merci de confirmer. »

Quelques secondes d'attente, puis une réponse assourdie.

« Bordel ! dit D.D. en frappant le volant. C'est l'adresse de Brewster. Qui est sur place ?

– Davis et Jezakawicz y sont. Pas de réponse depuis le temps qu'ils frappent à la porte.

– Qu'ils l'enfoncent. J'arrive. »

Puis D.D. prit un violent virage à gauche et fila vers l'appartement d'Aidan Brewster. Un attentat. Un adolescent disparu. Des coups de feu. Mais qu'est-ce qui se passait ce soir ?

« Depuis septembre, racontait Sandra, je m'inquiétais à l'idée que tu sois une sorte de détraqué qui faisait des choses horribles sur Internet. Alors, j'ai commencé à me renseigner sur les ordinateurs et c'est comme ça que j'ai rencontré Wayne Reynolds.

– Tu es tombée amoureuse de l'informaticien », ajouta Jason.

Il retira ses mains, serra les poings sur ses genoux. Ce n'était peut-être pas juste de sa part, mais il ne pouvait donner que ce qu'il avait à donner.

« Je me suis entichée de lui.

– Tu as couché avec lui. »

Elle secoua immédiatement la tête, puis hésita. « Mais quelquefois, les soirs où j'allais au spa…

– Je sais pour les soirées au spa, la coupa Jason.

– Alors pourquoi tu me laissais y aller ? »

Il respira profondément. « Je trouvais que ce n'était pas juste de te faire payer mes déficiences.

– Tu ne peux pas faire l'amour.

– On l'a fait.

– Ça t'a plu ? » lui demanda-t-elle avec curiosité.

Il réussit à sourire du coin des lèvres. « Je serais prêt à retenter l'expérience. »

Cela la fit sourire, la tension retomba un peu. Mais ensuite, elle reprit une expression plus sombre et il se pencha vers elle pour observer ses yeux dans l'obscurité.

« Après nos vacances en famille, dit-elle, quand j'ai compris que la photo que j'avais vue n'était pas quelque chose que tu avais fait, mais quelque chose que tu avais subi, j'ai voulu rompre avec Wayne. Mais il ne l'a pas trop bien pris. Il a cru que tu me forçais la main, que je ne savais pas ce que je faisais. Il a menacé de te dénoncer si je ne continuais pas à le voir.

– Il te voulait pour lui.

– J'ai découvert que j'étais enceinte, murmura Sandra. J'ai fait le test vendredi dernier. Et j'ai réalisé à ce moment-là qu'il fallait vraiment que je mette un terme à ma relation avec Wayne. J'avais été idiote, inconsciente. Mais... c'était toi que je voulais, Jason. Je te jure que je voulais seulement être avec toi et Ree et cette petite vie que nous nous étions bâtie ensemble. Alors, j'ai écrit un autre message à Wayne pour lui dire que j'avais commis une erreur et que j'étais désolée, mais que j'avais décidé de sauver mon mariage.

» Il m'a appelée immédiatement. Énervé, en colère. Il n'arrêtait pas de dire que je n'avais pas les idées claires. Il avait l'air de penser que tu exerçais une sorte d'emprise sur moi, peut-être que tu me brutalisais pour me dompter. Je ne sais pas. Mais plus je lui expliquais que tout allait bien, plus il était convaincu de devoir me sauver.

» J'ai rompu tout contact. Je n'ai plus répondu à ses coups de fil, à ses textos, à ses messages. J'ai purgé mes comptes. J'ai fait tout ce à quoi je pouvais penser. Je voulais simplement qu'il disparaisse. Et puis, mercredi soir... »

Elle détourna les yeux. Jason l'attrapa par le menton et l'obligea à le regarder. « Dis-moi, Sandy. On déballe tout et, à partir de là, on pourra décider de ce qu'on fait.

– Wayne s'est pointé. Ici. Dans notre chambre. Apparemment, il avait pris une empreinte de ma clé la dernière fois que je l'avais rencontré. Il était rouge, furieux. Il avait une batte de base-ball à la main. »

Elle s'arrêta. Son regard se perdit dans le vague, elle voyait quelque chose qu'elle seule pouvait voir. Jason ne l'interrompit pas. Il attendit.

« J'ai essayé de l'empêcher, murmura-t-elle. J'ai essayé de le calmer, de lui dire que tout irait bien. Qu'on reprendrait nos conversations, que j'irais aux matchs de basket, tout ce qu'il voudrait. Mais il fallait qu'il s'en aille. Il fallait qu'il rentre chez lui.

» Il m'a frappée. Avec sa main. Il m'a cognée, ici. Ici, continua-t-elle en effleurant distraitement les ecchymoses de son visage. Je suis tombée sur le lit et il m'a suivie. J'ai cessé de lutter. Ça semblait inutile et je me suis dit que, si je me soumettais, peut-être qu'il serait moins enragé. Il finirait ce qu'il voulait faire et s'en irait avant que quelque chose de pire n'arrive. J'étais terrifiée pour le bébé et pour Ree, bien sûr. Pour toi, aussi. Si jamais tu rentrais, que tu nous surprenais et qu'il prenait la batte...

» Tellement d'idées horribles tournaient dans ma tête. Et là... Ree est entrée. Elle avait entendu du bruit et elle est venue dans la chambre. Debout à la porte, à moitié endormie, elle a dit : "Maman."

» À la seconde où il a entendu sa voix, il s'est figé. Je me suis dit que c'était la fin. Qu'il allait la tuer, me tuer. C'était fini. Alors je l'ai repoussé. Je lui ai dit de ne pas bouger. J'ai rabaissé ma chemise de nuit, je suis allée vers notre fille et je l'ai raccompagnée à sa chambre. Je lui ai expliqué que papa et maman jouaient à la bagarre. Que tout allait bien. Que je la verrais demain matin.

» Au début, elle ne voulait pas me lâcher la main. Je me suis angoissée. Je me suis dit que si je ne ressortais pas assez vite de la chambre, il risquait d'entrer. Avec la batte. Alors j'ai juré à Ree que je devais partir un moment, mais que je reviendrais. Que tout allait bien. Que je ne serais pas partie longtemps.

– Elle t'a laissée partir. »

Sandra hocha la tête. « Et quand je suis revenue dans la chambre, Wayne avait disparu. Je crois que Ree lui a fait peur. Peut-être que la honte lui a fait reprendre ses esprits ; je ne sais pas. Je suis descendue, j'ai refermé les verrous, même si ça ne servait pas à grand-chose contre un homme qui avait la clé. Ensuite, j'ai commencé à remettre de l'ordre. La couette pleine de sang, la lampe cassée. Seulement…

– Seulement… ? l'encouragea Jason en lui caressant le dos.

– Seulement, je me suis rendu compte que rien de ce que je pouvais faire ne serait suffisant. Wayne travaillait pour la police d'État. Il avait la clé de la maison. Il ne m'avait peut-être pas tuée ce soir-là, mais le suivant, et le suivant ? On ne débarque pas comme ça avec une batte de base-ball quand on veut juste discuter. Il pouvait engager des poursuites contre toi à cause de la photo sur l'ordinateur, histoire d'envoyer mon mari en prison. Ou, pire encore, il pouvait s'en prendre à Ree. Elle le considère comme un ami. Elle monterait en voiture avec lui. Je me suis rendu compte… que je m'étais mise dans un sacré pétrin.

– Alors, tu t'es enfuie. »

Elle sourit faiblement en entendant le reproche dans sa voix, même s'il essayait de le cacher. « Je me suis dit que la seule manière de se mettre à l'abri d'un homme comme Wayne, c'était de rendre notre relation publique. Si les gens savaient que nous nous fréquentions, il ne pourrait plus nous faire du mal, à moi et à ma famille, pas vrai ? Ça le mettrait automatiquement en position de suspect. »

Jason ne suivait pas son raisonnement. « J'imagine.

– Alors, j'ai décidé de disparaître. Parce que si je disparaissais, la police ferait une enquête, n'est-ce pas ? Elle découvrirait mon histoire avec Wayne et ensuite, quand je réapparaîtrais, je serais en sécurité. Il n'oserait plus rien faire qui puisse lui coûter sa carrière. Puis j'ai pris ta boîte au grenier…

– Je ne t'avais jamais parlé de cette boîte.

– C'est Ree qui m'en a parlé. Elle t'a vu après Noël, quand tu rangeais les décorations. Elle a passé tout le mois de janvier à raconter que tu avais une malle au trésor dans le grenier et maintenant elle demande tout le temps à partir à la "chasse au trésor". Je pensais qu'elle voulait dire que tu avais un carton de souvenirs ou quelque chose comme ça, mais ces derniers temps, avec tout ce qui s'était passé, j'ai commencé à te voir autrement. Je me suis souvenue de la facilité avec laquelle tu étais passé de Johnson à Jones. Des sommes considérables que nous avons sur nos comptes et dont tu ne parles jamais, mais dont je connais l'existence par les relevés. J'ai décidé de fureter un peu au grenier. Il m'a fallu plusieurs tentatives, mais j'ai fini par découvrir la boîte en métal. Les billets m'ont été très utiles, les faux papiers m'ont... inquiétée.

– C'est important pour moi d'avoir une porte de sortie.

– Il n'y en a que pour toi. Pas pour une famille.

– Je peux y remédier. »

Elle sourit, plus chaleureusement cette fois-ci, et il lui reprit la main, serra ses doigts entre les siens.

« J'ai enfilé de vieux vêtements à toi, tout noirs, dit-elle. J'ai mis les billets et les papiers d'identité dans ma poche : les billets pour mon usage personnel, les papiers pour être sûre que tu ne disparaîtrais pas pendant mon absence. Je me suis servie d'un de nos doubles de clés pour refermer derrière moi et je me suis planquée dans les buissons jusqu'à ton retour.

– Tu t'es planquée dans les buissons ?

– Je ne pouvais pas laisser Ree toute seule, dit-elle avec sérieux. Au cas où Wayne reviendrait. Je ne pouvais pas la laisser comme ça. C'était dur... » Sa voix se brisa : « C'était très dur de partir. Tu n'imagines pas. Vous laisser tous les deux... Je n'arrêtais pas de me dire que ça ne durerait que quelques jours. Je ferais profil bas, je prendrais une chambre dans un petit motel, je paierais en liquide. Et quand la police commencerait à interroger Wayne, je réapparaîtrais, j'expliquerais que j'avais craqué nerveusement, une excuse de maman débordée, et, après quelques jours d'embarras, les choses se tasseraient et nous reprendrions le cours de nos vies.

» Je ne m'attendais pas une seconde à ce que mon père se pointe. Ou à ce qu'ils passent Ethan à la moulinette. Ou... je ne sais pas. Tout a pris plus d'ampleur que je ne m'y attendais. La médiatisation, l'enquête de police. Tout a dégénéré.

– Comme tu n'as pas idée.

– Ce soir, j'ai dû traverser quatre jardins rien que pour rentrer discrètement chez moi. C'est du délire dans la rue.

– Alors, comment tu vas faire ? »

Elle haussa les épaules. « Je vais ouvrir la porte, dire "je suis revenue" et les laisser mitrailler.

– Les journalistes vont te bouffer toute crue.

– Il faudra bien que je paie mes erreurs un jour. »

Jason n'aimait pas cela. Et certaines parties de cette histoire le travaillaient. Le soupirant de Sandy n'avait pas voulu rompre, alors elle avait imaginé d'afficher leur liaison en disparaissant ? Pourquoi ne pas tout simplement la rendre publique ? L'en informer, avertir la police d'État. Disparaître dans la nature lui semblait excessif. D'un autre côté, elle venait de se faire agresser, elle avait été terrifiée pour Ree. Sous le coup de la contrainte physique et de l'épuisement moral…

Il regretta à nouveau de n'avoir pas été à la maison mercredi soir. De ne pas avoir protégé sa famille.

« Très bien, dit-il. On va faire ça ensemble. On va sortir tous les deux, main dans la main. Je suis déjà le mari menaçant. Tu peux être l'épouse écervelée. Demain, ils nous cloueront au pilori ; d'ici la fin de la semaine, on aura notre propre reality show et on ira s'asseoir sur le canapé d'Oprah.

– On pourrait faire ça demain matin ? demanda Sandy. Je voudrais me réveiller avec Ree. Je voudrais qu'elle sache que je vais bien. Que tout est rentré dans l'ordre.

– Ça ne se discute pas. »

Ils se levèrent ensemble. Ils venaient de faire un pas lorsqu'ils entendirent soudain un ronronnement sourd à l'extérieur. Curieux, Jason s'approcha de la fenêtre de la chambre, écarta le store et regarda dehors.

Une à une, toutes les camionnettes de presse, avec leurs énormes projecteurs, leurs équipes de tournage et leurs journalistes pliaient bagages, en toute hâte. Il regarda la première faire demi-tour, puis une autre, une autre.

« Mais qu'est-ce qu'ils foutent ? murmura-t-il pendant que Sandra arrivait derrière lui.

– Il a dû se passer quelque chose de plus important.

– Plus important que ton retour d'entre les morts ?

– Ils ne savent pas encore.

– C'est vrai. »

Mais, après deux nuits de grandes illuminations, la brusque obscurité qui s'était faite dehors le décontenançait. Soudain, son attention fut attirée par autre chose. Un grincement aigu, comme des branches contre une vitre, sauf qu'il n'y avait pas d'arbre aussi proche de la maison.

Il comprit que cela venait du jardin de derrière.

« Ne bouge pas », ordonna-t-il.

Mais il était trop tard. Ils l'entendirent tous les deux en même temps, le tintement du verre brisé, quelqu'un qui entrait par une fenêtre.

36

« I L A PRIS DEUX BALLES », expliquait D.D. à Miller qui venait d'arriver chez Brewster après avoir été tiré du lit. D.D. se trouvait sur les lieux depuis déjà près de vingt minutes, alors elle le mettait au parfum. « La première dans le ventre, la deuxième dans le dos, entre les omoplates, apparemment pendant qu'il essayait de ramper.

– Pas propre, comme boulot, observa Miller.

– Certainement pas professionnel. Le règlement de comptes personnel dans toute sa splendeur. »

Miller se redressa et essuya le Vicks dont il avait laissé des traces sur sa moustache. Les fusillades ne sont pas seulement sales, elles puent. Les excréments, le sang, la bile, le tout mêlé et imbibant la moquette.

« Mais Wayne Reynolds a été tué par une voiture piégée, riposta Miller. Un travail de pro. »

D.D. haussa les épaules. « Le type n'a pas le don d'ubiquité. Alors, il pose une bombe pour le premier prétendant et rend visite au deuxième. Comme ça, en une soirée, il élimine ses rivaux.

– Vous pensez que c'est Jason Jones.

– Qui d'autre a des liens avec ces deux hommes ?

– Donc Jones commence par tuer sa femme dans un accès de jalousie, puis entreprend de se venger sur ceux qu'il pense être ses amants.

– Hé, on a déjà vu plus dément. »

Miller haussa les sourcils en signe de scepticisme. « Ethan Hastings ?

– Il a fichu le camp. Peut-être qu'il a appris ce qui était arrivé à son oncle et qu'il a eu la trouille d'être le prochain. Et peut-être pas sans raison. »

Miller soupira. « Punaise, je déteste cette affaire. Bon, alors où est Jason Jones ?

– Chez lui, sous la surveillance de deux agents et de la plupart des grands médias.

– Pas des médias, corrigea Miller. Le meurtre a été annoncé sur les ondes. Le temps que j'arrive, il y en avait déjà tout le long du trottoir. Vous aurez peut-être envie de vous donner un coup de peigne avant de sortir parce qu'on fera la une des journaux demain.

– Eh, merde. On ne peut plus rien passer sous silence ? »

D.D. se tâta les cheveux avec gêne. Il y avait près de vingt heures qu'elle avait pris sa dernière douche ou s'était occupée de son hygiène personnelle. Pas le visage qu'une femme avait envie de présenter au monde. Elle secoua la tête. « Dernière chose, indiqua-t-elle à Miller. Dehors. »

Il la suivit docilement et sortit par les portes coulissantes. Le jardin de derrière était sombre comparé à la façade inondée de lumières. Mais à Southie, les jardins, petits et pour la plupart clos, tenaient les médias à distance.

D.D. conduisit Miller à l'arbre qu'elle avait examiné lors de leur première visite. Celui qui avait des branches parfaites pour voir chez les Jones. Il vint alors à l'esprit de Miller que ces mêmes branches formaient une échelle idéale pour franchir la clôture du voisin. Et il voyait bien ce que D.D. avait voulu dire.

Sur la deuxième branche, une tache noire qui, à y regarder de plus près avec leurs lampes torches, se révéla être un gant en cuir brun foncé.

« Vous croyez qu'il va à Jason Jones ? demanda D.D.

– Je crois qu'il n'y a qu'un seul moyen de le savoir. »

« Cache-toi, ordonna tout bas Jason. Dans le placard. Tout de suite. Tu as disparu, tu te souviens ? Personne n'aura l'idée de te chercher. »

Sandy restait plantée là, alors il la poussa vers le placard ouvert, la fit entrer et referma à moitié la porte.

Les bruits de pas montaient maintenant dans l'escalier. Lentement, furtivement, Jason attrapa deux oreillers et les fourra sous les draps, piètre tentative pour simuler un corps endormi. Puis il s'adossa au mur à côté de la porte et attendit. Il pensait très fort à sa fille de quatre ans, qui dormait à quelques mètres de là. À sa femme enceinte, dans un placard à deux mètres. Cela le glaçait, lui donnait un calme surnaturel. Le mettait dans un état second tel que, s'il avait eu un pistolet, il l'aurait déchargé à l'instant même sur l'intrus.

Les pas s'arrêtèrent dans le couloir, sans doute devant la porte fermée de Ree. Jason retint son souffle parce que si l'intrus ouvrait cette porte, réveillait Ree, essayait de la prendre...

Un petit froissement, l'intrus avançait encore doucement d'un pas, puis d'un autre.

Encore un arrêt. Jason voyait une ombre sur le pas de la porte, entendait une respiration sourde, régulière.

« Autant sortir, maintenant, fiston, dit la voix traînante de Maxwell Black. Je sais que vous êtes réveillé, je vous ai entendu bouger pendant que je montais l'escalier. Ne compliquez pas les choses et il n'arrivera rien à votre fille. »

Jason ne bougea pas. La lourde lampe-torche métallique à la hanche, il hésitait. Maxwell n'était pas entré assez avant dans la chambre pour que Jason lui tende une embuscade. Le vieux renard restait quelques centimètres en retrait, histoire de voir dans la chambre tout en se protégeant.

Le parquet du couloir craqua un peu, l'homme reculait, d'un pas, puis de deux, puis trois.

« Je suis devant sa chambre, fiston. Tout ce que j'ai à faire, c'est tourner la poignée, allumer sa lumière. Elle va se réveiller. Demander son papa. Que voulez-vous que je lui dise ? Que voulez-vous que votre petite fille sache sur vous ? »

Jason s'écarta finalement du mur. Il se montra un peu, suffisamment pour que Maxwell voie son profil, mais sans exposer la totalité de son corps dans le couloir. Il cachait la lampe-torche dans son dos.

« Un peu tard pour une visite de courtoisie », dit-il posément.

Le vieil homme ricana. Debout au milieu du couloir éclairé, il se tenait devant la chambre de Ree. Il ne bluffait pas, une main gantée posée sur le bouton de porte. Dans son autre main gantée de noir, un pistolet.

« Vous n'avez pas chômé ce soir, dit Maxwell qui leva le pistolet, visa quelque part vers l'épaule gauche de Jason. Dommage que vous ayez dû tuer le petit Brewster comme ça. En même temps, la plupart des gens trouvent la mort trop douce pour ces pervers.

– Je ne sais pas de quoi vous parlez.

– Ce n'est pas l'avis de la police. Je parie qu'ils sont en train de retourner tout son appartement à l'heure qu'il est. De trouver sous son matelas de vieilles lettres d'amour écrites par Sandy il y a des années. Et puis, il y a le gant égaré par ici, la branche cassée par là. Je leur donne vingt, trente minutes avant de venir vous arrêter. Alors on ferait mieux de ne pas traîner.

– De ne pas traîner pour quoi ?

– Pour votre suicide, mon vieux. Voyons, vous avez tué votre femme, supprimé son amant. Vous êtes rongé par la culpabilité, tenaillé par le remords. Jamais un homme comme vous ne fera un bon père. Alors évidemment, vous vous tirez une balle en rentrant chez vous. Ces enquêteurs hors pair découvriront votre corps, liront votre message. Ils tireront les conclusions qui s'imposent. Ensuite, j'emmènerai Ree loin de cette triste histoire pour lui faire une toute nouvelle vie en Géorgie. Ne vous inquiétez pas : je m'occuperai bien d'elle. »

Jason entendit un soupir étouffé dans le placard. Il s'avança davantage sur le pas de porte pour que Max reste concentré sur lui.

« Je vois. Bon, ça m'a l'air d'un plan formidable, Max. Mais je vois déjà une faille.

– Vraiment ?

– Vous ne pouvez pas me descendre depuis le couloir. Vous devez bien avoir tiré les leçons de toutes ces affaires criminelles depuis le temps. La première chose qui trahit un faux suicide, c'est l'absence de résidus de poudre. S'il n'y a pas de poudre sur la plaie, cela signifie que la balle n'a pas été tirée par la victime elle-même. Si vous voulez que ce soit un suicide, j'ai peur que vous soyez obligé de venir au contact. »

Maxwell le considéra depuis le couloir. « J'y avais pensé, dit le vieil homme. D'accord, venez dans la lumière.

– Sinon quoi, vous allez me tuer ? Ça m'étonnerait.

– Non. Je vais tuer Ree. »

Jason frissonna. Mais il se força à dénoncer le bluff. « Impossible. À vous entendre, tout le but du jeu est justement d'obtenir Ree. La tuer serait vous tirer une balle dans le pied.

– Alors, je vais la réveiller.

– Mais non. Allons, Maxwell. C'est moi que vous voulez. Alors, allez-y. Je n'ai pour moi que mon intelligence et mon bon caractère. Venez me chercher. »

Jason se retira dans un coin sombre de la pièce. Il se félicitait maintenant des stores hermétiquement fermés, de l'absence d'ombres révélatrices. La chambre n'était pas grande et il ne pouvait pas courir plus vite qu'une balle à pleine vitesse, mais c'était sa chambre, celle dans laquelle il circulait à toute heure de la nuit. Et puis il avait un secret : Sandra, bien à l'abri dans le placard.

Il y eut un instant de répit, puis Jason sut que Maxwell venait parce que la lumière du couloir fut masquée. Après une poignée de secondes pour accoutumer ses yeux à l'obscurité, le vieil homme entra à pas prudents dans la chambre.

On frappa violemment à la porte, juste en dessous. « *Police. Ouvrez. Police !* »

Max jura dans sa barbe. Il se tourna vers le bruit et Jason jaillit. Il traversa la pièce en trois enjambées, attrapa le vieil homme à la taille et les jeta tous les deux à terre. Jason espéra entendre le pistolet de Maxwell glisser sur le parquet. Raté.

En appui sur les jambes de Maxwell, Jason essayait de le plaquer au sol tout en luttant pour s'emparer du pistolet. La force nerveuse de Maxwell le surprit. Le vieil homme se tortillait et faillit se libérer.

Le pistolet, le pistolet. Merde, où était ce pistolet ?

« *Police. Ouvrez ! Nous avons un mandat d'arrêt à votre nom, Jason Jones.* »

Jason grognait. Il s'efforçait de ne pas faire trop de bruit, mais se rendait bien compte que sa jeunesse ne pèserait pas lourd face à une balle et que s'il ne mettait pas la main sur ce foutu pistolet... Il sentit le canon s'enfoncer dans sa cuisse. Donnant un coup de hanche vers la gauche, il essaya de dégager le bas de son corps pendant que ses mains remontaient le long des bras de Maxwell. Le pistolet se trouvait à présent entre les deux hommes qui luttaient. Maxwell arriva à lever un peu les bras...

La porte du placard s'ouvrit d'un seul coup et Sandra surgit. « Arrête, papa, arrête ! Qu'est-ce que tu fais ? Je t'en prie, lâche-le. »

Maxwell découvrit sa fille. Et resta ébahi pendant que le pistolet faisait feu.

Jason ressentit une première douleur fulgurante dans le côté, faible au début. Une égratignure, se dit-il vaguement. Rien qu'une égratignure. Puis une atroce explosion de souffrance dans la cage thoracique. *Oh, mon Dieu, mon Dieu...*

Et, quelque part dans sa tête, Jason revit le Burgerman, son air stupéfait lorsque sa première balle l'avait touché à l'épaule. Ses jambes qui ployaient sous lui, son corps qui glissait à terre. Pendant que Jason levait le Colt 45 pour tirer encore et encore...

Alors c'est comme ça quand on meurt.

« Papa, oh, mon Dieu, qu'est-ce que tu as fait ?

– Sandy ? Tu vas bien ? Oh, chérie. Chérie, qu'est-ce que c'est bon de te voir.

– Éloigne-toi de lui, papa. Tu m'entends ? Éloigne-toi de lui. »

Jason roulait au sol. Obligé. Mal, mal, mal. Il essayait d'échapper à cette torture. Son flanc était en feu. Il sentait ses entrailles brûler, ce qui était bizarre, avec ce sang tellement mouillé.

Fracas au rez-de-chaussée. La police essayait d'entrer chez lui en défonçant une porte métallique.

Oh-oh, eut-il envie de leur dire, *trop tard.*

Il réussit à se mettre à genoux, leva la tête.

Maxwell était toujours assis par terre. Il levait les yeux vers sa fille, qui tenait maintenant le pistolet en regardant son père. Les bras de Sandra tremblaient violemment. Elle tenait la crosse du pistolet à deux mains.

« C'était de la légitime défense, chérie. On expliquera ça à la police. Il te faisait du mal. Je vois bien les traces de coups sur ton visage. Alors il fallait que tu t'enfuies et j'essayais de t'aider. Nous sommes revenus... pour Ree. Oui, pour Ree, sauf que, cette fois-ci, il avait un pistolet, il est devenu fou furieux, alors je lui ai tiré dessus. Je t'ai sauvée.

– Dis-moi pourquoi tu as tué ma mère.

– On va rentrer chez nous, chérie. Toi, moi et la petite Clarissa. On va rentrer dans la grande maison blanche avec la galerie qui fait tout le tour. Tu as toujours adoré cette galerie. Clarissa l'aimera aussi. On pourra y mettre une balancelle. Elle sera heureuse comme tout là-bas.

– Tu l'as assassinée, papa. Tu as tué ma mère et je t'ai vu faire. Tu l'as soûlée. Tu l'as traînée, évanouie, jusqu'à la voiture. Tu as relié le tuyau au pot d'échappement et tu l'as fait passer dans la fenêtre entrouverte. Et ensuite, tu as fait démarrer le moteur avant de descendre en quatrième vitesse et de verrouiller la voiture derrière toi. Je l'ai vue se réveiller, papa. J'étais à la porte du garage et j'ai vu l'expression de son visage quand elle a compris que tu étais toujours là, mais que tu n'avais aucune intention de l'aider.

» Je me souviens de ses cris. Pendant des siècles, je me suis endormie en sentant une odeur de roses fanées et réveillée en entendant ses gémissements pitoyables. Mais tu n'as pas cédé. Tu n'as pas levé le petit doigt. Même quand elle s'est brisé les ongles sur la poignée ou fracassé les mains sur le pare-brise. Elle hurlait ton nom, papa. Elle t'appelait et toi, tu es resté là, à la regarder mourir.

– Écoute-moi, chérie. Pose ce pistolet. Sandy, mon petit cœur, tout ira bien. »

Mais Sandy ne fit que resserrer son emprise sur l'arme. « Je veux des réponses, papa. Après toutes ces années, j'ai droit à la vérité. Dis-moi. Regarde-moi dans les yeux et dis-moi : est-ce que tu as tué maman parce qu'elle me faisait du mal ? Ou bien est-ce que tu l'as tuée parce que j'étais enfin devenue assez grande pour la remplacer ? »

Maxwell ne répondit pas. Mais à travers un brouillard de douleur, Jason lut l'expression sur son visage. Sandy également. Portes métalliques et fenêtres renforcées : après toutes ces années, elle essayait encore de maintenir son père à distance. Seulement aujourd'hui elle avait mieux que des verrous. Elle avait un pistolet.

Jason tendit la main vers sa femme. *Ne fais pas ça,* eut-il envie de lui dire. *Il y a des actes sur lesquels on ne peut plus jamais revenir. Des choses qu'on ne peut plus oublier.*

Mais elle en avait déjà trop fait et trop appris. Alors Sandra se pencha en avant, posa le canon du pistolet contre le torse de son père et appuya sur la détente.

En bas, la fenêtre de la façade se brisa enfin.

Et dans la chambre d'à côté, Ree se mit à hurler.

« Jason…, dit Sandy.

– Va la voir. Va chercher ta fille. Va voir Ree. »

Sandy laissa tomber le pistolet. Elle sortit précipitamment de la chambre pendant que Jason ramassait le pistolet, essuyait la crosse sur la jambe de son pantalon et l'empoignait à son tour.

C'était ce qu'il pouvait faire de mieux, se dit-il avant que le plafond ne disparaisse dans un fondu au noir.

37

« TU DIS QUE TU AURAIS PRIS un taxi pour le Boston Daily. Tout seul ? Tu serais entré dans les bureaux sans pièce d'identité et personne n'aurait tenté de t'arrêter ?

– Mon client a déjà répondu à cette question, intervint l'avocate d'Ethan Hastings avant que son client de treize ans puisse ouvrir la bouche. Avançons, commandant. »

D.D. se trouvait dans la salle de conférences de la police de Boston, Miller à sa droite, le commissaire divisionnaire de la brigade criminelle à sa gauche. En face d'elle, Ethan Hastings, ses parents et un requin du barreau de Boston, Sarah Joss. Deux semaines après le malencontreux assassinat de Wayne Reynolds sur le parking du laboratoire, les Hastings avaient enfin accordé à la police de Boston une entrevue avec leur fils. Étant donné leur choix en matière d'avocats, ils ne voulaient prendre aucun risque.

« Écoute, Ethan, insista D.D. Ton oncle m'a expliqué au téléphone que vous aviez localisé l'ordinateur des Jones dans les bureaux du *Boston Daily*. Et ensuite, d'un seul coup, après avoir erré dans les locaux pendant trois heures, tu as changé d'avis ?

– Quelqu'un a modifié les protocoles de sécurité, expliqua Ethan. Je vous l'ai déjà dit. J'avais envoyé un virus. Un antivirus plus récent l'a supprimé. Enfin j'imagine.

– Mais l'ordinateur se trouve toujours là-bas. C'est forcément l'un d'entre eux. »

Le garçon haussa les épaules. « C'est votre problème, pas le mien. Vous devriez peut-être embaucher une meilleure équipe. »

D.D. serra les poings sous la table. Meilleure équipe, tu parles. Ils avaient des caméras de surveillance qui montraient Ethan entrant dans les locaux du *Boston Daily* peu après vingt-trois heures trente, apparemment déposé par un taxi qu'il avait appelé avec l'iPhone de sa mère. Pendant que D.D. et toute la police de Boston se précipitaient au laboratoire de la police d'État, puis sur les lieux du meurtre d'Aidan Brewster et enfin chez les Jones pour y découvrir Sandra Jones ainsi que son père et son mari blessés, Ethan n'était pas resté inactif dans les locaux du *Boston Daily*. Plusieurs journalistes présents à cette heure tardive se souvenaient l'y avoir vu. Mais tous étaient trop occupés à tenir leurs délais pour faire attention à un gosse.

Ils avaient supposé qu'il était avec quelqu'un qui travaillait tard, voilà tout. Ils avaient vaqué à leurs articles et Ethan Hastings...

... avait clairement trafiqué quelque chose avec l'ordinateur des Jones qui, autant qu'on pouvait en juger, n'existait plus.

D.D. essaya :

« Nous savons que ton oncle avait une relation avec Mme Sandra. Il n'y a rien d'illégal à ce que deux adultes se fréquentent, Ethan. Tu n'as pas besoin de le protéger. »

Ethan resta muet.

« En revanche, ton oncle a laissé entendre que Jason Jones s'était peut-être servi de l'ordinateur pour se livrer à diverses activités illicites. Ça, ça nous inquiète beaucoup. Alors il faut qu'on retrouve cet ordinateur. Et je suis pratiquement sûre que tu pourrais nous aider. »

Ethan la regarda sans ciller.

D.D. fit encore une tentative :

« Souviens-toi de ce que tu disais, Ethan. Jason n'est pas un bon mari. Il rendait Mme Sandra malheureuse. Laisse-nous faire notre boulot et on pourra peut-être y remédier. »

C'était une manœuvre retorse, mais D.D. ne savait plus à quel saint se vouer ces jours-ci. Deux semaines après l'une des nuits les plus sanglantes de l'histoire de la police de Boston, elle avait trois cadavres sur les bras et personne à arrêter – une situation contre nature pour elle.

Sandra Jones prétendait qu'elle avait disparu pour échapper à une liaison qui tournait au vinaigre avec Wayne Reynolds. Malheureusement, la médiatisation de l'affaire avait attiré dans les parages le père avec lequel elle était brouillée. Celui-ci avait tué sa mère huit ans plus tôt, puis abusé sexuellement de Sandra jusqu'à ce qu'elle tombe enceinte à l'âge de seize ans. Elle avait mis un terme à cette grossesse par un avortement. Après quoi, elle n'avait plus dormi chez elle la nuit.

La police avait retrouvé dans la chambre d'hôtel de Maxwell Black des éléments qui l'impliquaient dans le meurtre d'Aidan Brewster, ainsi que du matériel explosif correspondant à ce qui avait été utilisé pour la voiture de Wayne. D'après Sandra, son père avait reconnu avoir tué ces deux hommes dans le but de faire accuser Jason. Maxwell avait ainsi espéré conduire enfin la police à arrêter Jason, ce qui lui aurait ouvert la voie à l'obtention de la garde exclusive de sa petite-fille, laquelle serait sans doute devenue sa prochaine victime.

Seulement voilà lorsqu'il s'était introduit chez les Jones pour tendre un piège à son gendre, il s'était retrouvé nez à nez avec sa fille, saine et sauve. Il avait agressé Jason avant que Sandra ne réussisse à lui arracher le pistolet et, à l'en croire, qu'elle ne lui tire dessus en situation de légitime défense.

Maxwell Black était mort. Jason Jones était récemment sorti de son état critique à l'hôpital de Boston.

D'après Sandra Jones, celle-ci regrettait profondément les dégâts engendrés par sa disparition irréfléchie. Mais elle était revenue ; son mari n'avait jamais touché à un seul de ses cheveux ; et à présent ils pouvaient tous reprendre le cours de leur vie.

Toute cette histoire hérissait D.D. Sandra était désolée ? Allez donc expliquer ça à Aidan Brewster, qui avait purement et simplement été exécuté parce qu'il faisait un bouc

410

émissaire pratique. Ou à Wayne Reynolds, qui n'était peut-être pas irréprochable dans sa vie personnelle, mais qui, jusqu'à l'heure de sa mort, maintenait que, de son point de vue d'expert, Jason Jones se livraient à des activités malhonnêtes sur Internet.

Et puis il y avait Ethan Hastings, qui avait disparu pendant près de quatre heures au cours de la nuit en question, mais qui prétendait n'avoir aucune idée de ce qu'était devenu l'ordinateur des Jones.

À noter que D.D. avait réussi à obtenir un mandat de perquisition de tous les ordinateurs du *Boston Daily* pour déterminer s'ils appartenaient au journal ou à un particulier. Les agents avaient procédé à un examen méthodique à l'aide des numéros de série conservés par le journal. L'ordinateur des Jones n'était pas dans les bureaux. Il s'était envolé. Comme ça.

Ethan Hastings avait trafiqué quelque chose. Aucun doute dans l'esprit de D.D.

Malheureusement, le petit génie se montrait un dur à cuire.

« C'est fini ? demanda le père. Nous sommes de bonne foi et j'ai l'impression que mon fils ne peut rien vous apprendre de plus. Si vous n'arrivez pas à retrouver l'ordinateur dont vous avez besoin pour votre enquête, c'est votre problème, pas le nôtre.

– Sauf si votre fils a tripatouillé une pièce à conviction... », maugréa D.D.

Le commissaire divisionnaire leva une main pour demander le silence. Il la regarda avec une expression qu'elle connaissait bien. En termes policiers, cela signifiait : « C'est le moment d'abattre une carte ou de passer la main. » Elle n'avait pas de carte à abattre. Merde.

« C'est fini, annonça-t-elle sur un ton sec. Merci de votre coopération. Nous vous contacterons si nous avons besoin d'autre chose. »

Comprendre : quand les poules auront des dents...

Le clan Hastings sortit et Ethan lança un regard torve à D.D. en franchissant la porte.

« Il a fait quelque chose, dit-elle entre ses dents à son supérieur.

411

– Très probablement. Mais il est aussi encore amoureux de son enseignante. Tant qu'il aura le sentiment de protéger cette pauvre Mme Sandra...

– Qui a fait tuer son oncle.

– Qui s'est fait agresser par l'oncle en question, du moins d'après elle. »

D.D. soupira. Ils avaient saisi l'ordinateur de Wayne et les techniciens avaient récupéré bon nombre de courriels échangés entre l'informaticien et la belle enseignante. Aucune preuve irréfutable en soi, mais un courrier plus volumineux qu'on ne s'y attendrait dans le cadre d'une relation purement platonique. Et, conformément à ce qu'elle affirmait, Sandra avait cessé d'envoyer des messages cinq jours avant sa disparition, alors que l'ordinateur de Wayne montrait qu'il lui avait envoyé des dizaines de messages instantanés pour essayer d'attirer son attention.

« J'ai envie d'arrêter quelqu'un, marmonna D.D. Jason Jones, de préférence.

– Pourquoi lui ?

– Je ne sais pas. Mais un type aussi calme et posé a des cadavres dans le placard.

– Vous pensiez la même chose pour Aidan Brewster, lui rappela amicalement son supérieur, et pour finir il n'avait rien à voir dans cette histoire. »

D.D. soupira. « Je sais. Et quand je vois ça, je me demande comment on est censé savoir qui sont les vrais monstres de nos jours. »

Mon mari est rentré de l'hôpital aujourd'hui.

Ree lui avait préparé une énorme banderole. Il lui avait fallu trois jours pour la fabriquer, recouvrir le papier boucherie blanc d'images d'arcs-en-ciel, de papillons et de trois bonhommes bâtons souriants. Elle avait même mis un chat orange avec six immenses poils de moustache. Bienvnu papa ! disait la banderole.

Nous l'avons accrochée dans le salon, au-dessus du canapé vert où Jason devrait passer sa convalescence dans les prochaines semaines.

Ree a installé son sac de couchage à côté du canapé. Je me suis moi-même fait un petit nid avec des oreillers et des couvertures.

Nous avons campé pendant quatre jours, petit trio hagard qui avait besoin de voir les visages les uns des autres le matin au réveil. Le cinquième jour, Ree a décrété qu'elle avait assez campé et elle est remontée dans sa chambre.

Tout naturellement, nous avons repris le cours de nos vies. Ree est retournée à la maternelle. J'ai fini l'année au collège. Jason a accepté quelques piges pour différents magazines pendant que ses côtes finissaient de se ressouder et que son ventre guérissait.

Il a bien fallu que la presse nous lance des flèches assassines. On m'a présentée comme une Hélène de Boston, une femme dont la beauté avait engendré une immense tragédie. Je ne suis pas d'accord : Hélène a déclenché une guerre ; moi, j'en ai arrêté une.

La police a continué à fureter. La perte de notre ordinateur les tracassait et je voyais bien à l'expression du commandant Warren que pour elle l'affaire n'était pas close.

J'ai dû passer au détecteur de mensonges et j'ai dit la stricte vérité : je n'avais aucune idée de ce qu'était devenu notre disque dur. Les locaux du Boston Daily ? Le rôle qu'avait pu jouer Ethan ? C'était un mystère pour moi. Je n'avais pas déplacé l'ordinateur et j'avais encore moins donné des consignes à Ethan.

J'ai vu que Jason s'attendait à être mis en état d'arrestation à la seconde où il reviendrait à la maison. Quand on sonnait à la porte, il se crispait sur le canapé, se préparait à ce qu'il jugeait inéluctable. Il s'est passé des semaines avant qu'il ait enfin l'air de se détendre. Mais alors je le surprenais à me regarder d'un air songeur.

Il n'a pas posé les questions évidentes. Je n'ai pas spontanément fourni les réponses. Malgré notre toute nouvelle proximité, nous formons un couple qui connaît la valeur du silence.

Mon mari est un homme très intelligent. Je suis sûre qu'il a tiré certaines conclusions à l'heure qu'il est. Notamment sur le fait que j'ai fui Wayne Reynolds le mercredi soir et que celui-ci a comme par hasard été réduit en charpie le soir même où j'ai rejoint ma famille. Ou que mon père ait avoué le meurtre d'Aidan Brewster, mais pas prononcé le nom de Wayne. Curieux quand on songe que tout le nécessaire pour fabriquer une bombe a été retrouvé dans sa chambre d'hôtel.

Cela dit, n'importe qui peut trouver comment faire sauter une voiture de nos jours. Il suffit d'une recherche sur Internet.

413

Aucun doute que ceci a amené mon mari à tirer encore d'autres conclusions. Notamment sur les raisons qui auraient pu pousser Ethan à se mettre brusquement en quête de notre ordinateur. Et, qui plus est, à prendre le risque de trafiquer ledit ordinateur dans un lieu public. Il se souciait certainement fort peu que le disque dur contienne suffisamment de preuves accablantes pour envoyer Jason derrière les barreaux jusqu'à la fin de ses jours.

En revanche, la véritable portée de plusieurs visites sur des sites Internet lui était sans doute apparue lorsqu'il avait appris l'explosion de la voiture de son oncle. Son cheval de Troie lui avait permis de suivre mes activités autant que celles de Jason et disons qu'il vaut mieux passer sous silence toute l'étendue de mes recherches sur Internet ce fameux mercredi soir.

Je n'en ai jamais parlé à Ethan. Et cela n'arrivera pas. Ses parents ont exclu tout contact entre nous et inscrit Ethan dans une école privée. Par égard pour Ethan, j'ai respecté leur souhait. Il m'a rendu ma famille et je lui en serai toujours redevable.

Je sais que Jason s'inquiète pour moi. Je me demande s'il a saisi l'ironie de la situation : mon père assassinait le prétendant numéro un pour faire accuser mon mari pendant que j'assassinais le prétendant numéro deux pour faire accuser mon père. Tel père, telle fille ? Les grands esprits se rencontrent ?

Peut-être que j'ai simplement appris une précieuse leçon de mon mari : on peut choisir entre être la proie ou le chasseur. Wayne Reynolds menaçait ma famille. Dès lors, son sort était scellé.

Je vais vous dire la vérité :

Je ne rêve plus de sang, de roses fanées ou du rire suraigu de ma mère. Je ne me réveille pas avec dans les oreilles les derniers mots de mon père ou devant les yeux l'image de mon quasi-amant se désintégrant dans une gigantesque boule de feu. Je ne rêve pas de mes parents, ni de Wayne, ni d'hommes anonymes qui pilonneraient mon corps.

C'est l'été. Ma fille court entre les arrosages dans son maillot de bain rose préféré. Mon mari sourit en la regardant. Et je paresse dans le hamac, une main posée sur la courbe douce de mon ventre arrondi, je sens grandir le nouveau membre de notre famille.

Il fut un temps où j'étais la fille de ma mère. Aujourd'hui, je suis la mère de ma fille.

Alors je dors bien la nuit, blottie entre les bras solides de mon mari, rassurée de savoir que ma fille est bien à l'abri dans la chambre voisine, M. Smith roulé en boule à ses pieds. Je rêve du premier jour de Ree à la maternelle. Je rêve du premier sourire de mon nouveau-né. Je rêve que je danse avec mon mari pour notre cinquantième anniversaire de mariage.

Je suis une épouse et une mère.

Je rêve de ma famille.

REMERCIEMENTS

Comme toujours, je suis redevable à d'innombrables spécialistes qui ont eu la patience de répondre à mes questions incessantes, ainsi qu'à de nombreux proches et amis qui ont eu la patience de supporter mes humeurs (chagrines) d'écrivain. Ce sont des gens adorables et brillants. Moi, je tape juste très vite sur un clavier pour gagner ma vie. Oh, et puis ils sont très intelligents. Alors que moi, on m'a déjà vue commettre des bourdes avec les informations qu'ils se donnent tant de mal pour me transmettre.

À commencer par Rob Joss, expert auprès des tribunaux, qui m'a initiée aux méthodes d'évaluation des facteurs de risque chez les délinquants sexuels. Une confidence intéressante qu'il m'a faite : il préfère évaluer des délinquants sexuels devant une cour d'assises qu'évaluer des parents devant un juge aux affaires familiales. Il est vrai que les délinquants sexuels sont de mauvaises gens qui se montrent sous leur meilleur jour, tandis que des parents en instance de divorce sont des gens bien qui se montrent sous leur plus mauvais jour.

Viennent ensuite Katie Watkins et Liz Kelley, respectivement directrice et spécialiste des auditions au Centre de défense des enfants dans le comté de Carroll. Ces deux femmes s'occupent en permanence d'affaires de violences sexuelles sur mineurs qui briseraient n'importe quel adulte. Nous voudrions tous voir advenir un monde meilleur. Elles y travaillent.

À Carolyn Lucet, assistante sociale agréée spécialisée dans le suivi des délinquants sexuels. Merci de m'avoir appris à voir les deux versants de l'histoire. En tant que parent, je partageais le point de vue du commandant D.D. Warren quand j'ai commencé à écrire ce roman (l'enfer est encore trop beau pour eux). Je dois avouer que Carolyn m'a fait mesurer combien la réinsertion est importante et que les problèmes complexes méritent sans doute une réponse plus élaborée que : Tuez-les tous, Dieu reconnaîtra les siens.

À Theresa Meyers, conseillère d'insertion et de probation, qui m'a donné un aperçu du rôle d'un des fonctionnaires pénitentiaires les moins bien compris. Conseillère depuis plus de dix-huit ans, Theresa, qui suit maintenant des remis en liberté de la deuxième génération, m'a fait astucieusement remarquer que si l'on consacrait davantage de moyens à l'éducation dès le départ, on ne serait peut-être pas obligés de dépenser autant pour maintenir l'ordre ensuite. Je la rejoins entièrement.

À Wayne Rock, agent de police à Boston, qui m'avait déjà aidée pour *Alone* et qui a eu la gentillesse de répondre à une deuxième série de questions pour que je sois au fait de l'actualité pour cette nouvelle aventure de D.D. Warren. J'ai beaucoup apprécié son panorama des procédures de perquisition/saisie et des règles à respecter pour l'audition d'un suspect, ainsi, bien sûr, que le super tuyau sur l'utilisation stratégique du soir de sortie des poubelles dans le quartier. Merci, Wayne !

À Keith Morgan, ingénieur en investigations numériques, dont les éclairages sur la paresse naturelle et la mauvaise conscience d'un disque dur se sont révélés fascinants, quoiqu'un peu déstabilisants, pour une profane telle que moi. Keith remporte le prix de la patience, car il m'a fallu plusieurs tentatives pour arriver à une version sans erreur. Enfin, j'espère, sans erreur. De toute façon, toutes les inexactitudes sont de moi, vous vous souvenez ? Les joies d'être un écrivain.

Ont complété les rangs des experts : Jack McCabe, principal de collège ; Jennifer Sawyer Norvell, avocate dans le cabinet Moss Shapiro ; Liz Boardman, Laura Kelly, Tara Apperson, Mark Schieldrop et Betty Cotter du *South County Independent* ; et enfin les petites Divas qui ont donné leur approbation à tous les jeux, Barbie, livres et autres films avec lesquels la petite Ree s'amuse dans ce roman. Jamais je n'aurais reçu tant de conseils de consultantes aussi adorables, entièrement défrayées en biscuits apéritif.

Dans la catégorie jeux dangereux : Félicitations à Alicia Accardi, lauréate du cinquième concours annuel Kill a Friend, Maim a Buddy. Alicia Accardi a donné le nom de Brenda J. Jones, « Brennie », pour être le cadavre exquis. D'après Alicia, « Brenda a dû se battre pour avoir ce qu'elle a, elle a dû surmonter de nombreuses épreuves et lutte encore tous les jours, mais elle a un cœur gros comme ça et vous donnerait sa chemise. [...] Elle mérite d'être immortalisée. »

Félicitations également à Kelly Firth, toute première gagnante du tirage au sort Kill a Friend, Maim a Mate, version internationale de cette course à l'immortalité littéraire. Kelly a donné le nom de Joyce Daley, sa mère, qui vient de fêter ses soixante-huit ans et adore les polars. « C'est ma maman et je voulais lui montrer combien je l'aime. [...] Je lui ai dit, c'était plus fort que moi, et elle était ravie. »

Pour ceux d'entre vous qui espérez encore entrer dans le jeu, n'ayez crainte. Les deux concours recommencent chaque année sur www.LisaGardner.com. Allez jeter un œil et vous pourrez peut-être faire mourir un être cher dans mon prochain roman.

Pour conclure, ma profonde gratitude va à mon mari qui, grâce au talent dont il a fait preuve avec sa nouvelle sorbetière, a rendu les corrections de ce livre beaucoup plus agréables et caloriques qu'elles ne l'auraient été ; à mon adorable fillette, qui, il est vrai, m'a en partie inspiré Ree tout en restant inimitable ; à Sarah, constamment aux petits soins ; à Mimi, qui nous manque toujours et à qui nous souhaitons le meilleur ; à ma formidable éditrice, Kate Miciak, qui a incontestablement amélioré ce roman, même si, sur le moment, j'ai laissé libre cours à mes humeurs (très chagrines) d'écrivain ; et enfin à mon merveilleux agent, Meg Ruley, ainsi qu'à toute l'équipe de l'agence Jane Rotrosen, qui sait si bien comment s'y prendre avec les auteurs et les humeurs (chagrines) d'un écrivain.

Aux Éditions Albin Michel

DISPARUE, 2008.

SAUVER SA PEAU, 2009.

Composition Nord Compo
Impression Marquis Imprimeur
Éditions Albin Michel
22, rue Huyghens, 75014 Paris
www.albin-michel.fr

ISBN 978-2-226-21510-9
ISSN 0290-3326
N° d'édition : 18920/01. − N° d'impression :
Dépôt légal : septembre 2010.
Imprimé au Canada.